Knaur

Über den Autor:

Neil Gordon, geboren 1958, studierte in Michigan, Jerusalem und an der Pariser Sorbonne und promovierte schließlich in Yale in französischer Literatur. *Das Vermächtnis* ist sein erster Roman. Der Autor lebt mit seiner Frau und zwei Kindern in New.

Neil Gordon

Das Vermächtnis

Roman

Aus dem Amerikanischen
von Benjamin Schwarz

Knaur

Die amerikanische Originalausgabe erschien unter dem Titel *Sacrifice of Isaac* bei Random House, Inc., New York

Vollständige Taschenbuchausgabe Oktober 1998
Droemersche Verlagsanstalt Th. Knaur Nachf., München

Umschlaggestaltung: Agentur ZERO, München
Umschlagfoto: Photonica / G+J, Hamburg
Satz: Ventura Publisher im Verlag
Druck und Bindung: Elsnerdruck, Berlin
ISBN 3-426-60653-4

2 4 5 3 1

Für Peter Holtz und
Lisa Levit Newman

Prolog

Das alles hat Luke mir erzählt.
In jenem Winter verlor er seinen von ihm so gefürchteten Vater und fand seinen lange verschollenen Bruder. Dann verlor er seinen Bruder wieder. Und fand seinen Vater.

Dies alles hat Luke mir erzählt. Er verlor seinen Vater im bitterkalten Regen eines Jerusalemer Wintertages und fand seinen Bruder in der Blütenpracht eines Pariser Frühlingstages. Und als er ihm im Morgengrauen nach einer schwarzen Nacht gegenüberstand, schoß er auf ihn mit dessen eigener Pistole, und die Kugel schleuderte den Körper wie einen aufgeplatzten Sandsack in die Dunkelheit der Straße. Nun hatte Luke zweimal getötet. Zwei Morde, Jahre lagen dazwischen, in verschiedenen Ländern begangen. Aber als die Schüsse zwischen den Häuserreihen verhallten und die Hunde im Viertel ihr Gebell anstimmten, als sein Bruder am Boden lag und in weiter Ferne Sirenen zu heulen begannen, hatte Luke das Gefühl, er habe nur einmal getötet: einen doppelten Brudermord begangen, begleitet von demselben Hundegebell in derselben endlosen Nacht.
Dies alles hat Luke mir erzählt. Und dann war er sich plötzlich nicht mehr sicher, wen er überhaupt gefunden und wen er verloren hatte.
Wir redeten einen Nachmittag, eine Nacht und den folgenden Morgen miteinander. Der Nachmittag war erbarmungslos heiß im Zwischendeck des Schiffs, das über die Ägäis glitt, weit über dem Blinken des türkisfarbenen Wassers, das sich vor uns dehnte. Luke im Profil gegen den hohen hellenischen Himmel: gebogene Nase über scharf vorsprin-

gendem Kinn, knochige, sonnengebräunte Stirn, breiter Mund, tiefschwarzes Haar, das sich vom Haaransatz in die Höhe bäumte, eine verheilende Wunde oben an einer fahlen Wange. Hungrig das Essen verspeisend, das ich ihm spendiert hatte, durstig den Wein trinkend. Schmutzig, unentwegt Zigarillos aus einer blauen Blechschachtel rauchend, während er redete.

Dann die Nacht hindurch zu beiden Seiten eines kleinen Tisches im leeren Speisesaal des Schiffs. Vor dem Bullauge stand der große Herbstmond, der eine Heckwelle aus Silber in die Flächen wogender Schwärze zeichnete.

Und schließlich der Morgen, der heiß zum Mittag heranreifte, während Luke unruhig beobachtete, wie Naxos und Amorgos näher kamen, dann vorbeizogen: Kolosse, die auf der gekräuselten blauen Fläche schliefen, während das Schiff dem Zielhafen zusteuerte.

Und dies ist die Geschichte, die er mir erzählt hat mit seiner leisen Gelehrtenstimme, die deutschen Worte mit der geübten Genauigkeit einer gut erlernten Fremdsprache wählend und aussprechend: Auf der Suche nach dem Bruder, den er ermordet hatte, fuhr er von Paris aus ins heiße Italien und fand dort den Vater, den er verloren hatte. Geführt von seinem toten Vater, auf der Suche nach seinem ermordeten Bruder, fuhr er über die Adria ins Ionische Meer und weiter in die immer heißer werdende Sonne hinein. Immer weiter nach Süden, immer weiter und weiter in die Irre.

Und am Ende fand er mich.

Er sagte mir, es würde ihm nie mehr etwas ausmachen, in die Irre zu gehen. Denn wenn man sich verirrt hat, wirklich und wahrhaftig verirrt, so daß man nicht einmal mehr weiß, wo man überhaupt hinwollte, dann – und nur dann – kann es geschehen, daß einen jemand ans Ziel bringt.

Erster Teil

Der Schreck, verlorengegangen zu sein,
beruht auf der Entdeckung, daß man
niemals in irgendeinem essentiellen Sinn
»gefunden« worden ist.

Jim Harrison

Erstes Kapitel

In der Nacht, als David Sayada anrief, um Luke Benami mitzuteilen, daß sein Vater gestorben sei, war Luke gerade bei seinem Zweitjob. Untertitelte passenderweise Hustons *Die Toten* für den französischen Verleih. Passend zu Dovs Nachricht, die ihn zu Hause auf dem Anrufbeantworter erwartete, passend zum Schnee, der vor dem Atelierfenster in den Neonlichtern des Broadways tanzte. Luke war mittlerweile fast dreißig Stunden bei der Arbeit.

Ich sehe ihn mit Kopfhörern neben einem Schneidetisch sitzen, eine Tastatur unter den Händen, einen Monitor vor sich. Blasser als zu der Zeit, da wir uns begegneten, nach seiner Reise in den Süden – ein bleiches Wesen, sechsundzwanzig Jahre alt. Ein einziges Deckenlicht warf einen senkrechten Schatten über sein langes, konzentriertes und gleichzeitig in Gedanken versunkenes Gesicht, den breiten, fest zusammengepreßten Mund und seine schwarzen, weit auseinanderstehenden Augen, die auf den Monitor gerichtet waren, während er zügig tippte. Links von ihm saß eine Frau, die am Schneidetisch arbeitete, und Luke redete, ohne den Blick abzuwenden.

»Seiko. Nenn mir ein französisches Wort für *verstreuen.*«

Die Frau war Japanerin, ihr schwarzes Haar bauschte sich über einem runden Gesicht, ein enges schwarzes T-Shirt betonte ihre schlanke Figur. Japanerin war sie der Herkunft nach, aber mit ihrem perfekt gesprochenen Französisch absolut international: *»Éparpiller.«*

»Nein. Wie Laub, das zu Boden fällt.«

Sie stand auf, trat hinter ihn und lehnte ein Ohr gegen seinen Kopfhörer, während er zurückspulte. Dann sagte sie: *»Joncher.«*

»Danke.«

Er tippte weiter, und sie sah ihm zu, eine Hand auf seiner Schulter. Vielleicht war es seine äußerste Konzentration, vielleicht sein Gesicht, das vor Müdigkeit wehrlos wirkte. Ihr Gesichtsausdruck war liebevoll. Sie sprach in verkürztem Englisch, ein bißchen japanischer Akzent, ein bißchen New Yorker Straße: »Wo stammst du her, Luke?«

Er sah sie an, dann tippte er weiter. »Von überall. Und du?«

»Kyoto, ursprünglich.«

»Woher kannst du so gut Französisch und Englisch?«

»Daddy gehört Sony. Und du?«

Weiter auf den Monitor konzentriert. »Was, ich?«

»Woher kannst du Französisch? Und Amerikaner bist du auch nicht.«

»Ach ja? Sag bloß, meine Aussprache gefällt dir nicht.«

»Nein. Aber ein Amerikaner hätte sich längst an mich rangemacht.«

Luke blickte auf, und seine Augen wanderten von ihrem Gesicht zu ihren Hüften. Als sich ihre Blicke kreuzten, lächelte er: Da war ein entwaffnender Ausdruck um seinen Mund, der sein Gesicht für den Moment geradezu hübsch erscheinen ließ; ein offenes Gesicht, das seine Gefühle zu erkennen gab und jetzt in einem seltenen Lächeln aufleuchtete.

»Ich bin aus Oklahoma City.«

Sie lächelte zurück, wie gegen ihren Willen. »Ja, klar. Ich wette, du bist noch nie über den Hudson rausgekommen.«

»Und ob. Cinémonde hat mich letztes Frühjahr nach L.A. geholt. Was meinst du, hören wir auf und gehen was trinken?«

»L.A. zählt nicht. Ich nehm den Drink, wenn du mir erzählst, wo du herkommst.«

Er schaltete den Computer aus. »Abgelehnt. Aber die Drinks gehen auf mich.«
Sie zögerte, dann erhob sie sich und nahm ihre Handtasche. »Mann, was bist du für ein verspannter Typ, Luke.«

Der Broadway um fünf Uhr früh. Ein Schritt näher nach Hause, ein Schritt näher zu Dovs Nachricht. Schnee wirbelt um die Neonlampen, bis auf ein paar Taxis ist die Straße leer. Luke, in seinem schwarzen Wollmantel, und Seiko, mit leichtem Abstand neben ihm sitzend, fuhren Richtung Midtown. Die Tonbandaufnahme eines Muezzins lief im Kassettendeck des Taxifahrers, dann die eines muslimischen Gebets, das alle paar Augenblicke durch die pedantische Übersetzung einer britischen Upperclass-Stimme unterbrochen wurde. Luke beugte sich vor, um den Namen des Fahrers zu lesen: Jefferson Hampton. Er lehnte sich wieder zurück, und die Vertrautheit des inbrünstigen, mit hoher Stimme vorgetragenen Gebets trug ihn weit fort, dahin, woher er in Wahrheit stammte. Er ahnte nicht, wie bald er wieder dort sein sollte.
Dreißigste Straße, eine ruhige Nachtbar, auf deren kleiner Bühne die Klänge einer Baßgitarre und einer Mundharmonika die Nacht verabschiedeten. Sie saßen an der Bar und warteten darauf, bedient zu werden. An einem Tisch eine Gruppe betrunkener dunkelhäutiger Männer, die sich in arabisch gefärbtem Hebräisch Kriegsgeschichten erzählten, und Seiko sah, wie Lukes Gesicht starr wurde, als er hinüberblickte und ihnen dann den Rücken zukehrte. Der Barkeeper, ein langer Schwarzer, kam mit Whiskey und Bier für Luke heran und begrüßte ihn mit Namen, dann richtete er einen müden, fragenden Blick auf Seiko. Sie bestellte sich einen Wodka mit Eis und sagte, als habe es, seit sie das Atelier verlassen hatten, keine Unterbrechung gegeben: »Ich glaube, du bist Israeli.«

»Und worauf stützt du diese Schlußfolgerung?« fragte Luke erstaunt.
»Du hörst diesen Typen hinter uns zu.«
Er ließ den Blick zur Bühne schweifen, dann zurück zu ihr, zu ihrem zierlichen Körper auf dem Barhocker, die Beine übergeschlagen, Hüften und Brüste in dem engen schwarzen Kleid scharf abgezeichnet. Ein heftiges Verlangen überkam ihn, er fuhr sich mit der Zunge über die Lippen, trank seinen Bourbon, zögerte. Dann sagte er: »Du willst doch nicht etwa hier um fünf Uhr morgens eine Lebensgeschichte hören.«
»Kommt ganz drauf an, wer sie erzählt.«
Erzählen war eine Versuchung, für ihn immer. Wäre sie Libanesin gewesen oder Afrikanerin oder Osteuropäerin, er hätte es vielleicht versucht. Denn dann hätte sie ihn verstanden. Sie aber trug ihre Internationalität sozusagen zu mühelos, Grenzen waren eine Möglichkeit für sie, keine Strafe. Im stillen wünschte er sich, in ihrem Bett zu liegen und ihre kleinen Hände auf seinem Körper zu fühlen. Auch wenn sie ihm keine Absolution erteilen konnten. Er sagte: »Ich bin aus Galveston, Texas.«
Sie trank aus, graziös, als würde selbst das Trinken aus einem Glas durch ein kompliziertes japanisches Ritual geregelt. Dann stand sie auf und strich ihm mit ihrer kleinen Hand über das Gesicht. »Du bist ein netter Junge, Luke, aber Mann, bist du verspannt. Wir sehen uns später.«
Während er dann allein bei einer zweiten Runde saß, zeichnete weiter südlich in seiner leeren Wohnung der Anrufbeantworter Dovs Stimme auf.

Spärliches Licht sickerte vom Winterhimmel, als er nach Hause ging – vorbei an gerade öffnenden Fleischgroßhandlungen in seiner Nachbarschaft am Hudson. Müde stieg er die Stufen hinauf, hob die Zeitung vom Vortag auf und be-

trat seine Wohnung. Er drückte auf die Info-Taste des Anrufbeantworters und ging hinüber ans Wohnzimmerfenster. Während das zurücklaufende Band leise vor sich hinsurrte, zog er den Rolladen hoch und blickte auf die Wolken und das Wasser bis zur Maxwell-House-Uhr im Hafenviertel von New Jersey, wobei er nach all der Arbeit noch immer in Kameraeinstellungen dachte.
Ein flacher, langsamer Schwenk, vielleicht neun Sekunden lang, über den nassen grauen Himmel. Dann Schnitt ins Feld: dicht an die traurigen Schneewirbel heran, die im Vordergrund über der bleiernen Wasseroberfläche hingen. Als Soundtrack dazu eine Nachricht auf französisch: *Le Journal de Dimanche* wartet auf die Übersetzung einer Bush-Pressekonferenz. Eine zweite Nachricht auf englisch: Ob er am heutigen Nachmittag auf der Generalversammlung vom Deutschen ins Englische dolmetschen könne? Die dritte auf hebräisch: Dov Sayada in Jerusalem, der ihn um sofortigen Rückruf bat. Drei Sprachen, zwei Fremdsprachen und eine Muttersprache, jede ein gleich großer Schritt tiefer in die Anonymität dieser Großstadt unter dem Winterhimmel im Morgengrauen.
Luke drehte die Heizung auf, warf mit einem Achselzucken seinen Mantel ab und blätterte mit dem Daumen seine Adressenkartei durch, er wählte die internationale Vorwahl und die Nummer von Dovs Büro auf dem Skopus-Berg. Eine Sekretärin meldete sich: »Guten Abend.« Als Luke sagte, Jules Benami wolle Professor Sayada sprechen, trat eine lange Pause ein; es knackte in anderen, parallelen Leitungen, und eine hallende Stimme rief den hebräischen Namen »Shira, Shira«. Schließlich sagte die Sekretärin, er solle im Haus seines Vaters anrufen, und Luke legte auf. Aus dem Gedächtnis wählte er eine andere Nummer.
Diesmal war Dov am Apparat und sagte ihm, sein Vater sei gestorben.

Er habe einen Herzinfarkt erlitten und sei am Morgen zuvor tot in seinem Bett gefunden worden.
Dov bereite die Beerdigung im Kibbuz des Vaters vor.
Ein nach Benami benannter Lehrstuhl für Jüdische Geschichte solle an der hebräischen Universität gegründet werden.
El Al halte für Luke einen Platz in der Abendmaschine bereit.
Er legte auf, das leise Summen transatlantischer Ferne noch im Ohr, vermischt mit der Stille des Morgens. Er verspürte die sonderbare Lust zu lachen. Fröhlichkeit? Für einen Moment versuchte Luke, das richtige Wort für dieses Gefühl zu finden, aber es gelang ihm nicht. Aus seiner Verwirrung tastete er sich zurück zur vorangegangenen Nacht, die er am Computer neben Seikos warmem Körper verbracht hatte, zur Zerknirschung über ihre Zurückweisung, zur Einsamkeit in der Bar, als sie gegangen war, zur Rückkehr nach Hause, zu den drei Mitteilungen auf dem Anrufbeantworter. Zum Anruf bei Dov, als es in der Leitung weit weg in Jerusalem geknackt hatte. Und plötzlich sprang wie eine alte Maschine, vielbenutzt, aber nach längerer Einlagerung rostig geworden, der Motor tiefen Schmerzes an und begann zu dröhnen.

Den Winter über hatte er wie verrückt geschuftet. Tagsüber arbeitete er bei der UNO als Simultandolmetscher für Englisch, Deutsch und Französisch, und nachts jobbte er noch zusätzlich: Er untertitelte Filme, synchronisierte Berichte für Fernsehnachrichten, übersetzte Artikel für Zeitschriften. Allein schon die Masse machte ihn in der Branche bekannt. Arbeit gab es ständig.
Er rief bei drei Arbeitgebern an, um sie davon zu unter-

richten, daß er für ein paar Wochen verreise. Er brauchte nicht zu sagen, warum: Sie hatten bereits die Zeitungen gelesen, die er vor lauter Arbeit ignoriert hatte. Er rief bei der El Al an, um den Platz für General Benamis Sohn auf dem Abendflug zu bestätigen. Nachdem die Frau am Reservierungsschalter im Computer nachgesehen hatte, teilte ihm ihre ausdruckslose Stimme auf hebräisch mit, es werde ein Platz auf einem Diplomatenflug für ihn freigehalten. Ob er sofort aufbrechen könne? Sein amerikanischer Paß lag in einer Schreibtischschublade bereit; nach kurzem Überlegen nahm er auch den israelischen an sich. Er holte eine Reisetasche unter dem Bett hervor und packte rasch. Er zog seinen Mantel an und blieb in der dunklen Diele seiner Wohnung stehen. Schon gehörte diese Wohnung, in der er drei Jahre gelebt hatte, nicht mehr ihm, schon hatte er sich aus der vertrauten Nachbarschaft entfernt, der vertrauten Stadt. Bitter spürte er, daß er hier nie zu Hause gewesen war. Er verschloß die Wohnungstür, steckte die Schlüssel ein, stieg mit seiner Reisetasche die Treppe hinunter und trat aus dem Haus. Es war eine kleine Reisetasche; er wußte nicht, wie lange er weg sein würde.

Sein Vater wurde auf dem Friedhof auf dem Berggipfel über seinem Kibbuz im Norden Israels beerdigt. Luke, Dov, Avishai Yerushalmi, Gilead Sharon, Isaak Wasserstein und noch fünf andere, Studenten und Kampfgefährten, beugten sich über das Grab. Und eine gewaltige Menschenmenge in Regenmänteln und Uniformen, etwas weiter entfernt, versank in Schweigen, als Luke unter dem schweren Himmel murmelnd das Kaddisch las.

Hinter der Menge, wie riesenhafte Trauernde, Gedenksteine: gigantische Marmortafeln, in die Namenkolumnen ein-

gemeißelt waren, von Stacheldrahtmustern umrankt. Im Vordergrund der schwindende Ausblick auf dunklen Morast, der sich, mit graustählernen Farmgebäuden getüpfelt, in einen nebligen Horizont erstreckte. Die Jezreel-Ebene. Weit weg säte, als gäbe es keine Übermacht der Jahreszeit, ein roter Traktor Winterweizen, sein leises Motorgebrumm wehte schwach in das Raunen des Kaddischs hinein.
Mittagessen mit Regierungsleuten, Professoren und Kibbuzprominenz auf morastigen Fußböden im Gemeinschaftsspeisesaal, die winterliche Luft von Gerüchen nach Silofuttermitteln durchzogen. Einen Nachmittag lang Schiwá-Sitzen in Gileads trübseligem kleinen Kibbuzhaus, die wettergegerbten Gesichter der Kibbuznikim um ihn herum, die ihm aus seiner frühesten Kindheit vertraut waren: so viel älter, so viel verwitterter als das letzte Mal, als er sie vor sechs, sieben, acht Jahren gesehen hatte. Als er eine Gruppe arabischer Arbeiter vor dem Fenster beobachtete, dachte er plötzlich – und überraschenderweise – auf hebräisch: Dies ist der allererste Ort, aus dem ich ins Exil geschickt wurde.

Die Hälfte der Verkehrsteilnehmer auf der Straße nach Jerusalem kam an diesem Abend von der Beerdigung. *Culan makirim et culam,* lautete ein hebräisches Sprichwort – in diesem kleinen Land kennt jeder jeden. Dov saß schweigend neben Luke am Steuer. Seine Frau Hela weinte auf dem Rücksitz leise vor sich hin, ihr Leib war riesig in diesen letzten Schwangerschaftsmonaten. Im Strom entgegenkommender Scheinwerfer betrachtete Luke Dovs Profil, sein hageres Gelehrtengesicht, das dichte schwarze Haar. Vertraute Gefühle durchdrangen die Mattigkeit seines Schmerzes. Dov, der sich beobachtet fühlte, wandte sein Gesicht leicht nach rechts.
»Was gibt's?«

Luke zuckte die Achseln.
»Es muß nicht leicht gewesen sein, Jules. Das war ein großes Ereignis.«
»Ich bin erstaunt, daß Shamir keine gottverdammte Pressekonferenz am offenen Grab gehalten hat.« Das Hebräische kam ihm schwer von der Zunge.
Jetzt zuckte Dov mit den Schultern. »Die meisten waren nicht aus politischen Gründen da.«
»Ach nein?« Luke sah ihn an, ein interessierter Ausdruck trat auf sein Gesicht und verschwand wieder. »Wer zum Beispiel?«

Er betrachtete Dovs Gesicht, ohne auf eine Antwort zu hören – es war so lange her, daß er regelmäßig hebräisch gesprochen hatte, und er konnte die Worte, ohne sie aufzunehmen, einfach so vorbeiziehen lassen. Dov, Gelehrter und Soldat, an maßgeblicher Stelle in der geheimen Welt des militärischen Nachrichtendienstes, war Benamis vertrauter Assistent und Kollege gewesen; er hatte sogar eine gewisse Familienähnlichkeit. Vollkommen heimisch in diesem winzigen Land mit seiner harschen Sprache und nationalen Kitschästhetik. Ein guter Ort für ein Begräbnis, dachte Luke. Hier weiß fast niemand etwas über den Rest der Welt, aber alle wissen alles über den Tod.

Ich denke, daß ich Ihnen nicht erzählen muß, wer Lukes Vater war: General, Botschafter, Professor. Während des Krieges Held des Mossad Le'Alijah Bet, berühmt für seine italienische Passage, die immer noch unbekannte Route, über die er Hunderte von Wiener Juden vor der Vernichtung gerettet hatte. Dann Kommandeur der Haganah im Unabhängigkeitskrieg und General der israelischen

Verteidigungsstreitkräfte im Sinaifeldzug. Vorübergehend Botschafter in Frankreich und Verteidigungsminister in drei Kabinetten. Inhaber des David-Ben-Gurion-Lehrstuhls für Jüdische Geschichte an der Hebräischen Universität. Diesen Teil seines Lebens kennt jeder; sogar in meinem Heimatland war Benamis Biographie ein Bestseller.

Luke kannte seinen Vater von einer ganz anderen Seite. Er war in New York bei seiner Mutter aufgewachsen, die acht Jahre vor ihrem Tod, ihrem Selbstmord im Jahr 1982, von ihrem Mann geschieden worden war. Luke war der jüngere Sohn. Der ältere, Daniel, ging seinem Vater im Jom-Kippur-Krieg verloren, schlimmer als gefallen, schlimmer als vermißt: Er war in ein selbst auferlegtes, unbekanntes Exil im Ausland desertiert. Später sollte Luke seinen Vater dann besser kennenlernen: Er kehrte nach Israel zurück, um seinen Militärdienst abzuleisten. In dieser Zeit beging seine Mutter Selbstmord.

Aber er war nur kurz bei seinem Vater. Als er nach der Beerdigung der Mutter zurück nach Israel kam, wurde er mit seiner Einheit in den Libanon verlegt und in West-Beirut eingesetzt. Nach seinem Militärdienst verließ er Israel endgültig, und als er nach seinem Studium in Paris und Genf nach New York zurückkehrte, um bei der UNO zu arbeiten, änderte er seinen Namen, zumindest seinen Vornamen, und strich Hebräisch aus seiner Sprachenliste. Seitdem war er nicht mehr in Israel gewesen.

Jetzt war er zurückgekehrt, aber natürlich zu spät. Benami hatte seine Frau und seine beiden Söhne verloren: ein Selbstmord, zwei Exilanten. Für Joseph Benami waren es Kriegsverluste gewesen: an den Krieg, an die endlosen Kriege. Der Tod war ihm viel zu vertraut, um irgendein Rätsel zu enthalten. Und was seine Söhne anging: Auch wenn ihr Exil so anders als seines war, Benami hatte dennoch sehr gut darüber Bescheid gewußt.

Ein Morgen in Jerusalem. Das Erwachen auf der Couch im Arbeitszimmer seines Vaters war augenblicklich mit einem klaren, erschreckenden Begreifen seiner Umgebung verbunden. Vor dem rüttelnden Fenster fegte Regen in Böen vorbei, die Straße war mit Morast bedeckt. Luke setzte sich in die Küche, trank Kaffee und aß einen Salat aus kleingeschnittenem Gemüse, ein Kibbuzfrühstück, das Hela dagelassen hatte und das merkwürdig deplaziert wirkte in diesem so europäischen Haus. Es klingelte an der Tür, und Luke stand auf und öffnete. Dov und Hela waren gekommen, um ihn zum Anwalt seines Vaters zu bringen.

Die graue Jaffastraße, die Neustadt, verstopft von Autos, die durch die Pfützen platschten. Arabische Arbeiter, die in Kaftanen unter schwarzen Regenschirmen auf den Gehwegen hockten, Israelis, die in bauschigen grünen Armeemänteln vorübereilten, das Gefühl des vertrauten Landes überall um Luke herum wie ein Hauch auf seinem Gesicht. Avishai Yerushalmis Büro, das man durch das pompöse Foyer der von den Briten erbauten Bank Leumi erreichte, angefüllt mit gereizt wirkenden Kunden. Mit einem Bleistift wedelnd, im Halblicht an seinem Schreibtisch vor Luke, Dov und Hela: Yerushalmi mit seinem langen Gesicht. Seine eingesunkenen Wangen hingen schlaff zum Hals hinab, die gutturalen Laute kamen weit vorn aus dem Hals, ein in Rußland geborener Israeli.
»*Nu,* es gibt ein Testament, das nach der Scheidung von mir aufgesetzt wurde, und drei Änderungen. Jedesmal hat Joseph gesagt: ›Yerushalmi, ich bin ein alter Mann, der sein Testament ändert.‹« Er spähte zu Luke herüber. »Ursprünglich sollte das Erbe zwischen Ihnen und Ihrem Bruder geteilt werden. 1973 wurde das Testament ausschließlich zu Ihren Gunsten verändert. Sie verstehen mich? Ihr

Bruder wurde ausgeschlossen. Dann im August dieses Jahres wieder eingesetzt. Die ursprünglichen Teilungsbedingungen zwischen Ihnen und Ihrem Bruder wurden wiederhergestellt, wobei im Todesfalle der überlebende den verstorbenen Bruder beerbt.«

»*Achi chai?* Ist mein Bruder denn am Leben?«

Yerushalmi betrachtete Luke einen Moment lang mit ausdruckslosem Blick.

»*Lama lo,* warum sollte er es nicht sein? Sie sind wie alt, sechsundzwanzig? Er ist ein Mann von Anfang Dreißig.«

»Ist er hier?«

»Nein.« Ein erhobener Blick. »Natürlich nicht. Wäre er's, wäre sein Aufenthaltsort ein Militärgefängnis, wie Sie wissen.«

»Wo ist er?«

»Anwaltsgeheimnis. Der Klient, von dem ich die Adresse habe, ist allerdings nicht mehr am Leben und kann nicht mehr darauf bestehen.« In ein archaisches Englisch wechselnd, als sei Luke zu fremd, um die juristischen Feinheiten auf hebräisch mitzubekommen: »Dieses Geheimnis enthebt mich meiner Verpflichtung, den Aufenthaltsort eines Verräters mitzuteilen, jedoch nur hypothetisch. Ihr Bruder wurde schließlich, wie Sie wissen, rechtskräftig verurteilt, wenn auch in Abwesenheit ... Aber wer weiß? Ihr Bruder wurde beschützt, solange Ihr Vater lebte. Nur hatte Ihr Vater auch Feinde, und einige von ihnen sitzen inzwischen in der Regierung.«

Wieder auf hebräisch: »Ich habe Danni einen Tag nach Josephs Tod ein Telegramm geschickt und eine Antwort mit der Anweisung erhalten, ihm sein Erbteil auszuzahlen. Hier beginnen die Probleme. Den Anweisungen Ihres Bruders nachzukommen erfordert die Liquidation beträchtlicher Vermögenswerte. Äußerst beträchtlicher Werte, von denen zudem in nächster Zeit ein erheblicher Wertzuwachs erwartet werden könnte. Zum Beispiel Immobilien. Antiquitäten. Und Kunstgegenstände.« Er hielt inne und ließ gekonnt eine Schweigeminute eintreten, damit seine Mitteilung gebührend aufgenommen wurde. Als Luke nichts sagte, redete Dov.

»Was raten Sie?«

»Nichts. Als Testamentsvollstrecker rate ich nichts.«

»Und als Yossis ältester Freund?« wollte Dov wissen.

Schweigen. Der Anwalt sah Dov mit einem seltsamen Ausdruck an, dann wandte er sich an Luke: »Sehen Sie, Sie können die Geschichte ewig hinauszögern. Sie nehmen sich einen Anwalt, fechten das Testament an und versuchen, das gesamte Erbe in Anspruch zu nehmen. Sie werden es nicht bekommen, aber so bleibt die Hauptmasse des Erbes so lange zusammen, bis *Sie* es für richtig halten zu verkaufen. *Falls* Sie es für richtig halten: Yossis Sammlung ist, wie Sie wissen, ein nationales Kleinod.«

Endlich redete auch Luke: »Und mein Bruder?«

»Wer kennt schon Ihren Bruder? Als Junge war er nicht zu bändigen. Als Soldat desertierte er direkt vom Schlachtfeld. Als Mann – wer hat ihn gesehen, seit er, wie alt, achtzehn war?«

»Offenbar mein Vater.«

»Jules, *motek* – mein Lieber, Ihr Vater, sein ganzes Leben lang ist er zum Berg gegangen, aber nur er weiß, was er gehört hat. Kennen Sie ihn so gut, daß Sie sicher sind, er hat Ihren Bruder gekannt? Er wußte, wo er war, und er faßte den Entschluß, ihn wieder als Erben einzusetzen. Warum? Wer mißtraut einem alten Mann, der sein Testament ändert? Wer hat Ihrem Vater *jemals* mißtraut?«

Schweigen, und der Anwalt fuhr fort: »Das Erbe ist beträchtlich, acht, vielleicht zehn Millionen amerikanische Dollar, wer ahnt schon, was Kunst heute wirklich bringt? Danni will also seinen Anteil? Ich kann das gut verstehen.

Also, Sie reichen Klage ein. Vielleicht gewinnen Sie; er ist in diesem Land ein Gezeichneter und kann nicht zurückkommen, um für seine Sache einzutreten. Andererseits muß er das vielleicht auch gar nicht, es gibt nichts, was vor Gericht eine Erbenvertretung verbietet. Wie ist die Rechtsstellung eines Deserteurs in diesem Fall? Ist sie dieselbe wie die eines Verbrechers? Zwei gute Anwälte könnten das vor dem Obersten Gerichtshof geltend machen, und ein, zwei Kriege könnten die Geschichte über zehn Jahre hinziehen. Unterdessen steht das Erbe unter gerichtlicher Zwangsverwaltung, sein Wert, bereits in die Höhe getrieben, hängt vom amerikanischen Präsidenten ab. Und ich wette eins zu hundert, daß der uns eine tiefe Rezession bescheren wird. Das bedeutet, das Erbe wird längst nicht mehr das wert sein, was es vor den nächsten amerikanischen Wahlen erbringen würde. Falls Sie verkaufen. Aber *savlanut* – Geduld.«

Yerushalmi hob eine Hand, als Luke etwas sagen wollte. »Also was ist, wenn Sie nicht verkaufen? Dann wird das Erbe geschätzt, und man erhebt Erbschaftssteuern. Aber bis die Schätzung durchgeführt worden ist, hat man, sagen wir mal, den amerikanischen Präsidenten wieder rausgeschmissen. Was dann? Bei dem Preis, den Sie dann zwischen Inflation und einem möglichen Marktverfall beim Verkauf bekommen, geht das ganze Erbe für die Erbschaftssteuer drauf. Danni bekommt nichts, aber Sie auch nicht.«

Schweigen. Dann Luke: »Also ist jetzt zu verkaufen das einzig Sinnvolle.«

Der Anwalt zuckte die Achseln. »Angesichts der Tatsache, daß Danni Bares will ...« Er hielt inne, zuckte erneut mit den Schultern und fuhr dann fort: »*Motek*, ich werde Ihnen die Wahrheit sagen. Wenn ich seit Dannis Telegramm nachts zwei Stunden geschlafen habe, hatte ich Glück. Ich habe mit den besten Anwälten im Lande gesprochen, und alles läuft auf die eine Frage hinaus: Hat Danni das Recht, sich sein Erbe auszahlen zu lassen? Die beste Antwort, die Sie bekommen können, ohne vor Gericht zu gehen? Wahrscheinlich. Was sollten Sie also, das alles mal vorausgesetzt, tun?« Er unterbrach sich, drehte seinen Sessel herum, um einen Blick durchs Fenster ins Bankfoyer zu werfen. Dann wandte er sich wieder um.

»Erstens, ich bin der Verwalter dieses Nachlasses. Ich habe eine treuhänderische, aber auch moralische Verpflichtung, zu tun, was Sie sagen. Ihnen Ratschläge zu erteilen gehört nicht zu meiner Aufgabe. Zweitens, ich bin der älteste Freund Ihres Vaters. Sein Lebenswerk an Fremde verkauft zu sehen – schon der Gedanke macht mich krank. Und doch muß ich, drittens, dem Sohn meines Freundes raten. Und wie kann ich Ihnen raten, sich ein solches Vermögen entgehen zu lassen? Wie kann ich Ihnen sagen, Sie sollen sich die Gelegenheit, ein reicher Mann zu werden, entgehen lassen? Und zwar ein sehr, sehr reicher Mann, für Ihr ganzes Leben. Ich muß Ihnen also sagen, ich sehe keine Wahl. Ich denke, Sie müssen verkaufen.«

Es herrschte Schweigen, dann erhob sich der Anwalt.

»*Challas*, genug. Es ist der Tag nach der Beerdigung Ihres Vaters. Sie sollten Schiwá sitzen. Denken Sie über alles nach. Kommen Sie nächste Woche, in zwei Wochen, und sagen Sie mir, was Sie denken. Soviel Zeit haben Sie.«

Am Abend trank Luke die halbe Flasche Scotch, die er am Vortag mit ins Arbeitszimmer genommen hatte. In seinem Innern wiederholten sich Yerushalmis Worte wie in Zeitlupe. Zum zweiten Mal seit seiner Ankunft wagte er sich in das dunkle Wohnzimmer, um im

Licht der offenen Küchentür die Hausbar zu durchsuchen, und er stieß auf einen halben Liter Gin. Der Gin verlangte nach Eis, und Luke ging durch zur Küche und blieb schwankend vor dem geöffneten Kühlschrank stehen.
Hela hatte etwas Obst, ein paar Joghurt und Gemüse dagelassen. Aber die Butter und die Marmelade, das wurde Luke klar, waren wohl noch von seinem Vater. Die Schale mit den Eiswürfeln war von den faltigen Händen seines Vaters ins Gefrierfach gestellt worden, wobei ein stummeliger, nikotinfleckiger Finger in eines der viereckigen Wassernäpfchen getaucht sein mochte.
Luke fiel ein Satz aus einem hebräischen Roman ein: »Doch ich wußte nicht, daß es zwecklos war, einen Fingerabdruck auf der Wasseroberfläche zu hinterlassen.« Den eiskalten Behälter in der Hand, bewegte er sich unsicher zur Arbeitsfläche hinüber und begann, die Eiswürfel in eine Kristallschüssel zu brechen. Dann beugte er sich vor und legte den Kopf auf die kühle Platte, als mit unerwarteter Vertrautheit das Gesicht seines Vaters vor seinem inneren Auge erschien.
Er hatte nicht einmal jüdisch ausgesehen. Ein wettergerötetes Gesicht mit regelmäßigen Zügen, das schnell zu lächeln bereit war, belebt von strahlendblauen Augen unter einer dichten weißen Haarmähne. Ein charismatisches Gesicht; das Gesicht eines Politikers von großzügiger Freundlichkeit. Doch dahinter verbarg sich, das wußte Luke, eiskalter Überlebenswille, eine durch und durch dogmatische Einfachheit der Absichten und die absolut egoistische Fähigkeit zur Gewalt, die sich, daheim und in der Schlacht, immer wieder gezeigt hatte.
Tot jetzt. Dieser überragende, distanzierte Mann, in dessen Händen das Schicksal eines Volkes gelegen hatte. Unwiderruflich dahin.
Daß Luke ihn so lange nicht gekannt hatte, schien in kei-

ner Weise den bebenden Schmerz zu verringern, der ihn in diesem Augenblick durchpulste.
Aber er hatte seinen Bruder gefunden, ein stilles, erbittertes Rätsel aus seinen frühesten Erinnerungen. Zu viele Jahre älter, um ein Freund zu sein, und zu gewaltbereit, zu zornig. Als könnten die Wände reden, tönte um Lukes gesenkten Kopf der Lärm der Streitereien seines Bruders mit dem Vater wider. Er hörte seine Mutter, als die Nachricht von Dannis Verschwinden von der Front eintraf. Er sah das aschfahle, entsetzte Gesicht seines Vaters, als die Wahrheit über Dannis Fahnenflucht bekannt wurde. Luke empfand plötzlich Mitleid für den Toten.
Und aus dieser Woge von Mitleid erwuchs in Lukes Innerem ein Gedanke – als sei er schon immer dagewesen und habe nur auf seine Entdeckung gewartet –, daß nämlich *nichts von alledem genauso verlaufen wäre,* wenn sein Bruder es nicht hätte geschehen lassen. Der Tod der Mutter, sein eigenes schwieriges, entwurzeltes Leben – bis hin zu seiner elenden, betrunkenen Einsamkeit in dieser Jerusalemer Winternacht, in der er ganz allein die Last des Todes seines Vaters trug. *Nichts von alledem wäre genauso verlaufen* ... An dem Tag, da Danni beschloß, seinen Posten auf dem Golan zu verlassen, hatte er nicht nur sich, sondern sie alle ins Exil geschickt.
Luke durchlebte einen bitteren Augenblick der Trauer. Ihm war klar, daß er, wenn Yerushalmi recht hatte, seinen Bruder nicht daran hindern konnte, den Nachlaß zu liquidieren und sein Geld zu bekommen. Mehr noch, er erkannte, daß es in der Hand seines Bruders lag, das Lebenswerk seines Vaters – die Sammlung – zu zerstören, eine Art Vatermord zu begehen.
Er sah, daß seine Familie untergegangen war und daß, vom Selbstmord seiner Mutter bis zur Plünderung des Erbes, hinter allem sein Bruder stand.

Dessen Feigheit. Dessen Besitzgier.
Zeit? Als Luke mit dem leeren Eisbehälter in der Hand wieder auf den Kühlschrank zuschwankte, wurde ihm klar, daß er sich keine Zeit lassen wollte.

Er schlief. Im fernen, dämmerigen Licht eines Jerusalemer Winterregens, der durch das Fenster über dem Schreibtisch seines Vaters rann. Er wachte auf, lag lange in seinen Kater versunken da und versuchte, die Gegenwart um sich herum zu ordnen. Als er schließlich mit schmerzendem Kopf aufstand, weil es an der Tür klingelte, war es fast schon wieder Abend.
Hela war gekommen, um ihn zum Abendessen abzuholen. Sie fuhren nach Mea Shearim, und Luke saß schweigend hinter ihr, in der Erschöpfung seiner Trauer tief in sich zurückgezogen.
Erst nach ihrem tristen, schweigsamen Essen war er wieder imstande zu reden. Dann fragte er Dov, den ausgezeichneten Doktoranden, späteren Assistenten und treuen Kollegen seines Vaters, ob er gewußt habe, daß sein Vater Kontakt zu seinem Bruder hatte.
Schweigen. Dann widerstrebend: »*Yadati*, Jules, ich hab's gewußt. Er war hier, dein Bruder.«
»Wie denn? Ich dachte, er könnte nicht zurück?«
Achselzucken. »Für deinen Vater ließ sich alles bewerkstelligen.«
»Wann?«
»Ende letzten Sommers. Für zwei, drei Tage.«
»Hast du ihn gesehen?«
»Hela hat ihn gesehen, durch Zufall.«
»Ich hatte Yossi ein paar Lebensmittel gebracht«, sagte Hela, »und Danni war in der Küche, als ich reinkam. Er

lief raus wie eine Katze, die man in der Vorratskammer ertappt. Ich schwöre, ich dachte, du wärst es, Jules. Oder ein Doppelgänger. Er sah dir so ähnlich, es war verrückt. Ich verstand nicht, warum du wegliefst. Später wurde mir klar, daß es Danni gewesen sein mußte.«
»Joseph hat nie ein Wort drüber verloren«, mischte Dov sich jetzt ein. »Sie verbrachten drei Tage miteinander, allein, zurückgezogen im Haus. Dann war er weg.«
»Hast du ihn gekannt, Dov? Vor dem Krieg?«
»Ein wenig. Er war in Jerusalem oder im Ausland, um Schulen zu besuchen, ich war im Kibbuz. Das überraschende war eigentlich nicht, daß er desertiert ist. Komisch war, daß er überhaupt zum Militär gegangen ist. Die Armee war für Danni viel zuviel Massenaktivität.«
Eine Pause zum Nachdenken. Dann sagte Luke: »Was soll ich tun?«
»Ich werde dir sagen, was du tun sollst«, antwortete Hela. »Laß Danni zum Teufel gehen. Komm zurück, zieh ins Haus deines Vaters und lebe hier. Dov war deinem Vater mehr ein Sohn als Danni je in seinem Leben. Wir sind jetzt deine Familie.«
»Nur wird Danni dich niemals in Ruhe lassen«, sagte Dov darauf energisch. »Kauf ihn mit dem, was ihm sowieso gehört. Komm auf jeden Fall nach Jerusalem zurück, aber gib ihm, was er nach dem Willen deines Vaters bekommen soll, und leb dein Leben weiter.«
Später, als er von Dov nach Hause gefahren worden war, hielt der ihn beim Aussteigen am offenen Wagenschlag zurück.
»Jules. Ich glaube, seine Adresse ist in Josephs Papieren. Ich meine, ich könnte sie finden.«
»Wessen Adresse?«
»Dannis.«
Luke war überrascht, und doch nahm tief in seinem Innern

ein Plan weiter Gestalt an. Aber ein instinktives Gefühl ließ ihn fragen: »Wozu?«

»Um ihn zu finden. Er ist doch dein Bruder.«

Luke schüttelte den Kopf. Doch dann fragte er Dov, ehe er auf die Straße hinaustrat: »In welchen Papieren?«

»Nicht zu Hause, in seinem Büro. Ich weiß, wo man nachsehen müßte.«

»Ich verstehe.«

Schweigen. »Ich bin sicher«, sagte Luke schließlich, »mein Vater wollte, daß du seine Papiere bekommst, Dov. Ich bin sicher, er wollte, daß du seine Arbeit fortsetzt.«

Wie er den Blick jetzt abwandte, sah Dov nicht aus wie der Held zweier Kriege. Sein dunkles Gesicht zeigte seine Demütigung. »Du hast das Testament gesehen. Meinen Namen hat er nicht erwähnt.«

»Na schön, dann erwähne ich ihn jetzt.« Und Luke stieg hinaus in die nasse schwarze Nacht.

Um zwei Uhr nachts hatte der Regen seinen Höhepunkt erreicht und ließ endlich nach. Das Jaffator schwamm in einem einzelnen Flutlicht durchs Tal von Gethsemane.

Erschöpft hob Luke im spärlich beleuchteten Arbeitszimmer den Blick von dem Stapel Briefe auf dem mit allen möglichen Dingen vollgehäuften Schreibtisch seines Vaters. In einer langen, langsamen Bewegung ließ er die Augen über die unzähligen Schätze wandern, das Zeugnis eines historischen Lebens. Er hob den Blick zu den Wänden: zur Chagall-Skizze, die der Maler Benami gewidmet hatte, dem gerahmten Brief Einsteins, dem Rafael Soyer. Seine Gedanken schweiften zu den deutschen Expressionisten, die als Leihgabe im Hebräischen Museum hingen, dem Klimt im Metropolitan, den mittelalterlichen Kabbalatexten, dem Briefwechsel mit Agnon. Und da war mehr. So vieles mehr, als er in Erinnerung bringen konnte. Hier lag noch Forschung für ein ganzes Leben bereit. Für Dov, für Dovs Fachbereich: ein Leben unschätzbaren Sammelns, Denkens und Wirkens. Er schloß die Augen, und weit entfernt in einem Teil seines Geistes, wo Bilder, nicht Worte, gegen das innere Auge gaukeln, sah er, betrunken und mit ungeheurer Klarheit, was geschehen würde.

Es würde alles dahingehen. Gegenstände, die ihm so wichtig waren wie sein Haus, wie sein Vater. Weg – ein ganzes Leben alles weg, weil es ein Fremder so wollte. Einen Moment lang durchzog die bis ins einzelne spürbare Regung reinster Verachtung sein Herz. Dann ließ sie nach, und erschöpft erhob er sich und machte sich an das langsame Gestolper quer durchs Zimmer zur Couch. Er wußte genau, was er tun würde.

Am Morgen, nüchtern in Yerushalmis Büro sitzend, die Füße naß von den überfluteten Gehwegen, war er noch immer fest entschlossen.

»Wie lange wird es dauern, den Nachlaß aufzulösen?«

»Ein paar Monate. Vielleicht bis zum Frühjahr. Sie wollen also wirklich verkaufen?«

»Muß ich dazu hier sein?«

»Zu vielem. Und Ihr Bruder?«

»Geben Sie ihm seins, Avi. Verkaufen Sie alles, und geben Sie ihm seins.«

Von einer Telefonzelle aus, im kalten Nieselregen, rief er Dov an.

»Dov? Hast du sie gefunden? ... Ja? ... Rue de Fleurus Nummer sechs. Letzte Etage ... Ja, ja, ich weiß, Paris sechs ... Danke, Dov.«

Drei Monate waren nötig, um Benamis Erbe zu Geld zu machen. Archäologische Fundstücke gingen, um die Steuern zu zahlen, ans Israel-Museum, die Bücher an einen New Yorker Händler, Benamis Briefwechsel mit Scholem und Ben Gurion an die Beinecke Library und der mit Sartre an die Bibliothèque Nationale. Die Kunstgegenstände wurden in Paris versteigert, wobei die Sammlung deutscher Expressionisten an einen einzigen japanischen Käufer ging, und zwar für fast das Doppelte von Yerushalmis höherer Schätzung für den Gesamtnachlaß. Zwei Derwatts wurden in London zu Preisen verkauft, die Schlagzeilen machten. Luke kaufte das Haus an der Hamevasserstraße mit Inventar aus dem Erlös zurück und zahlte schließlich – zu Yerushalmis Verdruß – die Hälfte des Marktwerts wiederum an Gebühren und Erbschaftssteuern. Der düstere Jerusalemer Winter mit seinen eisigen Regenböen legte sich frostig über die judäischen Berge und ließ die steinerne Stadt im grauen Tageslicht versinken. Luke kaufte in einem Teehaus in der Altstadt etwas Haschisch. Tagsüber ging er an der Mauer spazieren oder auf den schlammigen Straßen, die zum Skopus-Berg hinaufführen. Abends spielten er und Dov Schach, und Luke begann zu spüren, daß Dov ihm gegenüber, der er reich, jung, frei war, im alleinigen Besitz des intellektuellen Vermächtnisses seines Vaters, Neid entwickelte. Luke dagegen fühlte sich nicht beneidenswert: Das Erbe belastete ihn, er war voller Angst vor dem, was zu tun sei, und ohne einen Ort in der Welt, wohin er sich wenden konnte.

Nachts packte er die Papiere vom Schreibtisch seines Vaters in Aktendeckel und sortierte die liegengebliebene Korrespondenz aus, damit Dov sie erledigte. Die Schubladen enthielten Schätze, die dem Verkauf entronnen waren: eine Sammlung Yizkors, fünf Briefe von Golda Meïr, die römische Statuette einer Tanzenden in einem fließenden

Gewand. Wie besessen räumte er alles fort. Eines Morgens stieg er in den Keller hinunter, holte Hammer und Meißel und öffnete das Schloß zur letzten Schublade. Darin lagen zehn Notizbücher, das private, auf jiddisch geschriebene Tagebuch seines Vaters.

Es war ein Schock für Luke, als ihm klar wurde, was er gefunden hatte. Könnten sie die Einzelheiten der Italienischen Passage enthalten? Inzwischen war Yerushalmi, der größte Geheimniskrämer der Welt, der einzige Lebende, der die Route kannte. Mit klopfendem Herzen ordnete Luke die Bände und schlug den ersten auf.

Aber er begann mit der Ankunft Benamis und seiner neuen Frau in Jerusalem nach dem Krieg. Er trug die Aufschrift »Band 3«, und die ersten beiden waren nirgends zu finden. Luke ertappte sich bei dem Gedanken, daß das unvollständige Tagebuch für einen Sammler viel weniger wert wäre. Er dachte: Mein Bruder hat mich so weit gebracht, daß ich das ganze Leben meines Vaters unter finanziellen Gesichtspunkten betrachte. Er dachte: Mein Bruder hat mich sogar um den Tod meines Vaters gebracht.

Die ersten regnerischen Frühlingsstürme erwärmten den Morast in den Straßen und verliehen den dunklen Olivenbäumen ein helleres Grün. Die abschließende Auktion fand Ende März statt; jetzt waren weitere Steuern zu zahlen, ehe das Geld aufgeteilt und Schecks an Luke und seinen Bruder ausgestellt werden konnten. Luke ließ sich einen Vorschuß von zehntausend Dollar auszahlen. Der Rest seines Geldes, so ordnete er an, solle auf einer Pariser Bank hinterlegt werden. Er vermietete das Haus seines Vaters für einen symbolischen Preis an Dov und Hela und ordnete an, daß ausschließlich Dov Zugang zu den Papieren seines Vaters erhielt. Ende März fuhr er mit Dov zu seiner Reiseagentur und kaufte sich ein Flugticket nach New York.

Eine letzte Nacht im Haus seines Vaters. Eine letzte Nacht lang trinken, das im Flutlicht liegende Jaffator jenseits der abwärts gerichteten Linie der Dächer im Tal, den trockenen Wüstenhimmel beobachten, der sich mit Hitze aus dem Osten aufzuheizen begann. Eine letzte Nacht unter der Mohairdecke auf der Couch im Arbeitszimmer schlafen, die anderen Räume, bis auf das Wohnzimmer mit der Hausbar und die Küche mit dem Eis, noch immer unbekanntes Terrain. Dov und Hela brachten ihn zum Flughafen zu seinem Flug nach New York. Die Maschine stieg in den sich erwärmenden blauen Himmel auf, und Israel versank, ein Fleck sandigen Graus am Rande des Mittelmeers.
Auf dem Flughafen hatte Dov nachgefragt: »Wegen deines Bruders willst du also nichts unternehmen?«
»Nichts, Dov. Ich wollte ihm eigentlich schreiben. Aber inzwischen habe ich keine Lust mehr dazu.«
»Und in New York?« erkundigte sich Hela. »Was erwartet dich dort?« Er zuckte die Achseln und überlegte, warum er den beiden nicht die Wahrheit sagen wollte. »Die Rückkehr an die Arbeit, nehme ich an.«
Sehr leise sagte Hela: »Das ist nicht recht, Jules. Du schickst dich selbst ins Exil. Du gehörst hierher.«
Gehören? Als Luke aus dem Flugzeug in den Kosmos hinaussah, mußte er fast lachen. Kein Wort, das man im Zusammenhang mit ihm gebrauchen konnte, war unangebrachter als »gehören«. Als die Maschine auf dem Weg nach New York in Orly Zwischenstopp einlegte, nahm Luke sein Gepäck und stieg aus; die Paßkontrolle passierte er als Luke Benami mit seinem amerikanischen Paß, dann nahm er sich ein Taxi, hinein in die gräßliche, grüne, obszöne Milde eines Pariser Frühlingstages.

Zweites Kapitel

Ich war in Paris, als Luke dort ankam. Und ich habe ihn dort gesehen. Nur wußte ich nicht, daß es Luke war, und es war auch nicht das erste Mal, daß ich ihn sah. Das erste Mal lag Monate zurück. Und da war er es auch nicht.

Ja, ich werd's erklären.

Stellen Sie sich den Spätsommer 1988 vor, den Spätsommer vor Lukes Ankunft in Paris im Frühling. Im Wiener Stadtteil Döbling, im Obergeschoß des Hauses Frederickstraße 29, sitzt ein Mädchen in seinem Zimmer am Klavier dicht am Fenster. Sie übt nicht, sie sitzt nur da.

Sie ist zweiundzwanzig, im letzten Hochschuljahr und wohnt noch immer zu Hause. Mittelgroß, blond, sehr deutsches Gesicht. Ihr Verhalten weist zwei äußerst unterschiedliche Merkmale auf. Einerseits ist sie sichtlich an das Zuhausesein gewöhnt, ist sich ihrer Umgebung sicher, ein Mädchen, das sein ganzes Leben an einem Ort verbracht hat. Andererseits ist eine große Ungeduld nicht zu übersehen: in der Schnelligkeit ihrer Bewegungen, im Kopfzucken, mit dem sie ihr Haar immer wieder schwungvoll nach hinten wirft. Dies sind reine »Übersprunghandlungen«, wie sie viele aufweist – sie raucht, zittert, zappelt nervös herum. Alles Zwang; ihrer Sicherheit entspricht die Disziplin, unter der sie aufgewachsen ist, und es besteht nicht viel Freiraum, ihre Spannungen direkt freizusetzen.

Dieses Mädchen bin ich, Natalie Hoestermann. Es ist Ende August, genau ein Jahr, bevor ich Luke zum letzten Mal auf der Fähre nach Astypaläa begegnen werde. Und an diesem Tag wird sich mein Leben verändern, von Grund auf. Aber seien Sie davon nicht allzusehr beeindruckt: Ich hatte schon lange, lange darauf gewartet, daß es sich ändern würde. Und hätte es sich nicht an jenem Tag auf die Weise verändert, wie die Ereignisse es geschehen ließen – nun ja, ich möchte nicht an die verschiedenen Möglichkeiten denken, wie ich es selbst hätte ändern müssen.

Als ich an diesem Tag von meinem Klavierschemel müßig aus dem Fenster schaute, wo sich strahlendes Spätsommerlicht in die menschenleere, sonntagnachmittägliche Straße ergoß – eine Stille, die an diesem Sonntag nach dem Mittagessen von allem Österreichischen an sich zeugte, von einer Fadheit, die mich mit ihrer altgewohnten Monotonie bedrückte –, bemerkte ich ein neues Detail in dem, was ich draußen sah.
Es war ein Mann, der allein vor dem Gebäude auf der anderen Straßenseite stand und – offensichtlich – unsere Haustür beobachtete. Er trug einen lose geschnittenen schwarzen Anzug, eindeutig einen guten, und einen schwarzen Kaschmirmantel. Er rauchte amerikanische Zigaretten, aber ich hatte nicht das Gefühl, daß er Amerikaner war.
Ich hatte keine Ahnung, wer es sein könnte. Sein Haar war schwarz, und obwohl er nicht hübsch war, hatte sein Gesicht, sein hohes, breites Gesicht, das beinahe arabisch wirkte, wenn auch recht blaß, etwas an sich, was meine Aufmerksamkeit heftig, sehr heftig erregte. Mehr als alles andere beeindruckten mich seine Augen: Sie standen so weit auseinander, daß ich ihn mir einen Moment lang im Profil als Flunder vorstellte, und das brachte mich zum Lachen.

Es ist merkwürdig, dieses Lachen. Jahre später erinnerte ich mich mehrmals daran, daß dieses Lachen nur einer Hälfte meines Naturells entsprang, einer Hälfte, die nicht oft wieder zum Vorschein kommen sollte. Verstehen Sie, nur ein Kind konnte über diesen Mann mit seinem intensiven Blick, der extremen Spannung seines Wesens lachen. Nur ein Kind konnte übersehen, daß dieser dunkle, schmächtige Mann, der da gegenüber auf der anderen Straßenseite stand, nichts Gutes bedeuten konnte, ganz und gar nichts Gutes.

Nicht nur ich bemerkte den Mann. Ich hörte unter meinem Zimmer den Schritt meiner Mutter auf dem Treppenabsatz im zweiten Stock und das Klappen der Schlafzimmertür, die sie zu ihrem Nachmittagsschläfchen ins Schloß zog, aber das nächste Geräusch, das der Sprungfedern ihres alten Bettes unter ihrem Gewicht, kam nicht. Plötzlich spürte ich, daß auch meine Mutter am Fenster stand und beobachtete, wie mein Vater über die Straße schlenderte und den Fremden begrüßte, dann kehrtmachte und mit ihm ins Haus ging. Und eine tiefempfundene traurige, mitleidige Liebe für meine nervöse, alternde Mutter durchzuckte mich, als wüßte ich, daß dieser unbekannte Mann nicht nur mein Leben ändern würde, sondern auch ihres. Unser aller Leben.

Mir brauchte man nicht zu sagen, daß ich bei dem Treffen zwischen dem Fremden und meinem Vater unten im Haus nicht willkommen war. Es dauerte den ganzen Nachmittag. Zweimal ging ich an der Tür zum Arbeitszimmer meines Vaters vorüber: einmal auf dem Weg zur Küche, einmal auf dem Weg nach draußen. Ich machte mich zu Wolf auf, um bei ihm Zuflucht zu suchen, aber als ich dort ankam, drehte ich unwillkürlich um und trat den Heimweg an, und als

ich zurückkehrte, stand die Tür zum Arbeitszimmer offen. Darin sah ich den Mann mit dem Rücken zu mir.
Er schaute aus dem Fenster und drehte sich um, wie gegen seinen Willen, als mein Vater aus dem Wohnzimmer mit zwei Gläsern in der Hand zurückkam, jedes mit viel Cognac darin – erstaunlich viel. Mein Vater, offensichtlich tief in Gedanken versunken, schien kurz zu erschrecken, als er mich sah. Dann faßte er sich und winkte mich ins Zimmer. Er redete zu meiner Überraschung in seinem deutsch gefärbten holprigen Französisch.
»*Monsieur, voyez,* das ist meine Tochter Natalie. Meine Tochter spricht viel besser Französisch als ich! Natalie, *ceci est Monsieur* ...« Mein Vater hielt inne, nicht, als wenn er den Namen nicht wüßte, sondern als ob er zögerte, welchen Namen er ihm geben solle. Der Fremde ließ seinen Blick voll auf mir ruhen, bevor er den Namen aussprach.
»Tueta. Monsieur Tueta, Herr Hoestermann.«
Ich hielt den Atem an. So hatte mich noch niemand angesehen.

Was war das in diesem Blick? Die heftigen, weit auseinanderstehenden Augen blickten mich mit unergründlichem Gleichmut an. Der volle Mund war zu einem Ausdruck erstarrt, einem Lächeln so fern, daß es fast ein Negativmerkmal war, Ernsthaftigkeit am Gefrierpunkt. Und in dem langen Augenblick, den er mich anstarrte, erkannte ich, daß das Quälendste von allem der absolute, unüberwindliche Mangel an Neugier in seinem Blick war.
»Bonjour, monsieur.«
Der Fremde nahm ohne eine Antwort höflich Haltung an,

und mein Vater begann mit geübter, nervöser Gewandtheit zu reden. Ich sah ihn nicht gerne so.
»Monsieur Tueta ist an unserem Haus interessiert, mein Schatz. Es scheint, seine Familie hat hier mal gewohnt, ist das zu glauben? Und nun arbeitet er an einer … einer Familiengeschichte. Sein Glück ist … er wußte gar nicht, was für ein sorgsamer Archivar dein Alter ist! Ich denke …«, er wandte sich jetzt dem Fremden zu, und sein Verhalten änderte sich spürbar, »ich denke, wir haben dem Herrn ziemlich viel von dem, wonach er sucht, geben können und mehr noch, *hein, monsieur?*«
Für eine Sekunde trat Stille ein, dann richtete der andere seinen Blick auf meinen Vater und sagte wie abwesend, mit einer Höflichkeit, in der Drohung wie Verachtung enthalten waren: »Sie sind mir eine große Hilfe gewesen, Herr Hoestermann, eine große Hilfe. Trotzdem werde ich das Gefühl nicht los, daß Sie eine noch größere Hilfe sein könnten.«
»Aber Monsieur.« Spürte ich, daß mein Vater in Panik geraten war? Wahrscheinlich. Trotzdem machte sich sein Alter bemerkbar: Vielleicht war er in Panik, aber er war der Ältere und hatte sich in vielerlei Hinsicht unter Kontrolle. »Ich denke, ich habe eine ganze Menge getan. Und ich denke auch, daß Sie überlegen sollten, wie weit Sie gehen wollen in dieser … Untersuchung.«
Der Mann nickte, und die Drohung, die unter seiner Höflichkeit verborgen lag, wurde noch spürbarer. »Ich werde auf jeden Fall darüber nachdenken, Herr Hoestermann. Oder sollte ich sagen – wie hieß es noch? – *Obersturmführer?* Und ich werde Sie wissen lassen, wie ich mich entscheide.«

Dann war er weg. Als mein Vater, der ihn hinausbegleitet hatte, zurückkam, war sein Gesicht vor Erschöpfung noch

faltiger, und mir wurde wieder einmal bewußt, wie alt er war: über siebzig. Zu alt, um eine Tochter wie mich zu haben. Jemand hat mal gesagt, in meinem Land wird man schuldig geboren. Einige von uns sind schuldiger als andere. Als mein Vater zu sprechen begann, war es, als käme seine Stimme von einem immer weiter zurückweichenden Punkt, aus einer immer größeren Ferne.
»Gut, mein Liebling, nun lauf. Papa braucht Ruhe.«
Liebling. Wie sehr ich mir wünsche, ihn dieses Wort noch einmal so sagen zu hören, wie er es immer sagte, ehe dieser Mann erschien. Es ist wie ein Durst.

Nicht viel später, zwei oder drei Tage danach, kam ich am frühen Nachmittag aus einer Vorlesung, als ich ihn am Tor zum Hochschulgelände, an eine sich golden verfärbende Kastanie gelehnt, warten sah. Er trug wieder untadeliges Schwarz und hatte eine Lederaktentasche in der Hand. Ich trat auf ihn zu und war mir des Kontrasts zwischen seiner korrekten Kleidung und meinen Jeans, meiner weißen Bluse und der alten Jeansjacke peinlich bewußt. Es war egal; sich absurd vorzukommen ist das richtige Gefühl in diesem Alter. Ich war nicht erstaunt, ihn zu sehen. Es war, als hätten wir eine Verabredung.
Er sprach erst, als ich dicht bei ihm war; und er sprach wieder mit teilnahmsloser Verachtung, so daß ich, wie beim letzten Mal, das Gefühl hatte, plötzlich nicht mehr zu existieren. Inzwischen weiß ich, daß diese Grobheit eine Art Anerkennung war.
»Écoutez, mademoiselle. Seien Sie so freundlich und lassen Sie uns gemeinsam was trinken.«
Ich nickte, und wir gingen schweigend über die Straße in ein Café. Er verlangte einen Tisch und bestellte, ohne die

Kellnerin anzusehen. Also behandelte er nicht nur mich so. Es war, als existierte keiner von uns. Er sprach, die Augen ausdruckslos auf meine gerichtet.

»Ich habe Ihnen etwas Kompliziertes mitzuteilen. Es dauert nicht lange. Wenn Sie so freundlich wären, nur zuzuhören, wäre ich Ihnen dankbar.«

Ich nickte, und er machte eine Pause, in der er seine schwarzen Augen in die Ferne wandern ließ und sich die Lippen befeuchtete.

»Danke.« Den Blick erneut auf mein Gesicht gerichtet, sprach er in gemessenem Ton.

»Ihr Vater besitzt etwas, das meiner Meinung nach mir gehören sollte. Es ist kein Geld wert, und es ist für niemanden von Bedeutung, außer für mich. Ich habe ihn neulich nachmittag gebeten, es mir zu zeigen; er hat abgelehnt. Ich habe ihm gedroht; er hat dennoch abgelehnt.« Er hielt inne und befeuchtete sich wieder die Lippen, als komme ihm erst jetzt zu Bewußtsein, daß eine Drohung in der Welt, in der ich lebte, nicht unbedingt an der Tagesordnung war. Er fuhr fort.

»Also. Was kann ich tun, um seine Einstellung zu ändern? Ich habe nicht vor, sein Haus auszurauben; vielmehr reise ich aus Wien ab, wenn wir mit unserem Gespräch fertig sind. Ich habe nur eine einzige Waffe, und das sind Sie. Tut mir leid, Mademoiselle.«

»Das glaube ich nicht.« Er war überrascht, mich sprechen zu hören, aber ich konnte nicht anders. Mein alter Fehler. Und wichtiger: Es kam mir vor, als verstünde ich schon in diesem Augenblick, was er mir antun würde. Er würde mich in die Verbannung schicken. »Ich glaube nicht, daß es Ihnen leid tut.«

»Je vous ai demandé d'écouter, mademoiselle, nicht zu sprechen.« Sein Gewicht auf dem Stuhl verlagernd, griff er in die Tasche und zog ein Dokument heraus, ein ausgebli-

chenes gelbliches Blatt Papier. Am oberen Ende stand auf deutsch: *Auswanderungsvisum.* Daß es ein Hakenkreuz trug, erstaunte mich nicht. Er ließ mich das Blatt einen Moment lang betrachten, dann steckte er es zurück.

»Werden Sie sich erinnern können, wenn Sie so eines wiedersehen?«

Ich nickte. »Ich glaube schon, ich bin ja nicht blöd.«

Er lächelte zum ersten Mal, ein Lächeln, das so schnell schwand, wie es gekommen war, und ich hatte den Eindruck, daß dieser Mann unter anderen Verhältnissen nicht so widerwärtig wäre wie im Augenblick.

»Ihr Vater hat einen ganzen Stapel davon in seinem Safe. Vielleicht vierhundert oder so. Ich möchte sie haben.«

Ich nickte. »Aha.«

Jetzt zog er eine Visitenkarte aus seiner Jackettasche. »Es gibt nichts, was ich dem Menschen, der sie mir verschafft, nicht schenken würde.«

»C'est bien rigolo, ça, puisque für mich gibt es nichts, was ich annehmen würde. Nein, behalten Sie Ihre Karte; ich möchte sie nicht.«

Er steckte die Karte wieder ein.

»Vielleicht nicht. Aber ich werde Ihnen trotzdem etwas schenken.«

Warum stand ich nicht auf? Warum stand ich nicht auf und ging? Ich wollte es tun, aber die Sekunden verstrichen, und ich rührte und rührte mich nicht. Er sprach inzwischen weiter, und zum ersten Mal hatte ich das Gefühl, daß seine Teilnahmslosigkeit nachließ.

»Dies ist mein Geschenk an Sie, Mademoiselle. Ein kleiner Tip. Steigen Sie auf den Dachboden hinauf. In Ihrem Haus. Nehmen Sie ein Brecheisen mit. Gehen Sie zu der Gaube über dem mittleren Fenster – können Sie mir folgen? Das mittlere Fenster. Stemmen Sie mit dem Brecheisen den Sims unter dem Fenster hoch; dazu müssen Sie zuerst das

Fenster öffnen. Zwischen der inneren und der äußeren Mauer werden Sie ein Fach entdecken; darin finden Sie etwas.«
Nun verstummte er. Er erhob sich, langte in seiner Tasche nach einem Geldschein und ließ ihn auf den Tisch fallen, als die Kellnerin mit unseren Getränken erschien.
»Ich glaube, Sie werden es interessant finden, Mademoiselle. Bringen Sie es Ihrem Vater. Warten Sie, was er sagt. Richten Sie dem Herrn Obersturmführer aus, daß dieser kleine Hinweis von mir nur der Anfang dessen ist, was ich zu geben habe.«
Ich blickte auf. »Wenn es Ihre Absicht ist, mir etwas über meinen Vater zu erzählen – ich weiß es bereits.«
Jetzt trat ein Ausdruck echter Verachtung auf sein Gesicht, Verachtung, die er nicht unterdrücken zu können schien, und ich begriff so allmählich dieses Gefühl, daß um ihn herum nichts wirklich existierte. Er setzte sich wieder.
»Tatsächlich, meine Liebe? Dann habe ich Sie falsch eingeschätzt. Etwas gab mir das Gefühl, Sie wären nicht wie ...« Er machte eine ruckende Kopfbewegung.
Meine Stimme erhob sich barsch, so erschrocken war ich. »Mein Vater ist in Nürnberg freigesprochen worden. Er hat Hunderten von Juden das Leben gerettet. Lesen Sie sein Buch, da werden Sie was lernen.«
Doch er blieb ungerührt. »Danke für den Geschichtsunterricht, Mademoiselle. Höchst informativ.« Er stand wieder auf, und jetzt wurde auch seine Stimme lauter. »Aber vielleicht sind Sie es, die ein paar Nachforschungen anstellen sollte. Warum sehen Sie sich die Sache nicht an? Ach, und die Dinge, die Sie in dem Versteck finden? Bitten Sie Ihren Vater, sie mir zurückzugeben. Sie gehören *meinem* Vater.«
Und damit ging er davon, als könnte er es nicht länger ertragen zu warten, und ließ mich mit unseren Getränken am Tisch sitzen.

Das nächste Mal sah ich ihn im folgenden Frühjahr. In einem winzigen Café in einer winzigen Straße in Paris. Bloß war er's nicht. Und er erkannte mich nicht.
Ja, ich werd's erklären.

Es wurde kühler, und der Herbst wurde von Nordwinden, die Regenwetter brachten, davongefegt. Im Winter fing das neue Semester an, und meine letzten Hochschulmonate begannen, hinter denen als steiler Aufstieg in eine andere Welt die Zukunft lag. Ich hatte keine Pläne: Weder wollte ich eine Doktorarbeit beginnen noch mich um Arbeit kümmern, nichts. Es war, als hätte ich bereits alles gewußt.
Ich besuchte Seminare und Vorlesungen, schlief mit Wolf und fühlte, wie die kostbaren Tage einer nach dem anderen davonglitten. Ich habe eigentlich sogar eine glückliche Erinnerung an diese letzten Monate. Aber immer war mir vollkommen klar, was ich tun mußte. Und als sich der Winter über Wien gebreitet hatte, die Stadt meiner Kindheit, die Stadt, in der ich mein ganzes Leben zugebracht hatte, war mir, als hätte sich für mich alles schon verändert.
Was für eine sonderbare Reise ist unser Leben, eine Geschichte, deren Bedeutung erst zutage tritt, wenn wir bereit sind, sie zu verstehen. Heute weiß ich, daß ich auf die Begegnung mit Monsieur Tueta schon jahrelang gewartet hatte. Doch erst viele Monate später stieg ich mit einem Brecheisen auf den Dachboden hinauf, öffnete das Gaubenfenster gegen den eisigen Wind und riß das Blech vom Sims, um das Versteck darunter freizulegen. Und während ich auf die von Laternen beleuchtete Straße unten blickte – die in der kalten Nacht genauso aussah, wie sie derjenige

gesehen haben mußte, der das Versteck angelegt hatte –, hob ich in dem dunklen Raum den Inhalt heraus, die versteckten Dinge, mit denen ich fast jede Nacht meiner zweiundzwanzig Lebensjahre unter einem Dach geschlafen hatte.
Es waren ein schwerer, goldener siebenarmiger Leuchter, eine Menora, wie ich später lernte, und eine in Leder gebundene Thora.
Nachdem ich das Fensterblech zurückgelegt und das Fenster geschlossen hatte, las ich auf der Innenseite des Thoraeinbandes ein einziges Wort in lateinischer Schrift, das über einer handgeschriebenen Kolumne in einer Sprache stand, von der ich später erfuhr, daß es sich um Jiddisch handelte: einen Familiennamen. Er lautete Neumann.
Tueta. Nach seinem Willen sollte ich diese Sachen meinem Vater bringen. Aber ich legte sie zurück, nachdem ich lange Zeit mit ihnen dagesessen und in den blind machenden Nebel des Argwohns gestarrt hatte, der von nun an meine Welt einhüllen sollte. Ich wußte nicht, was diese Dinge bedeuteten. Ich wußte nur, daß es keine Sicherheit mehr in meinem Leben gab.
Mein heldenhafter Vater. Ein Baum im Garten der Gerechten war für ihn in Jad Vaschem gepflanzt worden.
Was bedeutete es dann, daß dieses Haus einmal Juden gehört hatte? Und was versuchte dieser Mann, Tueta, mir zu sagen?
Vielleicht hatte ich unterschwellig längst etwas gewußt.
Ich verschloß das Versteck und ging nach unten. Leise. Als wollte ich meine Eltern nicht wecken.
Und immer noch redete ich mir ein, die Dinge wären nicht so klar wie ein Foto im Entwicklerbad, dort in dem Nebel, in dem ich mir selbst nicht eingestand, was ich mir vorgenommen hatte.

Und dennoch, was gestand ich mir nicht ein? Nichts. Ich versteckte nichts. Es war, als sei eine Uhr gestellt worden, und ich brauchte nichts weiter zu tun, als mich ihren Terminen zu fügen. Es wurde wärmer, ich legte ein Examen nach dem anderen ab, und während Freunde sich vielleicht Gedanken darüber machten, ob sie eine Doktorarbeit schreiben sollten, oder an Umzüge oder Jobs dachten, tat ich nichts. Ich spielte Klavier in meinem Zimmer. Lauschte Bryan Ferry, während ich mit Wolf schlief – oder vielmehr zuließ, daß er mit mir schlief. Ich las an meinem Fenster, während die Tage länger wurden und die Nächte kürzer; ich tat so, als schliefe ich nicht in dem Haus, in dem einst die Familie Neumann gewohnt hatte.
Und erst an einem Frühlingsmorgen, am Tag nach meinem Hochschulexamen, holte ich den Schlüssel zum Safe meines Vaters aus seinem Versteck hinter dem Schreibtisch, schloß den Safe auf und nahm den mit Bindfaden zusammengebundenen Stapel Auswanderungsvisa heraus, von denen der Mann mir erzählt hatte. Im Licht der Morgendämmerung sah ich mir in meinem Zimmer nur eines an, als ich sie mit meinen Kleidern und den beiden Gegenständen, die ich erneut und zum letzten Mal aus ihrem Versteck geholt hatte, in meinen Koffer packte. Julius Michael Neumann, männlich, Alter: neunundfünfzig. Beruf: Hochschullehrer; Adresse: Wien, Frederickstraße 29; Datum: 1942. Die langen Linien von Monsieur Tuetas Gesicht traten auf dem ausgeblichenen Foto des alten Professors, das mit einem Stempel des Dritten Reiches auf das Dokument geprägt war, vage zutage.
Ich machte den Koffer zu, und als an diesem Tag im April des Jahres 1989 die Sonne über Wien aufging, saß ich bereits im Zug nach Paris. So kam es, daß ich dort war, als Luke eintraf.
Ach – ich holte noch zwei Dinge aus dem Safe meines Va-

ters. Ich nahm – stahl – ein mehrere Zentimeter dickes Bündel Deutsche Mark. Viel Geld – und trotzdem nicht annähernd genug, um mich über Wasser zu halten, bis ich Wien wiedersehen würde.
Und ich nahm eine Geschäftskarte mit. Sie trug den Namen: Maurizio Tueta, Antiquaire. 13, Rue du Faubourg Saint-Honoré, Paris – Piazza Santo Spirito 2, Florenz.

Nie werde ich diese seltsamen Frühlingstage beschreiben können. Paris unter seinem hohen Himmel, dicke Wolken zogen zum Meer, die Tulpen blühten; die Bäume in blaßgrünem Laub, diese unerträgliche Fruchtbarkeit. Paris ist eine entsetzliche Stadt für eine hilflose junge Frau. In jedem Café, in jedem Winkel lauerte ein Mann darauf, mir Avancen zu machen: Franzosen, Amerikaner, Afrikaner. Ich konnte nicht einmal allein auf einer Parkbank ein Häppchen zu mir nehmen. Daß ich meinen Vater bestohlen hatte, lag mir schwer auf der Seele, es war halb schlechtes Gewissen, halb Furcht. Dann hatte ich eine Idee: Ich nahm meinen Koffer mit der Menora, der Thora und den Dokumenten und brachte ihn zur Gepäckaufbewahrung in der Gare de l'Est.
Danach fühlte ich mich nicht mehr so ängstlich.
Jeden Tag spazierte ich den Boulevard Saint-Michel hinauf und über die Seine. Den Quai entlang zu den Tuilerien und quer durch den Park zur Rue du Faubourg Saint-Honoré. Die Nummer 13 war eine Galerie, ein dunkelgrünes Schild mit goldener Schrift verhieß: ANTIQUITÉS. OBJETS D'ART. Jeden Tag war das Fenster mit einem eisernen Rolladen verschlossen. Und jedesmal, wenn ich die verschlossene Tür erblickte, verspürte ich Panik. Ich war ja schließlich nur deswegen gekommen.

Ich war von zu weit her gekommen. Und ich konnte nicht zurück. Mein Vater würde mich wieder aufnehmen, das war es nicht. Aber ich war von zu weit her gekommen, und ich konnte nicht zurück. Nicht ohne in Erfahrung zu bringen, was dieser Mann über meinen Vater wußte. Nicht ohne in Erfahrung zu bringen, ob mein Vater mich mein ganzes Leben lang belogen hatte. Völlig verzweifelt entschloß ich mich, in der Boutique nebenan zu fragen. Hier erfuhr ich, daß die Galerie schon seit einigen Monaten geschlossen war: »Nein, Mademoiselle, der Besitzer ist noch nicht zurück«, nicht soweit man wußte. Ich fragte im Schuhgeschäft gegenüber: dasselbe. Immer frustrierter zog ich den ganzen Block hinunter Erkundigungen ein: nichts. Bis mir in einem kleinen Restaurant in der Rue du Marché Saint-Honoré an einem Spätnachmittag mitten in der Woche der Barkeeper Antwort gab.

»Ah, *oui,* Monsieur Tueta. Er hat früher fast jeden Tag hier zu Mittag gegessen. Jetzt ist's, oh, schon Monate her, seit ich ihn zuletzt gesehen habe. Aber wo ich jetzt so drüber nachdenke, verschwindet er oft monatelang; er ist sicher auf einer Geschäftsreise. Ich glaube, er wohnt auf der anderen Flußseite. Marie!« rief er durch eine Tür, und eine Frau kam heraus. »Marie, hat dir nicht Monsieur Tueta gesagt, er wohnt drüben im Siebten, wo alle Amerikaner wohnen?«

»Bonjour, mademoiselle.« Nachdem die Frau sich die Hand an der Schürze abgewischt hatte, gab sie mir kurz ihre warme Patsche. *»Non, chéri,* kannst du dich an Sophies Mann, Alain, erinnern? Der in dem Café direkt am Jardin du Luxembourg arbeitet?«

»Ah, ouaih, ma chère – mir scheint, *ma chère femme n'oublie jamais rien, comme un éléfant.* Wie hieß es noch ... Le Fleurus, so hieß es. Er hat Monsieur Tueta gekannt, hat gesagt, er wohnt gleich in der Nähe.«

So geschah es, daß ich im Le Fleurus saß, als an einem regnerischen Nachmittag, während fünf oder sechs Stammgäste schweigend über ihrem Pernod oder *ballon de rouge* saßen, Maurizio Tueta hereinkam. Nur erkannte er mich nicht wieder. Und langsam wurde mir klar, daß er es gar nicht war.

Der Mann, den ich in Wien kennengelernt hatte, war Mitte Dreißig. Der hier war Mitte Zwanzig. Im übrigen waren sie nahezu gleich. Ungefähr einsachtzig, schlank, mit breiten Schultern und einer zögernden Grazie, einer gewissen Schüchternheit in den Bewegungen. Er war einen Moment unschlüssig, dann kam er ein bißchen steif durch die gläserne Eingangstür in das Café. Es war nicht er. Aber als er hereinkam, rief der Barkeeper: »*Bonjour,* Monsieur Tueta.«

Offensichtlich überrascht, blickte er sich unter den wenigen Stammgästen um, als überlegte er, wen der Barkeeper gemeint haben könnte, und in der Sekunde, in der er den Kopf wendete, war die extreme Eckigkeit seines Gesichts von vorn und von der Seite zu beobachten: die markanten, hohen Wangenknochen, die Adlernase, die hohe Stirn unter dem Haaransatz und die so weit auseinanderstehenden Augen. War er es? Ich erhob mich, um ihn zu begrüßen, doch sein Blick fiel auf mich, ohne daß er mich wiederzuerkennen schien, so daß ich mich wieder setzte. Schließlich trat er auf den Barkeeper zu, der weiter vertraulich auf ihn einsprach, was so gar nicht zu der Verlegenheit des Mannes passen wollte. Sie wechselten ein paar Worte, tranken Rotwein aus kleinen, langstieligen Gläsern, aber es war fast so, als litte der Mann an totalem Gedächtnisverlust, denn angesichts der Vertraulichkeit des Barkeepers nahm seine Verwirrung sichtlich zu. Dann kam ein anderer Gast herein, und der Barkeeper wandte sich ihm zu. Ohne zu zahlen, ging der linkische Junge hinaus, blieb kurz stehen, lief am Haus entlang und betrat zögernd die Durchfahrt zum Hof des Gebäudes.

Was hätte sich geändert, wenn ich diesen Mann angesprochen hätte, der der Mann war, auf den ich wartete, und der es doch nicht war?

Vielleicht würde sich nichts geändert haben, wenn Luke und ich uns an diesem Tag kennengelernt hätten – vielleicht aber auch alles. Alles. Sicherlich wären zwei Menschen nicht gestorben; zwei Morde wären nicht geschehen, und eine Unmenge Leid, unsagbares Leid, wäre verhindert worden.

Jemand hat mal gesagt: In meinem Land werden wir alle schuldig geboren.

Drittes Kapitel

Das Taxi vom Flughafen Orly kam vor der Nummer 6, Rue de Fleurus, zum Stehen, und die Räder rutschten leicht über den nassen Straßenbelag. Im Erdgeschoß befand sich ein Café, Le Fleurus, und Luke stieg aus. Er stand da und betrachtete die grün-weiße Markise, die Zinktheke und das düstere Innere, soweit es durchs Fenster möglich war. Der Anblick erfüllte ihn mit einer gewissen Beklemmung, alles war ihm tief vertraut und gleichzeitig furchtbar fremd: Es war vier Jahre her, seit er zuletzt in Paris gewesen war. Im Nieselregen drehte er sich um und ging, seine kleine Reisetasche in der Hand, bis zum Ende der Straße, wo sie auf den Jardin du Luxembourg stößt, und schritt durch das offene Parktor.

Die köstliche Wärme der Stadt in den ersten Frühlingstagen; das dunstige Licht; die beschnittenen Kastanien im frischen Laub, das den leichten Regen aufhält, der aus dem bleigrauen Himmel fällt. Wie wohl sein Bruder sein mochte? Er versuchte, sich ihn vorzustellen, konnte es jedoch nicht und empfand plötzlich ein leises Entsetzen, als seine Gedanken wie ein flacher Stein, der über die Oberfläche eines ruhigen Sees hüpft, auf eine Angst nach der anderen stießen. Noch einmal suchte er in seinem Gedächtnis nach einem Gefühl für ihn und spürte nur Unerklärliches: die undeutliche Erinnerung an Angst, an Furcht vor dem Temperament seines Bruders. Die unendlichen Streitereien zwischen ihm und seinem Vater. Die seltsame oberflächliche Trauer über sein Verschwinden; das Weinen seiner Mutter Nacht für Nacht. Hela hatte gesagt, die Ähnlichkeit der beiden Brüder sei bemerkenswert, aber wahrscheinlich meinte sie nur ihre körperliche Ähnlichkeit. Womit beschäftigte sich Danni? Wie kam es, daß er, ein Landesverräter, nach seiner Flucht aus Israel jetzt in einer ruhigen, luxuriösen Straße des VI. Arrondissements von Paris wohnte? Und wie würde er reagieren, wenn Luke aufkreuzte? Unwillkürlich mußte er an sein Nahkampftraining in der Armee denken. Er schlenderte ein paar Schritte in den Park hinein, blieb stehen und ging wieder zurück, wobei er eine Nervosität empfand, wie sie – so stellte er es sich vor – Schauspieler vor dem Auftritt fühlten. Seit Jahren verspürte er zum ersten Mal wieder das Verlangen zu rauchen.

Kein Mensch auf der Welt weiß, daß ich hier bin, dachte er. Dov, Yerushalmi, alle nahmen an, er wäre wieder in New York, und dennoch hatten seine wenigen Freunde dort keine Ahnung, wo er war. Einen Augenblick überkam ihn heftig das Gefühl absoluter Bindungslosigkeit: Er war allein in einer fremden Stadt, ohne Vaterland und ohne eine Beziehung zu irgend jemandem auf dieser Welt. Wie beneidenswert er einst so eine Freiheit gefunden hätte.

Nun war, was so merkwürdig, so furchterregend erschien – seinen Bruder zu finden –, plötzlich viel einfacher, als seinem Leben auch nur eine einzige Sekunde länger zu gestatten, so zu bleiben, wie es war. Er straffte sich und machte sich mit großen Schritten auf den Rückweg die Straße hinunter.

Aber vor der Nummer 6 verließ ihn wieder der Mut. Und mit dem Gedanken, sich ein wenig trocknen zu lassen und sich zu sammeln, ehe er seinem Bruder gegenübertrat, ging Luke in das Café.

Und dann passierte etwas sehr Merkwürdiges.

Im trüben Nachmittagslicht stand ein Barkeeper hinter der geschwungenen Zinktheke, und ein paar Stammgäste

saßen an kleinen Tischen. Im Hintergrund erhob sich eine junge Frau, als wolle sie ihn begrüßen; er blickte ihr ins Gesicht, und sie setzte sich wieder. Und als der Barkeeper ihm einen Gruß zurief, zögerte Luke und sah in Erwartung einer Antwort zur Tür. Es kam keine. Verwirrt drehte er sich zu dem Barkeeper herum, der sich über den Tresen hinweg lächelnd, unmißverständlich an ihn wandte.
»Eh, M'sieu est enfin de retour!«
»Pardon?«
»Wieder zu Hause!« Der Barkeeper streckte ihm eine weiche Tellerwäscherhand entgegen, dann zog er zwei *ballons* unter der Bar hervor und füllte sie aus einer unetikettierten grünen Literflasche mit Wein.
»*Tout va bien?* Ich habe *la belle Nicole* eben mit den Einkäufen nach oben gehen sehen. *Putain,* wird die überrascht sein, wenn sie Sie sieht! Ein Glück, daß ihr Liebhaber nicht bei ihr ist, eh? Eh? *Allez, à la vôtre!«*
Luke trank das kleine Glas Wein aus, während er den lächelnden Barkeeper nachdenklich beobachtete, dann wischte er sich den Mund, während die Gläser wieder gefüllt wurden. Er mußte unbedingt etwas sagen, und einen Augenblick später gelang es ihm zu seiner Erleichterung, die Vertraulichkeit des Barkeepers zu erwidern.
»Und Sie? Wie geht's Ihnen?«
»Eh, ça va, quoi.« Er wandte sich einem eben angekommenen Gast zu. »*Allez,* Nicole bringt mich um, wenn ich Sie noch länger festhalte. Willkommen zu Hause!« Er wollte für den Wein offensichtlich kein Geld nehmen. Luke schüttelte dem Barkeeper wieder die weiche Hand und verließ das Café. Jetzt hatte er keine andere Wahl mehr, als die Toreinfahrt zu dem Gebäude zu betreten; er tat es zögernd, wobei ihm bewußt war, daß er aus dem Café beobachtet wurde.
Er befand sich in einem ruhigen dunklen Hof, umgeben

von hohen Gebäuden. Ein einziger Fensterflügel hoch oben war geöffnet. Luke fühlte nicht unmittelbar Angst, sondern eher eine lebhafte Geistesgegenwart, eine große Klarheit. Eine Katze flitzte durch eine Tür davon; ein Mädchen guckte durch ein Fenster im zweiten Stock zu ihm herunter; eine Taube flatterte geräuschvoll vom Dachgesims in den Himmel. Links führte eine Tür ins Haus, und Luke ging hinein. In der plötzlichen Finsternis fand er den Knopf einer *minuterie* und knipste das Licht an.

Eine Tafel mit den Namen der Mieter hing an der Wand neben dem geschlossenen Fenster der Concierge, und Luke las sie, während er zurücktrat, um noch einmal auf den Knopf der *minuterie* zu drücken. Er fand keinen Daniel Benami und zögerte ratlos, bis ihm der Name wieder einfiel, den der Barkeeper genannt hatte.

Er entdeckte eine Nicole Japrisot, der die Wohnung Nummer 6A gehörte.

Es waren sechs Treppen bis oben, und jede endete auf einem Absatz aus polierter dunkler Eiche mit Türen zu den Wohnungen an beiden Seiten. Luke schlurfte über das glatte Holz der Stufen wie über eine bemehlte Fläche. Im vierten Stock ging das Licht aus, und er blieb auf dem letzten Treppenabsatz in der Dunkelheit stehen, ehe er wieder auf den Lichtknopf drückte und sich die beiden Türen ansah. Das Blut rauschte in seinen Ohren, er war bis aufs äußerste konzentriert und hellwach. Jetzt, da er angekommen war, hatte er keine Angst mehr, sondern war gespannt: gespannt darauf, seinem Bruder gegenüberzutreten und es damit hinter sich zu haben, um dann mit dem weiterzumachen, was auch immer das nächste war.

Doch was war das nächste? Er schritt gelassen den Flur hinunter und klopfte an eine der Türen. Eine dramatische Pause. Das Licht ging wieder klickend aus, dann schnappte ein Schloß, und im gleißenden Licht aus der Wohnung erschien kein Mann, sondern die schlanke Silhouette einer Frau. Einen Moment lang, während ihre Augen sich auf die Düsternis im Flur einstellten, stand sie reglos da. Dann trat sie mit einer jähen Bewegung vor, warf sich ihm in die Arme und preßte keuchend ihren Mund auf seinen.

Sie drückte ihren warmen Körper einen Augenblick gegen ihn, die Arme um seinen Hals und den offenen Mund auf seinem geschlossenen. Dann zog sie den Kopf weg und blickte mit einem vertrauensvollen Lächeln in sein Gesicht.

Aber plötzlich schwand das Lächeln. Sie schauderte, trat zurück in die Tür und betrachtete ihn im Licht, das aus der Wohnung fiel. Langsam wischte sie sich mit dem Handrücken über den Mund und starrte ihn entgeistert an. Endlich fand sie Worte.

»Daniel?« Ihre Aussprache war französisch, ihre Stimme tief, ihr Tonfall fragend.

»*Non.*«

»*Nom de Dieu,* wer sind Sie?«

»Sein Bruder.«

»Daniel hat keinen Bruder.«

»Doch, hat er.«

Sie war ein wenig größer als Luke, etwa zehn Jahre älter. Ihr kurzgeschnittenes rotes Haar war streng aus ihrem blassen Gesicht gebürstet, das plötzlich tief errötete.

»Unmöglich.«

»Ist Danni hier?«

»Was? Ob er hier ist? Wer *sind* Sie?«

Luke zögerte. »Das sehen Sie doch selbst.«

»Ich verstehe nicht.«

»Ich bin Jules Benami. Sicherlich hat mein Bruder von mir erzählt.«
»Nie.« Jetzt war ihr Gesicht nicht mehr empört, sondern ängstlich; sie streckte eine Hand nach dem Türgriff aus. Luke bemerkte den Umriß ihrer Brüste unter dem Shirt, ihren flachen Bauch und den Baumwollrock, der bis zu ihren nackten Füßen reichte. Einen Moment schien es, als würde sie die Tür zuschlagen, und Lukes Gedanken rasten. Dann zauderte sie, und aus dem Nichts kam Luke eine Erinnerung.
»Danni hat eine Narbe an seinem Hals, so.« Er machte eine Bewegung mit dem Zeigefinger. »Ein Unfall, als er klein war. Er muß es Ihnen erzählt haben. Aber egal, sehen Sie mich an. Der Barmann unten hat mich mit ihm verwechselt. Und Sie auch.« Aus der Brusttasche seines Regenmantels zog er seinen Paß und hielt ihn ihr hin, wobei er zu spät bemerkte, daß es sein amerikanischer war.
Sie drehte sich herum, um das Foto im Licht zu überprüfen.
»Wer ist Luke?«
»Ich. Ich habe meinen Namen geändert. Vor Jahren. Sehen Sie, da steht, daß ich in Israel geboren bin.«
»Und warum haben Sie einen amerikanischen Paß?«
»Ich bin dort aufgewachsen. Bei meiner Mutter. Wir sind eingebürgert worden.«
»Wie kommt's, daß Sie Französisch sprechen?«
»Ich habe hier gelebt. Zwei Jahre lang. Vor vier, fünf Jahren – Sie können die Visa da drin kontrollieren.«
»Warum haben Sie damals nicht nach Ihrem Bruder gesucht?«
Luke zögerte. »Ich hatte keine Ahnung, daß er noch lebte. Mein Vater hat es mir nie gesagt.«
»Non?« Sie sah Luke von der Tür her einen langen Augenblick an, musterte sein Gesicht, das Haar, die Hände. Und

als sie ihn mit ihrem strengen Blick betrachtete und ihr Urteil noch aufschob, spürte Luke eine Veränderung.
Er spürte eine Veränderung und wußte plötzlich, wozu er hergekommen war und warum. In der Pause, ehe er sprach, blickte er in die Zukunft, die seine wäre, wenn diese Frau ihn abwies. Er sah sich im Nieselregen im Jardin du Luxembourg stehen, allein, und ganz Europa um ihn herum ging von ihm aus, einem einsamen Punkt mitten im Nichts. War er zu seinem Bruder gekommen, um Rache zu üben? Ihn erwartete äußerste Anonymität in einer Welt von Fremden, eine unerträgliche Aussicht. Mit lauter Stimme, fast schreiend, sagte er: »Madame. Hören Sie. Ich kann nirgendwo sonst hin.«
Sie zögerte noch immer. Endlich gab sie die Tür frei.
»Merde. Venez donc. Entrez.«
Und so wurde ihm eine Gnadenfrist gewährt – ein *sursis* vor der endgültigen Verbannung, trotzdem nur eine Gnadenfrist –, und Luke folgte der Frau durch die Tür ins Licht.

Viertes Kapitel

Ihre grünen Augen verrieten Wachsamkeit. Nach einer Sekunde gab sie ihm ein Zeichen, weiter hereinzukommen, und schloß mit geübten Bewegungen die Tür, dann drehte sie den Schlüssel in einem komplizierten Schloß herum und tippte einen Code in eine Alarmanlage – was für ein Leben teilte diese Frau mit seinem Bruder?

Einander am Couchtisch gegenübersitzend, musterten sie sich unverhohlen, als sei Höflichkeit angesichts der Umstände ihrer Begegnung überflüssig.

Sie trug ein ärmelloses schwarzes Shirt, das ihre Schultern sehen ließ; ihr Hals war zierlich und lang, ihre Brüste klein und rund. Bei aller Mädchenhaftigkeit waren ihre Hüften fraulich. Ihr rundes Gesicht zeigte eine Sinnlichkeit, eine Gesundheit, die ihn einen Moment lang verunsicherten: grüne Augen unter einer feinen weißen Stirn, hohe Wangen, zarter, leicht sommersprossiger Teint, ein voller Mund. Mit ihrem Kurzhaarschnitt schien sie ihre Schönheit herunterspielen zu wollen. Das gelang ihr nur zum Teil, denn wenn sich ihre Frisur auch tatsächlich gegen die Regelmäßigkeit ihrer Gesichtszüge auflehnte, so vermittelte sie andererseits den Eindruck von ergreifender Bescheidenheit. Sie trug kein Make-up.

Ein Päckchen Marlboro lag auf dem Couchtisch, und ohne nachzudenken beugte Luke sich vor, nahm eine und zündete sich die erste Zigarette seit Jahren an. Beim ersten Zug erfaßte ihn plötzlich ein Schwindel, und er wartete ein paar Sekunden, bis er wieder zur Ruhe kam. Dann sagte er: »Sie sind sicher die Frau meines Bruders.«

»*Non.*«
»Ist er hier?«
»*Non.*«
»Wo ist er?«
Sie gab keine Antwort.
»Wann kommt er zurück?«
Jetzt reagierte sie. »Wann kommt er zurück?« wiederholte sie mit etwas lauterer Stimme. Ruhig und kalt, das Gesicht unbewegt, war es, als antwortete eine andere Frau.
»*Écoutez, mon petit lapin.* Ich habe Ihnen einen Begrüßungskuß gegeben, habe Sie hereingebeten und Ihnen eine Zigarette geschenkt. Also, meinen Sie nicht, daß es da vielleicht angebracht wäre, wenn Sie mir sagten – ach, ich weiß nicht. Wer sind Sie? Wie sind Sie an meine Adresse gekommen? Wo kommen Sie her? O ja, das auch noch: Was zum Teufel wollen Sie hier?«

Luke gab ihr eine verkürzte, weitgehend aufrichtige Darstellung dessen, was er im Winter erlebt hatte. Aber als er endete, schüttelte Nicole den Kopf und schnalzte zweimal mit der Zunge.
»Ergibt keinen Sinn. Warum sollte er von Ihnen verlangen, den Nachlaß zu verkaufen?«
»Wegen des Bargelds.«
»Bargeld?« Sie wies mit einer raschen Bewegung ins Zimmer, Luke gleichsam auffordernd, den Luxus zur Kenntnis zu nehmen: Das große Wohnzimmer, erlesen möbliert, beeindruckte vor allem durch den überwältigenden Ausblick auf Paris. »Sieht das so aus, als brauchte er Geld? Eher noch Kunstwerke.«
Luke überlegte, doch nur kurz, denn er hatte das Gefühl, eine rasche Antwort sei sinnvoll.

»Kunstwerke, genau die hätte er kriegen können. Aber er hat Bargeld verlangt.«
»Quatsch. Er hat von Ihrem Vater überhaupt nichts haben wollen.«
»Madame. Er hat dem Anwalt meines Vaters *telegrafiert.*«
»Unsinn.«
Luke stockte. »Und warum war er dann in Jerusalem?«
Pause. Die Frau antwortete: »Daniel darf gar nicht nach Jerusalem.«
»Aber er war dort.«
Sie zögerte. »Nun ja, er hat seinen Vater besucht. Nicht, um sich irgend etwas zu holen. Er brauchte nichts von ihm. Er *wollte* nichts von ihm.«
»Aber er bekommt etwas«, erwiderte Luke.
Nicole, die sich wieder gefangen hatte, sagte: »Das sagen Sie so, aber bis jetzt habe ich ihn nichts annehmen sehen.« Sie lehnte sich vor – eine anmutige Bewegung aus der Taille – und nahm eine Zigarette aus dem Päckchen auf dem Couchtisch. »Auf jeden Fall erklärt das nicht, was Sie hier wollen. Wenn alles, was Sie sagen, stimmt, was ich bezweifle, erklärt es immer noch nicht, warum Sie aus dem Nichts auftauchen, um Ihren verschollenen Bruder zu suchen.«
Luke antwortete nicht, und einen Augenblick betrachteten sie sich schweigend. Dann sagte er: »Vielleicht wäre es am einfachsten, wenn ich mit Danni selbst darüber sprechen könnte.«
»Das können Sie nicht. Er ist nicht in Paris.«
»Warum wollen Sie mir nicht sagen, wo er ist?«
»Ich sag's Ihnen. Er ist auf Reisen.«
»Und wann wird er zurückkommen?«
»Kann ich nicht sagen. Er reist viel. Geschäftlich. Manchmal ist er monatelang fort.«
Unfähig, den Zorn aus seiner Stimme herauszuhalten, frag-

te Luke: »Was für Geschäfte zwingen einen denn, monatelang zu reisen?«
Sie schüttelte den Kopf. »Tut mir leid. Ich lasse mich von Ihnen nicht verhören. Und ich werde Dannis Geschäfte nicht mit Ihnen erörtern.«
Wieder dachte Luke lange nach, während er sie musterte. »Glauben Sie mir wenigstens, daß ich Dannis Bruder bin?«
Jetzt zögerte sie, zog erneut an ihrer Zigarette und atmete dann den Rauch beim Sprechen aus. »Ich weiß es nicht. Es könnte sein, daß Sie es sind. Es ist ja nicht so, daß Sie und Ihre Familie ihm jedes Jahr Geburtstagsglückwünsche geschickt hätten, herrjemine.«
Luke hob die Hände, die Handflächen nach oben. »Bis vor ein paar Monaten hab ich nicht mal gewußt, daß er noch lebt.«
»Ja, ja. Richtig.« Sie drückte ihre Zigarette aus und legte plötzlich das Gesicht in ihre Hände. Dann stand sie ebenso plötzlich mit einer fließenden Bewegung auf. »Ja, ich glaube Ihnen, daß Sie sein Bruder sind. Ich kann nur nicht glauben, daß Sie hier sitzen. Ich glaube es einfach nicht.« Und damit ging sie aus dem Wohnzimmer in einen angrenzenden Korridor hinaus.

Vielleicht eine Viertelstunde verging, dann kam sie in einer übergroßen Lederjacke über einem schwarzen Abendkleid zurück, einen Geigenkasten in der Hand. Sie blieb stehen, nahm das Päckchen Marlboro vom Tisch und steckte es ein. Auch Luke erhob sich, und sie sahen sich über den Couchtisch hinweg an. Sie war jetzt geschminkt.
»Wo werden Sie wohnen?«
Luke machte eine Handbewegung zu seiner Reisetasche. »Bis jetzt noch nirgendwo.«
»Ich muß jetzt zur Arbeit. Nur für ein paar Stunden. Sie können hier warten, wenn Sie wollen. Oder kommen Sie

nachher wieder. Ich bin gegen elf zurück. Oder Sie können auch für immer abhauen. Wirklich, die Entscheidung liegt ganz bei Ihnen.« Luke nahm einen Hoffnungsschimmer in ihrem Blick wahr und ahnte, daß sie wünschte, er werde sich für die letzte Möglichkeit entscheiden.

»Vielen Dank. Ich warte.«

»Ja, ja, das habe ich mir gedacht.« Sie zögerte, und flüchtig spürte Luke etwas in ihrem Ausdruck, das dem widersprach: eine unwillkürliche, kaum zugestandene Erleichterung darüber, daß er zu bleiben beschlossen hatte. »Ohne Schlüssel können Sie die Alarmanlage nicht ausschalten, und ich habe keinen zweiten. Sie müssen also in der Wohnung bleiben. Vielleicht finden Sie in der Küche etwas zu essen.«

»Danke. Ich habe keinen Hunger.« Er zögerte. »Ich könnte ein paar Zigaretten gebrauchen.«

Sie nickte und ließ ihre Packung Marlboro auf den Tisch fallen.

»Ich werde gegen elf zurück sein.« Sie ging zur Tür, schaltete den Alarm mit einer Codezahl aus und drehte den dicken Messingknopf des Schlosses herum. Diesmal sah Luke, daß die Tür und der Rahmen aus Stahl waren, und als sie an dem Knopf drehte, zogen sich an jeder Seite der Tür vier gut geölte schwere Riegel aus ihren Gehäusen in den Rahmen zurück: eher die Tür zu einem Tresor als zu einer Wohnung. Dann zögerte sie und wandte sich zu ihm um, und die Lebhaftigkeit ihres geschminkten Gesichts verwirrte ihn von neuem.

»Nehmen wir an, alles, was Sie mir erzählt haben, ist wahr. Das erklärt aber immer noch nicht, was zum Teufel Sie hier wollen.«

Es war, als drehte sich ihm der Magen um; er antwortete schnell und bedauerte es sofort: »Sie wollen mir nicht den kleinen Finger reichen, stimmt's?«

Aber sie nickte, ruhig, nicht gekränkt. »Wenn ich zurückkomme, reden wir weiter.«

Ein blinkender Bewegungsmelder über der Wohnungstür unterstrich ihre Warnung vor der Alarmanlage, wie schon das komplizierte Fichet-Schloß es getan hatte. Luke stand da und sah sich in dem Raum um, während er Nicole die Treppe hinuntergehen hörte.

Die Wände waren mit Glasschränken vollgestellt, die aus einem Roman von Balzac hätten stammen können; nur daß sie nicht den *Code Napoléon* eines Anwalts beherbergten, sondern eine Vielzahl kleiner Gegenstände: die in Polyurethan eingegossene Seite eines illuminierten Manuskripts, eine Alabasterschwalbe, eine kupferne Sulmonitpulverphiole, auf der Luke die fließenden Kurven arabischer Schriftzeichen erkannte. Ein kleines Bruchstück erregte seine Aufmerksamkeit, und beim Nähertreten sah er, daß es eine Kinderhand aus Marmor war, am Handgelenk abgebrochen, Linien und Rundungen bis ins letzte Detail durchgeformt, ein ausdrucksstarkes und möglicherweise einzigartiges Stück aus der Antike. Breite Glastüren führten auf eine Terrasse, die in der Abendsonne dalag. In einer Ecke, die Kinderhand noch übertreffend, stand auf einem Piedestal die pockennarbige Büste eines behelmten griechischen Soldaten, das eine erhaltene Auge, ein weißer Marmorball, blickte ungerührt nach vorn.

Rechts führte ein kleiner Flur an einer sauberen Küche und einem Bad vorbei in ein Schlafzimmer, aus dem man ebenfalls die Terrasse betreten konnte. Er schlenderte zurück, durchquerte wieder das Wohnzimmer und betrat den anderen Flur. Von dort gelangte er in ein fensterloses Arbeitszimmerchen mit Büchern an allen Wänden und einem rustikalen Schreibtisch, in dessen Seite ein großer Kombinationssafe eingebaut war.

Auch hier das blinkende Auge eines Bewegungsmelders.

Eine Reihe von Bücherregalen enthielt eine Sammlung von Kunstkatalogen und kunstgeschichtlichen Nachschlagewerken. Andere Regale waren mit archäologischen Handbüchern gefüllt. Er drehte sich um und wollte das Zimmer schon verlassen, als ein Buch oben in einer Ecke seinen Blick auf sich zog. Er ging zurück und entdeckte zu seiner Überraschung eine vollständige *Encyclopaedia Judaica* auf hebräisch und eine Ausgabe der *Encyclopaedia of the Holocaust.* Dies schienen die einzigen Bücher zu sein, die die Bibliothek über die eines Kunstsammlers hinaus erweiterten, bis er in einer anderen Ecke einen kompletten Freud auf französisch fand, ein paar Bände von Lacans *Séminaire* und, ihm von vor Jahren aus der Bibliothek in der Praxis seiner Mutter vertraut, den weißen Rücken des *Vocabulaire de la Psychanalyse* von Laplanche und Pontalis.
Seltsam beunruhigt kehrte er ins Wohnzimmer zurück und untersuchte die Glastüren nach einer Verbindung zur Alarmanlage. Als er nichts fand, öffnete er sie vorsichtig, und als kein Alarm ertönte, trat er hinaus in den Abend.
Eine späte Sonne warf lange Schatten von den Kaminkappen und Antennen über die weiträumige Fläche bleigrauer Dächer. Dahinter wiegten sich die Wipfel der Bäume im Jardin du Luxembourg vor dem Prospekt der grauen Fassaden von Saint-Michel, nahe genug, um das Rascheln der nassen Blätter in der leisen Brise zu ahnen. Ein Vogel sang eine lange, melodische Tonfolge. Es mußte eine Nachtigall sein, und er schloß die Augen und hob das Gesicht in die Abendsonne, während seinen Körper ein sinnliches Gefühl von Behaglichkeit durchströmte. Es war ihm ein Aufschub gewährt worden. Er war nicht mehr allein.
Nach einer Weile ging er wieder hinein. Er setzte sich auf die Couch, zog die Schuhe aus und lehnte sich in der sanften Brise zurück, die durch die offenen Glastüren herein-

wehte. Dann sank er in den tiefsten Schlaf seit Dov Sayadas Anruf in New York vor so vielen Monaten.

Es war Nacht, als Luke aufwachte. Nicole lehnte an einer Glastür und verbreitete eine undeutliche Aura von Alkohol und Tabak um sich. Es war viel später als elf, und sie war zweifellos nicht gleich von der Arbeit nach Hause gekommen. Luke setzte sich auf.

»Schlafen Sie weiter.« Sie machte keine Anstalten hinauszugehen.

Luke nickte.

»Sie sehen Ihrem Bruder wirklich verblüffend ähnlich.«

Luke hüstelte und schwang die Beine von der Couch.

»Wie er, vor zehn Jahren. Er war kräftiger, ein bißchen schmaler. Die Frauen liebten ihn. Lieben die Frauen Sie auch?«

Sie war betrunken. Um wach zu werden, fuhr er sich mit den Händen übers Gesicht und durchs Haar.

»Tun sie das?«

»Was?«

»Lieben die Frauen Sie auch?«

»Nein.«

»Quatsch.« Es entstand eine Pause, dann fuhr sie im selben Ton fort: »Sie wissen also wirklich nicht, wo er ist?«

Lukes Stimme war heiser. »Ich weiß es wirklich nicht. Wissen Sie es?«

Sie stieß sich von der Glastür ab und schwankte auf den Korridor zu. »Ich gehe jetzt schlafen.« Doch Luke hielt sie auf.

»Nicole.« Sie blieb stehen, drehte sich aber nicht um.

»Warum kommt es Ihnen so seltsam vor, daß ich meinen Bruder kennenlernen will?«

Als sie ihm endlich ihr Gesicht zuwandte, bildete er sich vielleicht ein, sie habe sich besänftigt.

»Es tut mir leid. Es ist nicht Ihre Schuld. Schlafen Sie jetzt einfach. Wir reden morgen früh.«
»Okay.«
Eine Pause, in der sie ihn beobachtete.
»Werden Sie schlafen können?«
Sie war eine schmale Silhouette im Dunkeln. Luke zuckte mit den Achseln. Sie fuhr fort: »Danni sagt, die Hölle ist Schlaflosigkeit in einem fremden Land.«
»Ich weiß.«
»Woher wissen Sie, daß er das sagt?«
»Ich meine, ich weiß, daß es die Hölle ist.«
Sie ging, und Luke sank in der kühlen Nachtluft wieder in tiefen Schlaf.

Der Morgen. Er erwachte auf der Couch im gleißenden Morgenlicht. Er drehte den Kopf und sah durch die Glastüren auf der Terrasse Nicole am Tisch sitzen und eine Zeitung lesen, scharf abgehoben gegen das weite Blau des Himmels. Er setzte sich auf, dann ging er in seinem T-Shirt und den Jeans barfuß ins Badezimmer.
Als er, frisch gewaschen, auf die Terrasse trat, hob sie den Kopf, ohne die Zeitung wegzulegen. Ihr kurzgeschnittenes Haar war naß, mit einem grünen Band aus der Stirn genommen. Ihre Augen ein schwebendes Grün im Sonnenlicht. Auf ihre angedeutete Aufforderung hin nahm Luke ihr gegenüber Platz und goß sich aus einem Aluminium-Espressokännchen dankbar Kaffee in eine Tasse, dann sprach er wie in Fortsetzung ihrer Unterhaltung am Vorabend.
»Wo sind Sie gestern abend gewesen?«
Die Frage schien sie zu überraschen, und sie starrte ihn einen Moment lang an, ehe sie antwortete.

»Arbeiten.«
»Ich meine danach.«
Sie gab keine Antwort. Dann sagte sie plötzlich und überraschend: »In einer Bar. Um Ihnen aus dem Weg zu gehen.«
Er nickte. »Was arbeiten Sie?«
»Ich bin Musikerin«, antwortete sie bedächtig.
»Musikerin?«
»Ich bin im Orchester der Opéra.« Ein Schatten schien über ihre Augen zu gleiten, als sei in großer Höhe eine Wolke vorübergezogen.
»Aha. Eine Geigerin.«
Jetzt verfinsterte sich ihr Gesicht. »Und woher wissen Sie das?«
»Ich habe gestern abend Ihren Geigenkasten gesehen. Als Sie sagten, Sie gingen zur Arbeit, lag dieser Schluß nicht fern.«
Sie musterte ihn ohne jede Belustigung.
»Und was machen Sie denn.« Es war keine Frage.
»Ich bin Übersetzer.«
»Was übersetzen Sie?«
»Alles. Simultandolmetschen – Politiker, Diplomaten. Filme. Ich habe zwei Romane übersetzt.«
»Ich meinte, welche Sprachen?«
»Oh, falls ich sie nicht kann, lerne ich sie in wenigen Monaten. Wie ein begabter Irrer.«
In der aufsteigenden Sonne schielte sie zu ihm herüber, und ihre Miene veränderte sich. »Ist das wahr?«
»Fast. Nur die ersten drei sind mühsam.«
Es trat ein Schweigen ein, und er hatte das Gefühl zu warten, ohne zu wissen worauf. Dann schien sie zu einem Entschluß gekommen zu sein und meinte: »Sie haben gesagt, Sie hätten in Paris gelebt.«
»Hm.«

»Was haben Sie hier gemacht?«
Luke überlegte. »Ich hab hier studiert. Nachdem ich aus Israel weggegangen war.«
»Ich meine, Sie hätten gesagt, Sie sind in New York aufgewachsen.«
»Bin ich auch. Ich bin mit meiner Mutter dorthin gezogen, nachdem sie geschieden worden waren. Meine Eltern, meine ich. Ich war zwölf. Nach der High-School bin ich nach Israel zurückgegangen. Wegen des Militärdienstes.«
»Wann wurden sie geschieden?«
Das überraschte ihn. »Nach dem Krieg. Ich meine, nach dem Krieg von dreiundsiebzig. Nachdem Danni ... weggegangen war.«
»Als Sie also nach Israel zurückgingen, das war im Jahr ...«
Luke antwortete kurz. »Achtzig.«
Sie dachte nach. »Dann sind Sie um den Krieg herumgekommen.«
»Gewissermaßen. Ich war im Libanon, aber das war natürlich bloß eine ›Säuberungsaktion‹, kein Krieg. Eine Tour durch Beirut und das Bekaatal. Und kostenlos: Die Armee ist wundervoll.«
Das interessierte sie. »Sie waren bei der, wie hieß das, Besetzung dabei?«
»Sie meinen, bei der Operation ›Frieden für Galiläa‹?«
»Ja, genau.«
»Ja.« Er nahm das Gefühl in sich auf, daß sie sich in einem Punkt verstanden hatten. »Danach kam ich nach Paris. Hier bin ich auf die Uni gegangen, dann nach Genf auf die UN-Schule, danach zurück nach New York.«
»Ich verstehe. Drei Jahre in der Armee, dann waren Sie in New York von – wann? – dreiundachtzig bis sechsundachtzig, um *was zu* machen, Ihre *licence?*«

»Fünfundachtzig. Ich hab das Examen in zwei Jahren geschafft.« Unvermittelt: »War Danni damals hier?«
Ihre Augen schienen in die Vergangenheit zu wandern; ihr Gesicht – bisher so lebhaft – erstarrte. Sie antwortete kalt: »Ab und zu.«
»Er reist viel?«
Schweigen. Er erhob sich und blieb am Geländer der Terrasse stehen. In der sanften Morgenbrise segelten bauschige weiße Wolken über den Himmel, blütenweiß. Die Nachtigall sang, und Luke stand da, den Rücken der Frau zugedreht, außerstande, die jubelnde Ekstase des Vogels zu überhören.
Als Nicole wieder sprach, war es leise, fast freundlich, und sie benutzte zum ersten Mal das *tu.*
»*Écoute. Il va falloir que tu me dises ce que tu cherches.* Du wirst mir schon sagen müssen, wonach du suchst.«
Sie hatte beim Sprechen den Blick abgewendet. Hinter ihrem stillen Selbstvertrauen, hinter dem Abstand, den sie wahrte, spürte er ihre Angst.
»Mir scheint, da ist nicht viel zu erklären.«
»Wieso?«
Ohne sie anzusehen, antwortete er kurz: »Danni und ich haben Dinge zu regeln.« Dann redete Luke instinktiv weiter.
»Jedenfalls denke ich das. Ich weiß nicht. Ich weiß nicht, was ich jetzt machen soll. Nach Jerusalem gehe ich nicht zurück. Auch nicht nach New York – dort zu sein hatte nur Sinn, solange mein Vater lebte. Ich bin jünger als Danni, aber ich bin kein Kind. Ich weiß, daß mein Vater tot ist, und meine Mutter ist tot, und ich muß mein Leben weiterführen. Aber ich weiß nicht, was ich tun soll, und ...« Er verstummte, dann sagte er sehr langsam: »Haben Sie irgendwelche Angehörigen?«
Sie schüttelte den Kopf.

»Na, dann verstehen Sie's.«
Sie blickte zur Seite, ohne den Kopf zu bewegen.
»Sie denken, mein Bruder wird nicht sehr glücklich sein, mich zu sehen.«
»Da bin ich mir leider ziemlich sicher.« Als er nicht antwortete, fuhr sie fort. »Tut mir leid. Es ist nicht so einfach. Ich weiß viel über Ihre Familie. Aber Sie hat Danni nie erwähnt.«
Luke zündete sich eine Zigarette aus dem Päckchen an, das auf dem Tisch lag, und fühlte sich irgendwie gekränkt.
»Also was? Wollen Sie, daß ich gehe?«
»N-nein.« Sie zog das Wort in die Länge. »Aber ich weiß nicht, wie ich Ihnen helfen soll.«
»Ich bitte doch um nichts weiter, als daß Sie mir sagen, wo mein Bruder ist.«
Sehr bedachtsam antwortete sie: »Entschuldigen Sie. Ich kenne Sie doch nicht, oder? Ich weiß wirklich nichts über Sie, außer daß es Sie nicht gibt, nach allem, was Danni mir erzählt hat. Und nun sind Sie plötzlich hier, mit dieser Geschichte über eine Erbschaft.« Sie schwieg einen Augenblick. »Es ist nicht so, daß ich irgendwas gegen Sie hätte. Im Gegenteil. Ich habe Mitleid mit Ihnen. Ich habe nur nicht das Recht, Dannis Bruder etwas zu erzählen, was er Ihnen nicht selbst hat erzählen wollen.«
Luke nickte mühsam, wie gegen seinen Willen. »Ich war noch ein Kind, als er mich das letzte Mal gesehen hat.«
Jetzt sprach sie sehr langsam, ihren Blick ins Leere gerichtet, während ihr Gesicht weiter an Lebhaftigkeit verlor. »Genau das ist es. Jetzt sind Sie erwachsen. Nur weiß ich nicht, wie sehr.« Ihr Blick stellte sich allmählich wieder auf ihn ein.
»Wenn Sie in Paris bleiben, tue ich für Sie, was ich kann. Aber Sie müssen sich auf einen langen Aufenthalt einstellen. Dannis Arbeit bringt ihn sehr weit herum, und ich

kann Ihnen einfach nicht sagen, wann er zurück sein wird. Vielleicht sollten Sie sich eine Wohnung mieten.«
Von dem Gefühl erfüllt, eine kritische Situation überstanden zu haben, sah er sie an. »*Merci.*«
Sie nickte einmal. »*Je vous en prie* – ich bin mir nicht sicher, wofür.«

»Also, wann haben Sie Danni das letzte Mal gesehen?« Als er an dem Nachmittag von ihr weggegangen und am Fleurus vorbeigekommen war, wo ich, wie gewöhnlich, wartete, folgte ich ihm die Rue de Fleurus hinunter. Ich kam mir dabei äußerst albern vor. Aber es war dann ganz einfach. Vollkommen in Gedanken versunken, nahm er meine Anwesenheit nicht wahr. Er spazierte selbstbewußt, offensichtlich mit den Straßen vertraut, in ein Hotel in der Rue Cassette, wo er wahrscheinlich ein Zimmer mietete, denn er verbrachte dort den Rest des Nachmittags. Ich wartete, erst im Foyer, dann draußen auf der Straße, und als er wieder herauskam, folgte ich ihm zurück zur Place Saint-Sulpice, wo Nicole neben dem Brunnen stand.
Jetzt, am frühen Abend, saßen sie an einem Tisch in einem Café; der lange Schatten, den die Fassade der Église Saint-Sulpice warf, zerschnitt säuberlich die kleine Gruppe von Tischen auf dem Bürgersteig.
Nicole lehnte sich auf ihrem Stuhl bequem zurück, zog einen Fuß auf die Sitzfläche und hielt in ihren langen Fingern eine Zigarette. Sie trug sehr enge französische Jeans, ein weißes Seidenhemd und wieder die Lederjacke. Erst nach einem langen Schweigen, während dessen sie ihre Gedanken zu ordnen schien, stellte sie die Frage.
Luke konzentrierte sich in dem Bemühen, sich zu erin-

nern. Dann trat blitzartig ein Bild, genau und klar, vor sein Auge.
»Das war, als er in den Krieg ging.«
Luke hatte noch nie mit jemandem darüber gesprochen, noch nie, so weit seine Erinnerung reichte, und ihm stand keine passende Sprache zur Verfügung, in der er hätte fortfahren können. Gab es denn einen Grund, weiterzusprechen?
Nein, und doch schien diese Frau ein Recht darauf zu haben, alles zu erfahren. Sie war seiner Familie verbunden – vielleicht auf etwas sonderbare Weise, dennoch war sie der einzige Mensch außerhalb Israels, der ihr wirklich verbunden war.
Vielleicht sogar mehr als er, angesichts der Tatsache, daß ihr Recht das der Liebe war.
»Ich sehe ihn noch in seinen Militärklamotten in der Küche stehen. Mit einem Gewehr – ich nehme an, auf Urlaub –, er hatte seinen Militärdienst fast hinter sich. Er war, warten Sie – achtzehn?« Er unterbrach sich und sah Nicole an; sie rechnete und nickte ihm kurz zu. »Meine Eltern hatten sich gestritten. Meine Mutter wollte, daß er seinen Wehrdienst bis nach dem Studium verschiebt. In bestimmten Berufen kann man das – Medizin zum Beispiel. Mein Vater hatte das abgelehnt. Er war sein ganzes verdammtes Leben in der Armee gewesen. Und meine Mutter war außer sich.« Er verstummte.
»Und Danni?«
Luke stieß ein kurzes Lachen aus. »Danni stand auf, machte kehrt und ging raus. Hört sich das nach ihm an?«
Sie antwortete nicht. »Und dann?«
»Dann, Herrgott, dann war Krieg.« Er brach erneut ab und betrachtete ihr zartes, leicht sommersprossiges Gesicht, das nachdenkliche Profil. »Mir wurde gesagt, er wäre auf dem Golan gefallen. Ich war, äh, elf oder zwölf Jahre alt.

Aber nach dem Krieg berichtete *Ma'ariv,* der Sohn des großen Benami sei desertiert und außer Landes geflohen. Ich kann mich an keinen einzigen weiteren Fall erinnern.«
Nicole sah ihn jetzt an. »Und Ihr Vater?«
»*Ma'ariv* zog die Meldung zurück. Es schien, daß er doch im Kampf gefallen war.«
»Nein, ich meine, wie hat Ihr Vater reagiert?«
»Tja, man muß begreifen, wie diese Leute sind.« Er wartete, dann fragte er in einem seltsamen Ton: »Sie sind keine Jüdin, nicht wahr?« Sie schüttelte den Kopf, und er fuhr fort: »In seinem Leben hatte es so große Verluste, so viel Tod gegeben. Nichts berührte ihn. Seine Forschungen, seine Regierungsarbeit – ich schwöre, wenn er vor der Wahl gestanden hätte, entweder seinen Sohn in einem Straßengraben sterben zu lassen und damit Zion zu dienen ... oder, Himmelherrgott, irgendeine aramäische Scherbe aus der Erde zu buddeln ..., er hätte nicht darüber nachdenken müssen.«
Nicole nahm das mit seltsamer Miene auf. Eine Sekunde lang sah es so aus, als wolle sie etwas sagen. Als sie es nicht tat, redete Luke weiter.
»Es ging eigentlich nicht um meinen Vater; es ging um meine Mutter. Ich meine, auf der einen Seite war sie genauso. Sie war in den Lagern gewesen, und Israel war alles für sie. Aber als Danni ... davonlief, war es auf einmal, als hätte sie ihren Glauben an den Zionismus verloren.« Er unterbrach sich und sah sie an. »Ich weiß nicht, ob ich Ihnen begreiflich machen kann, was das heißt. Zum Beispiel zerbrach ihre Ehe daran. Das ist der Grund, weshalb sie mich mitnahm – damit ich nicht zur Armee mußte.«
Sie nickte. »Aber Sie sind trotzdem hingegangen.«
»Ja.« Und zur Genüge, dachte Luke. »Ich hatte die große Ehre, meinem Land zu dienen. Sagen Sie, spricht mein Bruder Arabisch?«

Sie machte ein erstauntes Gesicht. »Warum?«
»Weil er so desertiert sein muß. Über den Golan und durch Syrien. Stimmt's?«
Sie schüttelte den Kopf. »Da werden Sie ihn fragen müssen.«

Eine Nacht im Hotel; ein Tag und dann Abend. Hier und da ein flüchtiger Blick auf Luke, während er von der Rue de Fleurus zu seinem Hotel und zurück unterwegs ist; gelegentlich der Anblick von beiden, wie sie zusammen spazierengehen, immer in Gedanken vertieft, immer im Gespräch miteinander. Aber inzwischen wurde meine häufige – fast ständige – Anwesenheit im Le Fleurus akzeptiert; der Barkeeper begrüßte mich, wenn ich kam, und rief mir ein musikalisches *Au revoir* hinterher, wenn ich ging.
Nacht. Luke beobachtete die Lichter der Stadt von der Terrasse aus und wartete, bis Nicole sich nach der Arbeit umgezogen hatte. Es hatte geregnet, ein kurzer Frühlingsschauer; die Nachtigall schwieg, es wurde kühler. Nicole kam in Jeans und einem weißen T-Shirt ins Wohnzimmer, eine Flasche Bourbon und zwei Gläser in den Händen.
Luke kam herein und schloß die Glastür, nahm seinen Drink entgegen und setzte sich auf die Couch.
»Sagen Sie mir etwas, Nicole.«
»Ja.«
»Wo war mein Bruder, als meine Mutter starb?«
Sie setzte sich, dann antwortete sie zu seiner Überraschung: »Hier. Bei mir.« Sie brach ab. »Es stand in den Morgenzeitungen. Am Nachmittag gingen wir spazieren. Er betrat eine Telefonzelle und rief in Israel an.«
»Er hat meinen Vater angerufen?« Luke klang ungläubig.
»Ich glaube, ja. Sicher bin ich mir nicht. Er sprach hebrä-

isch oder jiddisch. Ich hatte ihn es noch nie sprechen hören.«
»Wie ...«, Luke hielt inne, dachte nach und fuhr dann fort, »klang seine Stimme?«
»Sachlich. Knapp. Ich hatte den Eindruck, dies war sein erster Kontakt mit Ihrem Vater.« Luke hatte irgendwie das Gefühl, er habe kein Recht mehr, ihr Fragen zu stellen.
»Und Sie?«
Luke fühlte sich verpflichtet zu antworten.
»Ich war bei der Armee. Wir bekamen den Marschbefehl in den Libanon einige Tage nach ihrem Tod. Sie ließen mich zur Beerdigung nach New York fliegen, aber dann kam die Mobilmachung, und ich flog zurück.«
»Mußten Sie?«
Diesmal sah Luke, daß sie der Frage auf den Grund gehen wollte, und zögerte.
»Ich weiß nicht. Wahrscheinlich. Ich habe mich das eigentlich nie gefragt.«
Sie überlegte. »Sie haben also an einem Krieg teilgenommen.«
»Ja.« Er wartete auf die Frage und überlegte, was er antworten würde. Aber dann war er erstaunt, was sie als nächstes fragte.
»Und danach?«
Erleichtert antwortete er rasch. »Ich kam nach Paris. Machte meine *licence* in französischer Literatur. Ich war älter als die anderen, und ich konnte all die Sprachen ... Ich war schnell fertig. Dann eine UN-Ausbildung in Genf. Dann bin ich nach New York gegangen. Und blieb dort bis zum vergangenen Dezember. Als mein Vater starb.«
»Ich verstehe.« Sie beugte sich vor und zündete sich eine Zigarette an, überlegte und fuhr dann fort: »Um Ihre Frage zu beantworten: Es ist schwierig zu erklären, wie Danni reagiert hat. Es war sein erster Kontakt mit Israel seit vie-

len Jahren. Es löste eine ganze Reihe von Ereignissen aus, die dazu führten, daß er Jahre später hinfuhr. Es ist also schwierig zu sagen. Wie hat er reagiert? Indem er sich änderte.«

Luke fühlte sich ermutigt, die Frage einen Schritt weiter zu verfolgen. »Ich habe seine Gefühlsreaktion gemeint.«

Nicole beugte sich wieder vor, goß sich einen kleinen Schluck Bourbon ein und trank. »Ich auch.«

Früher Morgen. Die Glastür zur Terrasse ein schwarzer Spiegel, der die Lichter reflektiert. Die Flasche fast leer, Lukes Kehle heiser vom vielen Reden und vom Rauch.

Nicole mit übergeschlagenen Beinen in ihrem Sessel: ein nackter Fuß ragte aus ihren Jeans heraus, das weiße abgetragene Baumwollhemd, das sich über die Rundung ihrer Brüste spannte, schien große Wärme auszustrahlen. Ihr Gesicht zeigte keine Spuren von fehlendem Schlaf, die Opernvorstellung am Abend, die nächtliche Zecherei hatten ihr nichts ausgemacht.

»Also, als Sie in Paris waren, haben Sie kein einziges Mal nach Ihrem Bruder gesucht?«

Luke, müde, fast gereizt: »Ich wußte gar nicht, daß er hier war. Ich hatte keinen Kontakt mit meinem Vater. Und Danni hat nie versucht, Kontakt mit mir aufzunehmen.«

»Ich hätte gedacht, Sie wären neugierig gewesen.«

Er überlegte und zündete sich eine Zigarette an. Er fühlte sich betrunken.

»Ich ... ich war es nicht. Neugierig. Für mich war's nicht die Zeit, neugierig zu sein.«

»Sie müssen aber doch irgendeine Ahnung gehabt haben, daß er hier war.«

Luke zuckte die Schultern.

»Verstehe.« Sie überlegte, anscheinend unbeeinflußt von allem, was sie getrunken hatte. »Warum wollen Sie ihn

dann jetzt finden, wenn Sie damals nicht einmal daran gedacht haben?«
»Ich habe daran gedacht.« Eine ungeheure Müdigkeit überschwemmte ihn. »Vor allem war ich kaum bei vollem Verstand. Ich war auf einer Beerdigung gewesen, in einem Krieg, an der Front – wie zum Teufel Sie das auch nennen mögen, es war ein Krieg. Ich dachte nicht an meinen Bruder.« Er sah sie an und fand kein Mitgefühl in ihrem Gesicht.
»Und ich wußte nicht, wo er war. Und als ich daran dachte, nach ihm zu suchen, war es wie ...« Er verstummte jäh, dann fuhr er fort.
»Wissen Sie, wie es war? Es war, wie wenn man eine Reise macht und weiß, man sollte sich eigentlich irgendwelche berühmten Dinge ansehen oder eine Stadt in der Nähe, aber man ist einfach zu müde. Man hat das Reisen einfach zu satt, die Suche nach Dingen, und man weiß, es entgeht einem etwas, das man sehen sollte, aber man denkt: Scheiß drauf, ich fahr irgendwann später noch mal hin. Ich meine ... man hat die Gelegenheit verpaßt, aber es gibt Versäumnisse, die man besser nicht nachzuholen versucht. Mein Gott, man hat nicht genügend Zeit, um zerknirscht zu sein. Also sagt man sich: Scheiß drauf. Und man macht woanders weiter. Verstehen Sie, was ich meine?«
Sie nickte, und an dieser unsicheren Bewegung erkannte Luke, daß auch sie eigentlich betrunken war. »Nur, Sie meinen *leichter.*«
»Was?«
»Sie meinen, es gibt Versäumnisse, bei denen ist es *leichter,* nichts zu tun.«
»Nein, das meine ich, glaube ich, nicht.«
»Aber ich.« Sie nickte verächtlich mit dem Kopf. »Wie dem auch sei, es funktioniert eigentlich nicht auf diese Weise, stimmt's?«

»Reisen? Klar funktioniert es so.«
»Nein, ich meine die Familie. Die Familie funktioniert so nicht. Man kann nicht einfach in einen Zug steigen und zu einer anderen Familie fahren. Und die meiste Zeit kann man an den Versäumnissen nichts ändern.« Jetzt pegelte sich ihr Blick wieder auf ihn ein.
»Sie hätten ihn finden können. Aber es war *leichter,* es nicht zu tun.«

»Wie war Ihre Mutter?«
Aus der Tiefe seines Innern blitzte das Bild einer ernsten jungen Frau auf, zart in einem schwarzen Kleid, hübsch unter der breiten Krempe eines Sommerhuts, die ein Baby – Luke? Danni? – in ihrem Schoß hält. Meinte sie das? Oder später, als er auf der High-School war: die ergrauende Frau, eine hervorragende Psychoanalytikerin, tiefliegende Augen mit dunklen Ringen wie Blutergüsse, scharfe Wangenknochen, den langsamem Gang ihres Temperaments, ihre abweisenden Antworten. Meinte sie das? Schließlich sagte er: »Sie war ein komplizierter Mensch. Sie ist im Konzentrationslager gewesen, war beim Krieg von achtundvierzig dabei, verlor einen Sohn, wurde von ihrem Mann verlassen.«
Er machte, in Nachdenken versunken, eine Pause, dann sagte er: »Wissen Sie, wie sie war? Sogar noch kurz vor ihrem Ende sah man, daß sie ein glückliches Kind gewesen war. Vor dem Krieg. Die Jüngste in einer großen jüdischen Kaufmannsfamilie. Selbst nachdem das alles passiert ist, konnte man sehen, daß sie einst glücklich war.«
»Warum ist sie denn nach New York gezogen?«
»Warum? Ihr Mann hatte sie wegen einer Studentin sitzenlassen. Sie konnte es gar nicht erwarten, aus Israel rauszu-

kommen. New York ist der Ort, wohin Israelis gehen, wenn sie das Land verlassen.«
»Und Sie? Was ist mit Ihnen?«
Luke lächelte fast. »Wenn Sie meinen, wie mir New York gefallen hat, kann ich es Ihnen wirklich nicht sagen. Es hätte sonstwo sein können; als Kind habe ich nichts anderes gemacht als zu lernen. Deshalb spreche ich Französisch; meine Mutter steckte mich ins Lycée Français. Englisch mußte ich auf eigene Faust lernen. Die anderen Kinder gingen nach der Schule zum Kiffen in den Park; ich hatte zu Hause einen Privatlehrer für Latein und Griechisch. O ja, und für Deutsch. Jiddisch war Mutters Muttersprache, und sie ließ mich aufs Deutsche umsteigen.«
Sie zog die Stirn kraus. »Warum das?«
»Ich weiß nicht. Sie ertrug nicht mal den Klang dieser Sprache. Vielleicht wollte sie, daß ich irgendwo heimisch wäre. Und nicht, wie's dann der Fall war, nirgendwo. Wissen Sie, was mir völlig fehlte, als ich die High-School hinter mir hatte? Freunde. Wissen Sie, was ich statt dessen hatte? Vollstipendien für Columbia, Harvard, Berkeley und die Universität von Chicago.«
Sie spitzte die Lippen zu einem Pfiff, und dann sagte sie das bislang Aufschlußreichste über Danni: »Ihr Bruder hätte alles darum gegeben, um auf eine dieser Universitäten zu kommen. Und was machen Sie? Sie gehen zurück nach Israel.«
Luke zuckte die Schultern.
»Warum haben Sie das getan?«
Es trat ein langes Schweigen ein.
»Wie hat Ihre Mutter sich umgebracht?«
»Verschrieb sich selbst einen Haufen Tabletten.« Er sah auf. »Warum hat Danni sich damals nicht blicken lassen? Er konnte ja vielleicht nicht nach Israel, aber nach New

York hätte er jederzeit kommen können. Warum hat er sich damals nicht blicken lassen?«
Nicole antwortete nicht. Schließlich sagte sie: »Komisch, daß Sie das fragen.«
»Was wollen Sie damit sagen?«
»Ich will damit sagen, glauben Sie nicht, daß er meinte, er müßte diesmal darauf verzichten? Im Zug sitzen bleiben und ein andermal wiederkommen?« Eine Pause. »Nicht daß das *leichter* gewesen wäre, natürlich.«

Erzählen Sie mir von Ihrem Vater.«
»Mein Vater, mein Vater.« Luke war betrunken. »Alle wollen was über meinen Vater wissen. Immerzu bin ich, als ich in Israel war, um ein Interview über meinen Vater gebeten worden. Dutzende von Malen. Scheint, ich bin der einzige Mensch auf der Welt, der sich einen Scheiß um meinen Vater kümmert, aber ich bin es, den sie fragen. Ich kann's gar nicht glauben, daß sie nicht auch hier gewesen sind und Sie und Danni um Interviews gebeten haben.« Er sah sie über das rot-weiß karierte Restauranttischtuch hinweg an. Ihr Gesicht verschwamm und wurde wieder scharf, und er sprach mit überspitzter Sorgfalt.
»Was würden Sie denn gern über meinen Vater wissen?«
Sie antwortete leise, und ihr Gesicht drückte plötzlich, zum ersten Mal, wie er meinte, Mitgefühl aus. Auch wirkte sie nicht mehr so jung, und Luke fragte sich, ob auch sie betrunken sei.
»Warum fangen Sie nicht am Anfang an?«
Und er erzählte es ihr.
Wie der sechzehnjährige Benami als einziger aus seiner Familie 1933 Österreich verließ und nach Palästina ging. Wie er, während des Krieges, durch den Mossad Le'Alijah

Bet ins besetzte Europa zurückgeschmuggelt wurde. Von seinem kühnen Rettungswerk, das in der Italienischen Passage kulminierte, dem berühmten, in Israel unter der Rubrik »Heldentum« im nationalen Glaubensbekenntnis »Holocaust und Heldentum« so gefeierten »geheimen Rettungsweg«, über den er in Zusammenarbeit mit einem abtrünnigen SS-Offizier Hunderte von Wiener Juden gerettet und nach Palästina gebracht hatte.
Dann erzählte er ihr mehr. Daß Benami nach Kriegsende, als er in den italienischen Flüchtlingslagern für die Briha arbeitete, ein tuberkulosekrankes Mädchen aus Wien kennenlernte, das gerade aus Dachau kam. Sie war es, die ihm von der Vernichtung seiner Familie in Theresienstadt erzählte, nicht bloß seiner nächsten Angehörigen, sondern aller Verwandten. Er brachte sie nicht nach Palästina, sondern in die Türkei, wo sie sich, während er gegen die Araber kämpfte, in der trockenen heißen Luft eines Krankenhauses in Istanbul erholte, und als der Krieg gewonnen war, heiratete er sie und brachte sie in den Kibbuz in der Jesreelebene.
Daß zu der Zeit, als Judi Benami schwanger wurde, Benami General bei der israelischen Armee, der IDF, und junger Professor in Jerusalem war, der an der Hebräischen Universität die Abteilung Jüdische Geschichte aufbaute.
Judi hatte, aus der Lungenheilstätte kommend, noch in der Türkei das Medizinstudium aufgenommen und in Jerusalem fortgesetzt und war bei Max Eitingon Psychoanalytikerin geworden.
Beide waren an Kunst interessiert, und da Benami häufig Reisen in Staats- und Universitätsdiensten nach Europa unternahm, wurde aus ersten Käufen, mit ihrem fortschrittlichen, weltstädtischen Blick getätigt, eine ernst zu nehmende Sammlung von Kunstgegenständen dieses Jahrhunderts. Die Früchte eines Lebens, das vornehmlich im

Dienst einer gerechten Sache, der Verteidigung der Juden, gestanden hatte.
Dies ist, was Luke ihr erzählte. Was er ihr nicht erzählte, verstand sie, wie er vermutete, ohnehin.
Er erzählte ihr nicht, daß die Benami-Schätze – die Kunstwerke, die Antiquitäten – ihm immer irgendwie unpassend vorgekommen waren und daß er den Verdacht hegte, daß Danni dies noch stärker so empfunden hatte. Die schönen Gegenstände paßten nicht zu den Mühen, durch die sie ihnen zugefallen waren: die Mühen des Krieges, ein Leben in Todesnähe. Wie viele Menschen waren durch die Hand seines Vaters gestorben? Hunderte? Oder durch seine Befehle? Tausende? Die Tötungen hielt man für gerechtfertigt: Arabische Soldaten wurden in nationalen Befreiungskriegen getötet, Nazis in dem verzweifelten Versuch, Juden zu retten. Kein Zweifel, dachte Luke, der Schatz war verdient, kein Zweifel, aus einem gewissen Blickwinkel hatten diese Tode einen Sinn gehabt, hatte es Sinn gehabt, daß Benami seine Frau, seine Kinder, seine ganze Menschlichkeit seinen Idealen geopfert hatte. Aber diese Zusammenhänge, so einfach in der Vergangenheit, waren nach und nach immer komplizierter geworden, wogegen Benamis Überzeugungen unerschütterlich einfach geblieben waren.
Auf jeden Fall, erzählte Luke, war bis zu dem Tag, als Danni von seinem Posten im Golan desertiert war, ihr Leben ein zionistisches Vorbild gewesen – Vorbild eines echten europäischen, internationalen Zionismus, Musterbeispiel der Hoffnungen, die Israel für die Juden bedeutete. Bis Danni dies alles zum Einsturz brachte.
Und während er redete und immer mehr trank, nahm ein langer, langsamer Gedankengang in seinem Innern Gestalt an. Als Luke, gefährlich betrunken, zum Ende kam, fragte er sie: »Ist es das, was Sie wissen wollten?«

Sie zuckte die Schultern.
»Dann sagen Sie mir eins«, fuhr Luke fort. »Erzählen Sie mir nur eines. Warum hat man es nicht getan?«
Ihr Blick verschwamm, während sie nachdachte. Aber auch als sie ihn fragte, wovon er rede, hatte er das Gefühl, daß sie ihn verstand.
»Warum hat man nicht auch Danni um Interviews gebeten? Warum hat ihn kein einziger Reporter ausfindig gemacht? Warum hat ihn der israelische Geheimdienst nie gefunden?«
Nicole schüttelte den Kopf. »Ich möchte nicht, daß Sie mich das fragen.«
»Ich frage aber. Sagen Sie mir nur dies eine. Warum hat niemand Danni jemals in Paris gefunden?«
War der Punkt wichtig genug, um deswegen ihre Sympathie aufs Spiel zu setzen? Um zu sehen, wie ihr Gesicht, auch wenn sie betrunken war, so starr wurde? Sie schwieg lange, und auf ihrem Gesicht lag ein Ausdruck von Bitterkeit, als hätte er sie maßlos enttäuscht. Dann sagte sie schließlich müde, verärgert: »Luke, wenn man Sie in Israel wegen Hochverrats suchen würde, denken Sie, Sie würden unter Ihrem eigenen Namen leben? Meinen Sie nicht, Sie hätten soviel Verstand, sich einen neuen zu verschaffen? Es gibt niemanden auf der Welt außer Ihrem Vater, der Ihnen Dannis Adresse hätte geben können. Niemanden.« Sie hielt inne.
»Und da Sie schon fragen, will ich Sie dies fragen: Was meinen Sie, wie das ist? Ihr ganzes Leben unter einem falschen Namen zubringen zu müssen?« Sie winkte dem Kellner. »Lassen Sie uns gehen. Wir haben beide zuviel getrunken.«

Und dennoch – als sie Tage später in der Wohnung in der Rue de Fleurus saßen, während die Nachtluft durch die offene Terrassentür hereinströmte, tranken sie schon wieder.

»Wie war denn das mit der Scheidung Ihrer Eltern?«

»Wie das war?«

Sie warf ihm einen vernichtenden Blick zu. »Wie wär's, wenn Sie mit dem Warum anfingen?«

Warum? Was sollte er ihr erzählen? Daß nach Dannis Fahnenflucht auch seiner Mutter der Sinn von Benamis erfülltem Leben nicht mehr klargewesen war. Seine Eltern hatten beide den Krieg überlebt, seine Mutter hatte vier Jahre in Dachau überlebt, wohin man sie mit vierzehn gebracht hatte. Sie hatten beide ihre Familien verloren und lebten Tag für Tag mit dem grausamsten aller Tode, und dennoch hatten sie nichts gemeinsam.

Alles war Streit für sie gewesen, von der Erziehung ihrer Kinder bis zu ihren tiefsten intellektuellen Überzeugungen. Aus der Ferne seiner Erinnerung hörte Luke den Lärm eines Streits. Sie hatten erbittert über Benamis Deutung einer biblischen Geschichte debattiert, und deutlich hörte er in seinem Ohr die volle, kehlige Stimme seiner Mutter sagen: »Ach, Yossi, wie kannst du nur so ein Dummkopf sein?«, und ihr Jiddisch füllte die Küche und hallte die Treppe hinauf bis in sein Mansardenzimmer, in dem er, neben dem leeren Zimmer seines Bruders, schlief. »Dein eigener Sohn hat dich verlassen, und du denkst, es ist eine Geschichte über die Juden. Dein Sohn ist weg. Dein Sohn ist weg!«

Luke sagte: »Immer haben sie sich gestritten. Mein Vater, für ihn war alles Geschichte, und die Geschichte war ein Schulbeispiel für das Überleben der Juden. Ich meine, er war ein Held. Helden siegen immer, verstehen Sie? Und wenn man weiß, daß man am Schluß immer heil rauskommt, tja, dann ist einfach alles Theater, egal, was man erleidet, verstehen Sie? Meine Mutter, die sah in allem nicht viel Theater, überhaupt keines, und kein Heldentum. Niemand kam heil raus, alle waren verdammt, und das Leiden aller war« – er hielt inne, sich an den Streit in der Küche in Jerusalem erinnernd – »total. Das Leiden war total, und nichts, nichts konnte es in irgendeiner Weise adeln. Verstehen Sie?«

Schweigen. Dann Nicole: »Und doch gibt es Rechtfertigungen, glaube ich. Historische.«

Schweigen. Er sah Kugeln, kurze, kontrollierte Feuerstöße, genau wie es ihm beigebracht worden war. Ein Wurfmesser in der Luft, das einen menschlichen Körper fast mittendurch schnitt, an der Taille, vor der zersplitternden Wand der Hütte.

Ein Lachen, das von irgendwoher kam, jemand ergriff seinen Fuß und riß ihn zu Boden. Dann Stille, als der Junge da hing wie eine Vogelscheuche, schließlich nach unten sackte.

Es war wie ein Sprung, zu dem sie angesetzt hatte, ein Sprung über die Kluft zwischen zwei Welten. Er folgte ihr – genau.

»Wirklich? Wirklich, Nicole? Ich weiß nicht. Ich kenne mich darin nicht aus.«

Sie nickte langsam, als habe er eben etwas bestätigt, worüber sie lange nachgedacht hatte. Und dann sagte sie: »Wissen Sie, je mehr ich Sie kenne, desto weniger sehen Sie Danni ähnlich. Aber ich schwöre Ihnen, was Sie eben gesagt haben, das war, als hätte er gesprochen.«

Nicole: Auf dem Rücken im grünen Gras liegend, während sie den hochgetürmten weißen Wolken zusah, die über den makellosen Himmel zogen wie Piratenschiffe. Ihre Wangenknochen scharf hervortretend, ihre Augen perfekte schräg geneigte Ovale mit einer vom Himmel erhellten Iris aus Grün.
Nicole: Ich stelle mir die Frau vor, die Luke Abend für Abend sah, während dieses Frühjahr zu Ende ging. Nach der Arbeit mit übergeschlagenen Beinen in einem Schlafrock in ihrem Sessel, ein Cognacglas in ihren Musikerhänden wiegend, betrunken genug, um nicht zu bemerken, daß man ihre Schenkel sehen konnte, die Andeutung ihrer Brüste.
Luke, der die Wärme, das heimliche Trostversprechen in der Kontur dieser Brüste, in der Beschaffenheit ihrer Haut nicht wahrnehmen wollte.
Nicole, die immer nur zuhörte, selten redete. Während Luke sprach, beobachtete er. Und währenddesssen fragte er sich: Was für ein Mann ist das, den diese Frau liebt?

»Wo haben Sie in Paris gewohnt?«
»Unten im fünfzehnten. Ich wohnte illegal zur Untermiete in der Rue Jobbé-Duval. Meine Vermieterin eine verdammte Junkie-Marokkanerin. Als sie mich rausschmiß, kriegte ich eine umfunktionierte *chambre de bonne* drüben in der Felix-Fauré, dann fand ich eine Wohnung in einer kleinen Straße namens Sébastien-Mercier. Wenn Sie Kopien der Mietverträge sehen wollen, würde ich an die *préfecture de police* schreiben, aber das könnte einige Zeit dauern.«
Sie warf ihm einen verächtlichen Blick zu.
»Dann sind Sie wieder nach New York gegangen?«
Luke seufzte und setzte seine Erzählung fort.
»Ich hatte von meiner Mutter was geerbt. Ich kaufte mir eine Wohnung auf der West Side. Die Gegend heißt

Fleischmarkt, weil dort alle Fleischverpackungsfirmen sitzen. Das sollten Sie mal sehen, es ist so wie früher in Les Halles. Jeden Morgen kommen Lkw mit geschlachteten Tieren an und fahren mit Knochen wieder raus. So was wie ein Schweine-Auschwitz, dachte ich immer – nicht daß ich mich dadurch gestört gefühlt hätte, natürlich nicht. Ich wußte nicht, was ich machen sollte, also hab ich gearbeitet. Tagsüber bei der UNO, nachts in einem Zweitjob. Das hab ich ein paar Jahre gemacht. Dann starb mein Vater.«
Sie überlegte. »Wann haben Sie Ihren Vater gesehen? Als Sie in New York wohnten?«
Er blickte erstaunt auf. »Ich hab ihn nicht gesehen.«
»Nie? Kein einziges Mal?«
»Nein, nein, Sie verstehen nicht. Ich habe meinen Vater seit dem Ende meines Militärdienstes nicht mehr gesehen.«

Nachts, wenn er in sein Hotel zurückgekehrt war, lag er in seinem verdunkelten Zimmer und sah den Wolken zu, die den Himmel durchquerten. Tagsüber, wenn er nicht bei Nicole war, las er in einem Sessel, den er ans Fenster neben dem Bett geschoben hatte: Bücher, die er schon fast vergessen hatte, Folioausgaben, die er bei FNAC in der Rue de Rennes kaufte: *Un long dimanche de fiançailles, La Passion des femmes,* oder im Deutschen Haus: *Die Angst des Tormanns beim Elfmeter, Der kurze Brief zum langen Abschied,* oder bei W. H. Smith in der Rue de Rivoli: *Strangers on a Train, The Tremor of Forgery.*

Nicole, die ihn aufmerksam betrachtete, während sie den Quai de Grenelle entlanggingen. »Sie sind bei der Armee ausgezeichnet worden.«
Er blieb wie angewurzelt stehen. »Woher zum Teufel wissen Sie das?«

Sie zuckte die Schultern. »Die Bibliothèque Nationale hat die *Jerusalem Post* auf Mikrofilm. Ich lese Englisch.«
»Stand da, daß ich den Orden nicht angenommen habe?«
»Nein. Was haben Sie getan, um ihn zu kriegen?«
Er ging weiter, aber nach ein paar Schritten war sie wieder neben ihm. Jetzt antwortete er: »Hab bloß Befehle befolgt.«

Sie fuhren also zur Beerdigung Ihres Vaters nach Israel und beschlossen dann, nach Ihrem Bruder zu suchen.«
»Ja.«
Es war spät in der Nacht, und Luke antwortete müde. Sie waren aufgeblieben, wie es zu ihrer Gewohnheit geworden war, tranken Cognac und redeten, nachdem Nicole von ihrem Dienst zurückgekehrt war. Nicole trug inzwischen ein Sommernachthemd und saß mit auf den Sessel heraufgezogenen Beinen da, das Cognacglas zwischen ihre Hände geschmiegt. Und Luke, der sie beobachtete, ließ es zum ersten Mal zu, daß eine Woge des Verlangens über ihn hinwegrollte, eine Woge unerfüllbaren Verlangens, die ihn erschöpft zurückließ.
»Und warum?« Sie sprach fast mechanisch, während sie in ihr Glas blickte.
Luke war hellwach. »Was heißt das?«
»Das heißt, meinen Sie nicht, daß er Sie gefunden hätte, wenn er Ihnen hätte begegnen wollen?«
Luke überlegte und antwortete: »Es ging eigentlich nicht darum, was er wollte.«
Ihre vollen Lippen verzogen sich zu einem Lächeln, das keine Heiterkeit enthielt. »Sie kennen Danni eben nicht.«
»Nein, ich kenne ihn nicht.« Sein Herz begann zu pochen. »Und, Nicole ...«

»Ja?«
»Zum Teufel mit Ihnen.«
Sie hörte auf zu lächeln. Schmiegte sich in ihren Sessel, ihr Gesicht erstarrt. Einen Moment lang empfand Luke Entsetzen, tiefes Entsetzen. Mit einem Wort hatte sich alles verändert.
Und eine Sekunde später wurde alles klar.

Woher kam das Verständnis? Das würde er nie sagen können. Eine Fügung winzigster Dinge. Ihre Ängstlichkeit. Ihre Zurückhaltung. Tausend Dinge hätte sie wissen müssen und wußte sie nicht; tausend Fragen stellte sie ihm. Und als sich das Verständnis ergab, konnte er für einen Augenblick nicht sprechen. Dann zündete er sich eine Zigarette an und fragte kühl, leise, bedachtsam: »Und Sie?«
»Was, und ich?«
Es war, als beginne sie zu zerbrechen, und ihr teilnahmsloses Gesicht schien jetzt wie eine letzte, hoffnungslose Bastion.
»Ob Sie ihn kennen. Sie wußten nichts von mir. Sie wußten nichts von dem Erbe. Alles, was ich Ihnen über meine Familie erzählt habe, war neu für Sie.«
»Nicht alles.«
»Nein, aber vieles.« Er wartete auf eine Erwiderung, aber sie blickte wieder in ihr Glas und saß in einem Schweigen da, das Luke angstvoll schien. Es ängstigte ihn. Sanft sagte er jetzt: »Sie wissen auch nicht, wo Danni ist, nicht wahr?«
Sie antwortete nicht, starrte bloß in ihr Glas. Endlich sagte sie: »Ich dachte, es käme nicht drauf an.«
Sie sagte: »Ich dachte, ich wüßte, worauf es ankommt.«
Sie sagte: »Vielleicht habe ich ihn überhaupt nicht gekannt.«
Morgendämmerung in Paris. Die Unmenschlichkeit ihrer

Selbstbeherrschung zerfiel. Die ungeheure Erhabenheit einer Frau, einer reifen Frau, im Schmerz.

»Nach dem Tod Ihrer Mutter begann er einen Briefwechsel mit Ihrem Vater. Nicht rege. Einmal, zweimal im Jahr. Dann öfter. Im Herbst vor einem Jahr fuhr er nach Israel. Er kam wieder; letztes Frühjahr fuhr er erneut los. Er war immer auf Reisen. Zwei, drei Monate hintereinander. Ich wußte nie, wo er war. Jetzt ist er schon acht Monate fort. Ich habe nichts von ihm gehört. Soviel ich weiß, verfault er in einem israelischen Militärgefängnis; jetzt, wo Benami tot ist, wird ihn niemand mehr beschützen. Als Sie kamen, dachte ich, Sie wären er. Dann dachte ich, Sie wüßten, wo er ist. Es tut mir leid, Luke. Es tut mir leid. Ich kann Ihnen mit gar nichts helfen. Mit gar nichts. Und Sie können mir auch nicht helfen.«

Fünftes Kapitel

Sollte ich mich schämen, zuzugeben, daß ich sie beobachtet habe?

Zuerst hielt mich meine Verwirrung davon ab, an ihn heranzutreten; schließlich wußte ich ja nicht, wer er war. Und dann setzte eine Art Scheu ein, das sichere Gefühl, daß der Weg dieses Mannes nicht zu durchkreuzen war.

Als er mich an jenem Tag im Le Fleurus ansah, hatte ich das Empfinden – wie ich es zuvor bei seinem Bruder hatte; denn jetzt wußte ich, daß es sein Bruder war, dem ich in Wien begegnet bin –, gar nicht zu existieren, so ohne jede Reaktion war sein Gesicht.

Zuerst hatte ich vor, mich nur eine Zeitlang auf die Lauer zu legen. Meinen Verstand zusammenzunehmen und über diesen Mann nachzudenken, der nicht Monsieur Tueta war und es trotzdem war. Zu überlegen, wie diese Szenen, deren Zeugin ich war, diese Liebesgeschichte, in das herzlose Drama paßten, das ich vorlebte. Früher oder später, dachte ich, würde ich ihn ansprechen, ihn und diese schöne Frau, um derentwillen er nicht hergekommen war und die er offensichtlich nicht gekannt hatte.

Und während die Tage verstrichen und die ungeheure Intensität ihrer Beziehung sich durchsetzte – eine aufeinander gerichtete Intensität, die alle anderen Menschen auf der Welt auszuschließen schien –, wurde es allmählich immer unmöglicher, etwas anderes zu tun, als zu beobachten.

Und unmöglich, nicht zu beobachten.

Und heute frage ich mich, ob meine Stimmung nicht mit diesem strotzenden Frühling zu tun hatte, der, immer üppiger sich entfaltend, auf etwas zustrebte, das keiner von uns erträumte.

Dies alles hat Nicole Luke erzählt, nachdem ihr langes Verhör beendet war.
Dies alles hat sie diesem Fremden erzählt, der ihrem Geliebten vieler Jahre so genau glich. Nicht nur in seinem scharfgeschnittenen Gesicht, seinem düsteren, ausdruckslosen Blick, seinem schmächtigen Körper, sondern auch im Inhalt seiner Gedanken. Als hätte sie ihn bereits gekannt, ehe sie ihm begegnete.
Dies alles hat sie ihm erzählt, als er mit seiner Geschichte ans Ende gelangt war und es Zeit wurde, daß entweder sie mit ihrer begann oder er abreiste. Denn inzwischen war es unmöglich aufzuhören. Und so ist dies die Geschichte, die sie ihm erzählte, als sie keine andere Wahl mehr hatte.

Sie erzählte ihm, daß sie vor etwa zwölf Jahren an einem Sommerabend in Marseille seinen Bruder kennengelernt hatte. Sie war dreiundzwanzig und machte bei ihrer Familie in den langen Augustferien Urlaub, das erste Mal seit fünf Jahren, daß sie wieder in Marseille war.
Sie war mit sechzehn nach Paris ans Conservatoire Nationale gegangen, um Violine zu studieren. Anerkennung hatte sie früh erhalten: ein Debüt in der Salle Pleyel mit neunzehn, eine Europatournee, ein Soloabend in der Alice Tully Hall in New York und dann die Rückkehr nach Paris, um mit dem Orchestre de Paris Mozarts 4. Violinkonzert aufzunehmen.
Dabei verliebte sie sich in den Dirigenten.
Er hatte sie vollkommen verstanden; sein Leben war wie ihres verlaufen: die unablässige Disziplin, die ständige

Konkurrenz. Ihr zartes Naturell, die drohenden Depressionen, das nicht mitteilbare Hochgefühl beim Üben und Spielen – er hatte alles verstanden. Zum ersten Mal war sie in dieser grenzenlos einsamen Welt, in der ein Künstler zwangsläufig lebt, nicht mehr allein. Zunächst war die Erleichterung, die Erfüllung wunderbar.
Wer brachte dem anderen größere Nachteile? Sie war sich sicher, daß er es war, denn sein Verständnis vertiefte sich nicht wie ihres zu Einfühlungsvermögen. Vielleicht hatte er recht mit seiner Hochachtung vor ihrer Begabung; doch ganz gleich, was er verstand, er war nicht in der Lage, es auf sich beruhen zu lassen. Manchmal war er um ihretwillen ehrgeizig und manchmal auf kalte, grausame Weise zerstörerisch. Im ersten Fall gehörte er einer Welt an, der sie mit immer größerer Abneigung gegenüberstand: der Welt des Konzertierens, des Wettbewerbs. Im zweiten Fall war er ein Potential diabolischer, unerklärlicher Aggressionen, wie sie sie noch nie zuvor erlebt hatte. Mag sein, daß sie ein zu behütetes Leben geführt hatte. Ihre Trennung nach zwei Jahren war für sie unglaublich bitter und von heftigen Gefühlen bestimmt.
Und mit dreiundzwanzig fand sie sich in Marseille wieder, allein.

Ein Abend. Auf dem Heimweg, spät an den mit Rolläden verschlossenen Geschäften der Altstadt vorbei, wahllos um Ecken biegend auf der Suche nach Abkürzungen, an die sie sich aus ihrer frühesten Jugend vage erinnerte. In einer winzigen Straße, fast einer Gasse, ein Geräusch im Dunkeln; gedankenverloren hob sie den Blick und blieb stehen.
Zwei Männer standen redend dicht beisammen und verstummten, als sie näher kam. Sie zögerte und blickte die sonst menschenleere Gasse hinunter, doch dann lief sie,

fast gegen ihren Willen, weiter, während sich die ersten Anzeichen von Angst in ihrem sich zusammenkrampfenden Magen meldeten. Nichts geschah, und einen Moment lang empfand sie Erleichterung. Als sie aber plötzlich hinter sich einen raschen, wispernden Schritt hörte, als schlüge ein Strohbesen gegen den Boden, geriet sie in Panik.

Ein Arm schlang sich um ihre Taille, ein Körper stieß hart gegen sie, und sie fand sich mit dem Gesicht vor einer Steinwand wieder, fühlte Atem in ihrem Nacken und roch Schweiß und Curry, und dann wogte eine metallische Panik hoch, als ihr klar wurde, daß dieses Kalte an ihrer Kehle ein Messer war.

Wogte hoch, brach aber nicht ganz durch, und über ihre Panik hinweg hörte sie gutturale Laute einer Sprache, die sie als Arabisch erkannte. Die beiden Männer redeten, als fände ein Handel statt, dann heftiges Atemholen des einen Mannes, als der andere ihn wegriß.

Sie drehte sich um und bemerkte, daß die beiden zurücktraten. Jetzt konnte sie sie sehen: einen drahtigen Dunkelhaarigen, der den Kleineren am Hals umklammert hielt und wütend auf ihn einflüsterte. Beim Reden faßte der Lange dem anderen in die Tasche und zog einen kleinen Gegenstand heraus. Er sagte noch etwas. Dann stieß er ihn fort, und der Kleinere drehte sich schnell um und rannte die Straße hinunter; und seine Leinenschuhe wischten über die Kopfsteine. Der andere stand aufrecht da und steckte den Gegenstand in eine Gürteltasche, die er unter seinem T-Shirt über dem Bund seiner Jeans trug. Der Mann drehte sich zu ihr um, und sie sah zum ersten Mal Daniel Benamis Gesicht.

Über seinen speckigen Jeans trug er ein weißes T-Shirt. An den Füßen Leinenschuhe mit Sisalsohlen, wie die des Arabers, der gerade weggelaufen war. Sein schwarzes

Haar war straff zu einem Pferdeschwanz gebunden, die Stirn hoch und frei. Seine Augen: groß und weit auseinanderstehend; scharfe Wangenknochen, ein voller breiter Mund. Er reichte ungefähr an Nicoles einsachtundsiebzig heran.

Einen Moment lang beobachteten sie sich gegenseitig. Dann setzte er plötzlich und ohne jeden Anlaß ein gewinnendes Lächeln auf, fuchtelte mit einem Arm die Straße hinunter und redete in einem schnellen, leicht gebrochenen Straßenfranzösisch, dem eines arabischen Einwanderers, und von Anfang an benutzte er das *tu.*

»*T'es cinglée, quoi, se balader toute seule par ici* – Was denn, bist du wahnsinnig, alleine hier rumzulaufen? Dieser kleine Dreckskerl hätte uns beide umbringen können.« Leicht keuchend zog er sein T-Shirt hoch, um sich das schwitzende Gesicht abzuwischen, und sie sah die festen Muskeln seines Bauchs und die Konturen seiner Rippen um die schmale Linie schwarzer Haare, die vom Nabel nach oben lief. Er stopfte sein T-Shirt zurück und sah ihr ins Gesicht. Und einen Augenblick später sagte er plötzlich in einem vollkommen anderen Französisch: »Na, ich denke, er hört nicht auf zu rennen, bis er auf seinem Schiff ist, das, wie ich zufällig weiß, heute nacht in Richtung Golf abfährt. Kommen Sie, ich begleite Sie ein Stück. Haben Sie's weit?«

»Nicht allzu weit.« Sie erholte sich von dem Schrecken, den ihr eher die Heftigkeit des Angriffs des kleinen Mannes als die Gefahr eingejagt hatte, in der sie geschwebt haben mochte. »Und ich brauche keine Begleitung.«

Mit neuem Interesse sah er ihr ins Gesicht. »*Eh, non?* Sie haben vermutlich eine Pistole? Nein. Trotzdem«, sein Ton änderte sich, »möchte ich, daß Sie gestatten, daß ich Sie ein Stück begleite. *Sans blague* – ohne Witz. Richtiges Französisch hab ich schon Gott weiß wie lange nicht mehr gesprochen, und Sie haben keine Ahnung, wo man mich als nächstes hinschicken wird.«

»Wohin denn?«

»Dschibuti, Herrgott noch mal. Ohne Witz. Wir fahren bei Tagesanbruch los.« Sie setzte sich die dunkle Straße hinunter in Bewegung, und er trottete mit leicht gebeugten Knien in einem langsamen, langbeinigen Seemannsgang neben ihr her, während er wieder auf das Umgangsfranzösisch zurückgriff, das in raschen, kurzen Sätzen aus ihm heraussprudelte.

»*Sans blague* – bei diesem kleinen Typen, da hatte ich so 'ne Ahnung. Er hatte vor, mir die Kehle durchzuschneiden, da bin ich verdammt sicher. Ehe du ihn abgelenkt hast.«

Sie antwortete beiläufig: »Worum ging's denn?«

Diesmal antwortete er in stark gebrochenem Englisch. »*Business, my dear* – Geschäfte, Schätzchen.« Dann wieder auf französisch, als wäre sie eine alte Freundin: »Magst du Graf Mippipopolous? Mit seinen Pfeilwunden?«

Zufällig hatte sie *Fiesta* gelesen und erinnerte sich gut an den Grafen.

Es war sehr spät, als sie sich dem Haus von Nicoles Eltern näherten. Beim Gehen hatte er unentwegt geredet und ihr Dutzende von Fragen gestellt – Fragen über Frankreich und, als sie ihm gesagt hatte, sie wohne dort, über Paris. Er wollte wissen, wieviel es koste, dort zu wohnen, welches die besten Viertel wären, wo die Kunstgalerien, die Läden waren. Er legte eine merkwürdige Neugier an den Tag, eine sanfte Wißbegierde, und unwillkürlich spürte sie, wie sie sich zu ihm hingezogen fühlte. Zu diesem einsamen Mann, seinem affig korrekten Französisch, seinen schmutzigen Seemannsklamotten. Dschibuti. Was für Geschäfte er wohl in Dschibuti betrieb? Jetzt, als sie sich dem Haus näherten, sah sie ihre Eltern an der Tür stehen, dann mit ängstlichem Gesicht auf sich zukommen. Danni blieb stehen, richtete einen kurzen Blick auf die beiden und wandte sich ihr zu. »Darf ich Sie nach Ihrem Namen fragen?«

Sie nannte ihn.

Jetzt zögerte er, und sein Gesicht verzog sich.

»Falls ich jemals nach Paris käme, gibt's wohl keine Möglichkeit, wie ich Sie finden könnte?«

Sie starrte ihn an, sein Gesicht vor dem Dunkel der Nacht. Sein komisches Gelehrtenfranzösisch. Die seltsame Anspielung auf Hemingway. Dschibuti. Sein schmächtiger, drahtiger Körper. Sie war eisig, die Leere in ihr, die er streifte und aus der sie nun antwortete. »Sie könnten zur Opéra gehen. Aber wahrscheinlich würde ich Sie von den *huissiers* mit einem Tritt in den Hintern die Rue de la Paix runter und in die Scheiß-Seine befördern lassen.«

Nun entspannte sich sein Gesicht, und er lachte. »*Sans blague? A un de ces jours,* Nicole Japrisot – bis dahin.«

Dann war er weg, trottete mit diesem federnden, knickebeinigen Gang in die Nacht davon, und seine Leinenschuhe huschten über die kopfsteingepflasterte Straße, während sie mit ihren Eltern ins Haus ging.

Es war Winter, als er sich in Paris blicken ließ. In einer übergroßen Lederjacke; Jeans und T-Shirt hätten ohne weiteres dieselben gewesen sein können, die er in Marseille getragen hatte. Stand da an einem bitterkalten Abend vor dem Bühneneingang, die Hände in den Taschen. Und verströmte eine liebenswerte Ungeniertheit, als wäre er eben mal von seiner Zweitwohnung an den Champs rübergeschlendert.

»Also tun Sie mir den Gefallen. Sagen Sie mir einfach, ich

soll mich verpissen. Ohne Witz, es ist verdammt noch mal zu kalt, um in die Seine geschmissen zu werden.«
Sie blieb vor ihm stehen. Er war unrasiert, tief gebräunt, seine Augen vor Erschöpfung blutunterlaufen, und er bibberte in der Kälte.
»Eigentlich sollte ich das aber tun. Was hatten Sie denn vor?«
»'nen Happen zu Abend essen. Sechs Drinks. Vielleicht sieben. Scheiße, dies ist ein verflucht kaltes Land.«
Sie zögerte. »Es ist furchtbar spät. Sind Sie morgen frei?«
Sein Gesicht wurde lang. »Ja, soweit jemand, der mit 'nem Schiff nach Aden unterwegs ist, als frei bezeichnet werden kann.«
»Wann sind Sie angekommen?«
»Heute nachmittag.«
»Und wann fahren Sie ab?«
Er zuckte die Achseln und sah sich um. »Um vier Uhr früh geht ein Zug nach Marseille. Wissen Sie was? Ich war noch nie in Paris.« Er sah sie wieder an. »Ohne Witz.«

Sie fuhr mit ihm ins Sélect in Montparnasse. Er saß da und schaute sich mit unbefangener Miene um, die zu seinem verwegenen Äußeren, seinen dreckigen Klamotten im Widerspruch stand. Er aß mit mächtigem Appetit, trank zwei Flaschen Gamay und zahlte aus einem dicken Bündel Geldscheine. Er zog es aus der Innentasche seiner schmutzigen Jacke, die er unbedingt hatte anbehalten wollen. Er redete so gut wie überhaupt nicht, schien zufrieden, einfach in ihrer Gegenwart zu sein, und beantwortete ihre Feststellungen mit einsilbigen Bemerkungen, die von allen weiteren Fragen abrieten. Mit einem bedauernden Blick auf den Kellner, der die leeren Teller abräumte, zog er schließlich eine blaue Blechschachtel mit Zigarillos aus seiner Jacke, zündete sich einen an und lehnte sich, eine

Rauchwolke ausstoßend, auf seinem Stuhl zurück. Ihr schien das die Genehmigung zu einer Frage zu sein.

»Was hatten Sie in Dschibuti zu tun?«

Er machte ein verdutztes Gesicht, und sie fuhr fort.

»Oder in Aden?«

Seine Miene hellte sich auf. »Ach, ich verstehe. Tja also, Sie müssen wissen, daß ich bei der Handelsmarine bin.«

»Oh.« Sie überlegte. »Bei welcher?«

»Wie – bei welcher? Bei welcher Flagge?« Er sah weg, dann wieder zu ihr. »Bei der libanesischen im Augenblick.«

»Sind Sie Libanese?« Als er nicht antwortete, fragte sie noch einmal. »Sind Sie Libanese?«

»Nein. Jetzt möchte ich Ihnen mal eine Frage stellen.«

»Okay.«

»Wenn wir uns ein Taxi nehmen, können Sie mich irgendwohin begleiten, ehe ich meinen Zug kriege?«

Scheiße. Zum Schluß hatte er doch noch was Banales gesagt. »Ich bin zu müde für 'ne nächtliche Spritztour zum Eiffelturm; nehmen Sie sich morgen einen Sightseeingbus.«

Er machte vor Enttäuschung ein langes Gesicht, und sie fragte, mit sinkendem Mut, wohin er denn wollte. Seine Antwort erstaunte sie.

»Zum Pont Mirabeau.«

Sie fanden ein Taxi, und sie dirigierte den Fahrer den Boulevard entlang zum Fluß, dann nach Süden zum Pont Mirabeau, wo sie das Taxi warten ließen, während sie zur Mitte der Brücke spazierten. Sie beobachtete ihn, wie er ins dunkle Wasser unter den kupfernen Figuren auf den Brüstungen hinunterstarrte. Den Blick auf ihn gerichtet, zitierte sie das Apollinaire-Gedicht, das der einzig denkbare Anlaß war, diese wenig bemerkenswerte Brücke zu besichtigen:

L'amour s'en va comme cette eau courante
L'amour s'en va
Comme la vie est lente
Et comme l'Espérance est violente

Nach ein paar Minuten sagte er leise, ohne aufzublicken: »Es ist natürlich genau andersrum.«
»Was meinen Sie?« So eine schwache Stimme in der Nacht über dem Fluß.
Jetzt sah er sie an. »Die Hoffnung ist es, die langsam ist. Ungestüm dagegen ist das Leben.«

Sie lehnte sein Angebot ab, sich nach Hause fahren zu lassen, sondern begleitete ihn im Taxi zur Gare de Lyon zu seinem Zug. Als sie sich durch menschenleere Straßen in der frühmorgendlichen Kälte dem Bahnhof näherten, ergriff sie zum ersten Mal, seit sie auf der Brücke gestanden hatten, das Wort.
»Na, ist Paris, wie Sie's erwartet haben?«
»O mein Gott, ja. Ich hab irgendwo gelesen, daß Apollinaire ganze Tage damit zugebracht hat, bloß in der Stadt herumzuwandern, und überall, wohin er kam, kannten ihn die Leute. Meinen Sie, das stimmt?«
»Hm-hm.«
»Ohne Witz? Gott, so würde ich gern sein.«
»Nicht sehr wahrscheinlich für einen Seemann, nach Paris zu kommen.«
»Ach, ich hab nicht vor, noch viel länger Seemann zu sein.«
Er zögerte. Dann sagte er: »Wenn ich Ihre Telefonnummer hätte, könnte ich Sie anrufen, wenn ich wieder herkomme.«
Sie schrieb sie ihm auf einen Zettel, als das Taxi vor dem Bahnhof hielt. Er holte sein Geldbündel aus der Tasche,

zog zwei Hundertfrancscheine für den Fahrer heraus und faltete den Zettel mit dem Rest seines Geldes zusammen. Er stieg aus und machte ihr ein Zeichen, das Wagenfenster zu öffnen.

»Darf ich Sie im Frühjahr anrufen?«

»Bis zum Frühjahr ist es noch lange hin.«

Er nickte, und nicht zum ersten Mal spürte sie eine Verletzlichkeit, die bei einem so gewandten, ruppigen Menschen kaum zu erwarten war. Sie machte ihr angst.

»Ach, das hab ich vergessen.« Er griff in seine Jackentasche und zog etwas hervor, das in zerknittertes Zeitungspapier eingewickelt war, dann beugte er sich zu ihr und drückte es ihr in die Hand. Er richtete sich auf und ging davon. Am Haupteingang des Bahnhofs hockten zwei Gestalten mit dem Haarschnitt und den weißen Hosen von Seeleuten. Während das Taxi wendete, sah sie Danni auf die beiden zugehen; sie erhoben sich, dann gingen sie zu dritt in den Bahnhof hinein.

Im Dunkel des Wagens wickelte sie das Zeitungspapier auf, an dessen arabischen Druckbuchstaben sie sich die Hände schmutzig machte, und fand eine aus Marmor geformte winzige Hand – eine Kinderhand, die sich vom kleinen Finger aus einwärts drehte. Sie war am Handgelenk von dem Arm abgebrochen, zu dem sie einst gehört hatte, und die Bruchstelle war fast glattgewetzt. Und als sie das Marmorhändchen ins Licht der Straßenlaterne hob, das durchs Taxifenster fiel, fühlte sie, wie ihr aus den kunstvoll gewölbten Fältchen des winzigen Handtellers ein paar Sandkörner auf die Finger rieselten.

Den langen Winter über bewegte sich Nicole wie automatisch durch den zermürbenden Trott ihrer Musik: die Orchesterproben und -auftritte, ihre beiden Geigenstunden wöchentlich, die drei Übungsstunden an jedem Nachmittag. Zusammen mit drei anderen jungen Musikern begann sie für die Deutsche Grammophon die späten Quartette Beethovens zu proben, und diese endlos ineinander verschachtelten Meditationen über den Tod – in denen das, was an schwacher Hoffnung die Musik auch immer enthalten mochte, der tiefen Emphase des Cellos vorbehalten war, während die hohe Stimme ihrer Violine dem unfaßbarsten Gipfel an Verzweiflung Ausdruck verlieh – beeinflußten alles, was sie tat. In die emotionalen Dimensionen des Werkes eingeschlossen, empfand sie ihre Einsamkeit kaum. Trotzdem, je mehr sie spielte, desto reizvoller, weil weniger fordernd, schien ihr ein Orchesterplatz in der Opéra zu sein und desto weniger Lust hatte sie auf das, worauf ihr Agent bestand: auf Tournee zu gehen oder Plattenaufnahmen zu machen.

Damals trug sie ihr rotes Haar lang; es fiel ihr bei ihren Auftritten im schwarzen Abendkleid über die nackten Schultern herab. Ihre grünen Augen in die Musik vertieft, ihr Körper mit den schmalen Hüften lang und geschmeidig. Sie hätte ein Stern am Musikerhimmel sein können, diesem seltsamen, mit sich selbst beschäftigten egoistischen Himmel. Das sagte ihr Agent. Ihre Begabung, ihr enormes Arbeitsvermögen, ihre Schönheit und Präsenz auf der Bühne – das einzige, was ihr fehlte, war Ehrgeiz. Während dieses Winters übte sie immer weniger. Sie schlenderte in den nassen Straßen umher. Sie ging ins Kino, allein. Oder sie las in ihrem winzigen Appartement in Montmartre, an dessen eiskalten Fensterscheiben das Kondenswasser herunterlief.

Sie war immer ein einsamer Mensch gewesen. Und jetzt,

Mitte Zwanzig, verflogen die romantischen Träume; im Erwachsenenleben hatte sie noch nicht Fuß gefaßt, und ihre Zukunft erschien ihr einsam, schwierig und rauh. Es war eine bittere Zeit, vielleicht mit weniger Aufheiterungen als andere Lebensphasen. Und Nicole hätte keinen schwierigeren Weg aussuchen können, diese Zeit zu meistern.

Als sie eines Nachts im Vorfrühling Danni vor der Opéra sitzen sah, eine einsame Gestalt auf den steinernen Stufen, erschien er ihr vielleicht als der Mensch, der in seiner Unbehaustheit, seiner Scheu die Einsamkeit, die ihr lieb geworden war, ergänzen, nicht aber ausfüllen konnte. Sie wechselte die Richtung, um zu ihm zu gelangen, und als er nicht aufstand, setzte sie sich neben ihn auf die Treppe.
»Haben Sie meine Nummer verloren?«
»Natürlich nicht.« Den Blick im Licht der Straßenlaternen fest auf sie gerichtet, zeigte sein Gesicht Hoffnung und Furcht – und die Glückseligkeit eines Spielers. Er zog den Zettel, auf den sie die Nummer geschrieben hatte, aus der Innentasche seiner Jacke und hielt ihn zwischen zwei nikotinbraunen Fingern in die Höhe.
»Warum haben Sie denn nicht angerufen?«
Ihre Stimme hob sich am Ende der Frage mit dem Ausdruck wirklicher Neugier, keiner Rüge.
»Tja ...« Er holte tief Luft, und sein Gesicht versteinerte.
»Für wie lange sind Sie hier?«
»Bis morgen abend.«
Sie schwiegen und beobachteten die Menschenmenge vor dem Café de la Paix. Ein Schweigen, in dem etwas Wichtiges davon abzuhängen schien, was sie als nächstes sagen würde. Schließlich fragte sie: »Hunger?«
Er lächelte. Offenbar erleichtert. »Könnte was vertragen. Sagen wir, ein mittelgroßes Pferd.«
Sie lächelte nicht. »Das dachte ich mir.«

Danni schien Paris bemerkenswert gut zu kennen für einen Menschen, der erst zum zweiten Mal hier war. Er brachte sie im Taxi zur Porte de Clignancourt, durch die jetzt menschenleeren Straßen der Puces – des Flohmarkts –, und dirigierte den Fahrer zu einem Restaurant in einer winzigen, heruntergekommenen Straße. Dort, in der unerwarteten Wärme des Raums, in dem sich, wie sie bald bemerkte, dicht an dicht Zigeuner drängten, wurde Danni von den Kellnern und dem Barkeeper mit einem respektvollen Nicken begrüßt. Zwei Männer spielten vor einer andächtigen Menge laut scheppernd auf ihren Jazzgitarren. An einem Gemeinschaftstisch aßen sie Eintopf und tranken jungen roten Wein aus den Karaffen, aus denen sich alle zu bedienen schienen. Als zwei massige Männer in grellbunten Zigeunerhemden an den Tisch traten, forderte Danni sie auf, sich zu setzen, und goß jedem ein Glas ein. Nicole bemerkte, daß diese ungeschlachten Männer hinter ihrer Ungezwungenheit vor Danni auf der Hut waren und daß sie tatsächlich selbst, während er sie mit seinem ruhigen, aufmerksamen Blick musterte, etwas Angst vor ihm hatte. Als sie ihren Wein ausgetrunken hatten, entschuldigte sich Danni, ging mit den beiden Männern hinaus auf die Straße und kam nach ein paar Minuten mit zufriedenem Gesicht zurück. Er setzte sich, und Nicole fragte spitz: »Schon wieder Geschäfte?«

Er tat überrascht und hob die Augenbrauen. »Absolut nicht. Enge persönliche Freunde.«

»Sans blague?« Es war schwer, ihrem Ton Sarkasmus zu verleihen, während sich ihre Stimme über die Gitarren erhob.

Er grinste. *»Sans blague.«*

Es war fast Morgengrauen, als sie in einem Taxi in der Rue Gabrielle vor dem Haus hielten, in dem sie wohnte. Sie stiegen aus und blieben vor der Tür stehen; dann schritt sie ohne ein Wort die Straße entlang auf den mächtigen weißen Koloß von Sacré-Cœur zu. Er holte sie am Ende des Blocks ein, und sie blieb mit verschränkten Armen stehen. »Hören Sie zu. Was Sie tun, ist Ihre Sache. Ich möchte Sie nicht wiedersehen, wenn Sie wieder lügen.«

Seine Augen weiteten sich in Erstaunen, das nicht gespielt war.

»Wie lange sind Sie schon in Paris, daß Sie es so gut kennen?«

Er zögerte, dann sagte er leise: »Eine Woche.«

»Warum haben Sie mich nicht angerufen?«

Er überlegte lange, dann sagte er zögernd, widerwillig: »Ich mußte mir über 'n paar Dinge Klarheit verschaffen.«

»Ist jetzt alles in Ordnung?«

»Vollkommen.«

»Stimmt das, oder geht jemand mit dem Messer auf mich los, wenn ich mit Ihnen durch die Straße spaziere?«

Er gab eine ernste Antwort. »Nein, jetzt ist alles in Ordnung. Vor einer Woche hätte ich das nicht gesagt.«

Sie ging noch einen Schritt weiter. »Können Sie garantieren, daß Sie mich nicht wieder belügen werden?«

Jetzt trat eine lange Pause ein. Sein Blick glitt langsam über ihr Gesicht, von ihrem Haaransatz zu ihrem Mund, dann zu ihren Augen. Sie sah seine kleinen Zähne kurz aufblitzen, als er sich auf den Winkel seiner Unterlippe biß. Schließlich sagte er: »Ja und nein. Hängt davon ab, was Sie mich fragen.«

Es war so was Ähnliches wie ein Angebot. Sie betrachtete sein Gesicht noch einen Moment, dann nickte sie, machte kehrt und ging zurück, und ihr Schatten in den Lichtern der Kirche lief vor ihr her. Wieder vor ihrem Haus angelangt, blieb sie stehen und fragte: »Warum wollten Sie das letzte Mal, als Sie hier waren, zum Pont Mirabeau?«

Er antwortete ohne Zögern. »Wegen des Apollinaire-Gedichts.« Er verstummte, dann fuhr er nach einer Weile langsamer fort: »Manchmal kommt es mir so vor, als bestünde die ganze Welt aus nichts als … Geschäften. Wenn Sie selbst Geschäftsmann sind, dann … *tu peux croire que ça soit ringard* – denkt man vielleicht, es ist sentimental, aber so wie ich lebe, besteht nicht viel Raum für schöne Gefühle.«

Er schwieg, und als er offenbar nichts weiter sagen wollte, meinte sie leise: »Okay. Dann geh ich jetzt wohl besser.«

Ohne Zögern, widerspruchslos schlenderte er los. Sie richtete das Wort an seinen sich entfernenden Rücken: »Sehe ich Sie wieder?«

Er drehte sich um. »Wenn's Ihnen recht ist.«

»Es ist mir recht.« Sein Blick ruhte eine letzte Sekunde auf ihr, dann ging er in der Morgendämmerung davon.

Seine Rückkehr im Frühsommer kündigte er mit einem Anruf um fünf Uhr morgens von der Gare de Lyon aus an. Um sechs war er da, mit seinen Jeans und dem T-Shirt, einen Seesack über der Schulter. Sein gebräuntes Gesicht. Seine großen, blitzenden Augen. Sein schwarzes Haar, das aus der Stirn nach hinten gebunden war. Sie begrüßte ihn im Nachthemd an der Tür ihrer winzigen Wohnung, noch im Halbschlaf. Sie ließ ihn eintreten und zeigte ihm das Bad, wo er duschte. Als er mit einem Handtuch um die Hüften herauskam, führte sie ihn ins Schlafzimmer, in dem das Fenster von der aufgehenden Sonne in einem apokalyptischen Rosa angestrahlt wurde, und zog ihn, seine schmale, gespannte Figur, sein dunkles Gesicht, an sich und aufs Bett.

Später aß er, in ihren seidenen Morgenmantel gehüllt, vier Eier und ein ganzes Baguette. Saß am Küchentisch, trank Kaffee und rauchte einen seiner Zigarillos. Und sie sah ihm zu, an die Arbeitsfläche gelehnt.

»Wann fährst du?«

»Na ja, nicht gleich.« Er schaute weg, dann wieder zu ihr auf. »Genauer gesagt, nie mehr. Ich hab's aufgegeben.«

Sie zündete sich eine Zigarette an. »Du bleibst also?«

»Na ja, das auch nicht ganz. Ich werde ein bißchen herumreisen. Aber nicht gleich.«

»Und wo willst du bleiben?«

»Na ja, ich dachte, ich könnte vielleicht ein paar Sachen hierlassen. Ich werde ziemlich viel unterwegs sein. Wenn das in Ordnung ist.« Er sah sie fragend an.

»Hast du vor zu arbeiten?«

»O ja.« Er lachte. »Na klar.«

»Und was?«

Er antwortete sanft: »Import-Export.«

»Womit?«

Er hörte auf zu lachen. Kniff leicht die Augen zusammen und musterte sie eine Sekunde lang.

»Ich würde gern eine kleine Galerie aufmachen, in der Antiquitäten verkauft werden.« Dann fügte er einen nachträglichen Gedanken hinzu: »Allerdings werden die meisten meiner Verkäufe privat sein.«

Sie dachte darüber nach. »Legal erworben?«

»Die Ausstellungsstücke, absolut.«

»Und die anderen?«

»Tja, ich muß hoffen, daß diese Frage nie gestellt wird.«

Sie überlegte noch ein bißchen.

»Wo kommst du her?«

Er wartete, dann sprach er zögernd. Als wenn er, auch nach seiner Entscheidung, es ihr zu sagen, dennoch Schwierigkeiten hätte, die Worte auszusprechen.

»Israel ursprünglich. Das ist allerdings einige Zeit her. Und wenn du die Wahrheit wissen willst, ich möchte auch nicht, daß meine Geschäftspartner wissen, daß ich Jude bin.«

Sie dachte nach, dann fragte sie: »Wie gut bist du?«

»Nicht allzugut, nehm ich an. Ich hatte nicht viel Praxis.«

Sie war einen Moment verwirrt, dann errötete sie leicht, als sie ihn lächeln sah.

»Ich meine, in deiner Arbeit.«

»Sehr gut. Wirklich sehr gut.«

Sie überlegte, zog ihr Nachdenken bewußt in die Länge und bemerkte, daß er sie voller Sorge beobachtete.

»Schwörst du, daß es keine Drogen sind?«

Und nun grinste er glücklich, womit er eine Entscheidung anerkannte, von der sie noch gar nicht gesprochen hatte.

»Ohne Witz, Drogen bloß zur Entspannung.«

»Tja, dann sehen wir mal, wie's läuft.«

Schon fing sie an, wie er zu reden.

Die nächsten paar Jahre war Danni viel von Paris aus unterwegs, einen Monat hier, zwei Monate da. Er kaufte ein starkes Triumph-Motorrad, und seine Abreisen und Ankünfte kündigten sich jedesmal durch das Motorgedröhn an, das die Rue Gabrielle herauf oder herunter hallte. Er machte eine kleine Galerie in der Rue du Faubourg Saint-Honoré auf, in der ein geheimnisvoller Korse mit pockennarbigem Gesicht für ihn arbeitete, aber sie unternahmen wenig, um Kundschaft anzulocken, und die Geschäfte schienen kaum mit den Gegenständen zu tun zu haben, die gelegentlich den Weg durch Nicoles kleine Wohnung nahmen. Ein ägyptischer Skarabäus. Eine in Gold getriebene Tughra, der Namenszug eines türkischen

Sultans. Römische Münzen, Statuetten, Platten aus einem grandiosen byzantinischen Fresko, von deren Diebstahl in Zypern sie in *Le Monde* gelesen hatte. Später gab es mehr Abwechslung. Eine Mappe signierter Cartier-Bressons. Einen Vermeer.

Am Ende des fünften Jahres in Paris führte er Nicole eines Tages in das Appartement in der Rue de Fleurus und überwies, als ihr die Wohnung gefiel, das Geld auf ihr Konto, damit sie sie auf ihren Namen kaufen konnte. Die Renovierung, die er mit strenger Ungeduld und pingelig, geradezu zwanghaft überwachte, hielt ihn lange in Paris: die längste Zeit, die er je bei ihr geblieben war. Als alles fertig war, ließ er sie einziehen, dann verschwand er für drei Monate.

Lernte sie ihn besser kennen? Nach und nach – und mehr durch den Schatten, den seine Heimlichkeiten warfen, als durch das, was er ihr verriet. Sie erfuhr, daß er sein Archäologiestudium – seine Leidenschaft – aus tragischen Gründen hatte abbrechen müssen. Daß er ein umfangreiches kunsthistorisches Wissen hatte, den Louvre von der ersten bis zur allerletzten Galerie kannte, einen untrüglichen Blick besaß. Daß er kochte, gern gut aß und großen Wert auf seinen Status als Stammgast in einer Reihe von Cafés in Paris und anderswo legte. Daß er im Safe in seinem Arbeitszimmer eine Luger aus dem Zweiten Weltkrieg hatte und eine kleine Beretta bei sich trug. Daß sie, Gelegenheitsbekanntschaften nicht gerechnet, seine erste Geliebte war.

In den ruhigen Phasen erfuhr sie nach und nach mehr. Daß er, wenn er mit seiner Triumph zum Flughafen fuhr, um in die Türkei, nach Nordafrika oder in den Irak zu reisen, normalerweise erst mal nur bis Florenz flog, wo er ein Büro unterhielt und einen Partner hatte. Sie erfuhr, daß er zu Hause jiddisch und hebräisch gesprochen hatte, daß ihn sein Vater in ein Internat in der Schweiz geschickt hatte, damit er Französisch lernte, daß er in Jerusalem auf eigene Faust Arabisch gelernt hatte, was ihm bei seinen Geschäften so gut zustatten kam. Dann lernte sie, ihm Fragen zu stellen, oder er gestattete es ihr, und eines Morgens erzählte er ihr von seinem Militärdienst in dem berüchtigten Makkabäer-Panzerkorps, in dem ihn sein Vater untergebracht hatte. Und er erzählte ihr vom Jom-Kippur-Krieg und seiner Fahnenflucht.

Er erzählte es ein einziges Mal und kam nie wieder darauf zurück. Wie er zusammen mit vier anderen Panzern ausgeschickt worden war, um eine Straße zu halten. Wie er dabei einen syrischen Soldaten unter die Ketten seines noch aus dem Zweiten Weltkrieg stammenden Sherman-Panzers gekriegt und überfahren hatte. Der Syrer hatte bereits seinen Turm mit einer Rakete erwischt und dabei seinen Kanonier und Geschützführer getötet; mit der schweren Bazooka konnte der Syrer aber nicht weglaufen, wie es sein Kamerad bereits getan hatte, und legte mit einer zweiten Rakete auf ihn an. Trotzdem hatte er versucht, noch wegzulaufen, als die Panzerketten mit einer Schwungkraft von Tausenden von Pfunden auf ihn zu gerasselt waren.

Danach war auch Danni weggelaufen. Er desertierte nicht, wie Luke annahm, in einer gestohlenen Uniform über die syrische Grenze, sondern während eines Zweitagekurzurlaubs nach dem Krieg auf einem türkischen Tanker; der Kapitän handelte nebenbei mit römischen Münzen, und Danni hatte bereits ein paar kleine Tätigkeiten für ihn ausgeführt. Es war erstaunlich einfach, aus Israel herauszukommen, so schwer es auch war, hineinzugelangen. Der Tanker brachte ihn nach Beirut. Über einen Kontaktmann des türkischen Kapitäns kam er an Papiere und erhielt als tüchtiger Fachmann einen Auftrag. Als Gegenleistung sollte er zwischen den Anlaufhäfen eines Beiruter Containerschiffs, auf dem er arbeiten würde, Kurierdienste übernehmen. Dannis Fähigkeit, diesen Auftrag auszuführen, war etwas, wovon alle drei überzeugt waren, und innerhalb einer Woche war er mit dem Frachter *Le Cèdre du Liban* in See gestochen.

Und so erfuhr Luke von Nicole, daß auch sein Bruder einen Araber getötet hatte.

Nicole und Danni reisten – er mit einem italienischen Paß auf den Namen Maurizio Tueta – nach Italien, in die Schweizer Alpen, nach Prag, nach Madrid. Nie nach Deutschland, nie nach Österreich. Im Laufe der Jahre trug Danni sein Haar immer kürzer, gab seine Jeans zugunsten von dunklen Armani- oder Ungaro-Anzügen auf und fuhr statt seines Motorrads einen Range Rover. Die Galerie, so wollte es scheinen, florierte.

Seine Reisen nahmen ein gleichmäßiges Schema an, drei Monate Paris, ein oder zwei außerhalb, und wenn er nicht weiter weg war als in Florenz, rief er gelegentlich an – stets, wie Nicole bemerkte, von einem öffentlichen Telefon. Nach einer Weile nannte er ihr für Notfälle eine Nummer in Florenz und einen Namen: Peter Chevejon, seinen Partner, den sie nie kennenlernte. Zweimal benutzte sie diese Nummer aus einem Münzfernsprecher am Boul Mich gegenüber dem Jardin: einmal, als ihre Mutter gestorben war, das andere Mal, als ihr Vater gestorben war. Jedesmal antwortete ein Mann mit ruhiger Stimme: »Pronto?«, hörte sich ihre Mitteilung an und sagte ihr dann in akzentfreiem Französisch, falls Danni nicht am nächsten Tag bei ihr sein könne, käme er selbst.

Jedesmal war Danni am nächsten Tag da.

Inzwischen wußte Nicole, daß die Geschäfte ihres Geliebten kriminell waren. Das schien für ihr gemeinsames Leben irgendwie bedeutungslos zu sein. Denn die Grundlage ihrer Eintracht war nicht – wie Luke angenommen hatte – ihre Bereitwilligkeit, die Nase nicht in seine Angelegenheiten zu stecken und ihm seine ungeteilte, unbestrittene Privatsphäre zu gestatten. Es war *seine* Bereitwilligkeit, *ihr* dies zu gestatten. Als wäre sie kriminell, nicht er.

Es war nicht so, daß sie nicht verliebt war; das war sie, heftig. In den stillen, ruhigen, entschlossenen Mann, der gelitten und auf seine ihm eigene einsame Art seine Leiden überwunden zu haben schien. Sie war sich über die Höhe des Verlustes im klaren, den es in seinem Leben gegeben hatte – die grausame Behandlung aufgrund historischer Zufälle, eine sehr grausame Behandlung. Sie war sich darüber im klaren, welche Anstrengungen es ihn weiterhin kostete, mit seinen Leiden fertig zu werden. Aber er wurde allein damit fertig, und für sie war das vor allem wichtig.

Sie war verliebt. Aber sie war nun schon sehr lange an die Alltäglichkeiten ihres Privatlebens gewöhnt, schon sehr lange fand für sie das wahre Abenteuer des Lebens in ihrem Innern statt. Und sie kannte die widernatürliche, tief verwurzelte Qual des Versuchs, dieses Abenteuer zu teilen, den tiefen Selbstzweifel, die übereilten Gefühle, die Hypochondrien und Depressionen mitteilen zu wollen, denen sie sich als dem Komplement zur Stimme ihrer Geige hingegeben hatte. Sie zu teilen, das wußte sie, durfte sie nie wieder versuchen. Auch würde sie nie wieder versuchen, das wußte sie ebenfalls, sich zu tief ins Innere eines anderen zu begeben; die Distanz, die sie um sich herum zu wahren wünschte, würde sie auch Danni zugestehen. Vielleicht war dies der Grund, warum sie über sein kriminelles

Leben nie ein Urteil fällte. Es war ihr zu nützlich – die notwendige Verschwiegenheit seiner illegalen Geschäfte war zu gut dazu geeignet, ihr eine entsprechende Ungestörtheit zu gestatten.

Doch wenn diese Ungestörtheit zu Anfang genau das war, was Danni benötigte, so begann Nicole nach und nach, während ihr Verhältnis – denn keiner von beiden schnitt je die Frage einer Heirat an – durch die Zeit, die verging, sanktioniert wurde, etwas anderes zu bemerken.

Sie begann Dannis Enttäuschung darüber zu spüren, daß sie an dem Teil seines Lebens, den er so sorgsam hütete, nicht interessiert war. Sie bemerkte, daß nach den langen Jahren seiner Verschwiegenheit nun die Zeit gekommen war, wo er reden mußte. Ihr erzählen mußte. Von seinen Geschäften, von seinem seltsamen Leben in einer kriminellen Welt, die wie eine Gegenrealität unter Europa ihr Unwesen trieb. Und von noch mehr.

Denn Danni veränderte sich. Seit dem Tag, an dem er, nach dem Selbstmord seiner Mutter, aus einer Telefonzelle im XIV. Arrondissement seinen Vater in Jerusalem angerufen hatte, veränderte sich Danni.

Sie sah es an dem Briefwechsel, den er zunächst gelegentlich, dann regelmäßig mit seinem Vater führte, einer Korrespondenz, die ihr verriet, daß er seinem Vater seine Adresse gegeben hatte, und die, während die Monate vergingen, seine Aufmerksamkeit mehr und mehr in Anspruch nahm. Sie sah es an der Veränderung seiner geistigen Interessen, an seiner Lektüre der jüdischen Geschichte, seinem Studium der Philosophie und der psychoanalytischen Werke, die Luke so sehr erstaunen sollten, als er sie in Dannis Bücherschränken entdeckte. Und sie sah es an der Verlagerung seiner Geschäfte: Hatte die Wohnung in der Rue de Fleurus einst ein ständig wechselndes Sortiment an Antiquitäten, schönen Gemälden, Münzen und Skulpturen beherbergt, so fand sie jetzt auf seinem Schreibtisch merkwürdige Memorabilia: Davidsterne aus gelbem Stoff, an denen noch Fasern der Kleider hingen, auf die sie einst genäht waren; Dolche, Kreuze und Orden der deutschen Wehrmacht; eine Dose Zyklon B. Und Dokumente: Aufenthaltsbescheinigungen, Pässe, Lebensmittelkarten, ein Nansenpaß.

Als hätte er ein Netz über Europa ausgeworfen und holte jedes Überbleibsel des Zweiten Weltkriegs ein, dessen er habhaft werden konnte.

Wenn sie morgens aus dem Studio im Marais zurückkehrte, in dem sie Plattenaufnahmen machte, sah sie ihn manchmal aus der Synagoge in der Rue Pavée kommen.

Und wie Dannis Interessen sich änderten, so wuchs seine Enttäuschung. Diese Gegenstände, das nächtelange Lesen – sie spürte seine Aufforderung an sie, sich daran zu beteiligen, als physische Kraft. Und wie seine Enttäuschung ihr immer deutlicher und deutlicher wurde, so wurde es auch ihr Entschluß, auf diese Aufforderung nicht einzugehen. Sie wußte, sie war überzeugt, daß die Intimität, zu der er sie einlud, ein Fehler gewesen wäre. Das unergründliche Innenleben des Liebenden – es zu teilen, hieß Zerstörung.

Sie sah seine wachsende Enttäuschung, aber es war eine Enttäuschung, der Ausdruck zu verleihen ihm seine eher galante Höflichkeit nicht erlaubte. Daß sie ihm dieses höfliche Schweigen aus einer gewissen Erleichterung heraus zugestand, sollte sie später als Fehler erkennen – als fatalen Fehler.

Bis dahin blühte sie in dieser seltsamen Ménage auf.

Mit Anfang Dreißig ging Nicole noch einmal für zwei Spielzeiten auf Tournee, dann kehrte sie erleichtert zur Opéra zurück. Sie gab das Quartett und ihren lukrativen Vertrag mit der Deutschen Grammophon auf, da sie das Geld nicht brauchte und mit zunehmendem Alter immer mehr Vergnügen daran fand, allein zu spielen. Wenn Danni da war, ließ sie sich von dem Frieden seines absoluten, ungestörten Vertieftseins in sie einfangen, denn sie war die personifizierte Weiblichkeit für diesen merkwürdig unerfahrenen Mann. Wenn er wegfuhr, ließ sie sich ruhig in die Behaglichkeit ihrer Einsamkeit sinken, in den bequemen Trott ihres Lebens in diesem stillen Winkel des VI. Arrondissements, und träumte glücklich von seiner Rückkehr. Die Jahre ihres gemeinsamen Lebens türmten sich, eines nach dem anderen, wie die Untertassen in einem Café; nur daß sie nicht jeweils ein ausgetrunkenes Glas, sondern eine gelebte Zeitspanne darstellten, gelebt in Frieden, in Wohlbefinden, in der Aussicht, daß es dabei bliebe.

Doch wie die Untertassen in dem Café bedeuteten sie jeweils auch eine Schuld, die dem Barmann würde bezahlt werden müssen.

Sie sagte zu Luke, der Fehler liege bei ihr. Mit bitterer Reue im Zentrum ihres Bewußtseins erkannte sie, daß der Fehler bei ihr gelegen hatte. Denn Jahre zuvor, nach dem Selbstmord seiner Mutter, hatte Danni sie auf einen Spaziergang ins XIV. Arrondissement, weit weg von zu Hause, mitgenommen und seinen Vater von einem Münzfernsprecher in einer obskuren arabischen Kneipe aus angerufen; da hatte ihr alles klar vor Augen gestanden.

Jetzt wußte sie, all die Jahre zuvor hatte er sie dazu aufgefordert, Fragen nach seiner Vergangenheit zu stellen, genauso wie er sie diese paar Male dazu aufgefordert hatte, Fragen nach seinen Geschäften zu stellen. Und nicht bloß

nach seiner Vergangenheit, sondern auch nach seiner Gegenwart. Nach seinem Dasein, nach seiner eigentlichen Identität – seiner Kindheit in Israel, seinen Exiljahren auf See, seinem Leben unter einer angenommenen Identität in Paris – und nach all dem, was er durchlitten hatte.
Es war mehr als eine Aufforderung, es war ein Appell gewesen. Und sie, die mit ihren Liebeswunden beschäftigt war, überzeugt, daß im Zentrum des Daseins Schmerz hause und daß Schmerz nicht geteilt werden sollte, hatte es vorgezogen, diesen Appell nicht zu hören; sie hatte Danni einen Korb gegeben. Während die Jahre vergingen, während er immer mehr Briefe an seinen Vater schrieb und von ihm bekam, hatte sie sich von der Wirklichkeit vor ihren Augen abgewandt und beschlossen, diesen zentralen, lebenden, wachsenden Teil seines Lebens mit dem Packen abzuheften, den sie, da er geheim war, nicht einsehen durfte.

Acht Monate vor Lukes Ankunft war die Rechnung fällig geworden. Und selbst da hatte sie sich geweigert, ihre Schuld einzugestehen: wenn sie auch mit immer heftigeren Gewissensbissen darüber nachgedacht hatte, während die Monate vergingen und sich die Zeit ohne Danni in die Länge zog.
Acht Monate vor Lukes Ankunft war Danni von einer Reise als ein anderer Mensch zurückgekehrt. Sein stilles Selbstvertrauen hatte sich in vage Ängstlichkeit, sein Gleichmut in Gereiztheit verwandelt. Sie erfuhr, daß er unter dem Schutz des militärischen Geheimdienstes die Grenze vom Libanon nach Israel überquert hatte, nach Jerusalem gereist war und seinen Vater besucht hatte. Soviel bekam sie mit, aber so tief war ihr die gegenseitige Zurückhaltung in Fleisch und Blut übergegangen, daß sie nie danach fragte, was denn passiert sei, als er seinen Vater

sah, und es auch nie erfuhr. Was immer es war, es hatte ihn vollkommen verändert. Er schloß die Galerie, gab sein Atelier auf und lief zwei Wochen lang ruhelos in der Wohnung auf und ab, trinkend, rauchend, schweigend.
Dann kam ein Paket an, und dies war es, was er die ganze Zeit erwartet zu haben schien. Den Inhalt sah sie kurz auf seinem Schreibtisch liegen: Papiere, ein Stapel Dokumente aus dem Dritten Reich, von denen jedes in einer kleinen Fotografie ein Gesicht aus der Vergangenheit zeigte. Danni verbrachte einen Tag und eine Nacht in seinem Arbeitszimmer, dann packte er für seine Abreise. Er brauchte ihr nicht zu sagen, daß dies mehr als eine Geschäftsreise war. Sie standen einander im Wohnzimmer gegenüber. Ein launischer Herbstwind, der die Glastüren in ihren Rahmen erzittern ließ, blies über die Dächer und die Terrasse hin. Geduldig, ernst ging Danni noch einmal die Vorkehrungen durch, die er für seine Abwesenheit getroffen hatte. Er nannte ihr die Zahlenkombination zu seinem Safe und gab ihr den Schlüssel zu einem Tresorfach – alles nie dagewesene Handlungen, die ihr angst machten. Und in ihrer Furcht spürte Nicole eine neue Wahrheit: daß ihr Behagen an ihrer Einsamkeit, ihrer ruhigen, unabhängigen Privatsphäre stets auf ihrer unerschütterlichen Gewißheit beruht hatte, daß Danni immer reisen und immer zurückkommen würde. Jetzt, wo sie gern gewußt hätte, wohin er fuhr – jetzt, wo der seit zehn Jahren gewohnte Gang der Dinge ins Stocken kam –, war es zu spät, Fragen zu stellen.
»Du hast mir vor zehn Jahren gesagt, du würdest mich nie belügen.«
»Und das habe ich auch nie getan.«
»Wohin fährst du?«
»Das hast du mich noch nie gefragt.«
»Ich bin noch nie so sicher gewesen, daß ich dich nie wiedersehen werde.«

Er wandte seinen schmächtigen Körper dem Fenster zu und zögerte, dann sagte er sehr langsam: »Ich tadele dich nicht. Schließlich habe ich die Regeln aufgestellt. Vielleicht sind es die richtigen Regeln. Ich kann dir nicht vorwerfen, sie befolgt zu haben. Nur ...« Er drehte sich kurz zu ihr um, dann wandte er sich wieder ab. »Wir hätten die Regeln ändern können, wenn du dazu bereit gewesen wärst.«

Mit dem Rücken zu ihr fuhr er fort: »Ich fahre nach Wien. Wenn ich finde, wonach ich suche, bin ich bald wieder da. Wenn nicht, muß ich es auf andere Weise finden, und das wird einige Zeit in Anspruch nehmen. Ich weiß nicht, wann ich zurückkomme. Ich liebe dich. Und der einzige Grund, nicht mehr zurückzukommen, wäre der, daß der Mensch, zu dem ich werde, es nicht mehr kann.«

Und Danni reiste ab. Acht Monate stetig wachsender Zerknirschung und Angst brachen über Nicole herein.

Dies alles hat Nicole Luke erzählt.

Zunächst im dunklen Wohnzimmer. Dann wurde das Pariser Morgengrauen zum Tag, der Morgen zum Mittag, der Nachmittag zu einer stürmischen Frühlingsabenddämmerung, und ein nasser, warmer Wind peitschte gegen die Glastüren der Terrasse.

Nicole war in ihren Sessel gesackt, und ihrem Gesicht sah man jetzt das Trinken, den fehlenden Schlaf an.

»Ich habe Peter Chevejon in Florenz angerufen, aber das Telefon hat nur endlos geklingelt. Ich habe Danni seit acht Monaten nicht mehr gesehen. Ich war drauf und dran, Ihren Vater anzurufen. Aber dann ist er gestorben. Und ich dachte, es gäbe niemanden, den ich anrufen könnte. Ich habe Angst, daß er tot ist. Ich habe Angst, daß er am Leben ist, daß aber der Mensch, zu dem er geworden ist, mich nicht mehr lieben kann, weil ... Ich habe ihn nie genug ge-

liebt. Denn ich ließ ihn nie ... Ach, es klingt so banal, aber ich habe nie zugelassen, daß er mir sein Herz öffnete. Ich habe Angst, daß jetzt, wo Ihr Vater tot ist, Danni in einem israelischen Gefängnis vermodert. Oder von irgendeinem Mossad-Killertrupp ermordet worden ist.«
Sie schüttelte den Kopf, als wolle sie den Gedanken vertreiben, dann stand sie auf. »Als Sie kamen, dachte ich, Sie wüßten etwas. Ich dachte, Sie gehörten zu allem dazu. Ich konnte nicht glauben, daß Sie ihn schon Ihr ganzes Leben hätten kennen können und doch nicht kannten. Ich hatte nicht vor, Sie zu belügen. Ich mußte einfach Bescheid wissen. Ich wollte so vieles wissen. Es tut mir leid.«

Jetzt drehte sie sich um und ging ins Schlafzimmer, und Luke blieb allein in dem stillen Wohnzimmer zurück. Erschrocken über das, was er über Nicole erfahren hatte. Über die flüchtigen, *so* aufschlußreichen Einblicke ins Leben seines Bruders.
Die neuen, verbotenen Einblicke in einen Fremden, in sein Inneres, in sein Herz. Und erschrocken wiederum darüber, was es für ihn bedeutete.
Er sah jetzt, daß alles ein Traum, ein Trugbild gewesen war, als er dachte, ihm sei eine Atempause gewährt worden. Als er dachte, daß er eine Entscheidungsmöglichkeit hätte. Daß er, so unwahrscheinlich es auch war, eine Verbindung zu Nicole gefunden hätte. Und über sie zu seinem Bruder. Sein Bruder war ein zu komplizierter Mensch, als daß er ihn je verstehen könnte. Diese Verbindung, so zerbrechlich, war ein Irrtum gewesen.
Er erkannte nun, daß er seit dem Augenblick des Todes seines Vaters genau das war, was, wie er eben festgestellt hatte, Nicole ebenfalls war: verlassen. Schmählich, unrettbar allein.
Und dann erkannte er plötzlich noch etwas anderes.

Er erhob sich und schlenderte in das Arbeitszimmer, zum zweiten Mal, seit er in die Wohnung gekommen war. Er stützte die Hände auf Dannis Schreibtisch und blickte auf den eingelassenen Safe. Er spürte die teilnahmslose Oberfläche des Tischs, als wenn sie allein ihm irgendeinen Rat erteilen könnte. Er verließ das Zimmer, betrat das Wohnzimmer, blieb an der Terrassentür stehen und betrachtete die Dächer unter dem grauen Himmel. Er hockte sich auf den Boden und umklammerte seinen Kopf mit beiden Händen. Lange Zeit. Dann stand er auf und ging durch das Wohnzimmer zum Schlafzimmer. Nicole stand am Fenster.

Einen Moment lang erstarrte alles. Dann drehte sie sich zu ihm um.

Schmiegte ihr nasses Gesicht an seinen Hals.

Ein langes Schluchzen, dann drückte sie im wirbelnden Rausch von etwas Undenkbarem, das wahr wird, ihre Lippen auf seinen Mund.

Vor dem Schlafzimmerfenster ging bleich die Sonne unter.

Endlich erschöpft, endlich nüchtern.

Schlafen, diese erste Bastion des Kindes gegen eine fremde, neue Welt.

Sechstes Kapitel

Luke erwachte in einer frühen Stille auf dem Rücken liegend unter einer weißen Zimmerdecke, die in Sonne gebadet war. Er ließ den Blick zum Fenster wandern, zu dem klaren Himmel, dessen schwimmende blaue Tiefen sich wohl grenzenlos von Spanien bis nach Schweden erstreckten. Lange beobachtete er, ohne zu denken, vollkommen unentschlossen dieses Licht. Dann drehte er den Kopf und sah in Nicoles Gesicht neben sich.

Sie schlief ganz ruhig, den Kopf tief im Kissen vergraben, ein zarter und doch kräftiger Körper unter dem kühlen Laken; rhythmische, vollkommen entspannte Atemzüge.
Als er seinen Blick erneut ihrem Gesicht zuwendete, sah er, was Danni sah, wenn er von seinen Reisen zurückkehrte.
Was er roch an der Oberfläche dieser warmen Haut.
Und was er fühlte, schlank und lebendig gegen seinen Körper gepreßt.
Was, wie er wußte, Danni erwartete, während er in der Nähe von archäologischen Ausgrabungsstätten, in türkischen Städten, in zypriotischen Cafés, im Gewimmel des Flohmarkts in Rom um gestohlene Gegenstände handelte.
Nicole öffnete die Augen und blickte ihn lange ausdruckslos an. Dann verzogen sich ihre vollen Lippen zu einem Lächeln, und sie drehte sich zu ihm herum. Ihr Gesicht nahm einen spöttischen Ausdruck an, als Luke, eine Hand an ihrer Brust, sie zurückhielt.
»Ich bin nicht Danni.«
Ihr Gesicht wurde ernst.

»Ich weiß.«
Und ihr Körper schmiegte sich weiter in seine Arme.
Vor dem Fenster erklang jubelnd das Lied einer Nachtigall.

Als die Sonne zur Mittagshöhe aufstieg, machte sich eine andere Wirklichkeit – das Yang zu Nicoles Yin – bemerkbar. Ein Denkzettel, so kam es Luke vor. Denn dieser Tag war auch der, an dem ein israelischer Kurier mit Yerushalmis Scheck für Danni eintraf.
Luke öffnete die Tür und sah, wie der Kurier sein Gesicht mit einem Foto verglich und ihm dann, ohne eine Sekunde zu zögern, den Umschlag aushändigte. Eine Woge Adrenalin durchströmte ihn beim Anblick des Umschlags der Bank Leumi, deren Absender auf hebräisch, arabisch und englisch aufgedruckt war; und angesichts der unverblümten Tatsache von Dannis italienischem Pseudonym, Maurizio Tueta, in der Anschrift.
Dann, noch vor der unverblümten Wirklichkeit dieses Umschlags und der Welt, aus der er kam, wußte er, daß Danni zurückkommen mußte. Er wußte es bis ins letzte Detail. Was er sich nicht vorstellen konnte, war, was sein Bruder tun würde.

Und Nicole? Ich kann nur raten, was in ihr vorging an jenem Tag, als Luke ihr Geliebter wurde. Ich kann nur raten, und dennoch bin ich mir manchmal sicherer in dem, was ich von Nicole weiß, als in dem, was mir von Luke bekannt ist.
Aber an jenem Nachmittag, als sie sich aus ihrem Bett erhoben hatten und in der zunehmenden Wärme zum Jardin du Luxembourg spaziert waren, erlebte sie einen Schock. Sie saßen mit den Zeitungen auf Stühlen in der Nähe des

Brunnens, sahen unbeschwerten Menschen zu, die um das Bassin kreisten, Kindern, die Schiffchen über das Wasser fahren ließen und dann losrannten, um sie sich wieder zu holen. Und plötzlich sagte Luke: »Was, wenn mein Bruder zurückkommt?«

Ich stelle mir vor, daß Nicole ihn mit äußerstem Erstaunen ansah, seine hinter einer Sonnenbrille verborgenen Augen suchte, die beharrlich geradeaus blickten.

Denn sie wußte, dessen bin ich mir sicher, daß dies nicht die Frage war. So genau, als ob sie in die Zukunft geblickt hätte, die nahe Zukunft, wußte sie, daß Danni vielleicht tot war oder vielleicht am Leben, aber, ganz gleich, wohin er gegangen war, sie würde ihn nicht wiedersehen.

In ihr strömte ein stiller Fluß von den Tagen ihrer Kindheit in Marseille bis hin zu dieser Sekunde der Gegenwart, der die Ereignisse ihres Lebens in einem gleichmäßigen, gemessenen Tempo vom *Damals* zum *Jetzt* trug; doch in keinem dieser beiden Männer, die so aufgewühlt, so zerrissen waren, so isoliert von ihrem Ursprung, existierte etwas Derartiges.

Sie wußte, daß Danni einen Fuß dorthin zurückgesetzt hatte, wohin nie wieder zu gehen er geschworen hatte, und nun würde nichts von dem, was er getan hatte – das ganze Leben, das er sich aufgebaut hatte, um die Vergangenheit in Schach zu halten –, je wieder dasselbe, je wieder genug sein.

Herkunft. Sie erinnerte sich an einen Traum, den Danni gehabt hatte, als sie die Wohnung in der Rue de Fleurus kauften. Er hatte ihr lachend erzählt, er habe geträumt, daß der Verkäufer ihm gesagt habe, er dürfe erst darin wohnen, wenn er ein Attest von einem Dr. Herkunft vorweisen könne. Und noch während er über den durchsichtigen Traum lachte, hatte sie mit Bestimmtheit gewußt, daß Danni das Appartement, in dem sie wohnen würden, eigentlich nicht kaufte – ganz gleich, wieviel Geld den Besitzer wechselte oder welche Dokumente unterschrieben wurden. Er würde immer einen Mietzins zahlen, und mochte der Kaufvertrag auch noch so eindeutig sein, so blieb das Eigentumsrecht doch immer bei Dr. Herkunft.

Diese Jungs, zu sensibel, um Söhne eines Helden zu sein. Sie mußte fast lachen über den Streich, den die Geschichte ihnen gespielt hatte, so klar gehörte die Norm, an der sie ihr Versagen maßen, einer Welt an, die es nicht mehr gab. Jedermann – jede Frau – hätte gesehen, daß ihre Vorstellung davon, was sie sein sollten – hätten sein sollen –, einer Welt angehörte, in der gute Menschen Nazis töteten. Doch sie lebten in einer Welt, in der gute Jungen ausgesandt wurden, um Flüchtlingslager im Libanon zu besetzen oder Halbwüchsige im Westjordanland festzunehmen. Wie einfach waren Benamis historische Rechtfertigungen gewesen. Doch wie kompliziert wurden sie – und wie rasch verblaßten sie – vor den Aufgaben, zu deren Durchführung diese Jungen von ihren Eltern ausgeschickt wurden.

Ein Händler gestohlener Antiquitäten, ein Dolmetscher – welche merkwürdigen Unterabteilungen des überragenden Lebens ihres Vaters sie sich ausgesucht hatten. Sahen sie, daß der gemeinsame Nenner im Leben ihres Vaters lag? Konnten sie, möglicherweise unbewußt, über ihre gemeinsame Vorliebe für den forcierten Internationalismus hinweg ihre Verbindung zu ihrem Vater sehen? Sie glaubte es nicht. Auch erkannten sie beide nicht, meinte sie, den sehr benamihaften Mut, den sie in ihre seltsame Auflehnung hineintrugen.

Wann kommt Danni wieder? Ich kann es natürlich nicht wissen, aber ich denke, daß Nicole glaubte, sie hätte nur für eine gewisse Zeit Dannis Wunden mit ihrer vorurteils-

losen Intelligenz, ihrer körperlichen Schönheit, ihrer klugen Anerkennung seiner Individualität und ihrer Bereitschaft, sich lieben zu lassen, gekühlt und verbunden. Ich denke, daß Nicole glaubte, letzten Endes habe ihr Heilungsversuch nicht ausgereicht.
Und daß sie jetzt für Luke dasselbe tat. Und daß er, wenn er auch nur einigermaßen wiederhergestellt wäre, sofort verschwinden würde.
In Wirklichkeit irrte sie sich in einem Maße, wie sie es nie begreifen würde, dessen bin ich absolut sicher. Danni liebte Nicole mit aller Aufrichtigkeit, deren er fähig war. Liebte sie nicht nur als Schutz vor seiner Vergangenheit, für ihr schlichtes gallisches Verwurzeltsein in Europa, sondern für alles, was sie war und zu sein hoffte.
Und Luke auch.
Aber das sollte sie nie erfahren, und als Luke sie an jenem Tag im Jardin, nachdem sie gerade ein Liebespaar geworden waren, fragte: »Was, wenn mein Bruder zurückkommt?«, stelle ich mir vor, daß Nicole ihn erstaunt ansah, während sie zum ersten Mal erkannte, wie schroff in der Tat sein Gemütszustand war. Und daß sie lange überlegte, wie sie antworten sollte, bevor sie ruhig, gelassen zu ihm sagte, als erkläre sie einem Kind etwas Selbstverständliches: »Das ist nicht die richtige Frage, Luke. Die Frage, die du dir selbst stellen solltest, lautet: ›Wohin gehe ich, wenn ich Nicole verlasse?‹«
Er drehte sich überrascht zu ihr herum. Und sie gab auf der Stelle nach und legte ihm die Hand auf die Schulter, eher die Geste einer Freundin als die einer Geliebten.
»Schau mal, jetzt im Moment sind wir hier. Laß uns versuchen, das richtig hinzukriegen.«

Und so stark war ihr Glaube, so gewöhnt war Luke daran, sich von ihrer ruhigen Klugheit leiten zu lassen, daß er sich an jenem Tag im Jardin du Luxembourg entspannt sinken ließ. In Vertraulichkeit. In ihre Versicherung, daß sich dies nicht ändern werde. In den stillen Sommertag, vollkommen, zeitlos. In die unfaßbare Wirklichkeit ihres Körpers auf dem Stuhl neben ihm.
Und als erwidere er Vertrauen mit Vertrauen, erzählte Luke nun mehr von dem, was er erlebt hatte, als ihre Fragerei aus ihm herausgebracht hatte. Wie bei einer Beichtzeremonie begann er an jenem Tag im Jardin von seiner Vergangenheit zu sprechen.

Er erzählte ihr, wie er von New York nach Israel gegangen war, um in die Armee einzutreten, und wie ein paar Tage nach dem Ende der Grundausbildung sein Oberfeldwebel – ein Ekel, dem seine untypische Freundlichkeit nicht zu Gesicht stand – in Lukes Zelt gekommen war. Er hatte den beiden anderen, die es mit ihm teilten, befohlen, hinauszugehen, sich Luke gegenüber auf eine Pritsche gesetzt und ihm den Selbstmord seiner Mutter mitgeteilt. Sie fuhren Luke eilends aus dem Lager nach Lod und flogen ihn, noch immer in Uniform, nach New York. Sein Vater war nicht mitgekommen, aber als er in New York eintraf, hatte ihn ein Mitarbeiter der Botschaft mit einem Koffer voller Kleidung abgeholt, den sein Vater mit demselben Flugzeug geschickt hatte. Die Sachen, erinnerte sich Luke, waren eher für den Sommer als für den Herbst geeignet, und nur weniges hatte gepaßt.
Er war bei den Eltern eines Freundes von der High-School geblieben, allein, denn es war während des Semesters, und der Freund war auf dem College. Die Eltern dieses Freundes, so erinnerte er sich, hatten alles für die Einäscherung und die Gedenkfeier in die Wege geleitet, an der vor allem

die Kollegen seiner Mutter teilgenommen hatten. Der Vater des Freundes, ein Arzt, war zu Luke sehr nett gewesen. Hatte ihm gesagt, er müsse nicht zurückgehen, er selbst könne ein paar Hebel in Bewegung setzen, um Lukes Zulassung zur Columbia für das Wintersemester zu reaktivieren, und Luke könne bei ihnen bleiben. Hatte er sich das überlegt? Er konnte sich nicht erinnern. Aber er erinnerte sich, daß er eines Morgens beim Frühstück durch die Botschaft von seinem Marschbefehl in Kenntnis gesetzt wurde, und sechsunddreißig Stunden später war er im Bekaatal. Inzwischen konnte Luke sich nicht einmal mehr an den Namen der Eltern dieses Freundes erinnern, die so freundlich gewesen waren; er hatte sich nie wieder mit ihnen in Verbindung gesetzt.

Später, beim Abendessen in einem Restaurant, erzählte er ihr von Paris, von den zwei harten Jahren in einer fremden Stadt, während deren seine Trauer ständig gegenwärtig war, nie nachließ. Beim Essen, wenn er mit Bekannten unterwegs war, beim Studieren – die Trauer war immer da; sie zu empfinden – sie einfach zu empfinden – war eine so wichtige Tätigkeit in seinem Leben geworden, daß für nichts anderes Zeit blieb.

Er erzählte ihr von seiner Rückkehr nach New York, von den Jahren, in denen er wie ein Automat Tag und Nacht arbeitete, von der Aufeinanderfolge bedeutungsloser Tätigkeiten, der gesellschaftlichen Routine, mit der er sie sich verschaffte, wobei er jedes Nachdenken unterdrückte. Er erzählte ihr von den kurzen Affären mit Frauen bei der UNO, der fremden Immigrantenwelt vorübergehend in New York lebender Ausländer. Und daß manchmal Tage vergingen, ohne daß er in dieser Stadt, in der er aufgewachsen war, englisch sprach.

Er war erstaunt, als sie ihn über den kleinen Tisch hinweg

leise fragte: »Wie hättest du denn nicht um sie trauern können, Luke?«
Er antwortete nicht und sah sie auch nicht an.
Dann erzählte er mit gehetzter Stimme von Beirut.

Der Abend dieses außergewöhnlichen Tages. Nicole stand jetzt rauchend vor dem Schlafzimmerfenster, eine dunkle Silhouette vor dem letzten Licht am Himmel.
Alles, was Luke ihr eben erzählt hatte, war, so fühlte sie, in sie eingegangen, war ein Teil von ihr geworden, genauso wie es mit Dannis Geschichte geschehen war, und einen Moment lang war sie überwältigt von dem Schmerz dieser beiden leidenden Männer.
Und dann fühlte Nicole, wie sie es schon zuvor empfunden hatte, daß sie den Luxus der Verzweiflung nicht kannte, sie mit ihrer einfachen, behaglichen Vergangenheit. Der Mißbrauch dieser beiden Männer durch Mächte, an deren Beherrschung sie nicht einmal denken konnten – historische Mächte, deren Ursprünge vor ihrer Geburt lagen –, sie mußte sie ertragen. Sie drehte sich zu ihm herum. »Kennst du das Sprichwort *Le passé est un pays étranger?*«
Er nickte. *»Et on y fait des choses autrement.«*
Die Vergangenheit ist ein fremdes Land, dort macht man alles anders.
Sie fuhr sanft fort: »In vieler Hinsicht hast du Glück. Du bist kein Palästinenser, der in einem Flüchtlingslager lebt. Du bist kein libanesischer Maronit im Pariser Exil. Du bist ein reicher erwachsener Mann. Du kannst alles auf der Welt tun, was du willst. Das heißt nicht nur, dir eine Villa an der Riviera kaufen. Es heißt auch lesen, schreiben, denken. Lucky Luke ...« Sie sprach es französisch aus: »Luuky Luke« – der Name einer Comicfigur –, lächelnd, aber freundlich. »Die meisten Menschen bekommen nie, was du hast. Die Chance, erwachsen zu werden.«

Er wandte sich, noch auf dem Bett liegend, ab. Stimmte das? Bei dem Gedanken schaltete sein Verstand ab, als bedeutete es, eine andere Art Mord zu begehen, wenn er aufhörte zu trauern.

Doch jetzt war ihr Körper, kühl vom Abendwind, an ihn geschmiegt, und in der Leidenschaft, die plötzlich in ihm aufflammte, erschien alles möglich.

Möglich, herauszufinden, welche Art Mensch er im Glück war. Möglich, diese Zeit nicht länger als den Aufschub einer Strafe zu betrachten, zu der er verurteilt worden war, oder als Unterbrechung einer Reise in Richtung Isolierung. Möglich, daß dies der Ort war, zu dem hin sein zerrissenes Leben schon immer geführt hatte. Und als er sie in die Arme nahm, erkannte er, daß er nicht mehr erwartete, daß es enden könnte.

Gewiß nicht so, wie es dann endete.

Was merkwürdig war. Denn schließlich endete es fast genauso, wie er es immer befürchtet hatte.

Später, sehr spät in dieser Nacht, schlief sie ein.

Dann aber zog sie sich so tief in den Schlaf zurück, als müsse sie, nach soviel körperlicher Zuneigung, den Weg zu ihrem Selbst erst wieder suchen.

Luke stand leise auf und ging hinüber ins Wohnzimmer, dann auf die Terrasse, wo sein verschwitzter Körper in der leichten Brise trocknete.

Er hatte es nie für möglich gehalten, einem Menschen das zu erzählen, was er Nicole erzählt hatte. Und in den Nachwehen seiner Beichte fand er einen unvorstellbaren Trost, ganz neue Möglichkeiten des Glücks. Klarheit durchströmte ihn, eine unbändige Kraft breitete sich in seinem Körper aus.

Drinnen fand er keine Ruhe, trinken wollte er nicht, und es waren keine Zigaretten mehr da. Leise ging er ins

Schlafzimmer zurück, um sich anzuziehen, dann schlüpfte er rasch in Jacke und Schuhe. An der Tür bemerkte er, daß er seinen Schlüssel nicht hatte, aber in dieser lieblichen Nacht, das wußte er, konnte kein Unheil geschehen. Er schaltete die Alarmanlage aus, verließ die Wohnung und ging die Treppe hinunter.

Ach, dieses nächtliche Licht! Das wogende Himmelsgewölbe. Das steinerne Labyrinth der Straßen, die sich vor ihm dehnten, gesäumt von den Lichtkegeln der Straßenbeleuchtung. Er trat in den hellen Schein, der aus dem Le Fleurus auf den Gehweg fiel, und blieb vor dem breiten Fenster des Cafés stehen, vom Bild drinnen gefesselt: der Barmann, im Gespräch mit einer Gruppe Stammkunden über eine Renntabelle gebeugt, die plastischen Gelb- und Rottöne der Bar. Der Barmann, als spüre er Lukes Gegenwart, drehte sich um und winkte; Luke trat aus dem Licht und wandte den Kopf zur dunklen Straße. Er schlenderte bis zur Ecke, bog an der Rue d'Assas nach rechts und ging dann die Rue de Vaugirard geradeaus bis zum Drugstore Saint-Germain. Er ging hinein und stellte sich in die Schlange vor dem *Tabac*-Verkaufstresen, die sich langsam voranbewegte, während sich die Kunden hier, in einem der wenigen nachts geöffneten *Tabacs* auf der Rive Gauche, mit Zigaretten eindeckten. Durch die offene Tür zur Straße beobachtete er, wie ein Taxi seine Fahrgäste entließ und dann auf einen neuen Fahrgast wartete. Und plötzlich, ohne zu zögern, verließ er seinen Platz in der Schlange, ging nach draußen, stieg in das Taxi und ließ den Fahrer zum Pont Mirabeau fahren.

Während das Taxi wartete, schritt er zur Mitte der Brücke, legte die Hände auf die Brüstung und starrte in das strömende schwarze Wasser.
Völlig unerwartet packte ihn eine Woge des Schmerzes, die ihn sich zusammenkrümmen und blind werden ließ. Er hatte noch nie über den Tod seiner Mutter gesprochen, noch weniger über seinen Militärdienst in Beirut. Jetzt war es, als läge die Vergangenheit da, zum Anfassen nahe im strömenden Wasser der Seine, im unendlichen Universum der Finsternis. New York, Herbstsemester, Studenten, die paarweise oder in Gruppen unter dem sich verfärbenden Herbstlaub zu den Vorlesungen strömten. Luke, in der heißen, dürren Bekaaebene, hatte keine Sekunde Zeit gehabt, um seine Mutter zu trauern. Er war in wenigen Tagen, die schnell vergangen waren, vom Opfer zum Henker geworden, und ehe er zu trauern begonnen hatte, war sein Recht darauf für immer verwirkt. Schwer atmend spürte er Tränen über sein Gesicht rinnen, eine äußerst heftige Gefühlsaufwallung; und wenn er auch wußte, daß er kein Recht darauf hatte, überließ er sich dankbar dem Labsal des Schmerzes.
Als er schließlich durch den Schleier seiner Tränen einen langen grauen Schleppkahn mit einer Ladung Kies unter der Brücke dahingleiten und den Fluß hinauffahren sah, seufzte er tief. Die würdevollen Brückenfiguren schienen sich zu recken. Er trocknete sich die Augen. Langte nach seinen Zigaretten, fand seine Taschen leer und kehrte in die Gegenwart zurück. Er überlegte: Danni irrte sich, Apollinaire hatte recht. Auch die Hoffnung ist ungestüm. Nun gab es auch Hoffnung für ihn, und in der tiefen Erschöpfung nach seinen unerwarteten Tränen hatte er das Gefühl, er könnte den Mut finden, seine Chance zu ergreifen.

Das Taxi fuhr ihn zum Drugstore zurück, wo er zwei Päckchen Marlboro kaufte. Dann ging er mit roten Augen zur Bar hinüber und bestellte sich rasch hintereinander zwei große Scotch und dann zwei Bier. Bei der dritten Runde spürte er allmählich, wie der Alkohol die Nachwirkungen seines Schmerzes vertrieb, und Entspannung breitete sich in seinem Körper aus. Gedankenlos sah er eine Zeitlang den Lämpchen des Flippers zu. Er dachte an das Appartement in der Rue de Fleurus, an Nicole in der Ehrlichkeit ihrer Nacktheit, während ihre Stimme erklärte: »Du hast die Chance, erwachsen zu werden«, und er empfand Dankbarkeit; seine Einsamkeit, sein Schmerz strömten davon wie das dunkle Wasser des Flusses unter der Brücke. Er schüttelte den Kopf und fühlte sein Haar gegen seinen Nacken schwingen wie eine Mähne, und ein gewaltiges Freiheitsgefühl durchfuhr ihn. Die Uhr an der Wand zeigte eins. Nicole war vielleicht inzwischen aufgewacht und hatte ihn gesucht. Er zahlte mit Zehnfrancstücken und ging hinaus in die Nacht. Ein kurzer Weg zu Fuß durch die milde Nacht zur Rue de Fleurus. Als er ankam, beugte Luke den Kopf zurück, blickte hinauf in die gewaltige Kuppel des Himmels, erschöpft, fröhlich und erleichtert. Der Barmann machte gerade das Café zu. Luke rief ihm auf dem Weg zur Durchfahrt einen Gruß zu, und der Mann drehte sich um, um zu sehen, wer gesprochen hatte, und sagte dann etwas. Luke, der erst nicht antworten wollte, fragte: »Pardon?«

»Schon wieder zurück? Haben Sie das Salz vergessen?«

»Das Salz?«

»Oder hat Madame Sie noch mal runtergeschickt, Zigaretten holen? Ich kann noch mal aufmachen, wenn Sie wollen, *mais on n'a que de brunes.* Wir haben bloß Gauloises.«

Verwirrt, aber zu müde, um darauf einzugehen, schüttelte

Luke den Kopf, rief »Gute Nacht« und öffnete die Tür zur Nummer 6. Er überquerte den stillen Hof und begann die Treppe hinaufzusteigen. Auf halbem Weg nach oben dämmerte ihm ein möglicher Sinn dessen, was der Barmann gesagt hatte. Er machte halt, schüttelte den Kopf und setzte seinen Aufstieg fort. Er schuldete es ihr, erwachsen zu werden. Danni kam nicht zurück; er machte sich keine Gedanken mehr um Danni, erinnerte sich nicht einmal, warum er ihn hatte finden wollen. Nicole – der Zauber ihres scharfsinnigen Verstandes und geheimnisvollen Talents, der Zauber ihrer Schönheit – das war wirklich. Alles andere war eine Täuschung. Müde, plötzlich sehr betrunken, mußte er von neuem haltmachen, sich gegen die Wand des Treppenhauses lehnen. Über ihm fiel Licht durch die offene Tür von Nicoles Wohnung, so wie er sie verlassen hatte, warm und einladend. Er beendete den Aufstieg und stieß die Tür in das hell erleuchtete, vertraute Wohnzimmer weiter auf.

Nicole war nicht im Wohnzimmer. Er marschierte schwankend in den Flur, um seine Schuhe wegzuschleudern und sich das Hemd aufzuknöpfen. Sie war weder im Bad noch im Schlafzimmer, und er ging wieder hinüber ins Wohnzimmer. An der geschlossenen Terrassentür hielt er inne, in einem betrunkenen Schwebezustand zögernd, ohne an irgend etwas zu denken. Er drehte sich um, zog sein Hemd aus und öffnete die Schnalle seines Gürtels, während er aufs Schlafzimmer zuging; dann wechselte er die Richtung und torkelte zum Arbeitszimmer. Vielleicht war eine Nachricht auf dem Anrufbeantworter. Am Ende des kurzen Gangs spähte er in das Arbeitszimmer; im Dunkeln leuchtete das Lämpchen an dem Apparat auf der gegenüberliegenden Seite des großen Schreibtischs in ruhigem Rot: keine Anrufe.

Er drehte sich um und wollte gehen, da fiel ihm im Lichtschein aus dem Korridor etwas ins Auge: ein Gegenstand lag am Boden, und als er die Lampe anknipste, sah er Dannis große schwarze Luger. Er bückte sich, um die Pistole aufzuheben, und während er das tat, bemerkte er etwas anderes. Er richtete sich auf, ging um den Schreibtisch herum und sah dort, wo der Stuhl hätte stehen müssen, einen Menschen liegen. Ausgestreckt auf der Seite, neben der offenen Tür des Safes. Den Kopf auf einem schwarzen Fleck auf dem Kelimteppich, die Farbe von Blut in einem winzigen Loch im Zentrum eines versengten Kreises über der schlaffen Wange. Ein weißes Gesicht, ein leicht geöffneter Mund, aufgerissene Augen, die auf nichts mehr blickten. Und erst als volle fünf Sekunden verstrichen waren, wurde sich Luke bewußt, daß dieser Mensch einmal Nicole gewesen war.

Siebtes Kapitel

Ich wußte nicht, was in dieser Nacht in Paris geschehen war, bis ich Luke begegnete. Denn in der Nacht von Nicoles Tod war ich schon abgereist. Zur Abreise gezwungen worden.

Und so begriff ich erst sehr viel später, was ich angerichtet hatte.

Inzwischen war fast ein Monat vergangen. Ein Monat, in dem ich allein in Restaurants gegessen hatte, in dem ich mich – wie es mir manchmal schien – gegen die Avancen wirklich jedes Mannes in Paris zur Wehr setzen mußte, in dem ich beobachtete, wie sich diese beiden Fremden ineinander verliebten.

Überrascht erfuhr ich, daß Luke und Nicole gar nicht bemerkt hatten, daß sie sich ineinander verliebten. Für mich war es sonnenklar.

Jeder hätte das gesehen. An der Art, wie sie redeten, als stritten sie nicht mehr, sondern wären Verschworene. An der Art, wie sie beide zu lächeln begonnen hatten, mit einer Freude, die zu Nicoles Gesicht sehr natürlich paßte, zu seinem weniger. Als lerne er erst jetzt zu lachen.

Vielleicht war es diese Überzeugung, das starke Bewußtsein ihrer Liebe, das mich daran hinderte, sie anzusprechen.

Aber mehr noch als dies war Paris, als der Sommer begann, in einer Weise verführerisch, wie ich es noch nie erlebt hatte, und so war auch meine Einsamkeit. Vielleicht mehr als von allem anderen war ich von dieser Einsamkeit in Anspruch genommen. Sie war wie eine Einübung auf

das, was die Zukunft für mich bereithalten sollte. Mir war klar, daß das, was ich auf unserem Dachboden gefunden hatte – in unserer warmen Bodenkammer, in der meine Mutter mein Kinderspielzeug aufbewahrte –, bedeutete, daß ich nie wieder in dieses Haus zurückkehren konnte. Und davon, wessen ich meinen Vater verdächtigte, was ich so verzweifelt verstehen wollte, hing die Möglichkeit ab, ihn jemals wiederzusehen.
Mein Vater. Sein liebes, faltiges Gesicht, mir vertraut, wie es sich vom mittleren zum hohen Alter entwickelt hatte, seine tiefe, kehlige Stimme, seine großen trockenen Hände. Ich vermißte ihn mit einer Heftigkeit, die weh tat. Ich vermißte ihn mit einer Trauer, die wie eine Flutwelle über mich schwappte. In Gedanken sprach ich unablässig mit ihm, wenn ich durch die Straßen wanderte, einzuschlafen versuchte. In meinem Innern schrie ich ihn an, und auf meinem Gesicht hatte ich echte Tränen der Wut. *Mein lieber Vater.* Ihn nie wiederzusehen: es war ein Akt der Liebe.
Und so übte ich mich in meinem kleinen Zimmer und auf den Straßen von Paris in meiner Einsamkeit. Ich übte, jemand anderer als Natalie Hoestermann aus der Wiener Frederickstraße Nummer 29 zu sein. Ich übte, nicht die Tochter meines Vaters zu sein.
Und wenn ich konnte, lag ich auf der Lauer. Ich saß im Le Fleurus, ich schleppte mich durch die Straßen des VI. Arrondissements, jeden Tag prüfte ich nach, ob der Mann, dem ich im Arbeitszimmer meines Vaters begegnet war, nicht zurückgekehrt war, und jeden Tag bekam ich flüchtig diese beiden Leute zu sehen. Jeden Tag betete ich darum, daß Maurizio Tueta endlich aufkreuzte. Um mir zu erklären, wer die beiden waren. Um mich von meinem Koffer zu befreien, der immer noch in der Gepäckaufbewahrung im Gare de l'Est lagerte. Um mir die Wahrheit zu

erzählen und mir dann zu gestatten, meines Weges zu gehen. Wer weiß, wohin?

Und während der Monat verging und ich schon die Hoffnung zu verlieren begann, daß das jemals geschähe, beschloß ich, die beiden anzusprechen.

Hätte ich es getan, wäre alles anders verlaufen.

Denn wenig später erfuhr ich, daß ich nicht die einzige war, die sie beobachtete.

Es war ein strahlender Tag, der Himmel wie Wasser, und die Sonne warf flirrende Schatten durch die Bäume auf die Straße. Ich war zum Le Fleurus gegangen, um auf sie zu warten, und als ich hineingehen wollte, bemerkte ich einen Mann, der draußen wartete, hochgewachsen und dunkelhaarig, mit einem ernsten Gelehrtengesicht. Ich bemerkte ihn erneut, als ich Luke und Nicole aus dem Haus kommen und die Richtung zum Jardin du Luxembourg einschlagen sah. Als ich das Lokal verließ, um ihnen nachzugehen, trat der Mann auf mich zu.

Vielleicht war es sein kluges Gesicht, deutlich das eines Intellektuellen. Als mir klar wurde, daß er mich ansprechen würde, empfand ich Mitleid für ihn, Mitleid, daß er mit seinen Hoffnungen ausgerechnet in diesem Moment auf mich traf, da das Letzte auf der Welt, was mich interessieren konnte, sein hübsch einstudierter Anbändelvers war.

Ich drehte mich von ihm weg, in der Hoffnung, ihm so mein Desinteresse klarzumachen, und sah mich direkt zwei anderen Männern gegenüber, die mich beobachteten. Verwirrt drehte ich mich wieder um, und nun stand der intellektuelle Typ vor mir und wandte sich in einem Französisch mit ausländischem Akzent an mich.

»*Venez avec moi,* Mademoiselle Hoestermann. *Il faut qu'on parle* – wir müssen miteinander reden.«
Ich machte instinktiv eine Vierteldrehung und versuchte, mich an ihm vorbeizuschieben. Aber er versperrte mir den Weg, und jetzt fühlte ich, wie sich die anderen beiden von hinten gegen mich drängten.
»Machen Sie bitte keine Szene.« Er sprach vollkommen ruhig, doch als ich ihm jetzt voll ins Gesicht blickte, sah ich, daß er schwitzte. »Wir werden Ihnen nichts tun. Aber wir wollen mit Ihnen reden.«
Irgendwo fand ich meine Stimme. »Worüber?«
»Über diese beiden. Über Ihren Vater. Und über das, was Sie ihm gestohlen haben.«
Eingekeilt, total eingekeilt, antwortete ich blindlings: »Wo denn?«
Er senkte den Kopf. »Kommen Sie mit.«
»Nein.« Es war ein aus Panik geborener Anfall von Mut; ich würde mit ihnen nirgendwo hineingehen. »Im Freien. In dem Café dort. Sonst können Sie mich umbringen, es ist mir egal.«
Er nickte, als hätte ich gerade das Vernünftigste auf der Welt geäußert. »Also ein Café. Aber nicht das hier. Lassen Sie uns einen Spaziergang machen.«

Wir überquerten die Straße, der Intellektuelle hielt mich rechts am Arm fest, einer von den Männern auf der anderen Seite, und der dritte ging hinter uns. Schließlich waren wir in der Rue de Rennes, dann auf der anderen Straßenseite, und ich wurde an den Tisch im Innern eines großen Cafés gesetzt, weit weg von der überfüllten Terrasse. Die drei Männer bestellten sich Kaffee, für mich nichts. Als der Kellner gegangen war, begann der Intellektuelle zu reden, und mit seiner leidenschaftslosen Stimme, seinem unbeholfenen Französisch verblaßte sein Charme schnell.

»Wo sind die Papiere, die Sie Ihrem Vater gestohlen haben?«
Ich starrte ihn an. Kamen diese Männer von meinem Vater? Auf deutsch fragte ich: »Wer sind Sie?«
Er schüttelte den Kopf, eine Art angeekeltes Grinsen auf den Lippen. »*Je ne parle pas allemand.* Ich spreche nicht deutsch.«
Ich sagte nichts, und er fragte wieder: »Wo sind die Papiere, die Sie Ihrem Vater gestohlen haben? Haben Sie sie ihm gegeben?«
»Wem?«
»Danni Benami. Vergeuden Sie bitte nicht meine Zeit.«
»Ich weiß nicht, wovon Sie reden.«
Ein Teil davon zumindest war wahr: Ich hatte den Namen noch nie gehört.
»Maurizio Tueta.«
In dem Moment stellte ich fest, daß Blut wirklich zu Eis erstarren kann. Ich sagte kein Wort.
»Wo ist er?«
Ich versuchte, irgend etwas zu antworten. »Ich weiß es nicht.«
»Ich glaube, doch.«
»Wer sind Sie?« Ich sah jetzt die anderen beiden an, um einen Hinweis zu bekommen. Einer war klein, mit einem dichten ungepflegten Bart, der die Wangen bedeckte, und lockigem blondem Haar. Der andere war dunkler und hatte ein schmales dunkelhäutiges Gesicht.
Der erste sprach ohne ein Lächeln. »Ich glaube, Sie sind sich nicht bewußt, in welcher Gefahr Sie schweben, Mademoiselle. Ich glaube, Sie begreifen nicht, wie bedeutsam die Dokumente sind, die Sie gestohlen haben.«

Aber mein Mut kehrte zurück, als der Adrenalinstoß abflaute. Oder sollte ich sagen, mein Mut wurde geboren?

Denn ich kannte dieses Gefühl nicht, dessen ich mir langsam bewußt wurde.
Gefahr? Welche Gefahr er auch immer meinen mochte, sie erschien, wenn nicht belanglos, so doch zumindest erträglich. Ich empfand so etwas wie Beleidigung: Dachte er, weil ich jung und eine Frau war, könnte er mich so einfach in Angst versetzen? Hielt er mich für so oberflächlich, mein Vorhaben in Paris für so verschroben, daß ich mühelos abgeschreckt werden könnte?
Es war ein Mut, der aus purer Unkenntnis geboren wurde. Deshalb erwiderte ich schließlich trotzig: »Da haben Sie einen schweren Irrtum begangen. Er hat sie schon.«
Er machte ganz kurz ein bestürztes Gesicht. »Sie lügen.«
Natürlich log ich. Aber wie konnte er das wissen?
»Ich lüge nicht. Ich habe sie ihm vor fast einem Monat übergeben. Wenn Sie jemanden quälen wollen, suchen Sie doch ihn.«
»Wann haben Sie ihn gesehen?«
»Vor fast einem Monat, als ich hierherkam.«
»Wo?«
»In seiner Galerie, Rue du Faubourg Saint-Honoré.«
»Die ist zu.« Er schien der Ansicht zu sein, er hätte einen Punkt erzielt.
»Na und? Ich hatte eine Verabredung vom letzten Herbst, ihn dort zu treffen. Halten Sie mich für eine Idiotin?«
»Ich möchte Ihnen nicht sagen, wofür ich Sie halte, Mademoiselle.« Es lag Verachtung in seiner Stimme – eine Verachtung, die mich zu meiner Überraschung an den Mann in Wien erinnerte. Nach einer Pause sprach er weiter.
»Wohin hat er sich von hier aus begeben?«
»Das weiß ich nicht.«
»Warum folgen Sie den beiden Leuten da?« Er neigte seinen Kopf zur Straße, als säßen sie auf der Terrasse.
»Weil …« Jetzt senkte ich den Blick auf die Tischplatte.

»Reden Sie weiter.«
Schweigen. Dann: »Er hat mir gesagt, er würde Kopien machen und mir die Originale zurückgeben. Aber«, echte Tränen stiegen mir in die Augen, als glaubte ich mir selbst, »er hat unsere nächste Verabredung nicht eingehalten. Es war niemand in der Galerie. Deshalb fragte ich in der Umgebung nach, und schließlich hat mir jemand in einem Café um die Ecke gesagt, er wohnte im sechsten, neben dem Café Le Fleurus. Und ...«
Er unterbrach mich. »In welchem Café um die Ecke?«
Ich sah ihn mit nassen Augen an. »Welche Rolle zum Teufel spielt denn das?«
»In welchem Café? Es ist wichtig.« Er ließ sich von meinen Tränen nicht rühren.
»Ich erinnere mich nicht. Es lagen Fässer davor mit einem Schild, auf dem stand VINS DIRECTE DE LA CAMPAGNE.« Das stimmte tatsächlich.
Er nickte. »Weiter.«
»Ich ging hierher. Und dann kam dieser Junge«, jetzt neigte ich meinen Kopf zur Straße hin, »hier an. Und ich dachte, es wäre er. Dann sah ich, daß er's nicht war. Und ich wollte ihn suchen. Aber ich wußte nicht, was ich tun sollte. Ohne diese Papiere kann ich nicht zurück nach Wien. Was kann ich nur tun?«

Ein langes Schweigen; der Mann dachte über die Geschichte nach, und ich weinte. Endlich sagte er in einem völlig anderen Ton: »Sie benehmen sich, als wären Sie in ihn verliebt.«
Ich schniefte. »Sie Mistkerl.«
»Wie lange war er in Wien?«
»O Gott. Ein paar Wochen.«
»Aha.« Wieder versank er in Gedanken, bevor er schließlich fragte: »Ist er in Paris?«

»Woher soll ich das wissen?«
Er wechselte einen Blick mit den anderen beiden, dann sagte er: »Kommen Sie jetzt. Wir gehen.«
»Wohin?«
»Sie fahren nach Wien zurück.« Er stand auf.

Jetzt zögerte ich, und mein Mut verließ mich. Eine Familie, Eltern mit zwei Kindern, setzte sich an einen Tisch in unserer Nähe. Der Vater war groß und dick und trug, wie ich bemerkte, eine Kokarde an seinem Revers. Als ich erneut sprach, geschah es mit den erstbesten Worten, die mir einfielen, und das laut.
»*Écoutez,* Monsieur. Ich bleibe hier sitzen, an diesem Tisch, und Sie verschwinden. Sollten Sie versuchen, mich mitzunehmen, werde ich – das schwöre ich Ihnen – so laut schreien, daß jeder in diesem Café merkt, was Sie mir antun.«
Es funktionierte. Er brachte mich zischend zum Schweigen und setzte sich wieder, und die Familie am Nachbartisch starrte herüber. Er dachte lange nach und blickte sich in dem Café um, als berechne er seine Chancen, mich nach draußen zu drängen. Dann kam er zu einem Entschluß. Leise sagte er: »Beruhigen Sie sich. Hören Sie, ich habe hier eine Fahrkarte nach Wien. Sieben Uhr dreiundvierzig heute abend; Ankunft morgen früh um neun Uhr fünfundzwanzig. Ihr Vater wird Sie abholen. Passen Sie jetzt auf.«
Er hielt einen Finger in die Höhe, als ich etwas sagen wollte. »Ich weiß, wo Sie wohnen. Ich weiß, wer Sie sind. Und ich werde erfahren, ob Sie diesen Zug nehmen oder nicht, und wenn nicht, kommt Ihr Vater nach Paris. Verstehen Sie?«
Ich nickte und nahm die Fahrkarte.
Dann waren sie weg, und der dicke Mann beugte sich her-

über und fragte, ob mit mir alles in Ordnung sei. Ob er die Polizei rufen solle.

Und so endete mein Monat in Paris – mein Griff nach der Freiheit. In einer Schlappe. Mein Vater hatte immer gesagt, ich sei dickköpfig. Es war eine Schlappe, die ich nicht hinnehmen wollte.
Ich bin mit meinem Bericht jetzt fast am Ende. Ich habe Ihnen nur noch zu erzählen, daß ich in diesem Zug nach Wien saß. Er fuhr um neunzehn Uhr dreiundvierzig vom Gare de l'Est ab, demselben Bahnhof, in dem mein Koffer in der Gepäckaufbewahrung lag. Ich ließ ihn dort. Der Zug rollte durch die Vororte von Paris in ländliche Gegenden hinaus, und Schwärze füllte das Fenster neben mir.
Ich tat, als schliefe ich, lauschte auf die Ansagen der Stationen, durch die wir kamen, und als der Zug ganz früh am Morgen langsam in München einrollte, stand ich auf, ohne mich umzusehen, nahm meine Tasche und stieg aus.
Bis zum heutigen Tag weiß ich nicht, ob sie mir gefolgt waren. Auf dem Bahnsteig rannte ich, so schnell ich konnte, auf den Ausgang zu, wo ich einen Bahnsteigschaffner laut um Hilfe anrief: Ich würde von einem Mann belästigt. Ohne ein Wort griff er zum Telefon, und Augenblicke später war die Polizei da.
Habe ich jemanden wieder in den Zug einsteigen sehen, als er aus dem Bahnhof rollte? War mir jemand gefolgt? Ich weiß es nicht. Ich war nur den Bahnsteig hinuntergelaufen, ohne mich in dem Durcheinander umzusehen. Die Polizisten ließen mich bis zum Morgen in ihrem Dienstzimmer sitzen. »Das hübsche Fräulein« konnte man doch in dem großen Bahnhof nicht allein lassen. Am Morgen ging ich in die Stadtmitte und versetzte in einem Pfandhaus

den kleinen Schmuck, den ich mitgenommen hatte. Dann ging ich wieder zum Bahnhof.
Auf der Visitenkarte von Monsieur Tueta hatten zwei Adressen gestanden: die in Paris und eine in Florenz. Um zehn Uhr dreißig gab es einen Zug direkt nach Florenz. Und während ich auf Italien zurollte, hätte ich, so müde ich war, lachen können. Jetzt war ich frei, wirklich frei. Diese Dummköpfe. Das hübsche Fräulein hatte sie zum Narren gehalten.
Erst viel später, als Luke mir erzählte, was sich zugetragen hatte, nachdem ich abgereist war, wurde mir mit Entsetzen klar, was das hübsche Fräulein angerichtet hatte.

Achtes Kapitel

Während ich im Münchner Bahnhof auf der Polizeistation saß, rief Luke, nachdem er in der Rue de Fleurus die letzten Stunden der Nacht hindurch gewacht hatte, die Polizei.
Er wartete im Wohnzimmer, bis in der Ferne das leise Gejammer einer Polizeisirene ertönte. Von der Terrasse aus beobachtete er, wie im fahlen, blauen Licht unter einem Himmel aus Grau ein Konvoi von Citroëns vorfuhr. Ein warmer, feuchter Wind wehte von Norden. Luke zitterte in seinem schweißnassen Hemd.
Im Wohnzimmer, das nur durch das Licht, das durch die Terrassentüren fiel, etwas erhellt wurde, lauschte er dem Scharren der Füße, die die gebohnerte Treppe heraufstiegen. Er warf einen letzten Blick auf das Zimmer, wie der Gastgeber einer Party, der sein Haus begutachtet. In einer Ecke stand seine halboffene Reisetasche, aus der rundherum Kleidungsstücke auf den Fußboden hingen. Auf der Couch lagen zerwühlte Laken. Nun öffnete er die Tür, um seine Gäste zu begrüßen.

Der mit der Untersuchung Beauftragte, ein Kommissar Lecéreur, blickte aus extremer Höhe auf Luke herunter und sprach ihn mit besänftigender Stimme an. Beim Anblick dieses freundlichen runden Gesichts, das so anders war, als Luke erwartet harte, mußte er sich hinsetzen: Er fühlte plötzlich, wie er weiche Knie bekam. Alles, was er in der Nacht vorbereitet hatte, erschien ihm jetzt als durchsichtige Täuschung. Und doch war ihm bewußt, daß die

Täuschung durch seinen Schwächeanfall glaubwürdiger wurde.
Als er dazu imstande war, stand er auf, um Lecéreur und einigen seiner Leute in das Arbeitszimmer voranzugehen. Danach wurde er von einem Mann, der sich als Monsieur Benichou vorstellte, ins Wohnzimmer zurückgeleitet und gebeten, auf der Couch Platz zu nehmen. Fünf, sechs Männer, einige in Uniform, andere in Zivil, verteilten sich über die ganze Wohnung. Als klar wurde, daß man ihn nicht brauchte, ging Luke, gefolgt von seinem Betreuer, in die Küche und setzte die Kaffeemaschine in Gang. Beim vertrauten Brodeln des Wassers, das in den Filter zu laufen begann, versagten Luke erneut die Beine, und er lehnte sich schwer gegen die Arbeitsplatte. Der Polizist half ihm zurück ins Wohnzimmer.
Eine Zeitlang war Lukes Wahrnehmung verschwommen. Hatte er kurz das Bewußtsein verloren? Oder hatte sein Verstand, da erstmals seit vielen Stunden nichts von ihm verlangt wurde, während die Polizei ihre erste Untersuchung durchführte, einfach den Betrieb eingestellt? Als er sich wieder konzentrieren konnte, wurde Nicoles in einen Sack gepackter Leichnam auf einer Trage nach unten geschafft. Lecéreur kam aus dem Arbeitszimmer und beriet sich auf der Terrasse mit zweien der Männer in Zivil. Dann trat er durch die Glastür ins Zimmer.
Alle bis auf Lecéreur und Benichou zogen sich daraufhin in die Küche zurück, wo Luke sie palavern und Kaffee trinken hörte. Lecéreur setzte sich neben Luke auf die Couch; Benichou setzte sich auf das ungemachte Bett im Schlafzimmer und telefonierte. Lecéreur hatte Lukes Pässe und sein Flugticket in der Hand. Er sprach präzise und besänftigend.
»Als erstes will ich Ihnen sagen, was ich weiß. Dann werde ich ein paar Fragen stellen. Ich weiß, daß Sie Luke Be-

nami sind, amerikanischer Staatsbürger, in Frankreich auf der Durchreise von Israel nach New York. Sie besitzen außerdem einen israelischen Paß auf den Namen Julius Benami. Ich vermute, das ist Ihr eigentlicher Name. Ich vermute, folglich sind Sie der Sohn von General Joseph Benami. Ist das richtig?«
Luke nickte.
»Da werden wir uns am besten mit dem Außenministerium und der israelischen Botschaft in Verbindung setzen.« Er schrieb rasch eine Notiz auf einen Block, wobei er ein Wort zweimal unterstrich. Dann rief er einen uniformierten Beamten aus der Küche und schickte den Zettel hinüber zu Benichou. Er legte eine Pause ein, strich sich mit einer Hand über das schüttere Haar und sammelte seine Gedanken. »Dieses Appartement gehört einer gewissen Nicole Japrisot, die vermutlich ermordet wurde. Sie haben vorhin Monsieur Benichou erklärt, daß Sie den Abend mit Madame Japrisot verbracht haben.«
Es war, bemerkte Luke, wie Simultandolmetschen: Während du arbeitest, schaltest du deine Gefühle ab, und dein Verstand funktioniert rasiermesserscharf. Er nickte.
Lecéreur sprach wie automatisch weiter. »Etwa um ein Uhr sind Sie zu Le Drugstore am Boulevard Saint-Germain gegangen, um sich Zigaretten zu holen. Als Sie dort waren, bemerkten Sie, daß Sie Ihr Geld vergessen hatten, kamen wieder her und machten sich noch mal auf den Weg. Als Sie zurückkehrten, entdeckten Sie Madame Japrisot, wie wir sie vorgefunden haben. Sie erkannten, daß sie einen Schuß durch die Schläfe erhalten hatte und nicht wiederzubeleben war. Sie waren imstande, diese Feststellung aufgrund Ihrer Ausbildung bei der israelischen Armee zu treffen. Morgens um fünf Uhr riefen Sie die Polizei. Ist das alles richtig?«
Luke nickte. Unterdessen dachte er: Lecéreur würde den

Taxifahrer finden müssen, der ihn zum Pont Mirabeau und wieder zurück gebracht hatte, um dies zu widerlegen. Und dann würde er einen noch weiteren Sprung in seiner Phantasie machen müssen, um zu verstehen, daß die Person, die der Barmann die Treppe hatte heraufkommen sehen, nicht er gewesen war, sondern Danni. Er fragte sich, ob dieser Mann dazu fähig war.

»Was haben Sie zwischen dem Zeitpunkt, als Sie sie fanden, und dem Anruf bei uns gemacht?«
Luke legte den Kopf in seine Hände, dann blickte er auf. Er mußte nicht versuchen, seine Stimme heiser klingen zu lassen.
»Nichts. Ich habe nicht gemerkt, daß soviel Zeit vergangen ist. Sie war ... Ich war sehr erschüttert.«
»Sie haben nichts von der Stelle bewegt?«
»Nein.«
»Sie haben nichts aus dem Safe genommen?«
Luke schüttelte den Kopf. »Ich hab's Ihnen doch gesagt. Es war nichts mehr drin.«
»Sie haben keine Waffe gefunden?«
»Nein.«
»Diese Frau war Ihre Geliebte?«
»Die meines Bruders. Ich habe mich hier nur aufgehalten, weil ich darauf wartete, daß mein Bruder von einer Geschäftsreise zurückkehrte.«
»Wie lange ist er schon weg?«
Luke zuckte die Schultern. »Monate.«
»Wann erwarten Sie ihn zurück?«
»Ich weiß nicht. Er ist geschäftlich unterwegs. Sie wußte nicht, wann er zurückkommen würde.«
»Was macht er?«

»Er ist Kunsthändler. Er hatte bis vor kurzem eine Galerie in der Rue du Faubourg Saint-Honoré.«
»Ich verstehe.« Lecéreur überlegte einen Augenblick. »Haben Sie auf Ihrem Spaziergang zum Drugstore jemanden gesehen, den Sie kennen?«
»Den Barmann aus dem Café unten.«
»Haben Sie mit ihm gesprochen?«
»Ja.«
»Gibt's denn in dem Café keine Zigaretten zu kaufen?«
»Gauloises – *brunes, quoi.* Ich wollte Marlboro.«
»In Ihrem Paß habe ich gesehen, daß Sie früher schon in Paris gewohnt haben, vor ein paar Jahren. Haben Sie Madame Japrisot damals schon kennengelernt?«
Luke schüttelte den Kopf. Es entstand eine lange Pause. Dann sagte Lecéreur zu Lukes Überraschung: »Warum hat dann der Barmann in dem Café unten gesagt, Sie wohnten schon seit Jahren hier bei Madame Japrisot?«
Luke blickte auf. Ihm war bis jetzt nicht der Gedanke gekommen, daß der Barmann immer noch der Meinung war, er sei Danni. Aber natürlich hatte ihn nie jemand darüber aufgeklärt. »Er hält mich für meinen Bruder.«
»Ah.« Der aufgeschossene Mann zog die Stirn kraus, griff in seine Jackettasche und holte ein Päckchen Gauloises heraus. »Das werden Sie erklären müssen.«

Als er zum Ende kam, war es früher Vormittag. Einer der Polizisten hatte aus dem Café Frühstück heraufgeholt, und Lecéreur hatte hungrig gegessen, während er Luke die ganze Zeit mit freundlicher Miene durch seine runden Brillengläser musterte. Sein Gesicht war ungewöhnlich rosa, glatt rasiert und fast vollkommen rund über seinem schmächtigen langen Körper. Er zündete sich noch eine Gauloise an und ließ sich Lukes Geschichte durch den Kopf gehen.

»Warum hat nicht Ihr Bruder den Verkauf des Nachlasses Ihres Vaters in die Hand genommen?«
»Er war schon fort. Ich konnte keine Verbindung mit ihm aufnehmen, und ich hatte keine Ahnung, wann er zurückkommen würde.«
»Was meinen Sie, wo er ist?«
»Ich weiß es nicht. Bis vor kurzem habe ich nicht mal gewußt, daß er am Leben ist. Er macht sehr ausgedehnte Reisen. Und unter völliger Geheimhaltung. Ich vermute, um seine Quellen zu schützen.«
Lecéreur überlegte. »Was ist Ihrer Meinung nach geschehen?«
»Nachdem ich weggegangen bin, muß jemand heraufgekommen sein. Nicole muß angenommen haben, ich sei es.«
»Was war in dem Safe?«
»Ein paar Dinge aus der ehemaligen Galerie meines Bruders.«
»Kannte sie den Code?«
»Ja.« Er log mühelos: »Sie hat den Safe mal aufgemacht. Um mir ein paar Sachen zu zeigen.«
»Können Sie den Inhalt beschreiben?«
»Nicht genau. Ein paar kleine Ölbilder, einige Fotos, etwas Schmuck und archäologische Fundstücke.«
»Alle verschwunden, als Sie ... Madame Japrisot fanden.«
»Alle verschwunden.«
»Sie glauben also, es war Raub?«
Luke schaute ihm in die Augen. »Was könnte es denn sonst gewesen sein?«
Lecéreur nickte und fuhr fort: »Glauben Sie, diese Kunstgalerie zu betreiben war die einzige Tätigkeit Ihres Bruders?«
»Ich habe keine Ahnung.«
»Denn es ist komisch. Es gibt keine Unterlagen darüber,

daß jemand namens Daniel Benami jemals in Frankreich gewesen wäre.«
Luke zuckte die Achseln. »Wenn man mich in Israel wegen Fahnenflucht suchte, würde ich, glaub ich, meinen eigenen Namen nicht sehr lange benutzen.«
Lecéreur nickte nachdenklich und setzte hinzu: »Tatsächlich benutzen Sie auch nicht Ihren eigenen Namen, nicht wahr?«
Es war früher Nachmittag, als sie gingen. Lecéreur, der an der Tür stand und sich den Mantel über die Schultern legte, sah Luke an. »Ich lasse Benichou hier«, er neigte den Kopf in Richtung Treppenhaus, »vor Ihrer Tür und noch ein paar Männer unten. Sie bleiben wohl einstweilen am besten zu Hause. Wenn Sie was brauchen, sagen Sie Benichou Bescheid, er schickt danach. Ich rufe bald wieder an.« Er blieb einen Moment schweigend stehen und sah Luke an. »Sie nehmen das Ganze ja ziemlich gelassen.«
Luke überlegte kurz. »Woher wissen Sie das?«
Lecéreur zog die Brauen hoch. »Wissen tue ich es wohl nicht. Schon mal Tote gesehen?«
Luke zuckte mit den Schultern und sah weg.
»Wann waren Sie beim Militär?«
»Anfang der Achtziger.«
»Ah, ich verstehe. Welche Waffengattung?«
»Infanterie.«
»Ich verstehe. Sagen Sie, wie haben Sie die Adresse Ihres Bruders gefunden?«
Luke log mit schlagfertiger Dreistigkeit. »Mein Vater hat sie mir gegeben. Kurz bevor er starb.«
»Und warum haben Sie einen Flug nach New York gebucht, als Sie Jerusalem verließen?«
Luke zuckte die Achseln. »Ich wohnte in New York. Ich hatte nicht vor, hierzubleiben. Nur lange genug, um mit meinem Bruder über das Erbe zu sprechen.«

»Ich verstehe.« Lecéreur zögerte einen weiteren Moment. »Ich habe von der Versteigerung der Sammlung Ihres Vaters gelesen. Sie war ja sehr erfolgreich.«
Wieder zuckte Luke die Achseln.
»Ein paar grandiose Ölgemälde.«
»Das hat man mir gesagt. Was brachte Sie zu der Entscheidung, sie zu verkaufen?«
Dies war der einzige Punkt, bei dem Luke mit der Aussage anderer rechnen mußte. Lecéreur würde gewiß bei der israelischen Polizei nachforschen und so auf Yerushalmi stoßen. Wenn er die Wahrheit sagte – daß Danni den Verkauf des Nachlasses entgegen seinen Wünschen erzwungen hatte –, würde Lecéreur Luke als Verdächtigen betrachten müssen. Wenn er log, würde Yerushalmi vielleicht die Wahrheit sagen. Dies erschien unwahrscheinlich. Luke sagte einfach: »Ich wollte lieber Bargeld.«

Allein in der Wohnung, wagte Luke nicht, das Sicherheitsschloß herumzudrehen. Nervös wartete er ein paar Minuten, dann ging er in die Küche und blickte aus dem Fenster auf die Dächer hinüber. Als er niemanden auf Beobachtungsposten sah, kniete er sich neben den Herd und öffnete den Backofen, zog den Brateinsatz heraus und hob den Deckel hoch. Er nahm die Luger, einen amerikanischen Paß und den leeren Umschlag, der Dannis Scheck mit seinem Anteil am Erbe des Vaters enthalten hatte, aus ihrem Versteck, in das er sie früh am Morgen gelegt hatte.
War wirklich nicht mehr Zeit vergangen? Schon hatte er das Gefühl, als wäre alles einem anderen passiert. Nachdem er Nicole gefunden hatte, war er lange neben ihr sitzen geblieben. Schmerz hatte sich gemeldet wie ein alter

Freund, das vertraute Versinken in Schuld und Versagen wie in eine klebrige Flüssigkeit, sein natürliches Element. Er überließ sich diesem Gefühl. Daß sie ermordet worden war, erschien so richtig, so stimmig, daß er es eine Zeitlang gar nicht als Verbrechen ansah. Es war das, was er verdiente.

Erst nach Stunden kam ihm der Gedanke, daß es nicht das sei, was *sie* verdient hatte. Dann nahm das Gefühl, das sich in ihm ausbreitete und ihn verschlang, eine unerwartete Wendung: Dies war nicht der abgenutzte Schmerz, mit dem er nun schon so lange lebte, der Mangelzustand seines Bewußtseins. Nicole war mit der unvorhersehbaren Gewalt, der Sinnlosigkeit eines Raubüberfalls von ihm genommen worden, es war eine Mordgeschichte wie aus einem Revolverblatt. Dann nahm Wut die Stelle des Schmerzes ein.

Und als er für sich in Worte faßte, wer sie getötet hatte – denn gewußt hatte er es von dem Augenblick an, als er sie sah, so sicher, daß er es nicht bewußt denken mußte –, da hatte sich Angst der Wut beigesellt, und die Panik war da.

Danni, das erkannte Luke durch seine wachsende Angst hindurch, mußte erkannt haben, wie eindeutig die Bühne für ein Stück aufgebaut war, das er in einem einzigen Zug schreiben und besetzen konnte. Er hatte lediglich einen Weg beschritten, auf dem sein alter Plan – sein Erbe in bar – und sein neuer Plan – seine Rache an Nicole und Luke – jäh verschmolzen. Jetzt verlangte das Drehbuch, daß Luke für den Mord an Nicole ins Gefängnis wanderte und daß Danni in den Genuß des gesamten Erbes kam.

Es war keine Zeit für Schmerz.

Als er im Arbeitszimmer neben Nicoles Leiche saß, hatte er lange gegrübelt, ehe er sich erhob. Dann machte er sich, zögernd und gegen seine Panik ankämpfend, an die Arbeit.

In der Hand hielt er, seit er sie vom Teppich aufgehoben hatte, die Luger seines Bruders, von der ihm Nicole erzählt hatte. Die Fächer des offenen Safes enthielten eine Reihe besonders wertvoller Dinge, insgesamt vielleicht ein Dutzend. Ein paar Schmuckstücke, einige Zeichnungen, ein paar kleine Kunstgegenstände. Im untersten Fach lagen eine Schachtel Kleinkaliberpatronen, vermutlich für die Beretta, die sein Bruder bei sich trug, und mehrere Pässe, allesamt mit Dannis Foto, auf Namen und Nationalitäten, die von libanesisch bis amerikanisch reichten. Luke trat über den Leichnam hinweg und blieb vor dem Schreibtisch stehen. Nach kurzer Suche fand er den Umschlag, in dem Yerushalmis Scheck angekommen war, leer. Das war offensichtlich alles, woran Danni interessiert war; er mußte sich überlegt haben, daß es, wenn er noch mehr mitnähme, wie Raubmord aussehen würde. Worauf es ankam, war, daß Luke wegen des Mordes verhaftet wurde. Bei diesem Gedanken überlief es Luke siedendheiß, und er setzte sich wieder neben die Leiche. Er nahm sich ein paar Minuten Zeit, um zur Ruhe zu kommen. Ein letztes Mal versuchte er, Nicoles lebendige Wärme im eisigen Gesicht der Toten wiederzufinden. Noch im Tod besaß ihr Körper Ungezwungenheit und Anmut. Und in ihrem Gesicht war Frieden, als wenn der Tod letztlich doch nicht so grausam wäre. Sein Blick verschwamm, und seine Augen liefen über vor Tränen. Schließlich machte er sich wieder an die Arbeit.

Sein Bruder hatte nicht gewollt, daß der Mord an seiner Geliebten wie ein Raubmord aussah. Zweifellos war es jetzt Lukes Aufgabe, dafür zu sorgen, daß die Tat genau als das erschien. Er nahm die Kunstgegenstände und Schmuckstücke aus dem Safe und brachte sie in die Küche. Den pulverigen Stein der archäologischen Fundstücke, durch jahrhundertelanges Liegen in der Erde mürbe geworden, konnte er zerstoßen und dann den Staub im Ausguß hinunterspülen. Den Schmuck und ein paar Dinge aus Gold stopfte er ins weiche Innere eines halben Baguettes, versenkte das Brot im Mülleimer und bedeckte es mit dem Satz des Kaffees, den Nicole am Morgen gekocht hatte. Die Zeichnungen zündete er im Ausguß an. Dann wollte er auch die Pässe verbrennen, hielt jedoch inne und überlegte eine Zeitlang. Schließlich zog er den neuesten – einen amerikanischen Paß auf den Namen Louis Joseph Peterson – heraus, legte ihn beiseite und verbrannte die übrigen.

Die Pistole. In einer Reflexbewegung überprüfte er das Magazin – es enthielt fünf Patronen. Nach einigem Nachdenken legte er sie mit dem amerikanischen Paß in den Brateinsatz. Den Anblick Nicoles meidend, ging er mit einem Lappen zurück ins Arbeitszimmer und wischte Safe und Schreibtisch überall ab, wo er etwas angefaßt haben konnte. Er legte das Tuch zurück und setzte sich ins Wohnzimmer, um zu rauchen und nachzudenken. Nach einer Weile stand er auf, nahm die Haschischreste aus seiner Jackentasche, warf sie in die Toilette und spülte. Er kehrte ins Wohnzimmer zurück und überdachte alles ein letztes Mal. Im Augenblick hatte seine Angst sich gelegt, und seine Gedanken folgten in klaren, präzisen Schritten einer dem anderen. Um fünf Uhr rief er die Polizei.

Jetzt, als Lecéreur gegangen war, setzte er den Brateinsatz wieder zusammen, schloß den Herd und ging hinüber ins Arbeitszimmer seines Bruders, wobei er sich, eingedenk der Tatsache von Benichous Anwesenheit im Treppenhaus, schnell und geräuschlos bewegte. Er legte die Pistole und den Paß in eine Schublade des Schreibtischs, die die Polizei bereits durchsucht und versiegelt hatte, und brachte den Plastikstreifen sorgfältig wieder an. Er ging zurück ins Wohnzimmer, trat an die Terrassentür und inspizierte von neuem die Dächer. Im Bad nahm er aus dem Medizinschränkchen Nicoles Schachtel Valium und ging damit zurück ins Wohnzimmer. Er schluckte eine der kleinen blauen Tabletten, zehn Milligramm, mit einem Glas Bourbon, dann noch eine und noch eine. An der Schlafzimmertür lehnte er sich gegen den Rahmen und betrachtete das ungemachte Bett. Einen Augenblick legte er sich ins Bett auf Nicoles Seite, das Gesicht tief ins Kissen gedrückt, und suchte in langen Atemzügen nach einem Hauch ihres Parfums. Dann verließ er das Zimmer und machte die Tür hinter sich zu, ging hinüber zur Terrassentür und schloß die Vorhänge. Er legte sich auf die Couch und starrte an die Decke.

Wenn Yerushalmi nichts über seinen Bruder sagte, hatte er eine Chance. Und wahrscheinlich würde Yerushalmi so wenig wie möglich sagen, ehe er mit ihm geredet hätte. Im Augenblick konnte er nichts mehr tun. Er drehte sich auf die Seite und zog die Knie hoch.

Als ihm die Augen zufielen, erschien ihm das Bild seiner ersten Bleibe in Paris: ein winziges Zimmer, hoch oben im schwarzen Koloß eines Wohnhauses inmitten eines Labyrinths dunkler, winkliger Straßen. Ein Strudel aus Alkohol und Valium wirbelte in seine Gedanken, und er sah unter einer Decke dünner Schneewolken den winterlichen Hudson in New York vor sich. Eine Stufe tiefer ins Vergessen, und er sah Winterregen, der an einem bitterkalten Nachmittag gegen das Fenster im Arbeitszimmer seines Vaters schlug. Während er in Schlaf sank, sagte die Stimme seiner Mutter sehr deutlich: »Jules. Es ist Zeit. Jetzt.« Luke wurde schlagartig wach und blickte mit weit aufgerissenen Augen auf das Licht, das durch die roten Vorhänge vor den Terrassentüren schien. Er schloß die Augen und sah Nicole vor sich, ihr Gesicht, ihre leuchtendgrünen Augen, die

Neigung ihrer Schultern und die Rundung ihrer sommersprossigen nackten Arme. Langsam, während die Droge ihn ins Leere sinken ließ, löste sich das Bild in Schwarz und Weiß auf. Seine Arme und Beine bebten erst leicht, dann begann sein ganzer Körper zu zittern. Nach langer Zeit schlief er ein.

Lecéreur rief am Abend an. »Sagt Ihnen der Name Maurizio Tueta irgend etwas?«
»Nein, nichts.«

Benichou brachte ein *steak frites* vom Café nach oben.

Eine lange, volltrunkene Nacht, das Vergessen, das Valium und Bourbon boten. Die Heftigkeit eines hellen Tages vor den Terrassentüren, die geschlossen waren und mit Vorhängen verhüllt.
Der Inspizient der Opéra rief an.

Abendliche Stille herrschte in dem durchwärmten Appartement in der Rue de Fleurus. Ein Frühsommerabend jenseits der Terrasse, böiger heißer Wind, der die tiefgrünen Baumwipfel im Jardin wie wehende Haarschöpfe mal in diese, mal in jene Richtung blies. Nacht. Tag. Dann wieder Nacht.

Erst Tage später berichteten die Zeitungen von einem Mord im Sechsten. Motiv: Raub. Verdächtige: keine. Keine Namen wurden genannt. Benichou berichtete, daß das Außenministerium als eine diplomatische Geste die Untersuchung für geheim erklärt und eine Nachrichtensperre verhängt hatte. Lecéreur kam in Gesellschaft zweier Her-

ren in Zivil: einer war vom Außenministerium, der andere von der israelischen Botschaft. Sie setzten sich auf die Couch. Und allmählich wurde Luke klar, daß es funktioniert hatte.
»Wir haben mit Hilfe der Jerusalemer Polizei von einem Monsieur Yerushalmi und von der UNO in New York bestätigt bekommen, was Sie uns erzählt haben. Monsieur Yerushalmi bittet Sie, sofort mit ihm Kontakt aufzunehmen. Desgleichen die Außenabteilung der israelischen Botschaft. Fürs erste muß ich Ihnen leider Ihren Paß abnehmen und Sie bitten, Paris nicht zu verlassen. Es könnte ein langer Aufenthalt werden.«
Luke nickte. Später nahm er seine beiden Pässe aus seiner Reisetasche, während er sich dazu beglückwünschte, Yerushalmis Antwort richtig vorhergesehen und Dannis gefälschten amerikanischen Paß behalten zu haben. Dieser Paß – er war seine einzige Hoffnung. Lecéreur übergab ihm einen Aktendeckel mit Papieren.
»Füllen Sie die aus, und bringen Sie sie zur *préfecture de police,* dritter Stock. Fragen Sie nach Pierre Atar. Er wird dafür sorgen, daß Sie eine vorläufige *carte de séjour* bekommen. Er erwartet Sie morgen früh um neun.«
Luke nickte. Die beiden Herren in Zivil schüttelten ihm die Hand und gingen schweigend fort, als hätte Luke sie irgendwie enttäuscht. Lecéreur begleitete sie an die Tür, dann kehrte er zur Couch zurück.
»Madame Japrisot hatte keine Angehörigen. Werden Sie für die Beerdigung sorgen?«
Luke schüttelte verneinend den Kopf.
Schweigen. Ohne sich klar darüber zu sein, wie klug das war, was er auf der Zunge hatte, fragte er: »Werden Sie meinen Bruder zu finden versuchen?«
Lecéreur lächelte beinahe. »Das werden wir. Das heißt, wir werden es versuchen. Ich kann keinen Beleg darüber fin-

den, daß es ihn auch nur gibt. Ich finde keine *carte de séjour,* keinen Führerschein, kein Bankkonto, nichts. Die Wohnung läuft auf den Namen von Madame Japrisot, die Galerie ist auf einen korsischen Eigentümer eingetragen. Wenn Sie und der Barmann unten nicht wären, würde ich denken, jemand hätte ihn erfunden.«

»Jemand muß ihm sagen, daß … sie tot ist.«

»Ich nehme an, wenn er zurückkommt, werden Sie derjenige sein.«

»*Wenn* er zurückkommt.«

»Richtig.« Lecéreur stand auf und streckte die Hand aus. »Ich verlasse Sie jetzt. Melden Sie sich, wenn ich irgendwas für Sie tun kann. Und die israelische Botschaft steht Ihnen natürlich ebenfalls zur Verfügung.«

Auch Luke erhob sich, ignorierte aber die ausgestreckte Hand. »Ich stehe also unter Verdacht?«

Der andere zögerte. »Ja, theoretisch. Aber wir haben kein Motiv, und Ihre Geschichte hat uns der Barmann unten bestätigt. Er hat Sie weggehen und zurückkommen sehen, dann sah er Sie noch mal weggehen und wiederkommen. Und – glauben Sie's oder nicht – wir haben den Beweis, daß Sie zweimal im Drugstore waren: am Zigarettenstand ist eine Überwachungskamera installiert. Sie warteten in der Schlange, merkten, daß Sie Ihr Geld vergessen hatten, gingen weg und kamen eine halbe Stunde später wieder. Sie haben zwei Päckchen Marlboro gekauft.« Lecéreur lächelte und schüttelte den Kopf. »Vermutlich hätten Sie einen Mord irgendwann dazwischen verüben können, aber das wäre ein zu bizarres Vorgehen gewesen. Doch wie gesagt, Sie dürfen Paris nicht verlassen.«

Jetzt gab ihm Luke die Hand, begleitete ihn hinaus und schloß die Tür hinter ihm. Rekapitulierte, was er gesagt hatte. Und fragte sich, warum sie nicht erkannt hatten, daß derjenige, den der Barmann hatte ins Haus gehen und dann wieder herauskommen sehen, die Person war, die Nicole ermordet hatte. Natürlich hatte der Barkeeper gedacht, diese Person sei Luke – aber er war ja sowieso der Meinung, Luke sei Danni. Und natürlich war Danni nicht stehengeblieben, um ein paar Worte zu wechseln. Es war ein seltsamer Zufall, ihre äußere Ähnlichkeit, die komischerweise Danni in jener Nacht ebenso geholfen hatte, wie sie jetzt Luke half. War das Danni klar? Aber all das war nicht wichtig. Wichtig war jetzt, aus Paris rauszukommen. Schnell. Ehe Danni ihn erwischte.

Der Schmerz, der ihn durchfuhr, war keinem Schmerz mehr ähnlich, den er zuvor gekannt hatte.

Nicht der heftigen, sentimentalen Trauer um seine Mutter, nicht der heißen Zerknirschung von Beirut, nicht dem dumpfen, gefühllosen Herzklopfen um seinen Vater.

Es war ein stürmisches Sehnen, eine Hysterie. Der Drang, etwas von Nicole in der Hand zu halten. Einen Fetisch, eine Perversion. Sich ihre getragenen Kleider ins Gesicht zu drücken. Sich weh zu tun. Eine Leere im Inneren all dessen, was er zu sein meinte. Augenblicke dehnten sich wie lange Stunden. Als sich der Hunger bemerkbar machte, aß er. Und fragte sich, warum er sich aufregte.

Solange ihn die Polizei beobachtete, war er sicher. Danni würde warten und auf der Lauer liegen oder jemand anderen auf der Lauer liegen lassen. Gern hätte er gewußt, ob die Polizei dasselbe tat. Und so ging Luke an den Nachmittagen spazieren, von der Rue de Fleurus in nördliche Richtung, über die Seine und durch die Weiten des Jardin des Tuileries, und hielt die Augen offen, um zu sehen, wer ihm folgte.

Die Polizei war da. Leicht zu erkennen, die Leute taten we-

nig, um sich zu verstecken. Das garantierte ihm seine Sicherheit, dachte er, aber es hielt ihn auch davon ab, Paris zu verlassen. Er hatte aber nicht das Gefühl, daß es unmöglich wäre, ihnen zu entwischen.
Sie schalteten langsam: Zweimal sah er seinen Bruder, der völlig unbekümmert hinter ihnen herging.
Als er sich in den Tuilerien einmal unvermutet umblickte, wechselte ein Mann in dunklem Anzug ungefähr hundert Meter hinter den beiden Polizisten seine Richtung. Er war zu weit weg, als daß er das Gesicht erkennen konnte. Luke zwang sich, langsam weiterzugehen, indem er in einer Abkürzung auf die Rue de Rivoli zustrebte. Als er sich am Ausgang des Gartens umdrehte und eine Zigarette anzündete, war der Mann immer noch hinter ihm, diesmal bewegte er sich mit professioneller Gelassenheit in einer von Lukes Weg abweichenden Richtung. Wieder war er zu weit weg, als daß Luke sein Gesicht hätte erkennen können, und es waren so viele Spaziergänger in der Mittagspause unterwegs, daß sie den Mann alle paar Schritte verdeckten. Als seine Zigarette brannte, machte Luke, angestrengt in die Sonne blinzelnd, ein paar Schritte auf ihn zu, um endlich sein Gesicht zu erkennen. Aber da bog der Mann scharf ab und steuerte auf den Louvre zu. Jetzt war es plötzlich Luke, der folgte und zeitweise ein paar Meter aufholte, während sie den Park durchquerten und die Polizisten, plaudernd und nichtsahnend, folgten. Nach einer Weile blickte sich der Mann um, und Luke hatte den flüchtigen Eindruck von fahler Haut und dunklen Brillengläsern; darauf rannte der Mann plötzlich auf die Türen der Glaspyramide im Hof des Louvre zu und verschwand in der Menge. Mit klopfendem Herzen blieb Luke stehen, dann machte er kehrt und ging davon.
Die Polizisten hatten nichts bemerkt. Mit einem flauen Gefühl im Magen wurde Luke klar, daß sie ihn nicht be-

schützten; sie hinderten ihn lediglich am Verschwinden. Inzwischen hatte er sich angewöhnt, Dannis Luger in der tiefen Tasche von Nicoles Lederjacke bei sich zu tragen, trotz der Hitze.

Das zweite Mal passierte es an einem Spätnachmittag auf dem weiten Platz vor dem Hôtel de Ville. Diesmal hatte Luke den Platz überquert und sich an dessen Rand gerade rechtzeitig umgedreht, um zu sehen, wie sich die Gestalt in dem dunklen Anzug durch eine Lücke in der Menge zielstrebig auf ihn zubewegte. Plötzlich von Panik ergriffen, wandte Luke sich in die Rue de Rivoli und drängte sich die belebten Bürgersteige entlang; auf diesen übervollen Straßen konnte Danni neben ihm sein, ehe es jemand bemerkte.

Als er an der Fontaine du Châtelet erneut umkehrte, bemerkte er, wie Danni am Café Sarah Bernhardt vorbeiging; er hatte sein Jackett ausgezogen und schirmte mit der Hand sein Gesicht ab, aber das matte schwarze Haar – matt und schwarz wie sein eigenes – war unverkennbar. Die beiden Polizisten waren nirgends zu sehen. Jetzt war es Luke, der mit vor Angst rebellierendem Magen im Laufschritt auf Les Halles zustrebte, die Hand an der Pistole in der Jackentasche. Er versuchte, sich in der Menschenmenge schnell zu bewegen, und drängte sich zur Rolltreppe durch, die zum unterirdischen Einkaufszentrum führte. Auf der Rolltreppe war er völlig eingekeilt und fuhr in dem Gefühl nach unten, in der Falle zu sitzen, in der langsamen Abwärtsbewegung völlig ungedeckt; er schwitzte heftig in der Lederjacke. Unten wandte er sich nach links und zwängte sich durch die Schlange, um auf die Treppe zu gelangen, die nach oben führte. Als er fast im selben Augenblick zu der anderen Rolltreppe hinüberblickte, sah er Danni im weißen Hemd unter dem schwarzen Haar aus dem Sonnenlicht auf der Straße herunterkommen. Er ging in die Hocke, im Gewühl der Menge vollkommen verborgen, und wartete, dann richtete er sich auf und sah zurück. Unten stand sein Bruder mit dem Rücken zu ihm, fieberhaft die Menschen im Zwischengeschoß des Einkaufszentrums prüfend. An der Sonne bog Luke erneut ab, rannte zur Metro-Station und fuhr nach Hause.

Die beiden Polizeibeamten, zu denen noch zwei andere gestoßen waren, warteten vor dem Le Fleurus. Sie drehten sich zur Seite, als er vorbeiging, aber nicht schnell genug, um ihre sichtbare Erleichterung zu verbergen.

Wie lange konnte er noch warten? Ohne jede Frage hatte Lecéreur Danni nicht gefunden; ohne jede Frage würde die Polizei ihn beobachten, bis sie ihn gefunden hätte. Seine Sonderstellung war ein Fluch: Sie bot ihm nicht genügend Schutz, um sich Danni vom Hals zu halten, und sie bot ihm zuviel, um einfach verschwinden zu können. Trotzdem hatte er keinen Zweifel, daß er der Polizei entwischen konnte. Was danach passieren würde, das wußte er nicht.

Aber er mußte weg. Früher oder später würde Lecéreur Einzelheiten des Testaments seines Vaters erfahren. Dann hätte er ein erstklassiges Motiv: Lukes Abneigung gegen seinen Bruder. Und dann würde er sich nicht länger durch Lukes plumpe Täuschung zum Narren halten lassen. Luke mußte verschwinden.

Aber wo gab es einen Ort auf der Welt, an dem sein Bruder ihn nicht finden würde? Es war ein Problem zum Fürchten, und als die Furcht schwand, nahm sie alle möglichen Lösungen mit – bis auf eine, eine undenkbare Lösung.

Und so bereitete sich Luke langsam auf das Undenkbare vor.

Zehn Tage nach Nicoles Tod spazierte Luke zur Rue de Rennes und kaufte eine glänzende Halogentaschenlampe. Er kehrte, mit Unterbrechungen beim Fleischer und beim Gemüsehändler, in die Wohnung zurück. Im Wohnzimmer, Nicoles Nähzeug neben sich und ihre übergroße Lederjacke auf den Knien, schnitt er aus einem Baumwollhemd Stücke heraus und nähte in jede Achselnaht der Jacke eine Tasche. Er zog die Jacke an und verstaute in der rechten neuen Tasche die Halogenlampe und in der linken die Luger, ohne daß er so recht glauben konnte, was er da tat. Er erhob sich und schlenderte lässig in der Wohnung umher, aber seine Hände zitterten.
Fast eine Stunde blieb er vor dem Badezimmerspiegel stehen und übte: mit der Linken langte er herüber und zog die Taschenlampe heraus, den Daumen auf dem Schalter; mit der Rechten die Luger, deren Sicherungshebel er mit dem Daumen bewegte.
Es wurde Abend, er zog ein Paar Turnschuhe an und schlüpfte in die Jacke, wobei er die Gewichte der Taschenlampe und der Pistole sorgfältig austarierte. Er ließ die Jacke offen und musterte sich ein letztes Mal im Spiegel: Es war Gewicht hinzugekommen, aber die Jacke war sowieso zu groß, und es würde dunkel sein. Er nahm den amerikanischen Paß, alles Geld, das er finden konnte, und ein paar kleine Gegenstände aus Dannis Regalen an sich; später, falls es nötig sein sollte, konnte er sie verkaufen. Dann ging er ins Treppenhaus, betätigte das Sicherheitsschloß und gab den Code ein, um die Alarmanlage einzuschalten. Unten setzte er sich in gemächlichem Tempo in Richtung Norden in Bewegung, wobei er hier und da haltmachte, um Kaffee zu trinken.
Als wäre keine Eile.
Und vielleicht war keine Eile: Es war erst zehn Uhr, und er hatte einen langen Weg vor sich.

Die Stadt, in der sein Bruder war: ein verlassener Standort napoleonischer Denkmäler vor geschlossenen Luxusgeschäften. Die weite Fläche eines leeren Boulevards, den gelegentlich, gegen den anonymen Strom der Autos ankreuzend, ein Fremder hinuntereilte. Mürrische Huren an der Rue Saint-Denis, die das vorbeiziehende Gedränge arabischer Arbeiter mit Verachtung betrachteten. Er blickte sich nicht nach den Polizeibeamten um und wartete auf seine Chance.

Die Nacht war feucht und heiß. Luke, der in Nicoles schwerer Jacke heftig schwitzte, machte halt, um an der Bar eines Cafés in der Rue Saint-Denis ein *demi panaché* zu trinken. War die Polizei da? Er zwang sich, nicht zu suchen, und setzte seinen Weg die Straße entlang fort.

Vor den Folies Bergère fand er, worauf er gehofft hatte: Ein Taxi entließ vor dem Nachtclub seine betuchten Fahrgäste. Luke verlangsamte im Näherkommen seinen Schritt und wartete, bis ein Mann im Smoking den Preis beglichen hatte. Dann trat er, ehe der Mann den Wagenschlag geschlossen hatte, heran, stieg ein, hielt dem Fahrer einen Fünfhundertfrancschein hin und zog die Tür zu. Der Fahrer nahm den Geldschein wortlos entgegen, und als er anfuhr, sah Luke hinter ihnen die beiden Polizisten losrennen, dann aufgeben.

Ein paar Minuten später verließ Luke das Taxi am Gare du Nord, aber als er den Bahnhof betrat und auf die große Anzeigetafel mit den Zugterminen dieser Nacht zuging, stutzte er. Ein ganzes Rudel Polizisten, vielleicht zehn, stand vor dem Fahrkartenschalter und kontrollierte die Ausweise. Waren sie seinetwegen da? Lange zögerte er. Aber dann verließ ihn der Mut, und er trat wieder hinaus auf die Straße. Jetzt war er ohne jede Deckung, selbst ohne den kümmerlichen Schutz der Polizei. Er hatte vielleicht die Poli-

zisten genarrt, als er unerwartet in das Taxi gesprungen war. Aber ob er seinen Bruder genarrt hatte, das bezweifelte er.
Eine Zeitlang wanderte er ziellos in Richtung Norden, in heilloser Panik, die sich erst allmählich legte. Allein schon im Fehlen von Alternativen lag ein gewisser Trost. Irgendwie würde er Paris verlassen müssen, vielleicht einfach über den Périphérique hinauslaufen und bis zur Grenze trampen. Mit einem amerikanischen Paß aus Frankreich über eine der Provinzgrenzen herauszukommen mußte möglich sein; die Behörden konnten sein – oder Dannis – Foto nicht an jedem Grenzübergang haben. Falls Danni ihn fand ... würde er die Pistole benutzen müssen. Er hatte, sagte er sich, schon früher Pistolen benutzt.
Danni natürlich auch.
Aber schließlich hatte er, Luke, sich darauf vorbereitet.

Lange nach Mitternacht durchquerte er das Viertel der Transvestitenclubs um den Boulevard de Clichy herum und steuerte in die verlassenen Straßen hinein, die, anonym und finster, nach Norden führten. In seinen Turnschuhen geräuschlos durch das Labyrinth winziger Sträßchen trottend, lauschte er auf Schritte hinter sich. Manchmal meinte er welche zu hören, aber er sah sich nicht um. Manchmal hörte er nichts, hatte aber das unheimliche Gefühl, gleich wären sie da.
Im matten Lampenlicht vereinzelter Cafés sah er arabische Männer Domino spielen und argwöhnisch aufblicken, als er vorbeikam. Er ging die Rue Lepic hinauf, überquerte später den Périphérique auf einer Brücke, die über den dichten Verkehr hinwegführte, und fand sich auf dem verlassenen Gelände der Puces de Clignancourt – des Flohmarkts – wieder, auf dem die Reihen leerer hölzerner Buden auf den Tagesanbruch warteten.

Wenn es passierte, das wußte er, dann hier.
Jedenfalls an einem Ort wie diesem. Und zu einer Zeit wie jetzt.
Eine Zeitlang wanderte er zwischen den menschenleeren Ständen auf dem Markt umher und hielt den Blick starr geradeaus gerichtet. Nichts geschah. Er war jetzt in einer Gegend mit niedrigen alten Häusern in engen Straßen, die sich unter altmodischen Straßenlaternen dahinzogen. In ihrem gelben Licht war er noch ungeschützter; er überquerte eine Straße im Laufschritt, um sich im Schatten zu halten, die Hausfassaden nahe an seiner Linken.
Nichts geschah, und zum ersten Mal ließ er in seiner Wachsamkeit nach und lief weiter, bemüht, die Orientierung zu behalten. Endlich sah er in einer Seitenstraße aus einem Restaurant Licht fallen und hörte die Klänge einer Jazzgitarre. Er blieb stehen, erschöpft und plötzlich schwach vor Hunger. Es würde eine lange Nacht werden – oder eine sehr kurze, und bei diesem Gedanken lachte er leicht hysterisch auf. Luke ging langsam auf das Restaurant zu. Er blickte zurück und sah hinter sich die leere Straße, dann ging er hinein.

Drinnen stümperten ein dunkelhaariger junger Mann mit einer Gitarre und ein weißhaariger Mann mit einer Geige eine ausgelassene Melodie zusammen. Eine buntgemischte Menge saß an langen Gemeinschaftstischen: hier ein paar elegante, gutgekleidete Männer, andere in T-Shirts, viele dunkelhaarige Zigeuner. Vor dieser unerwartet lebhaften Szene blieb Luke an der Tür stehen. Ein Kellner musterte ihn; Luke nickte beiläufig und bekam seinerseits ein Nicken zur Antwort. Er ging durch den Raum an die Bar und bestellte sich ein Bier und ein Sand-

wich, dann wandte er sich um und betrachtete gleichmütig die Musiker.
Diese verrückte Melodie zu einem Godard-Film – sie umschwirrte ihn mit einem unerträglichen Gefühlsüberschwang ohne jede Harmonie, Begleitung zu einer Geschichte vom Tod. Als er die hungrig essenden Gäste beobachtete, die aus gemeinsamen Karaffen Wein tranken, nahm langsam ein Gedanke in ihm Gestalt an. Das hier war ganz bestimmt das Zigeunerrestaurant, in das Danni vor vielen Jahren bei seinem zweiten Besuch in Paris Nicole ausgeführt hatte. Er sah zum Fenster hinüber und entzifferte, rückwärts lesend, den Namen, der in jazziger Schrift daraufgepinselt war: La Cygane.
Jetzt wußte er, daß er nicht bleiben konnte, empfand aber eine Wehmut, die ihm jede Lust nahm, sich zu rühren: Wehmut nicht um die Vergangenheit, sondern um die Gegenwart, um die winzigen, kostbaren Augenblicke, die er so gern festgehalten hätte. Trotzdem konnte er nicht warten; er konnte nicht warten und zahlte, was er bestellt hatte, schlenderte hinaus, während die Jazzmelodie allmählich verhallte.

Er achtete nicht mehr darauf, wohin er lief. Wichtig war nur, daß er in Richtung Norden ging, wobei er sich auf den Gehwegen auf der linken Seite hielt und Kreuzungen im Laufschritt überquerte. Er konzentrierte sich ganz aufs Hören, nahm jedes winzig kleine Geräusch überdeutlich wahr und kämpfte immer wieder dagegen an, loszurennen. Vor ihm öffnete sich die Straße wieder auf den leeren Flohmarkt, und als er das Ende der Straße erreichte, brannten ihm die Schläfen, die Augen begannen zu tränen, und seine Beine fühlten sich an wie Gummi. Es war das Angstgefühl, das er Nacht für Nacht auf Patrouille in Beirut gekannt hatte, die Gewißheit, daß er gleich finden werde, wonach er gar nicht suchen wollte. Es war ein Gefühl, mit dem man umzugehen lernte.

Aber man ist nie wirklich vorbereitet. Als der Schuß fiel und die Kugel sich tief in seine linke Wade grub, fiel er überrascht auf die Knie, kroch dann auf allen vieren in einen Torweg zu seiner Linken, während eine zweite Kugel Splitter vom Pflaster aufstieben ließ. Dann war alles still.

Luke schob sich in eine aufrechte Position, mit offenem Mund keuchend, wachsam lauschend wie ein verwundetes Tier. Das kindliche Gefühl, in einem winzigen Raum eingesperrt zu sein, blitzte in ihm auf, und wilde Panik erfaßte ihn. Als er am Abend aufgebrochen war, hatten ihm so viele Möglichkeiten offengestanden. Eine nach der anderen hatte sich verflüchtigt, bis er nun in dieser Lage gefangen war. Sich hinter der steinernen Toreinfahrt haltend, wandte er sich langsam in die Richtung, aus der der Schuß gefallen war. Seine linke Hand war um die Taschenlampe in seiner rechten Tasche geschlossen, seine Rechte um die Pistole in der linken Tasche. Er holte tief Luft, dann noch einmal.

Dann war er mit einem weiten Schritt seitwärts auf dem Gehweg, riß die Taschenlampe aus der Tasche, hielt sie sich gegen die Brust, und die Straße erstrahlte in hellem Halogenlicht. Sofort krachten wieder zwei Schüsse, von denen einer die Mauer links hinter ihm traf, der zweite rechts von ihm einschlug – die bei der Armee eingeübte Standardreaktion auf einen Angriff aus dem Hinterhalt. Jetzt trat er einen vollen Schritt nach rechts, während er die Hand mit der Taschenlampe nach links streckte, und eine Kugel durchschlug die Lampe und fetzte sie ihm mit einem mörderischen Ruck aus der Hand. Doch jetzt kam seine rechte Hand hoch, und er feuerte die fünf Kugeln, die noch in der Pistole waren, mit der Nicole getötet worden war, in das Nachbild einer Gestalt, das ein paar Meter vor ihm kurz aufgezuckt war. Das tiefe Bummern der großkalibrigen Waffe lief wie Donner die Straße entlang, und als sich seine Augen wieder auf die Dunkelheit einstellten, sah er die Gestalt wie einen aufgeplatzten Sandsack gegen die Fassade eines Hauses sinken, erst auf die Knie und dann, nach einer winzigen Pause, aufs Gesicht fallen, während in der Nähe Hundegebell ausbrach, als fiele das Geräusch vom Himmel. Ein stürmisches Gefühl – Triumph, Haß – glühte auf und legte sich wieder, als er einen Augenblick stillstand. Aber etwas stimmte nicht. Verwirrt blickte er auf die Waffe in seiner Hand und sah eine fremde Pistole statt eines Galilgewehrs. Benommen sah er sich um und erkannte die düsteren Straßen eines nördlichen Pariser Bezirks, nicht das zerfallende, zerbombte Westbeirut. Dann begann in der Ferne eine Polizeisirene zu heulen, die Hunde bellten lauter, ein Fenster flog auf, und er kam jäh zu sich. Er steckte die Luger in die Jackentasche, hielt seine schlaffe linke Hand gegen seinen Bauch und rannte, vor Schmerzen im angeschossenen Bein taumelnd, weg von der Leiche, hinein ins Dunkel des Flohmarkts.

Er dachte, er sei erledigt durch die Verletzung. Aber als er im Gewirr des menschenleeren Marktes unter einem der Holzkarren, weit weg von jeder Verkehrsstraße, wieder zu sich kam, zündete er ein Streichholz an und sah, daß es nur eine saubere Fleischwunde war, aus der zu beiden Seiten seiner Wade in zwei trägen Rinnsalen Blut sickerte. In der Enge unter dem Wagen wand er sich aus seiner Jacke und dem Hemd, riß einen Hemdärmel mit den Zähnen ab und verband damit fest die Wunde. Er zog sich wieder an und kroch noch weiter unter den Wagen. Von der Straße her hörte er Sirenen, dann noch mehr Sirenen, als, wie er vermutete, ein Krankenwagen eintraf. Ihm war elend kalt, und er zitterte heftig.

Er hatte keinen Plan, was er jetzt machen sollte; so weit hatte er nie gedacht. Kurz drückte er den langen Lauf der Luger gegen seinen Mund. Wußte er noch, daß keine Kugel mehr im Magazin war? Später war er sich nie sicher. Noch mehr Sirenen ertönten; er hörte Stimmen, dicht bei ihm, dann entfernt.

Die Nacht kroch weiter. Er hatte Angst zu rauchen, und seine linke Hand schmerzte unerklärlicherweise sehr viel mehr als sein Bein, als spüre sie noch immer die Gewalt der Kugel, die die Taschenlampe weggerissen hatte. Er hörte die Polizei nicht wegfahren, aber in den Stunden vor Morgengrauen begann sich der Flohmarkt mit Leben zu füllen. Lieferwagen kamen an, und die gedämpften Stimmen der ersten Händler wurden vernehmbar. Nach Tagesanbruch wurde das Gewimmel von Käufern und Händlern dichter, und Luke unter seinem Wagen sah nichts als vorbeischlurfende Schuhe. Als es ziemlich hell geworden war, erhob er sich auf Hände und Knie und kroch zur Kundenseite rückwärts unter dem Karren hervor. Er richtete sich auf und schob sich in die Menge, wobei er mit einem kurzen Blick das erstaunte Gesicht des Händlers streifte, unter dessen Karren er aufgetaucht war. Dann bewegte er sich mühsam im Gedränge auf die Metro-Station zu. Er fuhr bis Châtelet, und als er im perlmutterfarbenen frischen Morgen auf die Ile de la Cité hinüberging, ließ er die Luger ins Wasser fallen. Dann nahm er sich ein Taxi zur Rue de Fleurus.

So kam es, daß Luke in einem bitterkalten Jerusalemer Winter seinen von ihm so gefürchteten Vater verlor und in einem blühenden französischen Frühling seinen lange vermißten Bruder wiederfand.
So kam es, daß er auf seinen Bruder mit dessen eigener Pistole schoß, deren Kugel den Körper wie einen aufgeplatzten Sandsack in die Dunkelheit der Straße schleuderte.
So kam es, daß Luke zweimal getötet hatte. Zwei Morde, Jahre lagen dazwischen, in verschiedenen Ländern begangen. Aber als die Pistolenschüsse zwischen den düsteren Häuserreihen verhallten und die Hunde im Viertel ihr Gebell anstimmten, als sein Bruder am Boden lag und in weiter Ferne Sirenen zu heulen begannen, hatte Luke das Gefühl, er habe nur einmal getötet: einen doppelten Brudermord begangen, begleitet von demselben Hundegebell in derselben endlosen Nacht.
Luke meinte, dies sei das Ende seiner Geschichte. Und vielleicht wäre es das auch gewesen. Vielleicht hoffte er in den stillen Tagen, die folgten, als er in der Wohnung in der Rue de Fleurus darauf wartete, entweder an seiner eiternden Wunde zu sterben oder wegen Mordes an seinem Bruder verhaftet zu werden – vielleicht hoffte er da wirklich, daß sein Leben zu Ende ginge.
Es spielt keine Rolle. Eine Woche nach den Schüssen in den Puces de Clignancourt enthielt die unter der Tür durchgeschobene Post einen Brief, der alles änderte. Einen in spinnwebzarter Handschrift an Nicole adressierten Brief. In Florenz abgestempelt, zwei Tage nach dem Mord. Darin befanden sich ein Zettel und ein zweiter, versiegelter Umschlag. Auf dem Zettel stand: »Nachgeschickt auf Veranlassung unseres Freundes.« Die Unterschrift: »Chevejon.«
Verwundert öffnete Luke den Brief, einen dünnen Luftpostumschlag ohne Absender. Er war nur wenige Tage zuvor datiert. Er lautete:

Ma chère Nicole,
Chevejon hat von Dir keine Post mehr erhalten. So allmählich glaube ich, was ich nie für möglich gehalten hätte: Dieses Mal soll mir also nicht verziehen werden, daß ich Dich allein gelassen habe.
Wie soll ich darauf reagieren? Wie soll ich mir das Ende unserer gemeinsamen Jahre vorstellen? Ich wünschte, wir hätten geheiratet. Ich wünschte, ich wäre imstande gewesen, Dir all die Dinge zu erzählen, die ich Dir erst in diesem vergangenen Jahr habe erzählen können, und das nur in Briefen. Ich wünschte, ich hätte den Mut gehabt.
Es ist soviel Zeit vertan worden. Mit so vielen kleinen Verbrechen, soviel Gefahr, soviel Weglaufen. Wenn ich jetzt an die Zeit denke, in der das alles einmal vorüber sein wird, muß ich mir diese Zeit ohne Dich vorstellen. Und das ist eine sehr trostlose Aussicht.
Jahrelang habe ich Dir nicht erzählt, wohin ich fahre, weil ich es nicht wollte. Jetzt, da ich mich danach sehne, es Dir zu erzählen, kann ich es nicht, denn Du wirst nicht antworten.
Ich kann nicht nach Paris zurückkommen. Das Geschäft ist abgeschlossen, und es gibt so viele, viele Orte, an denen ich mich nicht zeigen kann, ohne es wiederzueröffnen. Erlaube mir bitte, Dich zu sehen. Gib mir bitte eine Chance, Dir all die Dinge zu erzählen, die zu erzählen ich früher zu dumm, zu feige war. Ich möchte Dir alles erzählen, alles, was mir dieses Jahr passiert ist. Aber dafür mußt Du zu mir kommen.
Ich muß glauben, daß Du das tust. Ich kann nicht glauben, daß Du verstanden hast, was ich Dir in diesem vergangenen Jahr geschrieben habe, und

trotzdem nicht zu mir kommst. Es sei denn, Du hast meine Briefe einfach ungelesen weggeworfen, dann weißt Du, wo ich meine Reise beenden werde und wann. Du weißt, ich habe Dich immer geliebt und werde Dich immer lieben.

D.

Und so kam es, daß Luke sich ganz und gar nicht sicher war, wen er getötet hatte.

Zweiter Teil

Die Frage ist nicht: Glauben wir an Gott?
Sondern: Glaubt Gott an uns?
Und die Antwort ist: Nur ein Ungläubiger
konnte unser Gottesbild erschaffen;
Und nur ein falscher Gott konnte damit
zufrieden sein.

Kenneth Patchen, 1941

Neuntes Kapitel

Erst sehr viel später sollte Peter Chevejon mir einen Teil von Lukes Geschichte – und meiner – erzählen, die keiner von uns beiden kennen konnte in jener langen Nacht auf der Fähre nach Astypaläa. Und inzwischen hatten wir uns alle verändert. Aber in einer Hinsicht war Chevejon, als ich ihn kurz nach meiner Ankunft in Florenz kennenlernte, genau der Mensch, der er schon etwa fünfzehn Jahre lang war: nämlich durch und durch eine Schöpfung von Danni Benami.

Als ich im Mai 1989 in Florenz ankam, meinen drei vermeintlichen Verfolgern entwischt, war Chevejon – allgemein nur unter seinem Nachnamen bekannt – gerade achtunddreißig Jahre alt geworden. Er wohnte seit zehn Jahren in Florenz, und seine Zusammenarbeit mit Danni hatte zwei oder drei Jahre vor dieser Zeit begonnen. Er war ein kleiner Mann, vielleicht einssiebzig groß; seine untersetzte Gestalt vermittelte den Eindruck von Kraft, seine leichten, anmutigen Bewegungen den von Schnelligkeit. Sein Gesicht war, wie sein Akzent, schwer einzuordnen: schwarze, leicht geschlitzte Augen unter einer stattlichen Mähne dichten, wie modellierten schwarzen Haars, ein glattes, bartloses Kinn – dies alles hätte japanisch sein können. Oder seine hohen Wangenknochen und der breite lächelnde Mund: russisch. Sein Lachen in den glänzenden Augen: italienisch; seine geschürzten Lippen: französisch. Es war ein hübsches Gesicht, entwaffnend hübsch, und es strahlte eine Vergnügtheit aus, einen so lebhaften Humor, daß ich mir nicht vorstellen konnte, wie jemand ihm lange Widerstand entgegensetzen sollte.

In welcher Sprache er auch redete, man glaubte, es sei seine Muttersprache: Sein Italienisch war in jeder Modulation das eines geborenen Florentiners; sein Französisch das eines richtigen Parisers; sein Englisch das eines Amerikaners oder Briten, ganz wie er wollte. Und wenn ich Ihnen erzähle, daß er Griechisch schreiben und Lateinisch sprechen – *sprechen* – konnte, werden Sie verstehen, wie groß seine Begabung auf diesem Gebiet war.

Er wandte sich einem mit einer Aufmerksamkeit zu, einem Ernst, dem man zunächst unmöglich trauen konnte: Er war zu glatt, zu nett, zu freundlich, als daß nur irgend etwas daran aufrichtig sein konnte. Und dennoch vertat er sich nie. Was man ihm auch erzählte, er erinnerte sich daran; was immer er versprach, er hielt es. War man mit ihm, sagen wir, zum Abendessen in einem Florentiner Restaurant, in dem die Hälfte der Leute um seine Aufmerksamkeit wetteiferte, ertappte man ihn nie auch nur beim kleinsten Verstoß gegen das gute Benehmen, dem flüchtigsten Blickwechsel mit einem anderen Bekannten; er widmete sich einem völlig, während er rundum hofhielt. In solchen Augenblicken wirkte er wie ein ziemlich undurchschaubarer Florentiner Kunsthändler.

Aber wenn man nur etwas über ihn wußte, wenn man auch nur den leisesten Hinweis darauf hatte, was sich hinter seiner Maske verbarg, dann durchschaute man, daß er es darauf anlegte, den Eindruck eines gewandten, europäisch-schmalzigen Bonvivants zu machen. Hinter dieser Fassade verbarg sich ein Mann, den zu kennen, und gut zu kennen, möglich war – wenn er es zuließ: ernst, neugierig, hochintelligent. Die Grundlage seiner wahren Identität war ein einfacher, absolut unerschütterlicher Vorsatz: Danni Benami vollkommen treu zu sein.

Um das Bild zu vervollständigen, kleidete er sich wie ein Filmstar in untadelige Armani-Anzüge und -Mäntel, Comme-des-Garçons-Hemden, Hugo-Boss-Jacketts, Bally-Schuhe. Ja, alles, was Danni in der Zeit, nachdem er für Nicole die Wohnung in der Rue de Fleurus gekauft hatte, an Modebewußtsein zugewachsen war, verdankte er Chevejon. Ich sah ihn nur einmal wütend, und als dieses sonst lebhafte, vergnügte Gesicht von einer Sekunde zur anderen zu einer ernsten, undurchdringlichen Maske wurde, da hoffte ich, es nicht noch einmal zu erleben. Dies hoffte, wie ich deutlich sah, auch der Mann, gegen den sich diese Wut richtete, und der, das erkannte selbst ich, auch kein machtloser Mensch war.

Ich fühlte mich in Florenz nicht sicher. Die Visitenkarte, die ich meinem Vater gestohlen hatte, mußte nicht unbedingt der einzige Beleg mit dieser Adresse in seinem Besitz gewesen sein; und wenn, dann konnte er sich sehr wahrscheinlich genau an die Anschrift erinnern. Es gab nur weniges, was mein Vater vergaß. Es bestand die Möglichkeit, daß er, als ich nicht in Wien eintraf, die drei Männer ganz einfach nach Florenz geschickt hatte oder persönlich dorthin kam.

Erst später erfuhr ich, daß die Aufmerksamkeit dieser Männer von einem ganz anderen Objekt in Anspruch genommen wurde, das sie für wichtiger hielten.

Und daß mein Vater gar nicht daran dachte, sich allzu intensiv auf die Mächte einzulassen, die in jenem Sommer ihre Kreise um mich zogen.

Ich ließ also erst mehrere Tage verstreichen, ehe ich mich auf den Weg zu der Adresse auf Maurizio Tuetas Karte machte und dort nicht Tueta vorfand, sondern Peter Chevejon.

Vielleicht hatte ich eine spontane Abneigung, die Adresse aufzusuchen, weil ich ahnte, daß es danach für mich keinen Ort mehr geben würde, an den ich fliehen könnte. Aber auch das Gegenteil mag sein: Vielleicht glaubte ich, daß ich dort ans Ende meiner Reise käme. Ich zog die Sache hin, bis mein Geld fast verbraucht war. Ich behielt nur genau die Summe zurück, die nötig wäre, mir meinen Koffer mit der Goldmenora – dem letzten, was ich zu verkaufen hatte – aus Paris schicken zu lassen. Aber dann mußte ich auch diese Summe angreifen. Da ging ich an einem Spätnachmittag nach *l'altro Arno* hinüber, stieg in der Nummer 2 der Piazza Santo Spirito zur dritten Etage hinauf und schellte.

Ein ausgeklügeltes Überwachungssystem. Eine Videokamera war auf mein Gesicht gerichtet, und nach einer langen Pause hörte ich, wie eine Innentür aufging, dann das Piepen einer Alarmanlage, die ausgeschaltet wurde, und dann, wie das massive Fedeli-Schloß an der Eingangstür gedreht wurde, und als sich die Tür öffnete, sah ich zum ersten Mal den Mann, der mein Leben verändern sollte.

Während er mich mit höflicher Neugier musterte, fragte ich in meinem schlechten Italienisch, ob ich Signor Tueta sprechen könne. Er verneinte freundlich, bot mir aber seine Hilfe an, da Maurizio ein guter Freund von ihm sei. Ob ich eintreten wolle. Das tat ich, aber als er die Wohnungstür hinter mir verriegelte, wobei er ein automatisches Schloß an der inneren Tür ausschaltete, mit dem verhindert werden sollte, daß man beide Türen gleichzeitig offenhalten konnte, geriet mein Zutrauen ins Wanken. Er trug ein weißes Seidenhemd und eine Tweedanzughose. Als er mir in sein Büro vorausging, empfand ich seine Kraft, die plötzlich offenkundig wurde, als bedrohlich. Er ließ mich auf einem schwarzen Sofa Platz nehmen und bot mir einen Drink an. Meine Hände zitterten leicht, als ich akzeptierte. Ich mußte mir nicht überlegen, wie ich weiter vorgehen sollte. Er begann, mich höflich auszufragen, wobei er in ein elegantes Deutsch umschaltete, als er meinen Akzent erkannte, und ich brauchte nichts weiter zu tun, als in meiner Muttersprache zu antworten. Komischerweise begann er nicht mit der Frage, was ich wollte, sondern mit der Frage, woher ich die Adresse hätte. Ich zeigte ihm Tuetas Karte. Und wann hatte ich ihn kennengelernt? Letzten Herbst.

Eine Winzigkeit veränderte sich in seinem Ausdruck gewandter, zuvorkommender Weltläufigkeit.

Wo? In Wien. Der Mann erhob sich unvermittelt, ging über den Holzfußboden zu einem Fenster und zündete sich eine Zigarette an. Jedenfalls kam es mir so vor. Als er sich wieder zu mir umdrehte, sah ich, daß es ein dünner schwarzer Zigarillo war. Was genau wünschte das Fräulein? Herr Tueta habe mich gebeten, ihm ein paar Dinge zu schicken; ich sei auf der Durchreise in Florenz und hätte sie ihm gern selbst gebracht. Er warf einen Blick auf die Reisetasche, die ich bei mir hatte, weil für ein Hotelzimmer kein Geld mehr da war.

Was das denn für Dinge seien? Ich zögerte, doch dann überwand ich meine Angst, so gut ich konnte. Ich würde lieber direkt mit Herrn Tueta sprechen, denn es sei eine persönliche Angelegenheit. Ob ich denn die Dinge bei mir hätte? Nein, sie wären sicher untergebracht. Wo? Es entstand eine Pause. Ob ich denn die Absicht hätte – verzeihen Sie mir, Fräulein, äh –, diese Dinge Herrn Tueta zu *verkaufen?* Nein, es gehe um ... Gegenstände, die ... seiner Familie gehörten.

»Wir reden vollkommen aneinander vorbei, liebes Fräulein.«
Ich wußte nicht, was ich antworten sollte.

Er blickte aus dem Fenster, und als er sich umdrehte und auf mich zukam, war er bereits wieder die Freundlichkeit in Person. Ganz gleich, was das Fräulein besitze, es müsse von einiger Wichtigkeit sein; er habe den Eindruck, ich sei weit gereist, um es Herrn Tueta zu bringen. Und – er hoffe, ich würde ihm verzeihen – er nähme an, ich hätte nicht viel Geld? Nein? Nun gut, dann wolle er mir einen Vorschlag machen.
Er erklärte mir, Herr Tueta sei geschäftlich unterwegs, er sei aber sicher, er würde bald zurück sein, in ein, zwei Tagen. Ob er mir denn eine *pensione* empfehlen dürfe, wo ich mich ausruhen und Florenz genießen könne, während ich auf seine Rückkehr wartete? Als sein Gast natürlich, das sei ganz im Sinne von Maurizio. Die *pensione* sei gleich um die Ecke, sie habe eine erstklassige Küche. Er würde mich gern gleich heute abend dort zum Essen einladen, nachdem ich Zeit gehabt hätte, mich frisch zu machen.
Noch ehe es mir richtig klar war, schien er zu wissen, daß ich nicht viele Alternativen hatte. Er fragte mich ganz nebenbei, wie ich denn hieße, und ich nannte ihm automatisch meinen Namen. Als ich aufblickte, sah ich ein hauchfeines Lächeln in seinen Augen. Viel zu einfach. Als wenn ich ihm leid täte. Denn ich hatte mich ins Reich eines Mannes verirrt.

Während des Abendessens horchte er mich nicht weiter aus; nicht weil er sich mit dem begnügte, was ich gesagt hatte, sondern weil er sich auf selbstgefällige Art sicher war, daß ich schon erzählen würde, was ich zu erzählen hätte. Und er war geduldig. Natürlich hatte er recht. Die *pensione* lag in einer winzigen Straße hinter dem Palazzo Pitti mit Blick auf die Boboli-Gärten; die Gäste waren ausnahmslos Italiener, und alle schienen ihn zu kennen. Das köstliche Essen – die erste gute Mahlzeit, seit ich Wien verlassen hatte – wurde in einem von Reben überrankten Innenhof serviert. In Gesellschaft zu essen, mit einem Mann, nicht selbst nach dem Kellner rufen, sich nicht mit fremder Währung herumschlagen zu müssen – das war äußerst verführerisch. Und verführerisch war auch Chevejon: seinem Charme, der einen glauben ließ, er sei durch und durch aufrichtig, konnte man sich kaum entziehen. Das bedeutete, daß ich unentwegt darum bemüht war, ihm nicht noch mehr von mir zu erzählen, anonym zu bleiben, ohne Vergangenheit, ohne Persönlichkeit. Es schien ihn nicht weiter zu interessieren, eher zu amüsieren.
Er wußte ja bereits, daß ich Natalie Hoestermann aus Wien war, und das genügte fürs erste. Ich bezweifelte, daß Maurizio Tueta in ein paar Tagen zurückkommen würde. Und mir war klar, daß Chevejon mich durchschaute; ich hatte gar keine andere Wahl, als ihm alles zu erzählen, was er zu erfahren wünschte. Nur an diesem ersten Abend in seiner Gesellschaft hielt ich mich noch zurück. Ich würde ihn zumindest etwas zappeln lassen. Als er mich nach dem Essen zu meinem Zimmer begleitete, war ich fast sicher, daß er fragen würde, ob er mit hineinkommen dürfe. Und ich war fast sicher, daß ich ja sagen würde. Sein kleiner, starker Körper. Sein schönes, spöttisches, mitfühlendes Gesicht. Auch er schien – soweit man irgendwas über ihn sagen konnte, was er nicht mitteilen wollte – zu zögern.

Dann gab er mir die Hand und wünschte mir eine gute Nacht. Er sagte, er würde mich am nächsten Tag nach dem Frühstück abholen.

Und so vergingen meine Tage in Florenz. Chevejon isolierte mich mit seiner höflichen Aufmerksamkeit vollkommen. Er holte mich morgens ab, brachte mich am Nachmittag zurück in die *pensione* und war am Abend wieder da. Einmal versuchte ich, allein auszugehen. Da tauchte ein höflicher großer Mann neben mir auf und forderte mich auf, ins Hotel zurückzukehren. Auf italienisch. Er drehte mich sanft herum, begleitete mich zurück in den Hof und fragte, ob es irgend etwas gebe, was er mir besorgen könne. Danach bemerkte ich von meinem Fenster aus, daß er sich auf der Straße nie weit weg vom Eingang aufhielt.
Es war eine herrliche Isolation; daß sie aufgezwungen war, minderte das Vergnügen daran nicht. Das lag wahrscheinlich daran, daß ich sie nie ernstlich zu durchbrechen suchte. Chevejon führte mich durch Florenz, begleitete mich zum Essen und fragte nichts. Manchmal wunderte ich mich, daß es möglich war, seine Gesellschaft, seinen grenzenlosen Charme zu genießen – trotz dieses unbeschreiblichen Gefühls von Gefahr und Bedrohung. Ich empfand keine Neigung, ihm irgendwelche Fragen zu stellen; ja, ich war fest entschlossen, es nicht zu tun.
Wenn das ein Wettstreit war, so war er für mich neu. Aber das soll nicht heißen, daß ich von vornherein auf Niederlage spielte.
Schließlich schien mir, daß auch er mich brauchte.
Trotzdem war der Wettstreit ungleich, und ich würde mich endlich geschlagen geben müssen; er hatte die Möglichkeit, meine Freiheit einzuschränken. Und so sah ich Luke nicht in Florenz. Aber auch mein Gastgeber sah ihn erst nach ein, zwei Tagen.

In Paris war ein strahlender, klarer, trockener Sommer angebrochen. Luke schlief fünfzehn, manchmal siebzehn Stunden hintereinander und stellte sich den Wecker nur zu den Nachrichten im Radio. In den wenigen wachen Stunden saß er in einem Zustand der Leere auf der Couch, und seine Gedanken waren wie verlaufene Honigkleckse. Die Radionachrichten berichteten ein- oder zweimal über die Schießerei in den Puces de Clignancourt; die Polizei nahm an, sie habe mit Drogenhandel zu tun. Dann kam nichts mehr.

Lecéreur rief einmal an. Wo denn Luke in der Nacht gewesen sei, als er seinen Bewachern entschlüpfte? Da es ihm egal war, hatte Luke mühelos gelogen: er habe den Abend allein in Montmartre verbracht. Er sei es leid gewesen, ewig verfolgt zu werden. Lecéreur zögerte, dann beteuerte er, daß die Polizei zu seinem Schutz da sei, und hinter seiner Freundlichkeit hörte Luke die Furcht vor der israelischen Botschaft heraus, vor einem internationalen Zwischenfall. Luke äußerte sich nicht.

Er legte auf und sagte sich gleichgültig, daß Lecéreurs Verdachtsmomente minimal seien: Der Mord hatte sich in der geschlossenen Welt schweigsamer, rätselhafter Fremder ereignet, von Käufern und Verkäufern gestohlener Kunst, von Dieben. Eine Unterwelt, in der der Schuldige den Schuldigen umbrachte; die Polizei würde das Leben ihrer Beamten nicht aufs Spiel setzen, um den Mord aufzuklären. Man würde ihn wahrscheinlich nicht erwischen. Mit leichtem Erstaunen registrierte er, daß diese Erkenntnis ihn nicht beruhigte.

Am Tag darauf traf Dannis Brief ein.

Zwei Tage nachdem Luke Danni erschossen hatte, war das Kuvert mit Dannis Brief in Florenz abgestempelt worden. Das bewies nichts. Der Brief konnte eine raffinierte Täuschung sein, um der Polizei Dannis unerwartet lange Abwesenheit zu erklären. Der Brief konnte von jemandem sein, der Luke glauben machen wollte, Danni sei noch am Leben. Aber der Ton, dieser furchtbare Sehnsuchtsüberschwang: wer hätte den fälschen können? Nicole war tot, und nur Danni konnte sie getötet haben. Soviel war sicher. Aber wer hatte den Brief geschrieben?
Sein Eintreffen ließ alle Theorien einstürzen wie ein Kartenhaus, das nicht durch äußere Erschütterung, sondern durch die kurze Brise eines Zweifels umgeweht wurde. Wo lag die Grenze zwischen »Wissen« und »Glauben«? Wer hatte den Brief geschrieben? Und die sich daraus ergebende bohrende Frage: Wenn Danni ihn geschrieben hatte, wen hatte er, Luke, dann getötet?
Die Szene lief vor Lukes innerem Auge mit filmischer Präzision ab. Warum war er geflohen, statt sich die Person anzusehen, die er getötet hatte? Er hatte nie vorgehabt, sich der Festnahme zu entziehen, nie so weit gedacht. Aber nach der Schießerei hatte ihn ein animalischer Trieb geleitet, und beim Gebell der Hunde hatte er plötzlich nur noch versucht zu entkommen.
Er stand auf, rannte durch das Wohnzimmer ins Bad und übergab sich. Auf dem Fußboden sitzend, lehnte er sich an die Wand, die Knie angezogen. In der Stille des Sommernachmittags spürte er, wie Verzweiflung ihn übermannte.

Irgendwie ging die Nacht vorüber, ein Schemen im Bewußtsein. Aber als er erwachte, war etwas nicht mehr ganz dasselbe.
Er stand auf, nahm Dannis Brief aus dem Regal und strich ihn auf dem Tischchen neben der Couch glatt. »Chevejon

hat von Dir keine Post mehr erhalten. So allmählich glaube ich, was ich nie für möglich gehalten hätte: Dieses Mal soll mir also nicht verziehen werden, daß ich Dich allein gelassen habe.« Und: »Ich kann nicht glauben, daß Du verstanden hast, was ich Dir in diesem vergangenen Jahr geschrieben habe, und trotzdem nicht zu mir kommst. Es sei denn, Du hast meine Briefe einfach ungelesen weggeworfen, dann weißt Du, wo ich meine Reise beenden werde und wann.«
Warum hatte Nicole Danni nicht geschrieben? Warum hatte sie Luke nichts von Dannis Briefen erzählt? Und wo waren diese Briefe? Nichts konnte ihn zu der Annahme verleiten, Nicole habe gelogen – nichts. Oder hatte sie die Briefe nicht erhalten?
Yerushalmi hatte einen Brief von Danni bekommen – oder ein Telegramm. Avi hatte gesagt, Danni habe geschrieben. Wie war Danni der Tod seines Vaters mitgeteilt worden? Wohin hatte Yerushalmi ihm geschrieben, und woher hatte Danni geantwortet? Aus seinem Büro in Florenz – hatte Nicole nicht gesagt, er habe dort ein Büro und einen Partner? Einen Moment überlegte er, woher Dov die Adresse in der Rue de Fleurus hatte, dann fiel es ihm wieder ein: aus den Dienstakten seines Vaters. Yerushalmi konnte er nicht anrufen, denn der Anwalt suchte ganz sicher nach ihm. Aber dann kam ihm der Gedanke, Dov könnte es wissen, und Dov konnte er trauen.

Wenn man mit der Vergangenheit telefonieren könnte, dachte Luke, müßte es so ähnlich sein. Das Telefon klingelte mit den kurzen Doppelsignalen des israelischen Systems, während in parallelen Leitungen Unverständliches gesprochen wurde. Dann hörte er mit einem flauen Gefühl Helas Stimme.

»Jules! Ist mit dir alles in Ordnung?«
»*Hacol beseder,* Hela, alles in bester Ordnung. Kann ich Dov sprechen?«
»Dov ist nicht da. Er ist wieder in Europa. In Warschau, auf einer Konferenz.«
»Wann kommt er zurück?«
»Das weiß ich nicht.« In der summenden Leitung wogte ihre Stimme mal klarer, mal weniger klar heran. »Ich hatte ihn schon letzte Woche erwartet, aber du weißt ja, wie er ist. Er muß noch woandershin gefahren sein.« Eine Pause, die stillschweigend auf Dovs Arbeit für den Geheimdienst verwies. »Ich sollte mir mal eines Tages 'ne Tabelle machen; ich wette, das letzte Jahr hat er mehr Zeit in Europa als zu Hause verbracht. Weißt du, daß er versucht, Yossis Buch über das Ghetto zu Ende zu schreiben?«
»Das wußte ich nicht.«
»Bist du zu Hause? Er ruft dich an, wenn er zurück ist. Warum hast du unsere Briefe nicht beantwortet?«
»Ist in Ordnung, Hela.« Er ignorierte die letzte Frage. »Ich rufe wieder an.« Einen Moment lang versuchte sich Luke zu erinnern, ob sie ihr Baby schon bekommen hatte oder nicht. In welchem Monat war sie schwanger gewesen, als er wegfuhr? Daß sie noch immer schwanger sein konnte, daß im Grunde so wenig Zeit vergangen war, schien unglaublich. Außerstande, sich zu erinnern, sagte er auf Wiedersehen und legte auf.

Wenn es Danni war, den er getötet hatte, dann war es auch Danni, der Nicole getötet hatte. Luke würde seine Tat nie bedauern.
Wenn er es nicht war ... dann war Danni am Leben, irgendwo auf der Welt, und nichts war geschehen, seit Luke

aus Israel abgeflogen war – außer daß er Nicoles Tod verursacht hatte.
Luke weigerte sich, diese Vorstellung weiterzuverfolgen. Dann dachte er daran, nach Florenz zu fahren.

Florenz ist klein, jedenfalls stellte er es sich so vor, denn er war nie in Italien gewesen. Früher oder später, davon war Luke überzeugt, würde irgend jemand ihn für Danni halten. Im schlimmsten Fall würde gar nichts passieren – oder jemand würde noch mal versuchen, ihn umzubringen. Im besten Falle ... im besten Falle würde er diesen Partner finden, von dem Nicole gesprochen hatte.
Er mußte unbedingt hier verschwinden, und wohin sonst sollte er verschwinden? In Florenz gab es wenigstens eine Verbindung zu seinem Bruder – das war vielleicht nur ein dünner Strohhalm, aber es war alles, was er hatte. Er rief in der Gare de Lyon an.
Es gab um vier Uhr früh einen Zug nach Marseille mit einer Verbindung nach Nizza und dann weiter über die italienische Grenze. Das erste Problem, das es zu lösen galt, war, aus Frankreich herauszukommen. Wieder beglückwünschte er sich ungerührt dazu, Dannis amerikanischen Paß behalten zu haben. Wie aber sollte er aus Paris herauskommen?
Er wanderte durch die Wohnung. Gab es etwas, das er mitnehmen müßte? Die inzwischen vertrauten Gegenstände starrten ihn an wie feindliche Gäste auf der Party eines Fremden. Er legte sich auf Nicoles Bett, vergrub das Gesicht in den Laken, die er nicht mehr gewechselt hatte, seit sie tot war, und suchte in dem schalen Geruch eine letzte Spur von ihr. Dann zog er Nicoles Lederjacke an, setzte sich hin und wartete. Um zwei Uhr früh machte er sich daran, die Wohnung zu verlassen. Da fiel ihm etwas ein, und er hielt inne, ging durchs Wohnzimmer und nahm

Dannis Brief vom Couchtisch. Im Bad verbrannte er ihn über der Toilette, bis nur noch eine winzige Ecke zwischen Daumen und Zeigefinger übrig war. Die ließ er ins Klobecken fallen und spülte. Dann ging er wieder ins Wohnzimmer, blieb stehen, um sich eine Flasche Scotch in die Jacke zu stecken, trat in den Flur, betätigte das Fichet-Schloß und schaltete die Alarmanlage scharf. Auf dem Treppenabsatz überlegte er, was er mit den Schlüsseln machen sollte, und erinnerte sich mit filmischer Genauigkeit an den Tag, an dem Nicole sie für ihn hatte anfertigen lassen. Er behielt sie in der Hand, als er die Treppe hinunterging.

Er hatte keinen Plan, wie er mit seinen Babysittern von der Polizei fertig werden sollte, nur die vage Idee, sie mit einem Taxi abzuhängen. Als er aus der Toreinfahrt auf die Straße spähte, wurde ihm klar, daß das nicht funktionieren würde; die beiden Männer saßen in einem Citroën, der rechts, ein paar Meter entfernt, auf der anderen Straßenseite parkte. Er zog sich in die Einfahrt zurück und versuchte nachzudenken; nach einer Weile spähte er erneut nach draußen. Seine Augen hatten sich an die Dunkelheit gewöhnt, und er sah, daß der eine, den Kopf gegen das Beifahrerfenster gelehnt, zweifellos schlief; der andere, am Steuer, hatte eine aufgeschlagene Zeitung vor sich. Natürlich, Luke stand nicht unter schwerem Verdacht. Warum sollten sie da aufmerksamer sein? Luke wartete, bis der Fahrer umblätterte, dann schob er sich aus der Einfahrt und ging langsam nach rechts, entgegen der Richtung, in der der Wagen stand, wobei er sich dicht an der Fassade des geschlossenen Cafés Le Fleurus zu seiner Rechten entlangbewegte. An der Ecke machte er halt und sah zurück: Der Wagen stand noch da; es war niemand auf der Straße. Er blieb an einem Gully stehen, um Nicoles Wohnungsschlüssel hineinzuwerfen, dann machte er sich, nach

einem Taxi Ausschau haltend, in Richtung Gare de Lyon auf den Weg.
Erst viele Stunden später, als er in der fast menschenleeren Weite des Bahnhofs in den Zug stieg, wurde ihm klar, daß er nun keine Möglichkeit mehr hätte, in die Wohnung zu gelangen: Was wäre, wenn noch mehr Briefe – angeblich von Danni – ankämen? Und irgendwo in der Wohnung hatte Nicole sicherlich Chevejons Telefonnummer aufgeschrieben. Während die Wut über seine Dummheit ihm noch den Magen zusammenkrampfte, wurde ihm bewußt, daß dies genau der Zug sein mußte, den Danni vor vielen, vielen Jahren, nach seinem ersten Besuch in Paris, zurück nach Marseille genommen hatte.

Ein Tunnel, ein ausgestorbener Vorort, eine Reihe Felder, vor denen sich das Abteilfenster in der Dunkelheit in einen Spiegel verwandelte. Bald sah er schlafende Ortschaften, die vorübersausten, eine Serie von Standbildern in Filmbeleuchtung. Ein Haus, mit roten Ziegeln gedeckt, eine menschenleere Kreuzung im Licht gelber Straßenlaternen, die Terrasse eines geschlossenen Bahnhofscafés, davor leere Plastikstühle umgedreht auf den Tischen, ländlicher Stil. Dann wieder offenes Land, und vor dem Dunkel der Nacht verwandelte sich das Fenster erneut in einen Spiegel, dessen Rahmen von dem matt erleuchteten Inneren des leeren Zugabteils gefüllt wurde, hier und da ein Licht, das aus der französischen Weite heranschoß und mit erbarmungsloser Schnelligkeit wieder davonsauste. Nacht.
Dies war der Zug, den Danni vor Jahren genommen hatte, der Vieruhrzug nach Marseille; dies war der Zug, mit dem Danni nach seinem kurzen ersten Besuch bei Nicole in Pa-

ris zurückgefahren war. In Marseille war er an Bord seines Schiffes gegangen, hatte das Mittelmeer in Richtung Suezkanal durchquert und war durchs Rote Meer nach Aden gefahren. Vor diesem schwarzen Spiegel, der Nacht, sah Luke Danni auf dem Deck eines Containerschiffs stehen, die Arme zum Schutz vor dem Mittelmeerwind um sich geschlungen und beobachtend, wie die Küste Israels, die Schatten von Haifa und Tel Aviv vorüberzogen, schwarz vor dem leuchtenden Blau des Meeres. Ein seltsamer Moses. Danni dreht dem Anblick den Rücken: Dieses Gestade ist ihm verschlossen, aber nun eröffnet sich ihm ein anderes, das ihm über den Ozean hinweg mit dem Versprechen eines neuen Lebens zuwinkt. Frankreich. Nicole.
In dem dunstigen, vollgerauchten Abteil des Zuges, der südwärts durch Frankreich raste, schlang Luke ebenfalls die Arme um sich, suchte in seinem Innern nach einem Bild Nicoles und fand nichts. Es war so, wie er es vorausgesehen hatte. Von seinem Gefühl, das er Stunden zuvor bei seiner Abreise aus Paris gehabt hatte, war nichts mehr da, und er hatte wieder einmal zu betrauern versäumt, was er so schnell, so töricht verloren hatte.

Er hatte noch nie mit einem falschen Paß eine Grenze überquert. Verglichen mit dem Verbrechen, das er begangen hatte, war es ein banales Vergehen, das aber dennoch nicht ohne Wagnisse war. Wenn er zum Beispiel nicht die Nerven behielte, dann könnte er seine Reise gleich aufgeben. Natürlich handelte es sich kaum um einen echten Grenzübertritt, es ging nur um eine flüchtige Überprüfung der Ausweise zwischen zwei Länder der Europäischen Gemeinschaft. Aber es war doch ratsam, ein Minimum an Vorkehrungen zu treffen, um sicher hinüberzukommen. In Nizza buchte er für den Zug, der noch am selben Abend fuhr, ein Erster-Klasse-Schlafwagenabteil nach Florenz, dann ging er in die Stadt. In einer Filiale der Banque Nationale de Paris hob er tausend Dollar in französischen Francs ab und hinterließ damit eine Spur; es war ihm gleich. Dann kaufte er in mehreren kleinen Läden einige T-Shirts, ein Paar Jeans und etwas Unterwäsche, ein solides Sportsakko und zwei kleine Koffer. In einen packte er Nicoles Lederjacke und ließ ihn bei der Gepäckaufbewahrung im Bahnhof: Es war drückend heiß, und er brachte es nicht übers Herz, die Jacke wegzuwerfen.

In Ventimiglia – es wurde gerade dunkel – hielt der Zug zur Zollkontrolle. Ein langer Halt, während drei italienische Grenzpolizisten sich den Gang entlangarbeiteten. Der Beamte warf einen Blick in seinen Paß, sah in sein Gesicht und reichte ihn ihm ohne ein Wort zurück.

Und als sich der Zug in ein Land in Bewegung setzte, in dem Luke noch nie gewesen war, begann sich die hektische Angst vor dieser Reise zu legen. Er spürte, wie sich Erleichterung in ihm ausbreitete, als er die Zollkontrolle hinter sich hatte. Die Eisenbahnräder ratterten unter dem sauberen kleinen Schlafabteil; Luke legte sich in sein Bett und lauschte dieser Musik, und als Frankreich hinter ihm zurückblieb und sich der Zug ins nördliche Italien hineinschob, trat für einen Moment Frieden ein – eine Grenze zwischen Seelenzuständen –, und er schlief ein.

Luke schlief. Während der Zug an der italienischen Küste entlangfuhr und mit kreischenden Bremsen in Bahnhöfen langsam zum Halten kam: San Remo, Genua, La Spezia, Pisa. Nächtliche Bahnhöfe, von hohen Lampen beleuchtet, die lange Schatten über die Bahnsteige warfen.

Ruckelnd setzte sich der Zug wieder in Bewegung und stampfte in die Nacht hinein.
Ich sehe ihn vor mir, wie er in dem schmalen Abteilbett auf dem Rücken schläft, einen Arm über die Augen gelegt, während vorbeisausende Lichter ihm in Sekundenbruchteilen hell übers Gesicht zucken. Vielleicht ziehen unter den Lidern dieser großen schwarzen Augen Träume über seine Pupillen wie Wolkenspiegelungen über eine Wasserfläche. Ein Labyrinth Pariser Straßen, die er durchwandert, in denen er sich hoffnungslos verirrt. Ein kleiner Junge, der im klaren blauen Wasser des Sees Kinneret schwimmt, von den Armen seiner Mutter gehalten. Ein riesiges Haus mit Zimmern, durch deren Türen man in Flure und andere Zimmer sehen kann und von wo man eine weite Panoramasicht auf das in Flutlicht getauchte Jaffator vor sich hat. Als der Zug am Morgen in die Stazione Centrale di Santa Maria Novella rollt, durch deren gewölbte Decken das Florentiner Frühlicht sickert, kann Luke sich an nichts mehr erinnern. Er fährt aus dem Schlaf hoch, bemerkt, daß sich der Zug nicht mehr bewegt, steckt seine Sachen in den Koffer – rasch, denn er hat wenig ausgepackt – und öffnet die schmale, an ihren Angeln leicht bewegliche Plastiktür zum Gang. Er steigt blinzelnd aus dem Zug in die zunehmende Hitze des Tages, peilt die Richtung und setzt sich in dem höhlenartigen Innern des Bahnhofs in Bewegung. Er hört die italienischen Laute um sich herum, eilig gesprochen wie ein gesungener Streit, und stellt mit Schrecken fest, daß er nichts versteht.
Und bei diesem Gedanken macht sein Herz einen kleinen Satz.

Zehntes Kapitel

Es ereigneten sich seltsame Dinge in Peter Chevejons stiller Welt, viele seltsame Dinge, und ihm gefiel nichts davon. Zunächst das Auftauchen dieser Kleinen aus Österreich, die, Gott bewahre, nach Maurizio Tueta suchte. Nicht daß sie an sich unwillkommen war: Sie war eine Schönheit, frisch und reizend, voller Neugier und Kampfeslust. Es war zunächst verwirrend: Ein Mädchen wie dieses paßte überhaupt nicht zu Danni; immerhin hatte er Nicole Japrisot in Paris. Nein, eine Freundin konnte sie nicht sein. Und sie wollte nicht sagen, wer sie war.
Dann hatte sich noch jemand nach Maurizio Tueta erkundigt. Er bildete sich das keineswegs nur ein, denn drei Leute hatten es ihm versichert: Jack Lazar in Paris, Willy Staso in Hamburg und, was am allerschlimmsten war, Max Holtz in Rom. An alle drei hatte sich ein Fremder mit der Frage gewandt, wie er einen gewissen Signor Tueta finden könne. Alle drei hatten, Gott sei Dank, dichtgehalten, aber wie lange konnte man das von ihnen erwarten? Diese seltsame Bruderschaft fiel auseinander, kaum daß jemand mit ein paar Scheinen wedelte; das hatte er nicht nur einmal, das hatte er hundertmal erlebt.
Schließlich – und das hing vielleicht nicht damit zusammen, obwohl er es bezweifelte – war da ein Brief vom Finanzamt gekommen, in dem es um nicht erklärte Einkünfte aus dem Jahr 1988 ging. Chevejon gefiel das nicht. Der Finanzminister besaß fünf römische Münzen von ihm, die aus Bergamo stammten – und nicht eine war sauber. Seine Speichellecker sollten nicht Briefe wie diesen an Signor Chevejon schreiben.

Was das Mädchen anging, so war sein erster Impuls gewesen, sie zu verführen. Dann sagte ihm sein Instinkt, daß das nicht funktionieren würde. Der nächste war, sie zu bedrohen, aber ob das funktionierte, bezweifelte er ebenfalls. Sie hatte etwas Dickköpfiges an sich, etwas Entschlossenes, und er hatte das Gefühl, diese Entschlossenheit war auf etwas zurückzuführen, das zu tief saß, um daran zu rühren. Herrgott, einfacher war's mit Leuten, die man kaufen und verkaufen konnte; diese Kleine, die mußte er dazu bringen, ihm zu *vertrauen.*

Schließlich erklärte er, Tueta sei geschäftlich unterwegs, werde aber in Kürze zurück sein – eine komplette Lüge, und er zweifelte, daß sie ihm glaubte. War sie in Eile? Nein, sehr gut, ob er ihr eine *pensione* empfehlen dürfe – als sein Gast natürlich, setzte er hinzu, als er den Schreck in ihren Augen sah; das Mädchen konnte nicht viel Geld haben. Warum ruhte sie sich nicht aus und genoß Florenz, bis Tueta zurückkam? Er würde sie liebend gern herumführen. Schließlich hatte Danni ihr seine Adresse gegeben. Es mußte irgendeinen Grund geben, warum er das getan hatte. Er ließ ihr einen Augenblick Zeit, damit sie sich klarmachte, daß sie nicht viele Alternativen hatte, und nahm sich vor, Paolo zu ihrer Bewachung abzustellen; dann fragte er sie beiläufig, wie sie heiße. Natalie Hoestermann, antwortete sie automatisch, dann machte sie ein erschrockenes Gesicht. Zu einfach. Sie tat ihm ein bißchen leid …

Es würde nicht lange dauern, sie zum Reden zu bringen, dessen war er sich ziemlich sicher. Aber dabei – er war ehrlich genug, sich das einzugestehen – kam es eher auf die Widerstandskraft des Mädchens an als auf seine Überzeugungskünste; höchstwahrscheinlich wußte sie, daß ihre Möglichkeiten begrenzt waren, und würde es schließlich

riskieren, mit ihm zu sprechen. Bis dahin konnte er, dank ihres Schnitzers, ein paar Erkundigungen einziehen.
Die Ergebnisse waren interessant – interessant und erschreckend. Sie kam aus einem bürgerlichen Viertel in Wien; ihr Vater war ziemlich bekannt, der Chef eines großen, sehr erfolgreichen Unternehmens, das Küchengeräte und Kleinelektronik herstellte. Ihm war, als hätte er schon früher davon gehört, und er grübelte ein paar Tage, nachdem sie in ihrer *pensione* sicher untergebracht war.
Dann fuhr er einfach auf gut Glück zu seiner Villa in Fiesole hinauf, blätterte in den Inhaltsverzeichnissen einiger Bücher von Danni herum und hatte, was er suchte: ein Wiener Nazi mittleren Ranges in der jüdischen Auswanderungsbehörde. In einem der kleineren Prozesse in Nürnberg vor Gericht gestellt. Auf die Aussage eines Israeli hin freigesprochen, mit dem zusammen er einen Fluchtweg aus Wien organisiert hatte, über den Hunderte von Wiener Juden gerettet worden waren.
Bingo – dieser Amerikanismus kam aus der Tiefe seiner verschütteten Vergangenheit hervor. Der Israeli? General Joseph Benami. Er stellte das Buch verdutzt zurück und sagte noch einmal laut: »Bingo!«
Die Sache nahm langsam äußerst unkomische Züge an. Was in drei Teufels Namen hatte Danni vor?
Seltsame Dinge ereigneten sich in Peter Chevejons stiller Welt, aber zu Klagen war vermutlich keine Zeit. Überdeutlich war, daß sich seltsame Mächte um Danni zusammenzogen und daß es, was immer es auch kosten würde, Zeit war, sich mit ihnen auseinanderzusetzen.
Schließlich hatten Danni und er das große Glück gehabt, sehr lange Zeit an den vollen Töpfen in der Küche zuzubringen. Kein Wunder, daß sie sich am Ende ein bißchen die Finger verbrennen mußten.

Ein Glück, daß er die Sache so sah. Denn in Peter Chevejons stiller Welt sollte sich bald noch etwas viel Seltsameres ereignen.

Gegen Mitte Juni, vielleicht eine Woche nachdem ich in Florenz angekommen war, kam Paolo Cavalari in Chevejons Büro in der obersten Etage eines Hauses in *l'altro Arno,* über der Piazza Santo Spirito. Ins Büro seines Chefs verschaffte er sich mit einem schweren Schlüssel Einlaß, mit dem er das komplizierte Fedeli-Schloß herumdrehte, wodurch zwölf Stahlbolzen aus ihren Lagern im Türrahmen schnellten und sich in die dicke Stahltür zurückzogen, die selbst Paolo klein erscheinen ließ: einen kräftigen, gefährlich aussehenden Mann, der sichtlich nichts anderes war als ein Leibwächter. Er trat durch die Tür und brachte den warnenden Piepton der Alarmanlage zum Schweigen, indem er in ein Zahlenfeld an der Wand einen Code eintippte, dann schloß er die Tür von innen, schaltete die Alarmbereitschaft mit einem anderen Code wieder ein, drehte sich um und durchquerte mit zwei kleinen Schritten seiner kolossalen Beine das kleine dunkle Vorzimmer, das bis auf einen abgenutzten türkischen Gebetsteppich auf dem ausgetretenen Marmorboden und ein paar Pflanzen, die auf Marmorsäulenstümpfen standen, unmöbliert war. Eine einzige Tür, über der eine Videokamera installiert war, führte aus diesem Vorzimmer heraus; sie war geschlossen. Paolo wartete mit zur Kamera gewandtem Gesicht, bis ein Summer ertönte, dann schob er sich durch die Tür.

Das Büro selbst lag im vollen Nachmittagslicht, das durch vier hohe Fenster hereinströmte; der Blick fiel auf den Giebel der Kirche Santo Spirito und einen kleinen Teil ihrer

Fassade. Um einen gläsernen Couchtisch standen ein dick gepolstertes niedriges Ledersofa und zwei dazu passende Corbusier-Sessel; an der gegenüberliegenden Wand zog sich eine Reihe von Schaukästen aus Eiche und Glas entlang; sie enthielten eine kunstvoll arrangierte Sammlung von in Leder gebundenen Büchern, von Gläsern, Flaschen und anderen Gegenständen. Bei näherem Hinsehen stellten sich die Bücher als ein kompletter Balzac in der Pléiade-Ausgabe heraus, die Gläser als Waterford-Kristall, die Flaschen als verschiedene einzigartige Whiskys mit numerierten Etiketten; dazu archäologische Kunstwerke von einem Wert, der nicht sofort zu schätzen war, so offensichtlich handelte es sich um Fragmente von nicht mehr rekonstruierbaren Stücken.
Chevejon saß an einem breiten Mahagonischreibtisch direkt vor den Fenstern, unter einem gewaltigen ungerahmten Ölgemälde, das ein Botticelli zu sein schien, obgleich das natürlich unmöglich war. Schräg vor ihm, zu seiner Linken auf dem Schreibtisch, war ein in drei Ansichten unterteilter übergroßer Computerbildschirm: Eine zeigte die Eingangstür aus dem Blickwinkel der Kamera im Vorzimmer, eine enthielt Text, und auf der dritten sah man die dreidimensionale Darstellung eines Stücks Keramik. Vor Chevejon lagen in einer flachen Schale mehrere Tonscherben, an denen trockene weiße Erde klebte. Während Paolo wartete, setzte Chevejon mit einer weichen Zahnbürste die vorsichtige Reinigung eines dieser Stücke fort. Er drehte sich herum und suchte nach etwas in dem Text auf dem Bildschirm, dann gab er auf der Tastatur eine kurze Serie von Befehlen ein, die bewirkten, daß das Bild durch ein anderes, anscheinend gleiches ersetzt wurde. Als er mit seiner Arbeit fertig war, schaute er endlich auf, und sein Gesichtsausdruck wechselte von Konzentration zu höflicher Aufmerksamkeit.

»Ah, Paolo. *Come stai?*«
»*Bene.*«
Paolo zeigte wachsende Nervosität.
»Was gibt's Neues?«
»Maurizio Tueta ist in der Stadt.«
Und dies, stelle ich mir vor, war der Moment, in dem sich Chevejons Gesichtsausdruck völlig veränderte. Das angedeutete Lächeln schwand von seinen Lippen. Seine Augen, eidechsenhaft, wurden vollkommen ausdruckslos. All das auf eine Art und Weise, die einen plötzlich überzeugt sein ließ, daß dies – diese verschlossene, frostige Maske – sein natürliches Gesicht war. Daß die lebhafte, neugierige, freundliche Miene, die er gewöhnlich zeigte, eine seit langem geschickt aufrechterhaltene Täuschung war.

Chevejon war aufgesprungen. »Ist er verletzt?«
»Verletzt? Davon habe ich nichts bemerkt. Er hat vorm Rivoire gesessen und Zeitung gelesen.«
»Tueta?« Chevejon, obwohl fast einen Fuß kleiner und fünfzig Pfund leichter, schien der größere von den beiden zu sein. »Wovon zum Teufel redest du?«
»Chevejon, reg dich ab. Ich bin auf 'nen Kaffee rein, und Vittorio, der Barmann, sagt: ›Signor Tueta sitzt draußen.‹ Ich sehe nach, und da sitzt er auf der Terrasse und liest Zeitung.«
»Hast du mit ihm gesprochen?«
»Nein.«
»Warum nicht?«
»Warum nicht? Er hat mich reingehen sehen und nichts gesagt. Ich nahm an, er war mit etwas beschäftigt, und ich wollte ihm da nicht in die Parade fahren. Darum.«
Chevejon zögerte. Er drehte sich von Paolo weg – zu des-

sen großer Erleichterung – und schlenderte ans Fenster. Doch als er sich wieder umdrehte, sah Paolo mit Bestürzung, daß sein Gesicht noch immer diesen stumpfen, undurchdringlichen Ausdruck hatte.

»Was für eine Zeitung hat er gelesen?«

»'ne englische, *Herald* oder so.«

»Was hatte er an?«

Paolo dachte angestrengt nach. »Jeans. Ein rotes T-Shirt. Grünes Baumwolljackett, nicht schlecht, vielleicht von Ungaro.«

»Wie sah er aus?«

Paolo war unschlüssig. »Komisch. Mager. 'n bißchen blaß.«

»Herrgott, Paolo.« Chevejon setzte sich an seinen Schreibtisch, den Blick zu den Fenstern gewandt. Als er sich wieder umdrehte, war seine Miene erheblich milder. »Du bist ein Idiot, ist dir das klar? Tueta, der mitten in Florenz in Jeans und T-Shirt die *Herald Tribune* liest? Hast du nicht irgendeinen amerikanischen Touristentrampel mit Maurizio verwechselt?«

»Ich schwör's dir, Chevejon, er war's. Sogar Vittorio hat das gesagt. Geh und sieh doch selbst nach.«

Chevejon zögerte, unsicher. Dann sagte er langsam: »Du wartest hier.«

Zwanzig Minuten später war er wieder da, leicht keuchend, weil er die Treppe heraufgerannt war. Paolo hatte sich inzwischen mit allen Anzeichen des Unbehagens auf das niedrige Ledersofa geklemmt. Chevejon ging durch das Büro und ließ sich schwer an seinem Schreibtisch nieder. »Ich bitte um Entschuldigung: Du bist kein Idiot. Aber 'ne Leuchte bist du auch nicht. Wo ist Gianluca?«

»Bewacht das Mädchen. Warum?«

»Weil es nicht Tueta ist. Können wir Natalie von jemand anders bewachen lassen? Wie sieht's mit deinem Vetter Giorgio aus? Ruf Giorgio an, dann geh zurück zum Rivoire, ich schicke dir Gianluca. Ich will, daß ihr diesen Mann aufs Korn nehmt, als wenn ihr dächtet, er würde jedesmal mit eurer Schwester bumsen, wenn ihr den Rücken dreht. Hast du mich verstanden? Ich will wissen, wo er wohnt, wohin er geht, was er macht. Holt euch zusätzlich Hilfe, wenn ihr sie braucht. Und seht ihr ihn mit einem Koffer in der Hand oder auch nur in einem Umkreis von einem halben Kilometer vom Bahnhof, bringt ihn her. Verstanden? Ihr bringt ihn her. Ansonsten bloß beobachten. Und, Paolo, sprich nicht mit ihm.«

Vor dreizehn Jahren war Chevejons Name Peter Luria gewesen. Er war Amerikaner, einer der jüngsten und vielversprechendsten Examenskandidaten in klassischer Philologie der University of California in Berkeley. Seit er mit sechzehn irgendwoher aus dem Mittleren Westen dorthin gekommen war, hatte er jede Auszeichnung in Griechisch und Latein erhalten, die seine Fakultät aussetzte, seinen Magister mit summa cum laude gemacht und mit der Doktorarbeit angefangen, und er hatte in seinen Sommerferien bei Ausgrabungen in Sardis bereits einige der interessantesten Funde dieses berühmten Grabungsortes ans Licht befördert und dokumentiert.
Ein merkwürdiger, schmächtiger, ein bißchen asiatisch aussehender Junge, der völlig für sich und ohne jeden Kontakt zu allem war, was um ihn herum passierte. Vielleicht wäre er, wenn er im Sommer 1976, angetörnt und abgeschlafft, wieder nach Berkeley zurückgegangen wäre, auf konventionellere Art und Weise ausgestiegen, als er das dann tat. Denn er blieb in der Türkei, und obwohl er tatsächlich ausstieg, war dies Maurizio Tuetas – Danni Benamis – Werk.

Peter Luria war am Ende des Sommers, ein paar Tage vor seinem Rückflug nach Hause, nach Istanbul gefahren, um in der Universitätsbibliothek zu arbeiten. Ein Grabungsort aus derselben Zeit wie Sardis – seit langem ausgebeutet – war 1801 von einer Gruppe Geistlicher, die in der Türkei herumgereist war, kurz untersucht worden. Die Herren waren unglücklicherweise von einem übereifrigen Bei geköpft worden, doch ihre unveröffentlichten Reisetagebücher waren irgendwie in der Universitätsbibliothek gelandet und hatten Peter drei Sommer lang in seiner erstaunlich glücklichen Arbeit am Grabungsort geleitet. Er konnte sich nicht erklären, warum niemand vor ihm auf die Tagebücher gestoßen war; daß er nie daran gedacht hatte, seinen Glücksfund seinen Professoren mitzuteilen, war, nachträglich gesehen, ein Hinweis auf Künftiges.

Seine Tage in Istanbul waren ausgefüllt: Früh am Morgen traf er in der Bibliothek ein, und er verließ sie erst wieder, wenn man ihn abends hinauswarf. Die Abende zu verbringen wäre für die meisten Leute schwierig gewesen: allein zu sein in einer fremden Stadt, das Essen ein ernst zu nehmendes Problem. Aber in Peter traf das Behagen des Wissenschaftlers an der Einsamkeit mit dem blinden Selbstvertrauen des Amerikaners zusammen. Er setzte sich glücklich und zufrieden an einen Tisch im Restaurant seines Hotels und aß mit äußerster Gleichgültigkeit alles, was der Kellner ihm hinstellte, während er eine aus der Bibliothek »entliehene« Monographie las; das Kontrollsystem der Bibliothek erstaunte ihn jeden Tag aufs neue. Während eines dieser Abendessen geschah es, daß sich Daniel Benami vorstellte.

Am letzten Abend, den Peter in Istanbul sein wollte, bis er im kommenden Sommer an den Grabungsort zurückkäme, hatte Danni unaufgefordert an seinem Tisch Platz genommen. Peter schaute auf und erblickte einen Mann, der im

Prinzip gar nicht so anders aussah als er. Beide waren Anfang bis Mitte Zwanzig. Beide trugen T-Shirt, Jeans und Turnschuhe, beide waren nicht gerade gut gewaschen. Einer hatte dichtes schulterlanges Haar, wie man es daheim trug; der andere hatte sein fettiges Haar straff nach hinten gekämmt und zu einem dicken Pferdeschwanz zusammengebunden – für Peter ein bißchen seltsam, aber nicht wirklich gräßlich. Daß der eine Doktorand in klassischer Archäologie an einer renommierten Universität war und der andere Matrose von einem libanesischen Handelsfrachter, war nicht sofort erkennbar – weder an ihrem Äußeren noch an der Unterhaltung, die Danni in einem fremd klingenden Englisch begann, der Sprache des Buches, das Peter las.

»Sie sind also vom Grabungsgelände?«

Peter sah seinen ungeladenen Gast erstaunt an. »Woher wissen Sie das?«

»Bloß geraten. Alle Archäologen wohnen im Pena. Und Sie lesen Hanfmann. Ich hab gehört, man hat da unten 'ne Goldsilberhütte gefunden. Stimmt das?«

Peter fragte sich, woher er das wußte. »Jaaa ... ja. Ich meine, die Leute aus Harvard haben sie tatsächlich gefunden. Ich möchte annehmen, Proben sind zur Datierung bereits in den Staaten.«

»Was gäbe ich drum, das mal zu sehen. Wie ist denn die Grabungsstätte so? Ohne Witz, ich gäbe sonstwas drum, wenn ich da mal hinkäme.«

Um zu verstehen, wie zwanglos sich diese Unterhaltung – und die lange Nacht, die folgte – entwickelte, sollte man zweierlei erklären.

Was das erste angeht, so hatte Peter, obgleich er sich danach sehnte, eigentlich nie richtige Freunde gehabt und sich seiner Familie fast völlig entfremdet. Sein Vater, ein deutscher Physiker, war vor dem Krieg nach Amerika ausgewandert und, nachdem er von McCarthy auf die schwarze Liste gesetzt worden war, jung gestorben. Seine Mutter, eine welke und sehr einfache Hausfrau, hatte sich weit mehr um seine viel jüngere Schwester als um ihn gekümmert.

Das zweite ist, daß seine Studien, ausgehend von der winzigen Stadtbibliothek in dem Ort in Michigan, wo er aufgewachsen war, bis hin zu den riesigen Buchbeständen der Universität in Berkeley, nicht unbedingt durch Berufung, sondern durch Unterlassung zu seinem Lebensinhalt geworden waren; er war eher durch Zufall in die Archäologie hineingeschlittert und hatte sie, da er in seinem Leben keinen anderen Mittelpunkt hatte, dazu gemacht. Die Bedeutung dieses Umstands darf nicht unterschätzt werden. Denn es war keine starke innere Beziehung, die Peter Luria an die klassische Archäologie band, vielmehr hätte er bei allem landen können: Technik, Computer, Mathematik. Jedes dieser Fächer hätte ihm die ungeheure analytische Konzentration abverlangt, der er sich schon in jungen Jahren völlig hingegeben hatte, ganz wie ein Athlet den Endorphinen. Daß es die grammatischen Mysterien von Griechisch und Latein waren – und dann ihre reale Anwendung in den gewissenhaften Ausgrabungsritualen –, die so früh seine Phantasie in Anspruch nahmen, war der reinste Zufall.

Diese beiden Wünsche zusammen – nach einem Freund und nach einem besonderen geistigen Interesse – erklären zum Teil, was mit Peter Luria an jenem Abend passierte. Dies und sein Mangel an Ehrlichkeit, der so tief saß, daß man ihn für angeboren halten konnte. Denn eines muß man bedenken, wenn man verstehen will, was mit Peter im nächsten Augenblick geschah: daß ein Verstand, der sich eingehend mit formalistischen – oder ästhetischen – Fragen ohne jede Beziehung zur Moral beschäftigt, etwas Gefährliches ist. Gefährlich, weil so ein intensives Interesse, das keine zwingende Bindung an seinen Gegenstand hat, von einem Ziel aufs nächste umspringen kann. So mühelos wie der Laser eines CD-Players in einer eigenmächtigen, spontanen Mikrosekunde von einer Verdi-Arie, sagen wir, auf Liberace umspringen kann.

In dieser Nacht lernte Peter eine für ihn neue Seite von Istanbul kennen. Danni nahm ihn in den berühmten Pudding Shop mit, wo sie mit irgendwelchen Späthippies zusammensaßen, Magic-Bus-Reisenden, für die Istanbul der Sammelpunkt für die Überlandroute nach Thailand war. Die Jackson Five liefen auf einer zerkratzten Langspielplatte, junge Männer und Frauen strömten aus den Türen in die milde Spätsommernacht.

Im Gülhane-Park rauchten Peter und Danni unter einer Platane Hasch, dann saßen sie auf den Stufen der Blauen Moschee und betrachteten die riesige weiße Silhouette der Hagia Sophia. Es war ein Anblick, wie ihn Peter, der aus dem Stegreif eine Stunde lang über die Geschichte der byzantinischen Kirche hätte referieren können, noch nie gesehen hatte: dieser überklare Umriß der Moschee mit ihren hochragenden Minaretten, die sich majestätisch gegen den dunklen Mitternachtshimmel abhoben. Der Schlüssel zu diesem Bauwerk lag wahrscheinlich im Verständnis seiner Vergangenheit, aber in der sirrenden Klarheit des starken Haschischs erlebte Peter es zum ersten Mal als ein ästhetisches Ereignis, das sich unmittelbar in der Gegenwart abspielte. Und er erkannte, daß er, ohne dieses ästhetische Moment wahrzunehmen, gar nichts begriffen hatte.

Vieles geschah in dieser Nacht, was er noch nie erlebt hatte: Er war stoned und von Ehrfurcht ergriffen unter diesem funkelnden Himmelsgewölbe in der orientalischen Nacht. Plötzlich war alles um ihn herum so unbekannt wie die Vergangenheit, aber es war ungeteilt mit den Händen zu greifen und mit den Augen zu sehen, war nichts nur vom Verstand Rekonstruiertes. Danni animierte ihn dazu, zwei türkische Mädchen anzusprechen – Huren, wie Peter zu Recht vermutete –, und gemeinsam begaben sie sich auf eine Tour durch ein Istanbul, von dem Peter noch nicht einmal gehört hatte. Sie hockten sich unter der Galata-Brücke an das Ufer des Goldenen Horns und sahen den kleinen Bodrum-Nachen zu, die zum nächtlichen Fischfang ausliefen und sich auf dem Bosporus an den Riesenrümpfen russischer Tanker vorbeidrängten, die sich langsam heimwärts zum Schwarzen Meer bewegten. Sie schlürften Raki auf der Terrasse eines kleinen Cafés am Taksim, und der harmlose Süßholzgeschmack stieg Peter in den Kopf wie eine Reihe winziger, wunderbarer Explosionen. Danni führte sie durch ein Labyrinth schmaler Straßen zu der Stelle zurück, wo die Mädchen ihrer Arbeit nachgingen und sich in zwei kleinen Zimmern das verdienten, was Danni ihnen gezahlt hatte. Und früh beim ersten Licht des neuen Tages spazierten Danni und Peter zusammen hinunter zum Pera Palas.

Trotz allem, was er Peter später eingestehen sollte, begriff Danni eigentlich nie ganz, wie es ihm in jener Nacht gelungen war, ihn zu kaufen. Wahrscheinlich hatte er sich nur am Beginn eines Verführungsprozesses gesehen, eines langen, langsamen Prozesses, während dessen er im Laufe der Zeit dem beflissenen jungen Mann die Augen für eine Reihe von Möglichkeiten öffnen, sich in sein Vertrauen einschleichen und ihn für kurze Zeit als Bezugsquelle nutzen würde. Danni nahm an, daß, wie es bei seinem Vater der Fall war, der Intellekt eines Wissenschaftlers notwendigerweise mit einer tiefen moralischen Verpflichtung zur Wahrheit einhergehe. Hätte er eine akademische Laufbahn eingeschlagen, wie er es so gern getan hätte, dann wäre ihm aufgefallen, wie selten dies zusammentraf.

Bei Peter Luria verhielt es sich nicht so, genausowenig wie bei Danni selbst; in Peters innerstem Wesen lag die Möglichkeit furchtbarer Korruptheit verborgen.

Danni hätte dies begreifen sollen. Er hätte verstehen sollen, daß es auch einen anderen Weg dorthin gab, wohin er selbst gelangt war, einen anderen als seine bewußte Entscheidung, seine Intelligenz der kriminellen Nutzung seiner geistigen Neigungen zuzuwenden, da ihm die Geschichte ein legitimes – oder besser legales – Engagement verweigert hatte. Was er allerdings begriff, als er Peter durch die Vergnügungen jener Nacht führte, war der andere Zug an ihm: Dieser schmächtige, eifrige, weltfremde junge Mann, von dem er über seine Verbindungsleute unter den Arbeitern in Sardis gehört hatte, trug in sich das tiefe Verlangen, sich einem einzelnen Menschen zu widmen. Später sollte Danni erfahren, daß auch Peter seinen Vater verloren hatte; wenn er aber zu der Zeit annahm, daß dieses Verlangen sein Kapital sein werde, so unterschätzte er Peters klare Wahrnehmung dessen, was mit ihm passierte. Und so geschah es, daß Danni, als sie an diesem Sommertag in Istanbul unter dem rosafarbenen Himmel des dämmernden Morgens dahinschlenderten, offene Türen bei Peter einrannte, ohne es zunächst zu bemerken.

»Was mich aufregt, ist, daß dies Zeug von der Grabungsstelle von universeller Bedeutung ist, nicht? Zu denken, daß es hier weggeschlossen wird, das ertrag ich nicht.

Nimm die Schriftrollen vom Toten Meer. Eine Scheiß-Verschwörerclique, buchstäblich eine Verschwörerclique, legt ihre Hände drauf, und der Rest der Welt guckt in die Röhre. Und man weiß ja, das Zeug muß nicht unbedingt hierbleiben. Ich meine, es ist sicher falsch, es von archäologischen Grabungsstellen zu stehlen, das ist ein schreckliches Verbrechen. Aber ohne Witz, wenn ich denke, daß wenigstens ein paar dieser Stücke in ein oder zwei Jahren im Metropolitan oder im Louvre auftauchen könnten, wo jeder mit ein paar Dollar in der Tasche sie sehen kann, ohne bis nach Istanbul zu reisen, dann frage ich mich – wie schlecht wäre Diebstahl eigentlich wirklich?«

Peter, der still zugehört hatte, kam nun mit der Sprache heraus. Und was er sagte, machte Dannis Hoffnungen auf der Stelle zunichte.

»Hm-hm. Oder in der Wohnung eines Sammlers in Rom zum Beispiel.«

Danni tat, als sei er empört.

»Also, das ist natürlich ganz was anderes.«

Doch Luria fuhr fort. »Klar. Es wäre so, wie wenn ich, sagen wir, nächstes Mal alleine arbeite und, ich weiß nicht, eine Münze, eine Vase ausgrabe, und ich stecke sie in die Tasche, statt sie bei der Grabungsstelle zu registrieren. Oder, sagen wir, ich verstecke sie, damit sie einer deiner Verbindungsleute nachts rausschmuggelt. Dann verkaufst du sie an ein Museum. Das hieße, sie der Allgemeinheit zugänglich machen, richtig?«

Danni war ein guter, gerissener Verführer mit vielen persönlichen Erfolgen. Aber Sarkasmus erkannte er, und er wußte, wann er den kürzeren zog. Oder meinte es zu wissen. Er blieb stehen, bereit, kehrtzumachen und in den engen Istanbuler Straßen zu verschwinden.

»Na ja, ich bin trotzdem froh, dich kennengelernt zu haben. War 'ne angenehme Nacht.«

Aber Peter war noch nicht am Ende. In einem blitzschnellen Positionswechsel, der ihm nicht das geringste Zögern abverlangte, hatte er ohne einen bewußten Gedanken die Leitlinien seiner Existenz verändert.
»Fabelhaft wäre es ja, wenn ich nicht in die Staaten, sondern zu den Grabungen zurückkehren würde. Eigentlich soll ich nächstes Semester unterrichten, aber sie würden mich schon hierbleiben lassen; mein Forschungsstipendium ist mir noch zwei Jahre sicher. Vor allem diesen Winter und Frühling, wenn ich da einsteigen könnte – nach den ersten Grabungen im Frühjahr. Falls du einen Weg an den Wächtern vorbei findest, würde ich Stücke, die ein ganzes Museum füllen, dort rausholen. Kannst du das?«
»Was denn, an den Wächtern vorbeikommen?« Danni hatte Schwierigkeiten, mit der plötzlichen Schnelligkeit der Auffassungsgabe seines Gegenübers Schritt zu halten. »Scheiß auf die Wächter, ich könnte den Artemistempel vor ihrer Nase wegschaffen.«
»Gut. Also was?«
Dannis Stimme klang desinteressiert. »Ich zahle cash, bei Lieferung.«
Da blieb Peter stehen. Lange sah er den größeren Mann – diesen Jungen eigentlich – vor sich an, dessen Gesicht so verführerisch, dessen Körper gespannt war vor gereizter Energie und dessen Verhalten von strikter Ruhe bestimmt war. Er kam nicht ganz dahinter, was es war, aber er wußte, irgendwas Grundsätzliches war eben schiefgelaufen. Und ohne sich schon darüber klar zu sein, sagte er: »Nein, dann vergiß es.«
»Warum?« entgegnete Danni überrascht.
Eine Weile antwortete Peter nicht. »Ich – ich hatte an … an 'ne Art Beteiligung gedacht.«
Jetzt trat ein noch längeres Schweigen ein, während Danni ihn neugierig musterte. Zweimal hatte er nun schon bei

seinem Korruptionsversuch falsch kalkuliert, beide Male so, wie er es sich nie vorgestellt hätte. Aber ohne es präzise in Worte fassen zu können, wußte er genau, was von ihm verlangt wurde. Es war ein unerwarteter, merkwürdig reizvoller Vorschlag, eine wenig elegante, aber charmante Verführung. Während er sich eine Zigarette ansteckte, überdachte er noch einmal, was er im Laufe der Nacht an dem anderen beobachtet hatte, und wünschte, er hätte weniger unterstellt und mehr nachgebohrt. Er hatte diesen Menschen unterschätzt, und das passierte ihm nicht oft. Schließlich lag ein ganz neuer Ton in seiner Stimme.

»Eine Hand wäscht die andere – so was in der Art?«

»Hm-hm.«

»Verstehe.« Sie bogen erneut ab und gingen ein paar Minuten schweigend weiter, jeder mit ähnlichen Gedanken beschäftigt. Am Eingang des Pera Palas sahen sie einander wieder ins Gesicht, und Danni fällte seine Entscheidung.

»Fifty-fifty auf alles, was du mir gibst. Meine anderen Geschäfte gehen nur mich was an.«

»In Ordnung.«

»Ich sage einem Mann Bescheid, daß er sich auf dem Grabungsgelände mit dir in Verbindung setzt. Er heißt Seyhan Gücum – du wirst ihn kennen; er arbeitet dort. Er schafft alles, was du ihm gibst, nach draußen, aber sobald es draußen ist, mußt du's nach Istanbul bringen und lagern. Kannst du das?«

»Ja.«

»Sprichst du Türkisch?«

»Ein paar Worte.«

»Dann bringt er einen Dolmetscher mit. Ich lege sieben-, achtmal im Jahr in Istanbul an. Seyhan sagt dir Bescheid, wann du hier sein mußt.«

»Verstanden.«

»Laß es langsam anlaufen, und sei vorsichtig. Nimm nur,

was ein Idiot als wertvoll erkennen kann; dann tut's ein Sammler unter Garantie auch. Wenn du eine Inschrift findest, die beweist, daß die Lydier McDonald's erfunden haben, dann überlasse sie deinem Scheiß-Professor; Geschriebenes läßt sich nicht absetzen. Und keine Fragmente – mir ist es einerlei, ob du 'n Stück von Jesus' Unterhose findest. Wenn du es dir nicht in der Vitrine eines reichen Mannes vorstellen kannst, gib dich nicht damit ab – oder vielmehr, steck es selbst ein. Rede auf dem Gelände nicht mit Seyhan, und stell sicher, daß er dir jedes Stück bringt, das du ihm bezeichnet hast. Kapiert? Wenn auch nur ein Scheiß-Körnchen Sand fehlt, ohne Witz, dann sagst du ihm, daß ich ihm den Arsch aufreiße. Und laß die Finger von Dope, von allem, was dich in Schwierigkeiten bringen könnte. Wenn wir erwischt werden, dann nur dafür, nicht wegen was anderem.«

»Ich verstehe.«

Danni sah ihn lange taxierend an. Dann: »Die Sache könnte funktionieren. Aber hör mir zu, Peter. Ich hab's nicht bis zum Examen geschafft. Ich hab nicht die Chance gekriegt, auf einem Grabungsfeld zu arbeiten. Ich bin ein tüchtiger Arbeiter auf einem libanesischen Schiff. Dies hier ist alles, was ich hab, und wer's mir versaut – du, Seyhan, mir ist egal, wer –, den laß ich leiden. Ohne Witz, ich mein's so, wie ich's sage.«

Wieder trat Stille ein, und Peter dachte über das nach, was er eben gehört hatte. Worte, die von der Welt, die er kannte, weit entfernt waren. Dann sagte er: »Was für eine Art, mit seinem Partner zu reden.«

Und plötzlich lachte Danni. Dann schwand sein Lächeln langsam, und er ergriff ein letztes Mal mit echter Schüchternheit das Wort. »Ach, und wenn's dir nichts ausmacht, falls du was wirklich Erstklassiges findest, würdest du dann den Kontext dokumentieren? Nur als einen Gefallen.«

Überrascht antwortete Peter: »Wollen wir versuchen, Monographien über die Sachen zu veröffentlichen, ehe wir sie verkaufen?«
»Nein, nein. Bloß – ehe wir sie weitergeben –, wir könnten doch selbst was dabei lernen, oder? Ich kann sogar Datierungen vornehmen lassen – ich kenn da 'nen Typen im Labor in Cornell.«
»Klar.« Peter beobachtete seinen neuen – seinen ersten – Freund neugierig. »Klar. Ich kann den Kontext dokumentieren.«
Einen Moment meinte er, Danni würde gleich rot werden.

Peter brachte noch zwei Jahre an dem Grabungsort zu, ehe man an der Universität zu zweifeln begann, ob er seine Doktorarbeit beenden würde. Bis dahin war eine beträchtliche Anzahl kleiner Stücke entwendet, an Danni in Istanbul weitergeleitet und im kargen Gepäck einiger Handelsmatrosen nach Ancona, Marseille, Lissabon, Hongkong und New York geschafft worden. Peter hatte es aber nicht dabei bewenden lassen. Mit einem Unternehmungsgeist, der ihn selbst erstaunte, stellte er eine Reihe von Kontakten im Großen Basar von Istanbul her und erwarb von ihren gemeinsamen Profiten aus der Grabungsstätte ein paar eindrucksvolle Fundstücke von anderen Grabungsorten; daraus wiederum ergaben sich einige ihrer einträglichsten Verkäufe.
Wenn sie sich in Peters von der Universität bezahltem Zimmer im Pera Palas trafen, besahen sie sich ihre Beute wie kleine Jungs ihre Eintrittskarten zum Baseballspiel. Und in der vollkommenen Verbindung verschiedener Neigungen und Vorlieben wurde ihre Erregung über die Objekte noch angeheizt durch die Freude über das kleine Vermögen, das sie anhäuften.

Die Jahre vergingen schnell wie im Traum. Peters frühere Aufenthalte in Sardis hatten immer zwei, drei Monate gedauert, was eine Erholung vom alltäglichen und ziemlich erniedrigenden Trott der Uni bedeutete, aber sie waren zu kurz, um einen eigenen Rhythmus anzunehmen. Inzwischen gingen die Monate einer in den anderen über. Die Zeit bemaß sich eher in Jahreszeiten als in Semestern, und der Grabungsort war mehr eine Lebensform als ein Urlaub. Daß das eigentliche Ziel von Peters Bemühungen sich radikal gewandelt hatte, änderte in keiner Weise seine geradezu mystische Hingabe an seine Arbeit, und hätte es nicht in Abständen die Treffen mit Danni gegeben, hätte die Zeit jede Bedeutung für ihn verloren. Tatsächlich begann er allmählich, sein Leben nach Dannis Besuchen einzuteilen, richtete sich in seiner Arbeit nach deren Rhythmus und sehnte seine Ankunft von Mal zu Mal heftiger herbei.
Seyhan gab Peter jeweils ein paar Tage vor Dannis Eintreffen Bescheid. Peter war stets zur Stelle, wenn der Tanker festmachte und die Matrosen in einem schnellen Zodiac an Land gebracht wurden. Danni war gleich im ersten Boot, und Peter erkannte sofort den vertrauten Glanz seines zu einem Pferdeschwanz gebundenen Haars, die Form seiner knochigen, breiten Schultern, das nach oben gewandte Blinzeln seines Blicks, mit dem er den Kai nach seinem Freund absuchte. Dann schlenderten sie – Dannis Gang an Land war breitbeinig und fahrig – zum Pera hinauf. Danni duschte, zog sich um, und kaum hatten sie sich in einem Restaurant niedergelassen, begann er, riesige Mengen zu sich zu nehmen, mehr als Peter je gesehen hatte. Was aber Peter in all den Tagen und Nächten von Dannis Besuchen – während Danni voller Freude redete, seine Beute betrachtete, ihr gemeinsames Geld zählte, sich im Pudding Shop mit Touristen unterhielt oder in der Beyoglu Avenue Nutten aufriß – am meisten gefiel, war, ein-

fach dazusitzen und ihn zu betrachten. Das vieldeutige, hintergründige Gesicht seines Freundes zu betrachten, wenn er aß, wenn er redete, wenn er rauchte, wenn er lachte. Die Lebhaftigkeit dieses Gesichts – für ihn nahm es die Vertrautheit eines Familienmitglieds an, eines ihm seit langem bekannten Antlitzes, das zu vertraut war, um ihm auch nur seine Liebe zu bekennen.

Danni. Sein universales Wissen, das durch keine institutionellen Zwänge beschränkt war, seine Sprachbegabung, seine einzigartige Erfahrung. Peter lauschte den Erzählungen von Dannis Reisen und Leben auf See wie phantastischen, unvorstellbaren Gutenachtgeschichten, und während er zuhörte, beobachtete er das Mienenspiel, das das Gesicht seines Freundes belebte, mit dem Gefühl unermeßlicher Liebe. Danni verkörperte für Peter das beispiellose Freisein von allem Prosaischen, Deprimierenden, Traurigen – das erste Mal, daß ihm, vom Studium antiker Gegenstände abgesehen, dieses echte Freisein jemals begegnet war. Einmal – nur ein einziges Mal – machte er Danni den Vorschlag, er wolle mit ihm gehen, damit auch er dieses Abenteuerleben führen könne, und Danni, der in echtem Unverständnis die Stirn kraus zog, sagte: »Mein Gott. Warum solltest du *das* denn wollen? Ich brauche dich auf alle Fälle hier. Warte ab. Noch ein paar Reisen, und wir können uns diese ganze Geschichte neu durch den Kopf gehen lassen.«

Als nach zwei Jahren glücklicher Partnerschaft Peters Stipendium auslief und er aus dem Promotionsprogramm flog, war sein einziger Kummer, daß er damit den Zugang zu der Grabungsstelle verlor. Er wartete ängstlich darauf, Danni diese Neuigkeit schonend beizubringen. Aber als sie sich in dem kleinen Hotel nahe dem

Goldenen Horn trafen, in dem Peter jetzt wohnte, ließ die Geschichte Danni völlig kalt.

»Gut, es ist wohl auch Zeit. Ich denke, wir sind beide bereit, einen Schritt weiter zu gehen. Die Dreckarbeit aufzugeben. Umzusteigen. Sag, hast du mal dran gedacht, nach Florenz umzuziehen?«

»Warum denn Florenz?«

»Es ist eine schöne Stadt. Dort gibt's ein hervorragendes archäologisches Museum. Und ich kann den Hafen von Ancona praktisch für alles benutzen, was wir nach Europa bringen.«

»Und du?«

Danni redete wie zu sich selbst. »Ich ziehe nach Paris. Ich habe da einen Laden in der Rue du Faubourg Saint-Honoré an der Hand. So wie ich es sehe, benutzen wir den als Fassade für die Verkäufe und richten dir in Florenz ein Büro für den Import und die Lagerung ein. Warum die Zwischenhändler noch weiter beliefern? Zum Teufel mit ihnen, sie verdienen vier-, fünfmal soviel, wie sie uns bezahlen, und wir nehmen das ganze Risiko auf uns. Laß uns doch auf eigene Faust verkaufen; wir können rauskriegen, wie. Außerdem fühle ich mich auf dem Schiff eingesperrt; ich habe mehr Kontakte, als ich nur von unseren Anlegeplätzen aus wahrnehmen kann. Ich kann mehr ausrichten, wenn ich selbständig reise.«

Peter überlegte. »Auf eigene Rechnung, meinst du.«

»Genau. Und außerdem hätte ich nichts gegen die Möglichkeit, mit ein paar von diesen Dingen zu leben, ehe wir sie weitergeben.«

»Ja«, sagte Peter und nickte mit verschwommenem Blick, als schaue er in die Zukunft. »Ja, das würde mir auch gefallen. Meinst du, du wärst oft in Florenz?«

»Ständig – ich habe schon einen italienischen Paß und einen italienischen Namen. Ich werde alle paar Monate min-

destens vier Wochen dort sein. Es wird viel – viel – Arbeit geben.«
»Okay. Ich mach mit.«
»Gut. Und, Peter, ich finde, es ist Zeit, daß du einen neuen Namen kriegst. Ich habe eine einwandfreie Geburtsurkunde auf den Namen Chevejon an Land gezogen. Peter Chevejon. Der Name gefällt mir.«
»Okay.« Peter faßte jetzt Danni fest ins Auge. »Mir gefällt er auch.«

Und so, wie Danni Peter Luria über Nacht aus einem vielversprechenden Doktoranden in einen *tombarolo* verwandelt hatte, einen Ausländer in dreckigen Jeans, der gestohlene Antiquitäten aus einer archäologischen Grabungsstätte an seinen Geschäftspartner weiterschmuggelte, so verwandelte Chevejon sich aus einem Kind, das Räuber und Gendarm spielt, in einen jungen, ziemlich wohlhabenden Geschäftsmann, dem ganz Europa zu Füßen lag.
Im ersten Jahr in Florenz war Danni nie lange fort, und eine neue Ebenbürtigkeit kam in ihre Beziehung, denn wenn Danni auch ihr Geschäftskonzept entwickelt hatte, so waren sie doch beide gleichermaßen im ungewissen, wie sie das vor ihnen liegende neue Leben verwirklichen sollten. In der einen Hinsicht lernte Danni schnell, in der anderen Chevejon. Danni lernte, wie man Geschäfte ankurbelt, für die sichersten Nachschubwege sorgt, wie er seine Waren ohne den Vorteil seiner verläßlichen Seetransporte in der seltsamen Unterwelt Europas weiterbefördern konnte, wie man die Profite wäscht. Und Chevejon lernte überraschend schnell, wo das Büro zu errichten war, wie sie sich zu kleiden hatten, um ihren neuen Rollen zu entsprechen, wie man diese anonymen Sammler, Ankaufskurato-

ren, Investoren – die Habgierigen, Protzer und Snobs –, die ihre Kunden würden, aufspürte und ihnen Dinge schmackhaft machte. Im ersten Jahr tauschte er seine Brille gegen Kontaktlinsen ein, ließ sich das Haar kurz schneiden und kleidete sich wie die eleganten Leute, die vor den Florentiner Modeboutiquen durch die Straßen flanierten. Nachdem er Dannis Kurieren begegnet war – den Vorgängern von Paolo und Gianluca, massigen Süditalienern mit dunklen, abstoßenden Gesichtern –, meldete er sich bei einer Judoschule an und begann sich den starken, geschmeidigen Körper anzutrainieren, den er sich später so sorgsam erhalten sollte. Und während er Erfahrungen darin sammelte, Transporte entgegenzunehmen und Verkäufe durchzuführen, legte er sich allmählich das glatte, undurchdringliche, furchteinflößende Äußere zu, das so wirkungsvoll bei der Überwachung der Transporte war, und die weltmännische, witzige, durch und durch verführerische Freundlichkeit, die er so erfolgreich bei den Verkäufen einsetzte.
All das nahm natürlich Jahre in Anspruch, wie auch Danni Jahre gebraucht hatte, sich zu dem Mann zu entwickeln, der er geworden war, als er Nicole zu seiner letzten Reise verließ. Aber es gab einen Unterschied. Denn während sich Danni angesichts seiner Verhältnisse als lernender Mensch, dessen Leidenschaft nur in einer kriminellen Unterwelt Ausdruck finden konnte, weiterentwickelte, lernte Chevejon mit derselben gewissenhaften Sorgfalt, mit der er einst zerbrechliche Keramiken aus knochenharter Erde ans Licht befördert hatte, das zu sein, wozu Danni ihn brauchte. Und das war, schlicht und einfach, ein Händler illegal erworbener Antiquitäten. Es hätte sich auch um Drogen, Waffen oder Pornographie handeln können. Am Ende war, was für Chevejon zählte, allein Danni.
Folglich war für Peter Chevejon das höchste unter allen Vergnügen, allen Erfolgen der letzten zwölf Jahre – dem

Geld, den schönen Frauen, der Unabhängigkeit und Freiheit – sein bald schon unersetzlicher Dienst für Danni Benami gewesen. Mit der Zeit brachte Danni alle seine Interessen in die Zusammenarbeit ein, und Chevejon tat einen Teil seiner eigenen hinzu. Zum Beispiel hatte der Bevollmächtigte des Sohnes eines hochgestellten Nazis Chevejon angesprochen: In einem Schrank in Berlin lag das zusammengerollte Gemälde von Vermeer, das Nicole später in Paris gesehen hatte. Chevejon war es, der den Ankauf von zwölf signierten Cartier-Bresson-Fotos aus der Vorkriegszeit zuwege brachte. Und selbst Danni wußte nicht, wo Chevejon das Ölbild aufgetrieben hatte, das doch unmöglich ein Botticelli sein konnte; es hing in seinem Büro, und ein japanischer Geschäftsmann hatte ihm vergeblich eine achtstellige Summe geboten, deren erste Zahl, wie Chevejon gequält bekannte, keine Eins, keine Zwei und auch keine Drei war. Chevejon freute sich über gute Geschäfte, aber vor allem arbeitete er für Dannis offene Bewunderung. Wie eine frisch geschlüpfte Gans, die sich an einen vorbeikommenden Fremden bindet, hatte Chevejon sich in den vorangegangenen Jahren in Istanbul als Dannis Mann bewährt, und nichts, aber auch gar nichts, was Danni tat, konnte seiner Ergebenheit etwas anhaben. Eine bedingungslose Ergebenheit, die, wie es weit öfter zwischen Männern als zwischen Mann und Frau der Fall ist, vollkommen freimütig und unmöglich schlechtzumachen war. Als Chevejon mir seine Geschichte erzählte, lange nachdem Luke mit seiner Geschichte geendet hatte, kam es mir so vor, als wäre Chevejons Ergebenheit für Danni die Ergänzung zu Nicoles komplizierterer gewesen. Vielleicht, dachte ich, ist zwischen Mann und Frau eine solche Ergebenheit gar nicht möglich. Denn da spielen die Zeitpläne eine viel größere Rolle und sind umständlicher und schwieriger einzuhalten.

Als an jenem Tag Mitte Juni 1989 Paolo Cavaleri Chevejon mitteilte, daß Danni Benami in Florenz sei, wußte Chevejon tief in seinem Herzen, daß irgend etwas in ihren seit langen Jahren bestehenden, perfekt funktionierenden Geschäften schiefgelaufen war.
In den vielen Monaten, seit Danni seine Tätigkeiten hatte ruhenlassen und praktisch von der Bildfläche verschwunden war, hatte Chevejon darauf vertraut, daß dies eine Unterbrechung sei, nach der schließlich alles wieder ins gewohnte Gleis zurückkehren werde. Auf Dannis Betreiben hatten sie ihr Geschäft in Paris geschlossen, und Chevejon hatte das Büro in Florenz zu Dannis persönlichem Studio umgewandelt, in vollem Vertrauen darauf, daß sein Freund schließlich zurückkehren würde; bis dahin wollte er sich ein, wie er meinte, wohlverdientes Mußejahr gönnen. Nachdem ihr Lager ausverkauft und ihr Geld sicher angelegt war, wandte sich Chevejon seiner eigenen Sammlung geheimnisvoller Dinge – esoterische Fragmente, nicht entzifferbare Schriften – zu, und zwar in dieser stillen, in sich gekehrten Konzentration, von der er seit je besessen war. Seine Villa und sein Bett in Fiesole belebten eine Reihe wunderbarer Frauen – französische Studentinnen, amerikanische Touristinnen, holländische Professorinnen. Natürlich kannte er jeden in Florenz, in Rom und in Mailand, und er ergriff gern die Gelegenheit, mehr als Tourist denn als Geschäftsmann in seiner Wahlheimat umherzureisen. Und wenn ihm seine Treffen mit Danni auch oft sehr fehlten, so vermochte er in seinem Vertrauen auf Dannis Rückkehr die Früchte ihrer harten Arbeit dennoch zu genießen. Sicher, Chevejon wußte eigentlich nicht, wo sich sein Partner aufhielt. Aber Danni hatte ihm nie, ebensowenig wie Nicole, erzählt, wohin er reiste. Und gewöhnlich war er nur durch die Herkunft der Dinge, die über den Hafen von Ancona eintrafen, in der Lage, Rückschlüsse auf den Auf-

enthaltsort seines Partners zu ziehen, und nur über eine verschlüsselte Annonce in den Kleinanzeigen der *Herald Tribune* konnte er in Kontakt mit ihm treten.
Schon seit einiger Zeit hatte er jedoch bemerkt, daß Dannis Interesse an ihren Geschäften nachließ. Er war immer seltener verreist, hatte mehr und mehr Zeit in seinen Räumen in Chevejons Villa zugebracht und sich eine umfangreiche Sammlung von Büchern angeschafft, die mit Archäologie nichts zu tun hatten. Die Werke seiner Mutter, die Werke seines Vaters und eine Unmenge ergänzender Quellen zu diesen Schriften. Chevejon hatte es nichts ausgemacht. Dannis ausgedehnte Aufenthalte in Florenz waren das reinste Vergnügen, auch als seine Stimmung immer verschlossener wurde. Chevejon hatte alles gelassen ertragen, auch Dannis Abwesenheit. Und er war selbst dann noch ruhig geblieben, als Danni begann, ihre weitläufigen europäischen Verbindungen für den Ankauf der allermerkwürdigsten Dinge zu nutzen: Nazi-Souvenirs, Kriegstagebücher, Akten und Fotos; einen gelben Davidstern aus dem Ghetto von Lodz – für sich genommen wertvoll, aber weit entfernt vom Wert der Waren, mit denen sie gewöhnlich Handel trieben. Er hoffte, daß Gewinn drinsteckte, und wenn der nicht in streng finanziellen Kategorien zu messen war, nun gut, es war schon lange her, daß sie sich um Geld Sorgen machen mußten. Die Kenntnisse über Danni, die Nicole als seine Geliebte in fast zehn Jahren zusammengetragen hatte – und trotzdem wollte sie nicht begreifen –, hatte Chevejon in den ersten Jahren ihrer Zusammenarbeit erworben, und sein Vertrauen in ihn war vollkommen. Ganz gleich, wo Danni war, es lohnte sich, dort zu sein, dessen war sich Chevejon sicher. Und Danni würde wiederkommen.

Er würde es allerdings nicht tun, ohne ihm vorher Bescheid zu geben, würde sich nicht an einen Terrassentisch im auffälligsten Café von Florenz setzen und eine englischsprachige Zeitung lesen. Außer den tausend anderen Gründen, warum er das nicht täte, war er in Florenz als Maurizio Tueta bekannt, der in Italien geboren und aufgewachsen war und dessen vermeintliche Unkenntnis des Englischen ihnen bei mehr Geschäften geholfen hatte, als sie zählen konnten. Als Paolo ihm aber mitteilte, daß Danni genau dies getan habe, verließ Chevejon fast rennend und in Hemdsärmeln das Haus und überquerte die Piazza Santo Spirito im Laufschritt in Richtung Ponte Santa Trinità. Auf der anderen Flußseite, unter den vielen Fremden, die durch den Nachmittag schlenderten, drängte er sich die Via Porta Rossa entlang in die offene Weite der Piazza della Signoria. Dort angekommen, blieb er stehen, um Atem zu schöpfen, dann schob er sich mit gespielter Lässigkeit zwischen den Tischen auf der Terrasse hindurch, wobei er mit Erleichterung bemerkte, daß jeder Florentiner, der, wie er, etwas zählte, tagsüber diesen Touristentrubel mied und in den schattigeren Gegenden der Stadt blieb.

Aber genau wie Paolo es beschrieben hatte, saß Danni in Jeans und T-Shirt an einem Tisch und las die *Herald Tribune.* Chevejon ging direkt vor ihm vorbei, und das Herz drehte sich ihm in der Brust herum. Danni blickte auf, ohne ihn zu erkennen, und während er sich wieder seiner Zeitung zuwandte, spürte Chevejon eine Welle der Erleichterung und Angst. Denn dies alles – dieser *sosie de Danni*, wie er ihn für sich nannte, sobald er einen sicheren Platz an der Bar gefunden hatte – war unheimlich.

Natürlich war es nicht Danni; dieser Mensch mit seinem blassen Gesicht war nicht älter als dreißig, offenbar ein Fremder. Auf der anderen Seite war die Ähnlichkeit fast vollkommen: die hohe Stirn unter dem schwarzen Haarschopf, die tiefschwarzen Augen, die so entwaffnend weit auseinander standen, die scharfen, hohen Wangenknochen über den eingefallenen, unrasierten Wangen. Mit ein bißchen mehr Fröhlichkeit im Blick, ein bißchen mehr Lebendigkeit im Ausdruck konnte es ohne jeden Zweifel der Danni sein, den er mitten im Aufschwung ihrer Geschäfte in Florenz gekannt hatte. Wer war der Mann? Dannis Doppelgänger? Dannis Bruder?

Chevejon ließ sich von Vittorio einen Espresso machen und trank ihn gedankenvoll in kleinen Schlückchen. Er zahlte an der Kasse, ging an die Bar zurück, um ein großzügiges Trinkgeld dazulassen, das ihm Vittorios Diskretion garantierte, dann schlenderte er langsam aus der Bar und an den Tischen auf der sonnigen Terrasse vorbei, bis er, nicht genau wissend, was er eigentlich vorhatte, hinter dem Mann stehenblieb. Er zögerte, dann sagte er leise, in dem wenigen Hebräisch, das ihm zur Verfügung stand: *»Habibi, ma ata oseh can?«* – Mein Freund, was machst du hier? Der Mann zuckte zusammen und drehte sich langsam auf seinem Stuhl um, aber Chevejon, der seine Reaktion bemerkte, hatte sich bereits abgewandt und ging weg. Danni hatte ihm nie gesagt, daß er einen Bruder hatte.

Während der Nachmittag verging und sich ein träger Abend herabsenkte – detailliert wie ein Maxfield Parrish, plastisch wie ein Magritte –, fühlte Peter Chevejon, wie die Ausgeglichenheit seines Urlaubsjahrs ihn verließ. Die Nacht kam, er blieb in seinem Büro, und endlich berichteten ihm Paolo und Gianluca telefonisch, daß der Mann im Excelsior wohne, den Nachmittag in Cafés verbracht habe, dann bis zum Abendessen ins Hotel zurückgegangen sei und im Cibreo im vorderen Saal gespeist habe; wer er auch war, dieser junge Mann sparte nicht mit seinem Geld. Aber, überlegte Chevejon, seit General Benamis Tod und der Plünderung, der totalen Plünderung seiner Sammlung war Dannis Bruder sicherlich genauso reich, wie er dumm war. Während er auf diesen Bericht wartete und lange nachdachte, hatte er ringsum in Europa ein paar vorsichtige Telefongespräche geführt. Als erstes setzte er die übliche Wohnungsanzeige in die *Herald Tribune* – »*Florenz,* Parterrewohnung, Bezug sofort« –, wobei das letzte Wort Dringlichkeit signalisierte. Aber er tat es mit einem Gefühl der Nutzlosigkeit – er bezweifelte, daß Danni einen prüfenden Blick in die Zeitung werfen würde. Dann machte sich Chevejon daran, Geschäftskontakte anzurufen – nur wenige und nur die allerloyalsten. Er, der es nie zuvor gewagt hatte, auch nur den kleinsten Schritt von Danni in Frage zu stellen, leitete selbst diese bescheidene Suche unter den sichersten Kontaktleuten mit großer Zurückhaltung in die Wege. Von Antwerpen bis Barcelona hatte weder jemand Danni gesehen noch von ihm oder über ihn etwas gehört. Der letzte Anruf, nach langem Zögern, ging nach Paris, und dort, in der Wohnung in der Rue de Fleurus, klingelte das Telefon, wie Chevejon fand – und er neigte kaum zu mitfühlenden Trugschlüssen –, mit einem fernen, verlorenen, düsteren Ton.

Tja. Er erhob sich, trat ans Fenster seines Büros über der Piazza Santo Spirito und schüttelte seine breiten Schultern, die vor Anspannung schmerzten. Wo immer auch die Wahrheit lag, eines war sicher: Wenn Paolo, der für ihn und Danni nun schon seit Jahren arbeitete, diesen Fremden für seinen Chef hielt, dann würden das auch Dutzende anderer Leute in Florenz tun, wichtige Leute. Und das durfte nicht zugelassen werden.

Außerdem – je mehr er darüber nachdachte, desto überzeugter war er – war es oft in solchen Situationen so, daß es am einfachsten war, sich direkt an die Quelle zu wenden, wenn keine Informationen über dunkle Kanäle zu erhalten waren. Er ging durch das Zimmer zu den Eichenvitrinen, nahm einen Tumbler aus der Kristallsammlung und goß sich einen Scotch aus einer der Flaschen ohne Etikett ein. Er trank, wobei er den Whisky einen Moment lang auf der Zunge behielt, dann neigte er den Kopf mit einem leichten Ruck nach hinten und schluckte. Er würde warten, bis sich Paolo und Gianluca das nächste Mal von ihren Standorten im Foyer des Excelsior meldeten, dann Anordnungen für morgen treffen. Was wäre am einfachsten? Den Mann beim Frühstück anzusprechen, wo immer er es zu sich nahm? Nein, ganz gleich, welchen Auftritt es gäbe, er durfte nicht in der Öffentlichkeit stattfinden; Chevejon durfte nicht das Risiko eingehen, daß jemand beobachtete, wie Maurizio Tueta, in Jeans und T-Shirt, seinen Partner nicht erkannte. Und gleich als erstes am Morgen in seinem untadeligen dunklen Anzug zu seinem Zimmer hinaufgehen mit Paolos und Gianlucas mächtigen Erscheinungen rechts und links? Schon besser. Für einen Moment durchströmte ihn Ruhe; dann brach plötzlich sein ganzer Ärger durch. Er wandte sich um und sagte, erneut erstaunt über sich, mit lauter Stimme: »Warum sollte ich mich denn die ganze Nacht mit der Frage quälen, was zum Teufel noch mal mit diesem kleinen Arschloch los ist?«

Er trat an einen Schrank und nahm einen Schlips und ein Jackett heraus. Plötzlich erschien Peter Chevejon genau dieser Moment, ein Uhr früh in einer Sommernacht, als der richtige Zeitpunkt, um herauszukriegen, worum es bei alldem ging.

Elftes Kapitel

Drei Tage waren seit dem Morgen vergangen, als Luke im Sonnenlicht, das durch die gewölbten Decken der Stazione Central Santa Maria Novella fiel, in Florenz eingetroffen war.

Er hatte sich einen Stadtplan gekauft und spazierte, ungeduldig den verschlungenen Straßen folgend, auf den Fluß zu, wobei er nach dem einzigen Hotel suchte, das er in Florenz kannte: Es war das, in dem sein Vater immer gewohnt hatte. Eine Möglichkeit, nach dem Weg zu fragen, fand er nicht. Mit seinem inzwischen fast nutzlosen Stadtplan in der Hand wählte er blindlings eine Straße, durch die er auf einen kleinen Platz gelangte. Häuser mit Fensterläden, die sich auf merkwürdige Weise klappen ließen, nämlich nicht um senkrechte, sondern um waagerechte Achsen, erhoben sich um ihn herum mit allen Zeichen aristokratischen Verfalls. Im Schatten eines kleinen Brunnens bewegte sich ein Taubenschwarm wie eine Herde von winzigem grasendem Vieh. Auf der einen Seite sah er die Barockfassade einer sehr kleinen Kirche. Als er um die Ecke in eine Sackgasse einbog, hörte er ein Celloduo spielen; lange, tiefe Töne erklangen trauervoll aus einem Fenster im dritten Stock. Luke hörte eine Weile zu, dann wandte er sich ab. Am Ende einer Straße stieß er auf den Arno, und nachdem er sich wieder auf dem Stadtplan zurechtgefunden hatte, folgte er der Uferstraße über eine Entfernung, die zeigte, wie weit er in die Irre gegangen war, bis zum Hotel Excelsior.

Fast sofort hielt man ihn für seinen Bruder. Und dann wieder, gleich am nächsten Tag. Keine der beiden Begegnungen führte zu Chevejon. Es war nicht sehr ermutigend.

Am Nachmittag nach seiner Ankunft fand er auf einem Spaziergang, den er von seinem Hotel aus unternahm, einen englischen Buchladen, in dem er *Schaum's Outline* zur italienischen Grammatik kaufte. Er überquerte den Fluß und lief ziellos umher, bis er vor einem offenen Café ankam, das in der nachmittäglichen Stille überraschend lebhaft wirkte; es war besucht von gutgekleideten Leuten, über deren Berufe er nur spekulieren konnte. Er setzte sich auf die Terrasse und wiederholte, was er gerade einen anderen Gast hatte sagen hören: *»Un caffè, per favore.«*

Er begann in *Schaum's Outline zu* lesen, als sich von der gegenüberliegenden Seite her eine Gestalt in seine Aufmerksamkeit drängte. Es war eine elegant gekleidete Dame, die sich zielstrebig und mit einem Lächeln auf den Lippen auf ihn zubewegte. Hochgewachsen, in einem schwarzen ärmellosen Overall, dessen Einfachheit durch das Blitzen eines Diamanten und durch schweres Gold an ihrem Hals betont wurde. Sie sprach italienisch. Wortreich. Lange und mit Gefühl.

Er betrachtete das freundliche, lebhafte Gesicht. Entgeistert. Und endlich gelang es ihm, in eine Pause in ihrer flinken Rede auf englisch einzuwerfen: »Entschuldigung, ich spreche nicht Italienisch.«

»Ah.« Sie verstummte jäh und starrte ihn einen Augenblick durchdringend an. *»Scusi.«* Ihn noch immer musternd, entfernte sie sich, und Luke, der seinen Gleichmut eingebüßt hatte, stellte seine leere Tasse auf den Tisch und ging rasch weg. Als er stehenblieb und sich umdrehte, sah er, daß es keine Chance gab, sie in diesen winzigen, krummen Sträßchen wiederzufinden.

Am zweiten Tag löste sich in einem Restaurant in Santa Croce ein Mann aus einer vorbeigehenden Gruppe und kam auf ihn zu. Er war groß, grauhaarig, vielleicht Anfang Sechzig, in einem dunklen Sergeanzug. Als er Luke an-

sprach und begrüßte, trat ein Lächeln auf sein hübsches Gesicht, und seine Augen funkelten in der hellen Sonne.
»Eccolò, Signor Tueta è ritornato.«
Luke zögerte, ohne sich zu erheben, während sein Herz zu pochen begann, dann sagte er auf englisch: »Verzeihung, Sie halten mich für jemand anders.«
Dem Mann, der sichtlich erschrak, verschlug es die Sprache. Luke stand rasch auf und sagte: *»Do you speak English*?«
Der Mann schien verblüfft, also wiederholte Luke auf französisch: *»Monsieur, parlez-vous français?«*
Jetzt ließ der Mann seinen Blick von Kopf bis Fuß über Luke hinwegwandern. Als er ihm wieder ins Gesicht sah, hatte er sich von seinem Schrecken erholt, und er sprach mit einer Überheblichkeit, die pure Absicht war, wie es Luke schien.
»Natürlich spreche ich Englisch.« Sein Akzent war fast makellos britisch.
»Ob Sie mir wohl helfen können? Ich versuche, einen Herrn Chevejon zu finden. Peter Chevejon.«
»Ich verstehe nicht.«
Luke wollte gerade weitersprechen, aber da trat der Mann, als habe er einen Entschluß gefaßt, einen Schritt zurück, drehte sich um und ging rasch zu seinen Freunden zurück. Ein Fremder, der in den Straßen verschwand, ohne einen Blick zurück.
Im Telefonbuch war weder ein Chevejon noch ein Benami, noch ein Tueta verzeichnet. Das war keine Überraschung.
Am dritten Tag las er in einem vollbesetzten Café auf einer großen Piazza gegenüber Michelangelos David die *Herald Tribune*, als hinter ihm eine Stimme auf hebräisch erklang: *»Habibi, ma ata oseh can?«* Erschrocken drehte er sich um und sah eine davoneilende Gestalt in einem dunklen Anzug.

Fünf winzige, vollkommen zufällige gutturale Worte, aber in einer Sekunde erhellte Angst den Raum seines Bewußtseins, zog ihn zusammen und schärfte ihn wie mit einer Reihe winziger blinkender Lämpchen. Er rief den Kellner, zahlte und ging rasch zurück zum Excelsior.

Am Abend ließ er sich eine Flasche Whisky aufs Zimmer bringen. Er goß sich einen kräftigen Schluck ein und trank ihn am Fenster stehend.

Die Nachtluft war trocken, aber lange schmutzige Wolken befleckten den Himmel. Der Fluß war ein tiefer Riß mitten durch die Stadt, deren Lichter wie von kleinen verschwommenen Heiligenscheinen umgeben waren. Vielleicht zwanzig Minuten stand er da und trank hemmungslos. Dann ertönte ein Klopfen an der Tür, und in der Annahme, es sei der Zimmerservice, rief er laut, es sei nicht abgeschlossen. Erst danach wurde ihm bewußt, daß er gar nichts bestellt hatte.

Jetzt drehte sich Luke um und sah drei elegante Herren eintreten: einen kleinen, sehr gutaussehenden Asiaten mit zwei Riesen zu beiden Seiten. Einer von ihnen schloß die Tür, während der Asiate weiter ins Zimmer kam. Zu betrunken und zu erschrocken, um zu reagieren, sah er, daß der Mann in Wirklichkeit kein Asiate war und daß ein gespannter, geradezu drohender Ausdruck auf seinem Gesicht lag. Die zwei Hünen bauten sich rechts und links der Tür auf, und der Kleine setzte sich, völlig gelassen, in einen Sessel und wandte sich in perfektem Englisch an Luke.

»Verzeihen Sie, daß wir so hereinplatzen. Wir sind der Meinung, daß wir mit Ihnen etwas zu klären haben.« Er unterbrach sich angesichts von Lukes teilnahmsloser Reaktion. »Sprechen Sie Englisch?«

»Ja.« Eine bodenlose Müdigkeit überfiel Luke, als ihm sein Erfolg klar wurde. »Ja. Sie sind sicher Peter Chevejon?«

Die drohende Miene des Mannes veränderte sich fast unmerklich. Dann nickte er und wartete schweigend.
Eine Zeitlang musterte Luke besorgt Chevejons Gesicht, als suche er nach einem Hinweis, was er erzählen sollte. Dann sprach er sehr langsam einen Satz aus: »Ich fürchte, ich bringe Ihnen ein paar sehr schlechte Neuigkeiten.«

Ach, Nicole ermordet.« Chevejon machte mit der Zunge mehrere Male ein Geräusch an seinem Gaumen, einen Laut echten Schmerzes. »Ach. Wie konnten wir so etwas geschehen lassen?«
Er fragte nicht, wer es getan hatte.
Sie saßen da, die fast leere Whiskyflasche zwischen sich auf dem Boden. Die zwei Hünen waren schon vor Stunden gegangen. Der Morgen dämmerte, und schütteres Sonnenlicht drang in das elektrisch beleuchtete Zimmer ein. Chevejon, tief in den Sessel gesunken, blickte auf den Teppich zu seinen Füßen, sein Gesicht zu einem Ausdruck des Schmerzes erstarrt; Lukes forschenden Blick nahm er überhaupt nicht wahr.
Schließlich griff er nach der Flasche und trank, dann stemmte er sich mit einem Ruck hoch. Luke fiel wieder ein, wie ihm an dem Abend, als er in der Rue de Fleurus angekommen war, Nicoles Gesichtsausdruck den Eindruck vermittelt hatte, als stimmte sie der Erkenntnis, daß er nicht Danni sei, mal zu, mal lehne sie sie ab. Wie ein müder Mensch, der einnickt und dann aus dem Schlaf auffährt. Chevejon musterte Luke mit der gleichen drohenden Neugier wie während der Nacht, als Luke ihm seine Geschichte – eine Version seiner Geschichte – bis zu Nicoles Ermordung erzählt hatte.
»Was taten Sie, nachdem Sie sie gefunden hatten?« Sein

Englisch klang mehr und mehr amerikanisch, je länger sich die Nacht hinschleppte. Auch Lukes, wie er selbst bemerkte – wann hatte er das letzte Mal ausführlich englisch gesprochen? Er holte seine Gedanken zurück in die Gegenwart und antwortete mechanisch.
»Ich habe die Polizei gerufen.«
»Sofort?«
»Nein.« Luke leckte sich über die Lippen. Er hatte sich keinen Augenblick im voraus überlegt, was er Chevejon wirklich sagen wollte. Jetzt stellte sich prompt seine Erklärung ein, die nicht weit von der Wahrheit abwich. »Ich habe den Safe und die Wohnung ausgemistet. Ein paar Dinge mußte ich zerstören. Ein paar habe ich versteckt.«
»Warum?«
Luke musterte ihn einen Moment, dann antwortete er bedächtig: »Ich hatte so eine Idee, mit was für 'ner Art Geschäften Sie und mein Bruder zu tun haben, und ich hielt es für das beste, den Mord wie einen Raubmord aussehen zu lassen.«
Der andere ließ sich nichts anmerken. »Wo?«
»Was wo?«
»Wo haben Sie die Sachen versteckt?«
»In der Bratvorrichtung im Herd. Außerdem in einem Baguette im Müll.«
Chevejon überlegte. »Hat die Polizei sie gefunden?«
»Nein.«
Es trat eine Pause ein. Dann sagte Chevejon langsam und mit einem drohenden Unterton: »Sollte ich zu der Ansicht neigen, daß Sie lügen, dann würde ich dies nicht glauben.«
»Warum?«
»Weil das die beiden nächstliegenden Verstecke sind, die man sich vorstellen kann. Der Herd und der Müll, du liebe Güte.«

Luke spürte Verärgerung – nicht weil an ihm gezweifelt wurde, sondern weil an einem der wahren Teile seiner Geschichte gezweifelt wurde.
»Ich sage Ihnen, sie haben nicht nachgesehen. Als der Bulle, der die Untersuchung leitete, dahinterkam, daß ich ... der Sohn meines Vaters war, telefonierte er binnen Sekunden mit der israelischen Botschaft. Und er hatte einen eindeutigen Beweis für meine Geschichte: Es gab ein Überwachungsvideo vom Drugstore Saint-Germain, auf dem zu sehen war, daß ich zu der Zeit, als sie ermordet wurde, Zigaretten gekauft habe. Ich sage Ihnen, der Typ hat mich behandelt, als besäße ich diplomatische Immunität. Er hat angeordnet, daß mir 'ne verdammte *carte de séjour* ausgestellt wurde. Jemals versucht, eine Aufenthaltserlaubnis in Frankreich zu kriegen? Ich bezweifle, daß es auf der ganzen Welt ein Stück Papier gibt, das schwieriger zu kriegen ist.«
»Okay.« Chevejon fuhr ihm abrupt ins Wort. »Was haben Sie versteckt?«
»Ein paar Sachen aus Marmor. Etwas Schmuck.« Er zögerte. »Eine Pistole.«
Die Pistole schien Chevejon nicht zu interessieren. »Was haben Sie der Polizei erzählt?«
»Was ich Ihnen erzählt habe. Ich wäre weggegangen, um mir oben in Saint-Germain, im Drugstore, amerikanische Zigaretten zu kaufen. Das ist einer der wenigen Läden, die die ganze Nacht aufhaben. Als ich zurückkam, fand ich die Tür weit offen. Und Nicole ermordet.« Er verstummte und nagte an seiner Unterlippe. Er hatte nicht erwähnt, was der Barmann aus dem Le Fleurus gesagt hatte, ehe er hinauf in die Wohnung ging. Er hatte nicht erwähnt, wie er dies der Polizei erklärt hatte, indem er behauptete, er sei nochmals in die Wohnung zurückgekehrt, bevor er zum Drugstore gegangen war; daß seine Ähnlichkeit mit Danni

dessen Anwesenheit vor der Polizei verborgen hatte. Er bemerkte, daß er an seiner Unterlippe nagte, hörte damit auf, beugte sich vor und langte nach der Flasche, die Chevejon eben angesetzt hatte, nahm selbst einen Schluck und fuhr fort.

»Es war ganz einfach, glaubhaft zu machen, daß es Raubmord war. Ich meine, es handelte sich sichtlich um die Wohnung reicher Leute.«

Chevejon sah ihn scharf an. »Kannte Nicole die Kombination vom Safe?«

Luke antwortete prompt; dieser Mensch durfte nicht wissen, daß Danni es war, der seine Freundin umgebracht hatte. »Ja. Danni hatte sie ihr gesagt.«

Chevejon: »Was dann?«

Im Gefühl, daß der Mann nur vorübergehend mit diesem Teil fertig war, holte Luke Luft und fuhr fort.

»Wie gesagt. Der Kommissar hat mir eine *carte de séjour* besorgt. Und mich ein paar Wochen in Frankreich festgehalten. Ein- oder zweimal haben sie angerufen, um mir Fragen zu stellen. Einmal fragten sie mich, ob ich einen Maurizio Tueta kenne; ich nahm an, die Galerie war unter diesem Namen geführt worden. Eine Zeitlang dachte ich, sie folgen mir, dann wieder dachte ich, sie tun's nicht. Die israelische Botschaft hat sie veranlaßt, das Ganze aus den Akten rauszuhalten. Nachdem ein paar Wochen nichts passiert war, hab ich mich abgesetzt.«

»Und gedacht?«

Pause. »Pardon?«

Geduldig, als hätte er alle Zeit dieser Welt: »Und was haben Sie gedacht, als Sie geflitzt sind?«

»Daß ich Sie finden würde. Oder daß Sie früher oder später mich finden würden, wenn ich lange genug herumhänge.«

Chevejon dachte nach. »Nicole hat Ihnen eine Menge erzählt.«

»Ich hab viel Zeit bei ihr zugebracht«, erwiderte Luke achselzuckend. »Und auf Danni gewartet.« Er zögerte, denn er bemerkte, wie unzulänglich seine Antwort war; und es war ihm klar, daß er weitersprechen mußte. »Ich denke, sie glaubte nicht, daß er wiederkommt.«

Ein leises Erstaunen zeigte sich auf dem Gesicht des anderen. »Warum nicht?«

Jetzt war Luke überrascht. »Na ja, sie hatte seit seiner Abreise nichts mehr von ihm gehört.«

Chevejon begann zu sprechen, unterbrach sich und setzte erneut an. »Warum sagen Sie das? Seit seiner Abreise habe ich bestimmt ein Dutzend Briefe von Danni an Nicole weitergeschickt.«

Luke sagte ausdruckslos, um seinen Schrecken zu verbergen: »Sie hat sie nie erhalten.«

In zurechtweisendem Ton antwortete Chevejon: »Sie *sagte,* sie hätte sie nie erhalten.«

»Nein. Sie hat sie nie erhalten.«

Schweigen. Dann fragte Chevejon: »Wie hieß der Kommissar?«

»Lecéreur. Jean-Baptiste Lecéreur.«

»Irgendwelche Schwierigkeiten, aus Frankreich rauszukommen?«

Die Sonne war aufgegangen und warf lange Schatten von den Vorhängen dorthin, wo Chevejon Luke gegenübersaß. »Nein. Ich bin mit dem Zug über Nizza gefahren. Habe einen von Dannis Pässen benutzt. Ich fand ihn in dem Safe. Da waren noch andere. Die habe ich verbrannt.«

»Sie haben der Polizei gesagt, daß Sie wegfahren?«

»Nein.«

»Verstehe.« Er erhob sich abrupt und zog sein Jackett an, dann sah er auf Luke herunter.

»Sie sagten, nur zwei Personen haben Sie angesprochen, stimmt das?«
»Ich möchte über meinen Bruder reden.« Aber Chevejon war mit dem Thema noch nicht zu Ende.
»Eine unten in *l'altro Arno,* eine Frau. Und eine oben in Santa Croce, ein Mann. Richtig?«
»Richtig.«
»Okay, Gianluca wird sich darum kümmern«, sagte Chevejon wie zu sich selbst.
Luke erhob sich. »Ich möchte über meinen Bruder reden.«
»Oh, ja. Schön, darüber werden wir auch noch reden.« Er ging auf die Tür zu. Dann sagte er, wieder zu Luke gewandt: »Ich komme heute abend wieder. Bis dahin bleiben Sie in Ihrem Zimmer.«
»Wie bitte?« Luke versuchte einen frostigen Ton, aber Chevejon fuhr ruhig und selbstsicher fort:
»Bei Ihrer Ähnlichkeit mit Danni kann ich nicht zulassen, daß Sie auf der Straße herumspazieren. Wie's aussieht, haben Sie schon genug Schaden angerichtet. Sollten Sie dieses Zimmer verlassen wollen, wird man Sie daran hindern.«
Luke drehte sich achselzuckend zum Fenster um. »Ich habe Angst. Ohne Witz.«
Er konnte den Ausdruck nicht sehen, den Chevejon im Hinausgehen über sein Gesicht huschen ließ.

Es war acht Uhr früh. Die Stadt erwachte zu lärmendem Leben, und immer strahlenderes Licht strömte in das Zimmer. Luke zog die Vorhänge auf und blickte in den Tag hinaus. Er atmete in langen Zügen, um die Spannung in seinem Körper zu lösen. Dann drehte er sich um, schritt unruhig durch die kleine Hotelsuite und legte sich aufs Bett; kurz darauf setzte er sich wieder auf und begann von neuem herumzuwandern.

Für ihn war es erstaunlich, daß Chevejon, der erkennbar sehr klug und sehr gewitzt war, dennoch das Offenkundige nicht sah: daß nur Danni Nicole ermordet haben konnte und warum er das getan hatte. Es zeugte von einem blinden Fleck bei diesem ungewöhnlich scharfsinnigen Mann, und wieder sann Luke über die Macht nach, die sein Bruder über die Menschen, die ihn liebten, offenbar hatte – oder gehabt haben mußte. Vor allem über diesen einen, dachte Luke, diesen Mann mit seiner ungeheuren Ausstrahlung. Einer solchen Ausstrahlung, daß die lange Nacht hindurch die Versuchung, Chevejon alles zu erzählen – über Nicole, über den Mord, über Jerusalem und über New York –, so beharrlich gewesen war, daß es ihm auf merkwürdige Weise leichter gefallen war zu lügen; Lukes Aufmerksamkeit war dermaßen darauf gerichtet gewesen, sich dem Charme des anderen zu widersetzen, daß er keine Zeit hatte, darüber nachzudenken, daß er log. Für einen Moment ließ er das Bild Chevejons wieder vor sein inneres Auge treten: das starke Gesicht unter dem dichten Haarschopf, das dazu aufforderte, absolutes Vertrauen zu haben. Es war ungewöhnlich: Der Umstand, daß man ihn als Oberschurken erkannte, daß man Angst vor ihm hatte, verminderte nicht den Drang, ihm Vertrauen zu schenken. Um einem Menschen wie ihm überlegen zu sein – was mußte Danni da für ein Mann sein?

Aber konnte man Chevejon trauen? Inzwischen erschöpft, gähnte Luke und erkannte müde die Versuchung. Natürlich konnte man ihm nicht trauen. Trotzdem war Chevejon alles, worauf Luke bauen konnte.

Die zwölf Stunden bis zu Chevejons Rückkehr zogen sich endlos dahin. Er bestellte Frühstück, aß und versuchte, seine Gedanken zu ordnen. Aber er konnte sich nicht konzentrieren. Jetzt bemerkte er zum ersten Mal, daß Chevejon ihm nichts, absolut gar nichts über seinen Bruder erzählt hatte. Er hatte nichts enthüllt. Als wäre es eine Lektion im Auswendiglernen, prägte er sich ein, daß er Chevejon nicht trauen dürfe. Und daß er sich davor in acht nehmen müsse, was Chevejon gegen ihn im Schilde führte. Bei diesem Gedanken brach Angst in ihm aus; er schloß die Schlafzimmervorhänge, streckte sich auf dem Bett aus und versuchte zu schlafen.

An diesem Tag brachte Chevejon weniger Zeit mit mir zu und ließ mich – zu meiner Enttäuschung – in Giorgios Obhut. Den ganzen Morgen war er im Büro, um zu überlegen. Zum einen hatte er jetzt zwei Kinder zu beaufsichtigen, nicht bloß eines; Giorgio mußte fest engagiert werden; seine beiden Leibwächter brauchte er für den Jungen. Zu viel war hier gerade gut genug, denn er mußte sehr, sehr vorsichtig sein. Und was Luke anging, das hatte er schnell erkannt, würde eine ganz andere Art Druck erforderlich sein. Der Junge hatte Angst, das war klar; er mußte denken, daß Chevejon bereit wäre, ihn aus dem Weg zu räumen. Was einfach war, denn es war nicht weit von der Wahrheit entfernt. Er wußte, wie wenig Danni von seiner Familie hielt; er erwartete nicht, daß sein Partner irgend etwas dagegen hätte, wenn er sich von der absurden Bedrohung befreite, die dieser Junge darstellte.
Aber dann mußte er, ehe er ihn sich vom Hals schaffte, noch genauer darüber Bescheid wissen, welcher Art diese Bedrohung war. Das war keine Frage, die man direkt stellen konnte; wie bei dem Mädchen: Es gab da nichts, was mit Geradlinigkeit zu erreichen war. Er steckte also wirklich in der Klemme.
Er saß in seinem Büro, vom fehlenden Schlaf nicht in Mitleidenschaft gezogen, und dachte gründlich nach. Nein, er

steckte nicht in der Klemme; es gab da etwas, wofür er das Mädchen benutzen konnte. Es war an der Zeit, daß dieses Katz-und-Maus-Spiel mit ihr endete. Und wenn er auch nicht direkt fragen konnte, unverhohlen drohen konnte er.

Er erhob sich, duschte in dem kleinen Bad im Büro und zog einen frischen Anzug an, den er aus einem schmalen Kleiderschrank nahm. Danach holte er mich ab und unternahm mit mir, vor dem Mittagessen, einen Gang durch die Accademia.

Dort unterbrach er seine Führung vor Fra Bartolomeos *Jesaja und Hiob* und erzählte mir, was er über meinen Vater wußte. Zumindest einiges von dem, was er wußte; General Benami ließ er unerwähnt.

Ich hörte mit wachsender Unruhe zu, den Blick auf das Gemälde geheftet, um möglichst kein Erstaunen zu zeigen. Aber als er geendet hatte, redete ich sofort los.

»Also, wer ist denn dieser Maurizio Tueta, und was wollte er bei meinem Vater?«

Jetzt überlegte Chevejon, während er mich im Auge behielt und vielleicht nach einer Lüge suchte. Aber ehe er sich darüber schlüssig werden konnte, redete ich weiter: »Maurizio Tueta, das ist ein falscher Name, stimmt's? Sein richtiger Name ist wohl Danni Benami.«

Nun war Chevejon erschrocken – aber er ließ sich natürlich nichts anmerken.

»Wie kommen Sie denn auf den Gedanken?«

Ich war an der Reihe, ihm eine Geschichte zu erzählen. Ich erzählte ihm von den Leuten, die mir in Paris den Weg verstellt und mich ausgefragt hatten. Damit beeindruckte ich ihn sichtlich.

»Und Sie meinen, die Leute waren Israelis?«

Ich schaute weg, drehte meinen Kopf über dem niedrigen

Kragen meines Kleides zur Seite, dann sah ich ihn wieder an.
»Ich meine, ich hätte erkannt, daß sie hebräisch sprachen, aber sicher bin ich mir nicht.«
Jetzt war Chevejon klar, daß ich zuviel wußte. In der Erkenntnis, daß die Einsätze erheblich höher geworden waren, erzählte er weiter. Er erzählte mir von Joseph Benami und meinem Vater. Er sprach, als wäre er ein Arzt, der mir eine Prognose stellt, die ich erwartet und gefürchtet hatte. Aber der Gegenschlag war ungeheuer.
Als erstes fragte ich: »Benami, ist das ein ererbter Name oder ein hebräischer?«
Er berichtigte mich: »Hebraisiert.«
»Und der ursprüngliche Name, war der Neumann?«
Er konnte seinen Schrecken kaum verbergen: »Wie kommen Sie denn darauf?«
Doch anstatt ihm zu antworten, erzählte ich ihm noch etwas.
Ich erzählte ihm, wie ich nach Paris gelangt war und die Adresse in der Rue de Fleurus ausfindig gemacht hatte.
Ich erzählte ihm, ich sei dorthin gegangen und hätte Danni ins Café Le Fleurus hereinkommen sehen, nur daß es nicht Danni war. Ich erzählte ihm, daß ich den Mann, der nicht Danni war, und die Frau während ihrer gemeinsamen Wochen beobachtet und mich gefragt hätte, wer sie waren und was sie taten. Daß ich gerade im Begriff war, sie zu fragen, als mir die drei Israelis den Weg verstellt und mich nach Danni Benami gefragt hätten. Ich erzählte ihm, daß ich Paris via München verlassen hätte und nach Florenz durchgebrannt sei.
Das Wichtigste an dem, was ich Chevejon erzählte, begriff ich nicht einmal. Und zwar, daß dieses Paar, das ich in Paris gesehen hatte, dieser Mann-der-nicht-Danni-war und die schöne, etwas ältere Frau, verliebt gewesen seien.

Luke erwachte am frühen Abend, desorientiert, verkatert, ausgehungert. Langsam fügten sich die Ereignisse der Nacht in seinem Innern wieder zusammen, und die Frage, was Chevejon wohl mit ihm vorhatte, erschien ihm jetzt viel, viel dringlicher. Beim Duschen wurde ihm bewußt, welche Erfahrungswelten zwischen ihm und Chevejon und, weiter gedacht, seinem Bruder lagen. Während er sich rasierte, musterte er sein Gesicht im Spiegel; er zog sich an, dann bestellte er Kaffee.
Punkt acht war Chevejon an der Tür, allein. Er trug einen legeren Kammgarnanzug und erweckte den Anschein, rasiert und frisch, wie er war, nicht eben erst aufgewacht zu sein. Er kam ins Zimmer, die Hände in den Jackettaschen, nickte Luke zu, sah sich im Zimmer um und sagte: »Sehen wir zu, daß wir wegkommen. Ich stehe im Parkverbot.«
Luke erhob sich, plötzlich voller Angst.
»Was soll das?«
»Ich bringe Sie in mein Haus. Das ist sicher besser, als hier eingesperrt zu sein; dort gibt's einen Garten und alles.«
Luke, der sich gegen Chevejons sichtbare Eile sträubte, rührte keinen Finger.
»Was bedeutet das? Hausarrest?«
»Wohl so was Ähnliches.« Weil Chevejon nun vielleicht bemerkte, wie sehr der andere sich ängstigte, sagte er langsamer: »Ich kann's nicht zulassen, daß Sie sich weiterhin überall in Florenz sehen lassen. Mindestens müssen Sie sich einen Bart stehenlassen. Kommen Sie jetzt.«
Luke ging hinüber ans Fenster und überlegte. Unten standen auf der anderen Straßenseite, an die niedrige Mauer vor dem Fluß gelehnt, die beiden Hünen in ihren schwarzen Anzügen und weißen Hemden. Er drehte sich um und begann, langsam seine Sachen zusammenzusuchen. Unsicher, was er wohl am besten täte, fühlte er, daß er die Bewegungen seines Körpers nicht mehr unter Kontrolle hat-

te. Während er packte, sah sich Chevejon, die Hände noch immer in seinen Jackettaschen, neugierig im Zimmer um.
»Ich sehe, Sie lernen Italienisch?«
»Hm-hm.«
»Wie finden Sie's?«
»Gut.«
»Was sprechen Sie sonst noch? Hebräisch, nehme ich an.«
Die Amerikanismen waren wieder aus seiner Sprache verschwunden und hatten dem unbestimmten Akzent eines Europäers Platz gemacht, der gut Englisch gelernt hat.
»Und Französisch, Deutsch, Russisch.«
»Was machen Sie denn überhaupt beruflich?«
»Ich bin Dolmetscher.« Obwohl Luke das Komische an der Antwort vage bewußt war, sah er mit Erstaunen das unbeschwerte, gewinnende Lächeln des anderen, das so gar nicht mit dem Beunruhigenden seines Äußeren übereinstimmte.
»Sie wohnen in Jerusalem?«
»Nein, nein, in New York. Ich bin dort aufgewachsen.«
»Ach, bei Ihrer Mutter.«
Luke antwortete nicht, und es wurde still, während er seinen Koffer packte. Nach einer Weile fragte er, noch immer beim Packen: »Wie lange kennen Sie meinen Bruder?«
»Lange.«
»Kennen Sie ihn ziemlich gut?«
»Würde ich sagen.«
»Kommt's Ihnen nicht komisch vor, daß er Ihnen nie erzählt hat, daß er einen Bruder hat?«
Chevejon überlegte, und als er sprach, war es wie zu sich selbst: »Nein. Ich habe ihm auch nie erzählt, daß ich eine Schwester habe.«

Luke empfand ein schmerzliches Bedauern, als sie das Zimmer verließen, als sei so etwas wie eine Zeremonie außer acht gelassen worden. Chevejon bestand darauf, Lukes Köfferchen zu tragen, und sie gingen schweigend die Treppe ins Hotelfoyer hinunter, aber als Luke zur Kasse gehen wollte, hielt ihn Chevejon zurück.

»Das ist erledigt.«

Die Angestellten an der Rezeption, die Chevejon offensichtlich kannten, nickten ihm zu und bedachten Luke mit neugierigen Blicken. Draußen in der warmen Nacht bemerkte Luke die niedrige, breite Karosserie eines amerikanischen Wagens – monströs in den kleinen Maßstäben der Stadt –, der vor einem Parkverbotsschild stand; sie gingen auf ihn zu und stiegen ein, nachdem Chevejon Lukes Koffer auf den Rücksitz geworfen hatte. Es war ein Kabriolett, ein Chevy aus den Sechzigern, in makellosem Zustand. Chevejon hielt das Verdeck geschlossen und schlug, nachdem er gewendet hatte, eine Route ein, die, wie Luke später klar wurde, mit Absicht das bevölkerte Stadtzentrum mied, in dem sich Abendspaziergänger unter den langsamen Verkehr mischen würden. Die Hünen, wo immer sie sich befanden, waren nicht zu sehen. Nach einigen schweigsamen Minuten ergriff Luke wieder das Wort.

»Wo haben Sie meinen Bruder kennengelernt?«

Chevejon drehte den Kopf herum und sah ihn an, dann zurück auf die Straße. Er empfand die Frage offensichtlich als zudringlich, und einen Moment lang dachte Luke, der andere würde nicht antworten. Dann zuckte Chevejon die Achseln, als wäre es eigentlich gleich, was er sagte, und antwortete in gelassenem Ton:

»In Istanbul. Ich arbeitete damals bei den Grabungen in Sardis.«

Luke nickte, wobei er bemerkte, daß Chevejon zu seinem amerikanischen Akzent zurückgekehrt war. »Sie sind Archäologe?«

»War ich mal. Als ich ins Geschäft einstieg, habe ich die,

äh, akademische Laufbahn aufgegeben.« Bei diesen letzten Worten nahm Chevejons Stimme einen kapriziösen, spöttischen Ton an.

Luke überlegte einen Moment. Offenbar kümmerten den anderen seine Fragen nicht. Aber andererseits war nichts zu verlieren, wenn er fragte. Er sagte: »Ich hätte erwartet, daß Sie ein bißchen zurückhaltender wären, was Ihre Geschäfte angeht.«

Chevejon zuckte die Achseln. »Sie wissen doch alles darüber.«

»Woher wissen Sie, daß ich's nicht der Polizei erzählt habe?«

Chevejon wandte den Blick nicht von der Straße, und Luke hatte das Gefühl, daß dieser Mann seit ihrer letzten Begegnung nicht mehr geschlafen, sondern, mit welchen Mitteln auch immer, Lukes Glaubwürdigkeit überprüft hatte. »Seien wir doch nicht albern.« – Beide schwiegen; dann sagte Chevejon zu Lukes Überraschung: »Wie gefällt Ihnen Florenz?«

Er überlegte. »Es ist anders. Einerseits ist es eine große Fußgängerzone, andererseits ein kleines Dorf. Italiener sind anders. So freundlich.«

Chevejon zuckte die Achseln. »Sie kommen aus Paris. Hier sieht eben alles völlig anders aus.«

»Tja, mir gefällt's. Ich wollte, ich wäre hierhergegangen statt nach Frankreich.«

»Was heißt das?«

Luke erklärte es: »Als ich den Militärdienst hinter mir hatte, bin ich nach Frankreich gegangen.«

»Was denn, Sie sind zum Militärdienst nach Israel gegangen?«

»Hm-hm.«

»Du lieber Gott. Warum denn das?«

Luke gab keine Antwort. Sie fuhren durch die vornehmen

Wohnviertel im Norden der Stadt, in denen er am Tag zuvor herumspaziert war, indem er einen weiten Bogen um das Stadtzentrum gemacht hatte, und schnell begriff Luke, daß sie auf dem Weg nach Fiesole waren. Sie fuhren höher in die Berge hinein, dann bogen sie in eine schmale Straße ab. Chevejon hielt vor einem hohen Tor, das in eine Steinmauer eingelassen war. Dort warteten die Hünen bereits, und Luke beobachtete, wie sie im Scheinwerferlicht das mit einem Vorhängeschloß versperrte Tor öffneten. Chevejon fuhr hindurch und einen sich durch ein paar Kurven schlängelnden Fahrweg zu einem kleinen Palazzo hinauf, während hinter ihnen das Tor wieder verschlossen wurde. Im Abendlicht sah Luke eine weite Rasenfläche zwischen Olivenbäumen und Büschen. Der Wagen knirschte über Kies, dann hielt er vor dem Haus, aus dessen weit geöffneten Fenstern Licht in den Garten fiel.

Durch die laue Nacht voller Zikadengezirp trug Chevejon Lukes Köfferchen nach drinnen. Sie durchquerten eine Marmordiele und stiegen eine Wendeltreppe zum zweiten Stock hinauf, wo Chevejon ihn durch eine massive Eichentür in eine kleine Bibliothek führte. Durch eine Rundbogentür gelangte man in ein angrenzendes Schlafzimmer, durch dessen Fenster er hinter den Bäumen die Lichter von Florenz sehen konnte. Chevejon knipste das Licht an, stellte Lukes Koffer aufs Bett, öffnete die Fenster, um die Nachtluft hereinzulassen, und drehte sich zu Luke um.

»Dies hier sind Dannis Zimmer. Zum Bad geht's durch die Tür da. Wenn Sie sich umziehen wollen, Sachen von Danni hängen im Schrank. Wir essen in fünfzehn Minuten.«

Luke nickte und sagte: »Ich nehme an, das heißt, mein Bruder ist nicht hier.«

Der andere machte ein erstauntes Gesicht. »Nein. Natürlich nicht. Das haben Sie doch wohl auch nicht angenommen, oder?«

»Tja, ich weiß eben nicht, wo er ist, verstehen Sie?«
Verärgerung huschte über Chevejons Gesicht. »Nein, das wissen Sie wohl nicht. Aber wenn Sie es sich recht überlegen: Wäre er hier, würde ich nicht diesen ganzen Affentanz veranstalten, um rauszukriegen, was ich mit Ihnen machen soll.«
Luke betrachtete ihn einen Moment lang. »Werden Sie mir sagen, wo er ist?«
Chevejon schüttelte den Kopf. »Kommen Sie runter, wenn Sie fertig sind, ich bin im Wohnzimmer neben der Diele. Und, Luke, nicht rasieren. Okay?«

Luke lief im Schlafzimmer auf und ab: ein Bett, ein Kleiderschrank, eine Kommode und in der Mitte ein Kelim. Die Wände waren leer. Im Schrank hingen mehrere Anzüge, ein paar Hosen, einige Krawatten. Er ging ins Badezimmer, das mit einer mächtigen, auf Löwentatzen aus Messing ruhenden Badewanne, einem Standwaschbecken, einer schweren Keramiktoilette und einem antiken eichenen Apothekenschränkchen ausgestattet war.
Er ging ins Zimmer zurück und blieb eine Weile vor dem offenen Fenster stehen. Als seine Augen sich auf das Licht aus der Etage unter ihm einstellten, sah er einen kurzgeschorenen Rasen mit Blumenrabatten, in dessen Mitte ein Marmorbrunnen plätscherte. Eine kleine Melodie klang von unten herauf.
Er nahm ein Paar dunkelgrüne Baumwollslacks aus dem Kleiderschrank, zog seine Jeans aus und schlüpfte in die Hose und in ein weißes Popelinehemd, band eine grüne Paisley-Krawatte um und zog sich ein Paar durchbrochene schwarze Halbschuhe und ein grünes Sportsakko an, das

zweifellos als passendes Zubehör zur Hose gedacht war. Die Manschetten und der Kragen des Hemdes waren ein bißchen zu weit, die Schultern des Jacketts etwas zu breit, sonst paßte alles. Er ging durch die Bibliothek zurück, fand die Treppe und begab sich zögernd nach unten in Richtung der Musik.

Durch die offene Tür sah er Chevejon im Wohnzimmer warten. Ein Klavierstück erklang, möglicherweise von Beethoven, Luke war sich nicht sicher. Chevejon reichte ihm ein Martiniglas mit etwas Dunklem, das er *aperitivo* nannte. Ein paar Augenblicke später entschuldigte er sich, ging nach draußen und ließ Luke allein.

Jetzt konnte er den prachtvollen Raum in sich aufnehmen: den Konzertflügel, eine Sammlung türkischer Gebetsteppiche, die über den Mosaikfußboden verteilt waren, die ihm unheimlich vertraut erscheinenden Kunstwerke an den Wänden; er erkannte eine Max-Ernst- und eine Picasso-Skizze. Antiquitäten, stellte er mit Interesse fest, waren nicht zu sehen. Bald kehrte Chevejon zurück und führte ihn durch die Diele in ein Eßzimmer, wo sie am Ende eines langen Tisches aus alten gefleckten Bohlen Platz nahmen. Das Essen wurde von einem auffallend hübschen Hausmädchen serviert.

Das Abendessen endete nach Mitternacht, und Chevejon führte Luke aus dem Eßzimmer durch die Diele und durch das Wohnzimmer in ein kleines getäfeltes Arbeitszimmer. Luke bemerkte, wie anmutig sich Chevejon in seinem Maßanzug bewegte und mit welchem Besitzerstolz er den Blick in seinem Haus umherschweifen ließ. Chevejon klappte eine Bar im Bücherschrank auf und goß zwei Cognacs ein. Die trug er zu dem Tisch, wobei er auf dem einen Glas einen Aschenbecher und auf dem anderen eine blaue Blechschachtel mit Zigarillos balancierte. Er setzte

sich und reichte Luke erst ein Glas, dann einen Zigarillo und gab ihm dann Feuer.
Eine Zeitlang saßen sie schweigend da, und Lukes Gedanken schwammen auf dem *aperitivo,* dem Wein vom Abendessen und dem Cognac, den er in kleinen Schlückchen trank. Irgendwie fühlte er sich zu diesem Mann hingezogen, empfand so etwas wie Bewunderung für ihn in diesem hinreißenden, kultivierten Haus. Aber warum sollte er jemanden bewundern, der ihn im Grunde gefangenhielt? Er schob den Gedanken beiseite und wandte seine Aufmerksamkeit wieder Chevejon zu.

Lassen Sie mich versuchen, das Ganze etwas besser zu verstehen. Ihr Anwalt in Jerusalem – Yerushalmi, richtig? – hat gesagt, er hätte von Danni Instruktionen erhalten, die das Testament betrafen. Wie ist er an diese Instruktionen gekommen?«
Luke bemerkte, daß der andere wieder wie ein Europäer redete, und er fühlte sich in seinem Gefühl bestärkt, daß dieser Mann den Tag über schwer an seinen Nachforschungen gearbeitet hatte. Er ertappte sich dabei, daß er, als er antwortete, das Amerikanische prononcierte.
»Er sagte, er hätte Danni davon in Kenntnis gesetzt, daß mein Vater gestorben sei, und Danni habe ihm mitgeteilt, was er wollte.«
»Und woher wußte er, wo er Danni erreichen konnte?«
»Er sagte, er hätte die Adresse.«
Chevejon zog eine Augenbraue in die Höhe. »Der Anwalt hatte sie?«
Luke redete weiter, als verteidigte er sich. »Ja. Danni war in Jerusalem. Das hat Yerushalmi jedenfalls gesagt.«
»Ich verstehe.«

Luke versuchte, den immer dichter werdenden Nebel in seinem Kopf zu durchdringen.
»Wollen Sie damit sagen, er war gar nicht dort?«
»Nein, er war dort. Aber können Sie sich vorstellen, daß er seine Adresse dagelassen hat?«
»Woher soll ich das wissen? Ich kenne den Mann doch nicht.«
»Yeah.« Er sprach plötzlich wieder amerikanisch. »Ich vergeß das andauernd. Also, der Anwalt schrieb an Danni. Wohin? In die Rue de Fleurus?«
»Das weiß ich nicht. Ich habe Nicole danach gefragt; sie wußte es nicht. Danni war da schon lange weg. Aber zwei Dinge sind klar: Danni hat mit meinem Vater aus der Rue de Fleurus korrespondiert. Und Dannis Scheck kam dort an.«
»Aber Dannis Briefe an Nicole nicht.«
Luke zuckte die Achseln. Er überlegte einen Augenblick, dann fragte er: »Warum hat Danni nicht direkt geschrieben? An Nicole?«
Chevejon schwieg und dachte nach. Dann zuckte auch er die Schultern, als sei er gerade zu einem Entschluß gekommen. »Übliche Praxis. Wir wollten nicht, daß er durch einen Poststempel aufzuspüren war.«
»Und woher kamen die Briefe?«
Diesmal antwortete Chevejon schnell, leichthin. »Ganz verschieden. Warum sind Sie so sicher, daß Nicole sie nie erhalten hat?«
»Sie hätte es mir gesagt.«
»Sie sind sich sehr sicher.«
Kurz überdachte Luke die Möglichkeit, daß sie gelogen hatte. »Sehr sicher.« Und angesichts der demonstrativen Skepsis des anderen fuhr er noch energischer fort:
»Sie war völlig durcheinander. Sie dachte, Danni käme nicht mehr wieder. Als ich in Paris eintraf, wartete sie

schon seit Monaten auf ihn. Sie erzählte mir sehr viel – über sich, über Danni. Ich kann mir nicht vorstellen, daß sie gelogen hat.«

War er überzeugt? »Hm-hm. Und von wem hatten Sie Dannis Adresse in Paris?«

Luke antwortete prompt. »Von Yerushalmi. Dem Anwalt.« Irgendwie wollte er Dov Sayada nicht erwähnen; es schien ihm wichtig, daß Chevejon dachte, Lukes Reise nach Paris sei offiziell gebilligt gewesen.

»Wieso? War sie nicht vertraulich?«

»Ohne Dannis Unterschrift ist das Erbe blockiert. Jemand mußte ihn finden.«

Chevejons Reaktion auf diese Lüge war zwiespältig. »Ach ja? Und wovon leben Sie im Moment?«

Luke sah ihn an. Chevejon wiederholte seine Frage. »Wovon leben Sie im Moment?«

Schließlich antwortete Luke: »Als Testamentsvollstrecker hat mir Yerushalmi für die Spesen einen Teil meines Geldes vorgeschossen.«

»Aha. Und warum sind Sie dann im teuersten Hotel von Florenz abgestiegen?«

Luke zuckte die Achseln. »Ich bin ein reicher Mann. Oder werde es sein.«

»Wann haben Sie Ihren Bruder zum letzten Mal gesehen?«

»Als er achtzehn war. Und ich elf. Was hat das denn damit zu tun?«

Der andere sprach bedacht, voller Verachtung. »Nun ja, jetzt, da Sie ein wenig davon mitbekommen haben, wie er lebt, erstaunt es Sie da nicht, daß er verlangt haben soll, den Nachlaß zu liquidieren?«

Luke zögerte. Dann sagte er: »Ja.«

»Und was folgern Sie daraus?«

Luke fragte: »Was folgern *Sie* denn daraus?«

Chevejon gab zu: »Ich weiß es nicht.« Dann fuhr er fort:

»Ehe ich in den Zeitungen darüber las, hatte ich nicht die geringste Ahnung, daß es um soviel Geld ging.«

»Danni wußte es. Hat er's Ihnen nie gesagt?«

»Danni war bereits fünf Monate weg, als Ihr Vater starb.«

»Und Sie glauben, daß sein Verschwinden nichts mit dem Tod meines Vaters zu tun hat?«

»Ich sagte Ihnen doch, er ist im August abgereist. Da lebte Ihr Vater noch.«

»Wann ist er nach Israel gefahren?«

Chevejon schwieg lange. »Im Juli war das, glaube ich. Oder im August. Kurz vor seiner Abreise.«

Luke stand enttäuscht auf und trat ans Fenster. Draußen ruhte der Garten in stillen Schatten. Schließlich drehte er sich um.

»Hören Sie. Welchen Sinn soll das denn haben? Warum wollen Sie mir nicht sagen, wo er ist? Offensichtlich hatte er doch irgendwo eine Adresse. Yerushalmi hat ihm geschrieben, und er hat geantwortet.«

Doch der andere, der, in seinem Sessel zurückgelehnt, einen Zigarillo rauchte, schien ungerührt. »Wenn Sie mich fragen, weiß Danni noch nicht einmal, daß Ihr Vater tot ist.«

»Wie kommen Sie denn darauf? Ich sage Ihnen doch, er hat Yerushalmi geschrieben.«

»Das sagen Sie. Aber Sie müssen zugeben, Sie haben in so vielen Dingen gelogen, daß man schwer feststellen kann, was wahr ist.«

Chevejons Gesicht war nichts anzumerken, aber Luke fühlte die Drohung in diesen Worten, die Drohung, die selbst in seinen neutralen Bemerkungen lag. Er durchquerte das Zimmer, setzte sich, zündete sich einen Zigarillo an, ohne auf die Beschuldigung einzugehen, die hinter dem Rauch geäußert worden war, der sich zwischen ihnen zusammenwölkte.

»Selbst wenn er in Scheiß-Kuweit wäre, es hätte in der Zeitung gestanden.«
»Ich bezweifle, daß er in Kuweit ist. Ich bezweifle, daß er Zeitungen liest. Aber ich weiß, daß er zurückgekommen wäre, wenn er vom Tod Ihres Vaters erfahren hätte. Um Sie daran zu hindern, die Sammlung Ihres Vaters zu verkaufen, zum Beispiel.«
»Was meinen Sie, wo er ist? Woher sind diese Briefe gekommen?«
Chevejon antwortete in ruhigem Ton, als spräche er mit einem Kind. »Wo er ist, weiß ich nicht. Ich habe vielleicht ein paar Ideen, die Ihnen helfen würden, ihn zu finden, aber ich sehe nicht ein, warum ich Ihnen die mitteilen sollte.«
Enttäuschung. »Warum nicht?«
»Weil Sie ein Lügner sind, erstens. Und zweitens verstehe ich nicht, warum Sie ihn zu finden versuchen.«
»Ich sagte Ihnen doch ...«
»Nein, einen Scheiß haben Sie mir gesagt.« Trotzdem klang er nicht wütend, und das machte ihn desto bedrohlicher. Luke schwieg lange, im Bewußtsein, daß er beobachtet wurde. Schließlich sagte Chevejon: »Wenn Sie mir etwas sagen, erzähle ich Ihnen auch etwas.«
»Was denn?«
»Warum Sie ihn finden wollen.«

Ein Wirbel von Bildern sauste Luke durch den Kopf, zu rasch, um sie zu fassen, zu heftig, um sie zu übersehen. Bilder von der Straße in den Puces de Clignancourt, von Nicoles Bett, von der Explosion der Schüsse in der dunklen Straße, von Nicole. Sein Mund wurde trocken. Er leckte sich über die Lippen, trank etwas

Cognac, zog an seinem Zigarillo. Die hießen Panters, bemerkte er, auf der kleinen blauen Blechschachtel sah man einen goldenen Panther an einem schlanken Zigarillo hinaufklettern. Als er sprach, war seine Stimme leise und müde.

»Was Yerushalmi angeht, habe ich nicht gelogen. Er ist der älteste Freund meines Vaters. Sie sind zusammen dem Krieg entronnen. Und er hat gesagt, er hätte an Danni geschrieben und Danni hätte geantwortet.«

Chevejon antwortete schnell. »Warum haben Sie sich entschlossen, nach Frankreich zu gehen?«

Es war, als hätte Luke seine eigenen Worte nicht unter Kontrolle. »Zuerst wollte ich so etwas wie Rache. Dafür, daß mein Bruder mich gezwungen hat, den Nachlaß zu verkaufen. Er wußte, was diese Sammlung wert war. Es war, wie ihn ein zweites Mal zu töten. Meinen Vater, meine ich. Und dann erkannte ich, daß dies nur ein Vorwand war. Im Grunde ... wußte ich nicht, wohin ich gehörte.«

»Und jetzt?«

Fast fürchtete er, gleich weinen zu müssen. Er sagte einfach: »Jetzt will ich Rache und weiß nicht, wohin ich gehöre.«

Stille. Luke riß sich zusammen. Aber als Chevejon das Wort ergriff, war sein Ton ebenso ruhig.

»Der erste Brief kam aus Wien. Der zweite aus Südfrankreich. Die übrigen aus Italien, aus kleinen Orten im Süden.«

»Haben Sie sie gelesen?«

»Nein.«

»Wo will er hin?«

»Ich weiß es nicht.«

»Ich denke, Sie wissen es.«

»Denken Sie, was Sie wollen.« Chevejon erhob sich. »Ich werde Ihnen nicht helfen, Danni zur Strecke zu bringen.

Abgesehen von allem anderen könnten Sie ebensogut selbst ins Gras beißen.«
Luke blickte zu ihm auf. »Danke für Ihre Anteilnahme.«
Chevejon lächelte nicht. »Ja, ich nehme Anteil. Es ist mir nicht gleichgültig, daß Nicole ermordet wurde und Sie denken, Ihr Bruder war es. Es ist mir nicht gleichgültig, daß Sie hier aufgetaucht sind, in der Gegend herumschwirren und alles durcheinanderbringen. Mir ist es nicht gleichgültig, daß Sie mit dem Wahn im Kopf durch Europa ziehen, daß Ihr Bruder Ihnen Ihr Linsengericht stehlen und zum Schein so was wie einen symbolischen Vatermord begehen will, während *ich* weiß, daß *er* nicht einmal weiß, daß Ihr Vater tot ist, und wenn er's wüßte, würde er vom Erbe überhaupt nichts haben wollen. Sie sind gefährlich. Wenn Sie allein auf Reisen gehen, wird jemand ernsthaft zu Schaden kommen. Vielleicht ich oder Danni. Mit Glück nur Sie. Aber darauf kann ich mich nicht verlassen.«
»Warum helfen Sie mir dann nicht?«
Jetzt lachte er. »Ihnen helfen? Sie möchten, daß ich Ihnen helfe? Warum erzählen Sie mir dann nicht ein paar Wahrheiten?«
»Warum reise ich nicht einfach ab?«
»Reisen Sie, wann Sie wollen. Ich bringe Sie jetzt sofort nach Rom zum Flughafen, wenn Sie begreifen, daß Sie ein toter Mann sind, falls Sie je nach Europa zurückkommen.«
»Und wenn ich das nicht will?«
Chevejon antwortete ohne Zögern. »Dann bleiben Sie hier an Ort und Stelle, bis Sie mir die Wahrheit sagen. Und glauben Sie nicht, daß ich Sie nicht dazu zwingen kann.«
Es trat ein kurzes Schweigen ein, dann ergriff Chevejon von neuem das Wort. »Hören Sie zu. Wenn Sie Danni finden und diesen geballten Unsinn, den Sie im Kopf haben, aufdröseln wollen, bin ich ja wohl ungefähr der einzige, an den Sie sich halten können.«

Dieser letzte Satz war so wahr, daß Luke nicht antwortete. Vor seinem geistigen Auge sah er sich selbst in dem beleuchteten Raum, bleich, voller Angst, abgespannt. Chevejon, der vor ihm stand, wirkte so frisch, als sei er eben aufgewacht. Er sagte: »Es reicht für heute nacht. Kommen Sie, ich bringe Sie nach oben.«

Sie gingen zusammen durch das Wohnzimmer, und Chevejon schaltete die Lampen aus. Schweigend stiegen sie die Treppe hinauf, und als sie oben angekommen waren, fragte Chevejon wie nebenbei: »Wie wird in der Rue de Fleurus die Post zugestellt?«

»Sie geht an die Concierge. Die schiebt sie dann unter den Türen durch.«

»Könnte vor der Concierge jemand an die Post gelangen?«

Luke dachte nach, dann antwortete er langsam: »Nein, ich glaube nicht.«

»Dannis Scheck kam also auch so an?«

»Nein, der kam mit einem Kurier von der Bank. Es war ein großer Scheck. Der Bote ließ ihn nur da, weil er dachte, ich wäre Danni.«

»Verstehe. Gute Nacht dann.«

Und Luke stand plötzlich allein vor der Tür zu den Räumen seines Bruders.

Er erwachte spät am Morgen im Bett seines Bruders, auf dem Rücken liegend, noch müde, und ein Gefühl der Reue zerrte mit dumpfer Beharrlichkeit an ihm. Er lag im Zimmer seines Bruders und gab diesem Reuegefühl eine Zeitlang nach. Es stimmte: Sein Leben war ihm total aus den Händen geglitten; er war Chevejon auf Gedeih und Verderb ausgeliefert. Dennoch, selbst wenn er machtlos war, lernte er: Danni, oder wer auch immer vorgab, Danni zu sein, war irgendwo in Europa. Er drehte den Kopf zur Seite und blickte auf die von draußen erhellten Vorhänge, die sich sanft gegen eine warme Brise blähten, verlor sich in der Betrachtung des Florentiner Lichts. So seltsam, so unvertraut, und doch schien es gerade in seiner Art an nichts zu erinnern, einen weiten geistigen Raum zu öffnen, in den alle Lichter der Vergangenheit hineinstürzten.

Er setzte sich auf den Bettrand und schüttelte den Kopf. Und während er so dasaß, merkte er, daß dennoch ein Kristallisationsprozeß stattgefunden hatte, während er schlief. Jetzt sah er, daß es eigentlich nur zwei Alternativen gab: Entweder war derjenige, der Nicole umgebracht und den er in den Puces de Clignancourt erschossen hatte, nicht Danni – dann hatte der Mord an Nicole entweder mit Dannis und Chevejons Geschäften zu tun oder mit irgendwelchen Israelis, die Danni ermorden wollten. Oder derjenige, der aus immer südlicheren Orten quer durch Europa an Nicole schrieb, war nicht Danni, sondern ein Betrüger – dann waren, angefangen bei Chevejon bis zum Rest der Welt, die Möglichkeiten zahllos. Und wo war eigentlich Dannis Scheck geblieben? Aber kaum hatte er dies gedacht, da bot sich auch schon eine dritte Möglichkeit: daß Chevejon log. Zum Beispiel darin log, daß er Dannis Briefe nachgeschickt hatte. Wenn man davon ausging, waren tausend verschiedene Theorien möglich.

Er erhob sich, zündete sich eine Zigarette aus seinem fast leeren Päckchen an und schlenderte, nur mit seiner Unterhose bekleidet, in das andere Zimmer hinüber. Er setzte sich in eine Ecke des niedrigen Sofas, das außer einem eleganten Tischchen, auf dem allerlei Krimskrams lag – Zahnbürsten und Pinsel, Zahnstocher, eine Dose Druckluft –, das einzige Möbelstück im Zimmer war. Rauchend betrachtete er die Bücher, die die Wand vor ihm bedeckten.

Es schienen ausschließlich archäologische und kunsthistorische Nachschlagewerke zu sein, aber als er sich herumdrehte, um den Regalfächern rund ums Zimmer zu folgen, sah er, daß das nicht stimmte. Hier gab es, wie in Dannis Arbeitszimmer in Paris, eine Abteilung mit Judaika, nur war diese viel umfangreicher. Zuerst bemerkte er ein paar Bände der Anchorbibel. Dann einen hebräischen Talmud. Er stand auf und sah, als er an die Bücherwand herantrat, daß die obere Hälfte der Fächer ausschließlich mit Judaika auf hebräisch, jiddisch, deutsch, französisch und englisch gefüllt war, sorgfältig nach Themen geordnet. Weiter unten fand er wiederum einen kompletten Freud, dann sämtliche Werke von Joseph Benami in Dov Sayadas Oxforder Ausgabe, die Benami-Biographie von Yarmolinsky in der bei Knopf erschienenen Originalausgabe und die von Greenberg in der hebräischen Taschenbuchausgabe. Und die untere Hälfte dieses Bücherschranks war in ihrer Gesamtheit Werken über den Holocaust vorbehalten: Ancel, Hannah Arendt, Lucy S. Dawidowicz, Martin Gilbert, Raul Hilberg, Henri Michel, David Rousset. In der untersten Ecke an der Wand fand er *Generations of the Holocaust* von Bergmann und Jucovy, Judi Benamis gesammelte Aufsätze: *Living Death,* Epsteins *Children of the Holocaust,* Keilsons *Sequentielle Traumatisierung bei Kindern,* Steinitz' und Szonyis *Living after the Holocaust* und mehrere Nummern von *Israel Annals of Psychiatry.*
Luke trat verblüfft zurück. Er hatte sich vorgestellt, daß es möglicherweise nur eine einzige Gemeinsamkeit zwischen ihm und diesem Fremden, seinem Bruder, gab: und zwar die Neigung, genau dieser Art von Büchern, diesen Denkweisen vollkommen aus dem Weg zu gehen. Ihm fiel nicht ein einziges Buch seines Vaters ein, das er ganz durchgelesen hätte, und von den Büchern seiner Mutter waren ihm nur wenige plausibel erschienen.

Er griff blindlings nach einem Buch, dann nach einem anderen. Sogleich sprang ihm von den Seiten die seltsam vertraute Handschrift seines Bruders in den Randbemerkungen ins Auge; er hatte gar nicht gewußt, daß er sie kannte. Dies waren Bücher, die intensiv durchgearbeitet, mit Anmerkungen und Unterstreichungen versehen worden waren. Er stellte sie zurück und ging wieder ins Schlafzimmer, dann ins Bad, wo er Wasser in die Wanne laufen ließ. Während sie sich füllte, stand er vor dem Spiegel und fuhr sich mit der Hand über seine Bartstoppeln, und da ergriff ihn eine viel größere Trostlosigkeit, als er sie selbst in den einsamsten Momenten seiner Reise gefühlt hatte. Sie war eine Farce, diese Idee, daß er irgendwelche Fortschritte machte, irgendeine Ordnung in sein Leben brachte, indem er aufs Geratewohl durch das Leben von Menschen stolperte, die es, alle und jeder, lieber gesehen hätten, wenn es ihn gar nicht gäbe.

Zwölftes Kapitel

Später, als ich Peter Chevejon fast so gut kennengelernt hatte, wie ich Luke jetzt kenne, verstand ich, was für eine starke psychische Kraft er damals einsetzte, um den Schock über Lukes Ankunft so weich abzufangen. Denn ich sollte erkennen, daß Chevejon, während er diesem merkwürdigen, ernsten jungen Mann zuhörte, mit tödlicher Sicherheit wußte, daß diese Geschichte sein Leben veränderte.

Es lag wahre Grazie in seiner Reaktion, in der Geschwindigkeit, mit der er auf der Stelle eine Wendung vollzog, um sich der Wirklichkeit zuzuwenden, die vor ihm lag. Angst haben – das mußte er Luke und mir überlassen.

Vielleicht werden Sie sagen, daß es für ihn einfacher war, daß die Wirklichkeit, die uns allen ins Auge starrte, mich und Luke heftiger in Mitleidenschaft zog. Aber Peter Chevejon wäre nicht dieser Meinung gewesen. Nicht angesichts der Tatsache, wie sehr Luke und ich Danni Benami in Mitleidenschaft zogen. Nicht angesichts von irgend etwas, das Danni Benami betraf.

Und Danni war natürlich nicht nur psychologisch, sondern auch juristisch an dieser Geschichte beteiligt, die sich zwischen mir und Luke zu entwickeln begann – und für Chevejon sichtbar wurde.

Chevejon wußte zum Beispiel, daß Lukes Bericht über die Mordnacht durch und durch Erfindung war; Chevejon hatte mit viel zuviel Zeit und Kraft Frankreichs Gesetze umgangen, um zu glauben, daß die französische Polizei so blöd wäre, wie der Junge sie darstellte. Viel mehr war in jener Nacht in Paris passiert. Und Luke mußte der Polizei

viel mehr erzählt haben; genug, damit sie glaubte, sie hätte eine plausible Erklärung für das Geschehene. Das zu tun, ohne Danni hineinzuziehen, dachte Chevejon, überstieg die Möglichkeiten dieses humorlosen jungen Mannes. Und aus diesem Grund hatte er Danni in die Sache hineingezogen. Und aus diesem Grund suchte die französische Polizei – suchte Europa – mit Sicherheit nach Danni.
Wie es auch die drei Männer taten, die mich aus Paris vertrieben hatten. Israelis, um Gottes willen, und er sprach jetzt laut das Wort *Scheiße* aus.
Und wenn entweder die Polizei oder die drei Israelis Danni fänden, ehe er ihn fand, wäre das eine äußerst schreckliche Geschichte. Und darum wurde es immer dringlicher, daß er diese beiden jungen Leute ihren besten Verwendungsmöglichkeiten entsprechend einsetzte. Ohne daß sie merkten, daß sie geschickt gesteuert wurden.
Es war ein seltsames Puzzle.
Mehr als ein Puzzle. Ein Rätsel.

Nach seinem ersten Abend mit Luke in Fiesole erwachte Chevejon mühelos nach den paar Stunden, die er sich für den Schlaf gönnte, lag in der Dunkelheit und dachte nach. Sogleich sah er, daß es nicht viel mehr gab, was er im Moment mit Dannis sonderbarem, zornigem Bruder tun konnte – außer ihn zur Einsicht der Notwendigkeit zu zwingen, daß er sich nicht zeigte, bis sein Äußeres glaubhaft verändert war. Was er allerdings tun konnte, war, diese junge Österreicherin dazu zu ermuntern, ihre Schüchternheit abzulegen; sie hatte dafür Zeit genug gehabt. Und genauso bedeutungsvoll war: Keiner dieser beiden jungen Leute allein konnte seine Fragen beantworten, aber beide gemeinsam konnten ihn, ohne es selbst zu wissen, eventuell dorthin führen, wohin er gehen mußte.
Wenn er die beiden einfach zusammentat, würden sie das

Puzzle lösen? Vielleicht, dachte er, aber wahrscheinlich fehlerhaft, denn das Puzzle war sehr kompliziert, und sie waren sehr junge Spieler. Und dann waren die falschen Schlüsse nicht vorauszusehen, zu denen sie gelangen konnten, und ihre Reaktionen nicht zu beherrschen. Ein dritter Kopf war nötig, einer, der Gebrauch machen konnte von dem, was die beiden wußten; ohne einzusetzen, was sie fürchteten. Diese Funktion mußte er übernehmen.

Luke. Einen Moment lang fragte sich Chevejon, was er täte, wenn seine Schwester in Florenz auftauchen würde. Aber er schüttelte den Gedanken ab: Es war ausgeschlossen, daß jemand aus Howell, Michigan, in der Lage wäre, den Menschen ausfindig zu machen, in den er sich verwandelt hatte. Doch wenn sie es täte, würde er sich irgendwie dazu durchringen müssen, auch ihr Platz zu machen. Anpassungsfähigkeit, das wußte Chevejon seit jeher, war lebensnotwendig.

Aber was war mit Luke zu tun? Die Frage war noch lange nicht beantwortet. Doch angesichts der Bedrohung, die klar und immer deutlicher ihm selbst und auch Danni galt, war keine der möglichen Antworten zu abwegig.

Er erhob sich in einer fließenden Bewegung und blieb am Fenster stehen, sah hinunter auf die im Wind schwankende Blumenpracht.

Er hatte nicht gelogen, als er Luke sagte, er wisse nicht, wo Danni tatsächlich sei. Aber nur im allerwörtlichsten Sinn wußte er es nicht; tief in seinem Herzen ahnte er vieles über die Reise, auf die sich Danni begeben hatte. Wo Danni physisch war, das, so erkannte Chevejon plötzlich, war eine Frage, die nur Luke beantworten konnte. Nicht ich, Natalie, obgleich ich ein nützliches geistiges Druckmittel war, sondern Luke.

Und ich betone: Daß er das überhaupt erkannte, besagt

mehr als sonst etwas über die reine, seelenlose Macht dieses Mannes. Niemand anders in seiner Lage hätte es gesehen, nicht Luke, nicht Danni. Es war Chevejons Genie, zu erkennen, daß nur Luke die Quellen besaß, es herauszufinden. Quellen, zu denen nur Luke Zugang hatte, Quellen nämlich, die in ihm selbst lagen. Denn wohin Danni auch gereist war, das wußte Chevejon, es wurde durch keinen finanziellen Reiseplan bestimmt. Es ging hier nicht um Geschäfte, und es ging sicher nicht ums Vergnügen. Danni reiste nicht nur im Raum, sondern auch in der Zeit, und er folgte einer seelischen Reiseroute. Der einzige Mensch auf der Welt, der ihm folgen konnte, war ein Mensch mit Zugang zu denselben Wurzeln.

Aber Chevejon bezweifelte, daß der Junge – so zornig, so durcheinander – den Schleier der Angst durchstoßen könnte, um diese Quellen zu erkennen. Es war seine Aufgabe, ihn dazu zu bringen, sie zu finden. Und es war im Grunde eine ziemlich simple Formel, die auch ihm schon gedient hatte. Es ging darum, dieser Angst einerseits eine gleich große entgegenzusetzen und dann einen Ausweg aus dieser Zwickmühle zuzulassen: nämlich Chevejon Vertrauen entgegenzubringen. Drohung und Verführung: zwei Kräfte, die Chevejon sehr gut einzusetzen wußte.

Wieviel Druck sollte er anwenden, und wieviel Halt sollte er geben? Das war der Punkt, an dem die ohnehin schon labyrinthische Frage teuflisch zu werden begann. Was er hatte, war ein Notizbuch – ein altes, ausgeblichenes grünes Universitäts-*carnet de devoirs*. Es war auf jiddisch geführt worden, für Chevejon nicht zu lesen. Danni hatte es ihm unmittelbar vor seiner Abreise gegeben und ihn eilig gebeten, so nett zu sein und es in den Safe zu schmeißen. »Machst du das bitte?« Seine Stimme klang Chevejon in den Ohren, als er sich daran erinnerte, wie wenn Danni in dem Moment mit ihm im Schlafzimmer gewesen wäre.

Chevejon wußte nicht, was in dem Notizbuch stand. Aber er wußte aufgrund derselben Intuition, die ihn bis dahin geleitet hatte, daß es von zentraler Bedeutung war. Und jetzt fragte er sich zum wiederholten Mal: Sollte er es Luke geben?

Inwieweit würde es ihm nützlich sein, Dinge zu erfahren, und inwieweit würde er selbst Dinge herausfinden müssen? Er seufzte und fuhr sich in einer seltenen Geste, die Nervosität zu erkennen gab, mit der Hand durch sein dichtes Haar. Einen Moment lang fühlte er sich der vor ihm liegenden Aufgabe nicht gewachsen.

Sollte Luke Danni finden, würde er versuchen, ihn zu töten.

Sollte er Danni zu töten versuchen, würde Luke ums Leben kommen.

Sollte die Polizei Danni finden, würde ihre Partnerschaft sich auflösen.

Und damit wäre er selbst am Ende.

Er sog die Luft tief in seine Lungen. Luke, die Quelle der Bedrohung, der Besitzer der Lösung, mußte begreifen; er mußte es tun, und Chevejon mußte ihn dazu bringen. Und um zu begreifen, mußte Luke erwachsen werden. Wie sollte er, Chevejon, das bewerkstelligen? Dann schüttelte er seine Mutlosigkeit ab.

Er mußte den Jungen zum Reden bringen. Aber zuerst würde er das Mädchen zwingen, zu erzählen, was es zu erzählen hatte; es wurde Zeit. Er zog sich an und glitt leise aus dem Schlafzimmer. Er mußte noch ein bißchen warten, ehe er mich in meiner *pensione* anständigerweise wecken konnte, und er mußte sich Pläne zurechtlegen.

Ich verstand nicht, woher an diesem Tag Chevejons Gemütsbewegung während unserer Unterhaltung rührte. Aber ich brauchte es nicht zu wissen, um ihre Dringlichkeit zu spüren.

Er weckte mich in der heißen Geborgenheit meines Zimmers, den Blick auf mein T-Shirt und meinen Slip, auf meine nackten Beine gerichtet, und wartete dann im Frühstückszimmer, während ich mich ankleidete. Während des Frühstücks neben einem Fenster voller Sonne hielt er seine Ansichten zurück. Dann zündete er sich einen Zigarillo an. Und als er sprach, geschah es in einem Ton, der sich von dem Ausdrucksrepertoire, das er zuvor bei mir angewandt hatte, ganz erheblich unterschied.

»So, Schätzchen, das hat sehr viel Spaß gemacht. Sehr viel. Wenn's nach mir ginge, würde ich mein ganzes Leben damit zubringen, mir in Ihrer Gesellschaft Florenz anzusehen. Sie sind hübsch, Sie sind neugierig, Sie sind klug. Und Sie sind eine Lügnerin, was Sie für mich zur idealen Gesellschaft werden läßt. Ich denke, Sie wissen das.«

Ich sah ihn an. »Ich weiß«, sagte ich, »daß ein Lügner für Sie die ideale Gesellschaft ist, wenn Sie das meinen.«

Aber er nickte nur. »Natürlich meine ich das, und es ist gut, daß Sie es wissen. Aber verstehen Sie, mein Schätzchen, das ist auch schon alles, was Sie wissen. Sie sind, verzeihen Sie, sehr jung. Sie wissen, verzeihen Sie, sehr wenig. Ich würde Ihnen gern ein Beispiel nennen.«

»Sprechen Sie weiter.«

Freundlich lächelnd, als wolle er seine Worte mildern, begann er. Und zunächst begriff ich überhaupt nicht, was er sagte.

»Sie und ich sind uns sehr ähnlich. Ich weiß, Sie glauben das nicht. Aber betrachten Sie's mal so: Wir beide wissen eine Menge über Schuld. Ist es nicht so? Daß die Quellen unserer Schuld so verschieden sind – was ich bezweifele –, ist eigentlich egal. Was uns wirklich unterscheidet, ist unsere Reaktion darauf. Sie haben Angst, ich nicht. Und das ist wichtig für Sie, obgleich Sie es nicht begreifen. Denn Sie brauchen Hilfe, und ich bin in der Lage, sie Ihnen zu geben.«

Inzwischen lächelte er nicht mehr. Und ich verstand ihn. Todernst fuhr er fort: »Ich brauche Sie, damit Sie mir – nicht Danni, sondern mir – zurückgeben, was Sie aus dem Haus Ihres Vaters mitgenommen haben. Und Sie brauchen mich, um herauszukriegen, was es bedeutet.«

Ich antwortete: »Quatsch. Sie nehmen sich doch einfach, was Sie brauchen, und vergessen mich. Ich bin doch bloß die kleine Österreicherin.«

Vielleicht hatte ich ein behütetes Leben. Ich erwartete nicht, was ich ihn als nächstes im Flüsterton sagen hörte.

»Ach, die grauenhafte kleine Österreicherin, geboren neunzehnhundertscheißsechsundsechzig, mein Gott. Schätzchen, ich kenne Nazis, argentinische Juntamitglieder, ehemalige Stalinisten, kolumbianische Drogenbarone. Ich habe mit Baby Doc Duvalier Geschäfte gemacht. Sie, die Sie das unverzeihliche Verbrechen begangen haben, sich von einem Nazivater die Skiferien und die Uni bezahlen zu lassen, Sie wissen, wie man sich fühlt? Als ich so alt war wie Sie, nannten wir es Liberalismus. Sie denken, weil Ihre Schuld in Ihrer Geburt liegt, ist sie soviel schwerer zu ertragen? Quatsch. Sie wollen einfach den Tatsachen nicht ins Gesicht sehen. Sie haben Angst. Genauso wie Sie Angst davor haben, mir zu vertrauen.«

»Richtig. Ihnen vertrauen! Halten Sie mich für eine Scheiß-Idiotin?«

»Wenn Sie was über Schuld erfahren wollen, fragen Sie einen Verbrecher.«

Jetzt schwieg ich. Lange. Und fragte dann: »Was wollen Sie von mir?«

»Ich möchte das, was Sie aus dem Haus Ihres Vaters mitgenommen haben.«
»Und dann setzen Sie mich in einen Zug nach Wien, Sie und Ihr dicker, dämlicher Wächter.«
»Falsch. Da irren Sie sich. Zunächst einmal ist Giorgio ganz und gar nicht dämlich. Niemand, der für mich arbeitet, ist das. Geben Sie mir die Sachen, dann kümmern wir uns um die Realität, die vor uns liegt. So tun das Erwachsene. Und ich stehe Ihnen bei bis zu dem Augenblick, in dem Sie mich bitten, Sie in Ruhe zu lassen. Nicht eine Sekunde früher, als bis Sie mich darum bitten.«
Ich sah ihn an, ohne mich zu rühren. Und er erwiderte meinen Blick. »Sie sehen, ich hatte recht: Sie begreifen nicht. Hören Sie aufmerksam zu, ich werde Ihnen sagen, was los ist. Aber ich werde es Ihnen nur einmal sagen.«
Wieder senkte er die Stimme zu einem Flüstern.
»Wir befinden uns in alternierenden Realitäten, verstehen Sie? Sie sind nicht blöd, Sie sehen, was los ist. Wollen Sie, daß ich es Ihnen buchstabiere? Danni Benami und ich, wir sind V-e-r-b-r-e-c-h-e-r. Schmuggler. Wir gehören zu dieser trüben Welt, über die Sie in Illustrierten lesen. Wir handeln den Gesetzen von Regierungen und Moral zuwider; wir stehlen antike Kunstwerke und kaufen illegale Kunst und verkaufen sie dann an diejenigen, die am meisten dafür bieten. Manchmal – oft bringen wir Leute zu Schaden, damit die Dinge, die wir vorhaben, klappen. Manchmal sterben Leute. Wir tun es wegen des Geldes.
Kapieren Sie langsam? Dies hier ist nicht Ihr kleines Europa, es ist meines. Wir machen hier Geschäfte, und das, was zählt, sind grüne Scheine. Bitte sehr. Bleiben Sie, solange Sie wollen. Auf Schuld kommt's hier nicht an. Verstehen Sie jetzt?«
Ich nickte, meine Lippen waren trocken, mein Mund offen; ich schluckte, aber er ließ mich nicht zu Wort kommen.

»Sie werden sagen, es ist eine andere Art Schuld. Sie haben recht: Sie ist erfrischender. Und sie ist origineller. Denn dies ist Europa, Natalie, Europa. Wenn Sie meinen, Sie sind was Besonderes, denken Sie noch mal nach. Was meinen Sie, was der Typ da unter Mussolini getan hat«, er machte eine Kopfbewegung zu dem ältlichen Hilfskellner hinüber, der Tische abräumte, »gegen den Faschismus gekämpft? Ich gebe zu, es ist möglich. Aber es ist verdammt unwahrscheinlich, Schätzchen, und es ist verflucht noch mal viel unwahrscheinlicher, als daß Sie in Richtung Norden abdampfen. Scheiß-Österreich – ich meine Frankreich, ich meine Belgien. Wir sind hier in Europa. Jeder ist schuldig.«

Jeder ist schuldig.
Ich weiß nicht, ob ich Ihnen in jener anderen Welt erklären kann, was es bedeutete, dies zu hören. Wie verführerisch es war, daran zu glauben. Und wie unmöglich.
Und ich weiß nicht, ob ich Ihnen erklären kann, wie schwer es war, was Chevejon von mir verlangte. Lassen Sie es mich versuchen.

Haben Sie jemals, als Sie klein waren, auf einem Felsen über einem See gestanden und sich gezwungen, hinunterzuspringen? Sie wissen, es ist ungefährlich. Daß Ihr Körper, wenn Sie die Willenskraft finden, ins Leere zu treten, unbeschadet im Wasser landen wird, daß das Wasser um Ihr Gesicht in einem funkelnden grünen Aufblitzen zerstiebt und daß Sie in einem Tunnel aus Luftblasen, die in die Sonne spritzen, lachend zur Oberfläche aufsteigen werden. Doch bei allem, was Sie wissen, bei allem Willen zu springen, befällt Sie vor dem Sprung selbst eine Lähmung.

Es ist nicht die Höhe, es ist nicht die Kälte des Wassers; das ist es nicht, was Sie aufhält. Es ist das Bewußtsein, daß eine Entscheidung vor Ihnen liegt, die Sie, sei sie belanglos oder nicht, nicht widerrufen können.
Es gibt vergleichbare Dinge. Andere Entscheidungen. So zum Beispiel die, jemandem die Wahrheit zu sagen.
Wir verließen die *pensione* schweigend, gingen hinüber in die Boboli-Gärten und setzten uns auf eine Bank. Das heiße, strahlende Licht des Vormittags lag auf meiner Haut. Ich war durstig, dann fühlte ich mich benommen. Und dann erzählte ich Chevejon von meinem Vater.

Dies alles habe ich Chevejon erzählt. Daß ich all die rationalen Erklärungen, all die Rechtfertigungen, selbst die völlig wahren Dinge über die Hölle kannte, die der Krieg auch für uns – die Henker – sein konnte. Es ist ein sehr spezielles Leiden, das ich ihm schilderte. Eines, dem Mitleid generell versagt sein muß. Für das Rechtfertigungen nicht vorgebracht, Entschuldigungen nicht geäußert werden dürfen. Die Schuld daran – vor allem die Schuld – darf nie geleugnet werden.
Ich erzählte ihm, daß er kein bekannter Nazi war, keine der gigantischen Figuren des Bösen. Er war ein Beamter in Hitlers Bürokratie, nur am Rande – innerhalb seiner Dienstpflichten – mit der »Endlösung« befaßt, verantwortlich für die Bearbeitung jüdischer Auswanderungsanträge aus Wien.
Dies alles habe ich Chevejon erzählt. Daß ich mein ganzes Leben über meinen Vater Bescheid wußte. Ich hatte es gewußt während meiner beschaulichen Kindheit in der Frederickstraße, während meiner Sommer auf Mallorca, meiner Skiferien in Gstaad. Aber ich wußte auch noch etwas anderes.
Ich wußte, daß mein Vater unter der Nazityrannei auch die

Rettung von Hunderten von Wiener Juden in die Wege geleitete hatte, und das unter ungeheurem persönlichem Risiko. Daß er in Zusammenarbeit mit einem jüdischen Geheimagenten seine Verbindungen zur italienischen Armee und nach Griechenland dazu benutzt hatte, einen Geheimweg aus Europa nach Palästina aufzutun, und daß heute Hunderte von Nachfahren dieser Leute ihr Leben meinem Vater verdankten. Und daß der Dank dieses Israeli meinem Vater gegenüber so groß war, daß er aus Jerusalem kam, um als Zeuge auszusagen, als mein Vater in Nürnberg angeklagt wurde.

In Nürnberg angeklagt. Mein Vater. Versuchen Sie das mal. Versuchen Sie, sich zu sagen: »Mein Vater ist in Nürnberg angeklagt worden.« Probieren Sie mal, wie sich das anfühlt.

Ich erzählte Chevejon, daß alles, was ich wußte, über mir zusammenbrach, als Maurizio Tueta – Danni Benami – in Wien zu uns kam. Und daß, als ich auf seine Anweisung hin auf unseren Dachboden hinaufstieg, das, was ich dort fand, mir alles, was mir in meinem Leben das Vertrauteste war – mein Vater, mein bequemes Zuhause –, fremd machte; alles, was ich wußte, fraglich.

Schuldnuancierungen gelten vielleicht nicht, ich weiß es nicht. Aber eines wußte ich: daß sich Helden während des Krieges nicht jüdische Haushalte aneigneten.

Es war eine Frage, die nur Danni selbst beantworten konnte. Wenn ich ihn finden konnte.

Es war wie ein Verbannungsurteil.

Dies alles habe ich Peter erzählt. Daß ich meinem Vater einen Stapel Visa zur Auswanderung aus Nazi-Wien gestohlen hatte, deren erstes für Joseph Benamis Vater ausgestellt worden war. Und daß ich aus dem Versteck im Dachboden die goldene Menora und die Thora mitgenommen hatte.

Doch folgendes habe ich ihm nicht erzählt. Daß meine Welt, als ich diese Gegenstände in meiner geliebten Mansarde fand, zu einer Leidenswelt wurde. Leiden, die anzuerkennen ich Sie nicht bitten kann: Sie in jener anderen Welt, die Sie entweder ein Leid erduldet haben, das meins zu nichts, zu absolut nichts werden läßt, oder die Sie sich törichterweise einer falschen Rechtschaffenheit rühmen, die meinem Leid keine Beachtung schenken kann.

Ich habe Zweifel an dieser Rechtschaffenheit. Ich habe große Zweifel. Aber ich sagte ihm das nicht, denn wo das Vermächtnis des Opfers – wie das des Siegers – die Proklamation von Rechtschaffenheit ist, ist es Sache des Henkerserben zu schweigen, nur zu schweigen.

Statt dessen begann ich zu weinen, so schmerzlich war mir ums Herz, so schmerzlich war der Verlust meines Lebens, meines ganzen Lebens, angesichts des Vorwurfs, den diese Gegenstände bedeuteten. Ich wollte vor Chevejon nicht weinen, aber ich tat es, und die Sonne trocknete die Tränen auf meiner Bluse, während ich mit diesem Mann in der Vormittagsstille saß, und er berührte mich nicht und sprach nicht, er wartete nur, während ich um meine Kindheit, um meinen Vater weinte. Dieses ganze Scheiß-Gerede. Nur dieses Weinen war echt.

Als ich fertig war, fragte mich Chevejon: »Hat Danni Ihnen gesagt, wo Sie die Sachen auf Ihrem Dachboden finden würden?« Ich bejahte. Er fragte mich: »Woher wußte er, wo sie waren?« Ich antwortete, das wisse ich nicht. Er dachte lange nach, als wäre daran etwas von Bedeutung, aber er könne nicht genau sagen, was. Dann erzählte ich ihm, daß all die Dinge in der Gepäckaufbewahrung der Gare de l'Est lägen. Ich sagte: »Ich fahre nach Paris und hole sie.«

»Was?« Er löste sich aus seinen Träumereien und antwortete zerstreut: »Nein, machen Sie sich keine Sorgen. Ich

lasse die Sachen abholen. Sagen Sie mir nur, wie der Koffer aussieht.«
»Brauchen Sie denn nicht den Aufbewahrungsschein?«
»Den was? Oh ...« Sein Blick stellte sich nun auf mich ein, er lächelte und erklärte geduldig: »O nein, machen Sie sich darüber keine Gedanken. Überhaupt keine.«
Und dann sagte er mir sanft, indem er mich Schätzchen nannte, daß ich das Richtige getan hätte, daß ich etwas Mutiges getan hätte und daß er auf mich aufpassen würde.

Jetzt war Luke am Zuge. Nachdem Chevejon mich spät an jenem Vormittag wieder zu meinem Zimmer zurückgebracht hatte, dachte er auf dem Rückweg zu seinem Büro in Santo Spirito mit Genugtuung: Jetzt ist Luke am Zuge.
Aber diese Genugtuung währte nur kurz. Dann begann sich ein anderes Gefühl einzustellen, eine zunehmende Erschöpfung überfiel ihn. Erschöpfung angesichts der Kraft der Gefühle in diesen beiden jungen Leuten. Er fühlte sich ausgelaugt von der andauernden Verantwortung für sie. Es war gut, daß das Mädchen so offen geredet hatte, aber um solche Schleusen bei Luke zu öffnen, würde er weit, weit mehr Fragen ausgesetzt sein, als er beantworten wollte.
Er stieg, plötzlich lustlos, die Treppe zu seinem Büro hinauf und setzte sich ermattet an seinen Schreibtisch, das Gesicht in den Händen. Eine Zeitlang ruhte er so aus. Dann schüttelte er den Kopf, wie um ihn klar zu bekommen, und griff zum Telefon, um in Paris anzurufen. Erst, dachte er, wollen wir uns mal Natalies Koffer beschaffen. Dann sehen wir, was Luke zu sagen hat.

Dreizehntes Kapitel

Im Lauf der nächsten Tage schickte Chevejon das Hausmädchen und den Gärtner in bezahlten Urlaub. Als das Haus leer war, befaßte er sich mit den praktischen Angelegenheiten des Lebens mit Luke. Er selbst wusch das Geschirr vom Mittag- und Abendessen ab, wobei er zügig zur Sache ging, er plante die Mahlzeiten, schickte Gianluca mit Einkaufslisten in die Stadt, verbrachte Stunden im Garten, verteilte Kompost, jätete und versorgte seine Blumen. Morgens besuchte er mich in meiner *pensione* und ließ Luke in Paolos Obhut. Am zweiten Tag bemerkte er, daß sich Paolo die Zeit damit vertrieb, mit Luke Verben zu konjugieren, was Chevejon für eine interessante Methode hielt, sich ans Italienischlernen zu machen. Aber andererseits hatte der Junge auch die Italienischgrammatik und schien viel Zeit mit ihrer Lektüre zu verbringen.

Das war eigentlich nicht das, was er wollte. Er wollte, daß Luke beobachtete, nachdachte und sich Fragen stellte. Und sich aufs Reden vorbereitete. Deshalb bat er Paolo, den Jungen in Ruhe zu lassen. Er wollte, daß Luke in Panik geriet. Unterdessen wartete er auf Natalies Koffer aus Frankreich. Dann würde er wissen, wonach er Luke fragen mußte.

Aber am Tag bevor der Koffer aus Paris eintreffen sollte, fand er sich schließlich doch plötzlich in einem Gespräch mit Luke.

Chevejon schnitt im Garten die ersten verwelkten Rosenblüten, als er bemerkte, daß Luke ihn von der Küchentür her beobachtete. Er grüßte ihn mit aalglatter Freundlichkeit, und als Luke nicht verschwand, erhob er sich, ging zu ihm in die Küche und machte Kaffee.

Sie setzten sich in der Hitze des Nachmittags an einen Eisentisch im Garten und rauchten. Um sie herum tönte aus den Blumenbeeten das träge Summen von Bienen, vom Dach des Palazzos das Gurren von Tauben und aus den Bäumen über ihnen das Gezwitscher von Vögeln. Nun fragte Luke, wo denn das Hausmädchen sei, und schien enttäuscht über die Neuigkeit, daß sie Urlaub machte.

Chevejon lachte und redete in seinem leicht amerikanisch gefärbten Englisch. »Jetzt haben Sie bloß noch mich zum Anschauen.«

»Sie war sehr viel hübscher.«

Chevejon lachte wieder. »Stimmt. Aber es wäre immer schwieriger geworden, ihr zu erklären, warum dieser Typ nach Florenz gekommen ist und mein Grundstück nie verläßt.«

»Ich soll also ewig hier bleiben?«

Chevejon lachte nicht mehr. Er überlegte einen Moment, ehe er antwortete. »Sehen wir mal, wo wir in ein paar Wochen stehen. Wie auch immer, zunächst ist wichtig, daß Sie nicht mehr so aussehen wie Danni. Dabei geht's um mich, aber auch um Sie. Und um ihn. Das müssen Sie verstehen.«

Lukes Antwort ließ auf sich warten. »Vermutlich.«

»Aber wichtiger noch«, fuhr Chevejon hastig fort, »wichtiger noch ist, denke ich, daß Sie rausfinden müssen, wohin Sie wollen.«

Luke sah ihn an, offensichtlich empfänglich für diese Veränderung im Ton. Und, wie Chevejon anerkennend registrierte, sein Urteil aufschiebend, um ihn ausreden zu lassen.

»Das heißt?«

»Das heißt genau das.« In der verschwimmenden Hitze des Nachmittags klang für Chevejon seine eigene Stimme so, als käme sie von weit her. »Ich meine, ich weiß nicht, was

Danni mir raten könnte, mit Ihnen zu tun, aber ich nehme an, es wäre nichts, was Ihnen gefiele. Wenn Sie hier lange genug warten, wird er wohl zurückkommen. Aber es könnte sehr lange dauern. Ich weiß nicht mehr darüber, wo er ist, als Nicole gewußt hat, aber die Tatsache, daß sie umgebracht wurde, scheint mir darauf hinzudeuten, daß eine bestimmte Dringlichkeit geboten ist, ihn zu finden. Wir werden also herauskriegen müssen, wo man zu suchen hat. Und ganz gleich, was Sie von mir denken, Sie werden mithelfen müssen.«

Luke antwortete kühl: »Meinen Sie nicht, daß wir in diesem Zusammenhang darüber nachdenken sollten, wer Nicole ermordet hat?«

»Nun ja, ich weiß nicht – verstehen Sie? –, da Sie mir nicht erzählt haben, wie die Dinge in jener Nacht wirklich verlaufen sind. Aber es ist doch wohl klar, daß der, der es war, Nicole hat glauben machen können, daß Sie es sind, der nach Hause kommt. Hören Sie«, er redete über Lukes Einwände hinweg, »Sie müssen mir nicht erzählen, was geschehen ist. Aber denken Sie bloß eine Sekunde lang nach: Ist es möglich, daß irgend jemand es geschafft haben könnte, Nicole glauben zu lassen, Sie seien es, der nach Hause kommt? Gibt's in dem, was Sie mir *nicht* erzählt haben, einen Hinweis, der so einen Gedanken plausibel erscheinen ließe?«

Luke holte tief Luft und atmete aus. »Ja. Ich habe mir gedacht, daß es vielleicht Israelis waren.«

»Israelis?«

»Ich meine, jetzt, wo mein Vater tot ist, und Danni als Deserteur … Haben Sie jemals den Verdacht gehabt, daß Danni mehr als bloß ein Schmuggler sein könnte?«

Chevejon nickte und lächelte. »Yeah. Ich meine, ja, ich verstehe, worauf Sie hinauswollen. Aber nein, er war kein Spion. Auf keinen Fall.«

Er erwartete einen Einwand und war erstaunt über Lukes Reaktion – ein Achselzucken und in resigniertem Ton die Antwort: »Wissen Sie, Sie sind sich so vieler Dinge so verflucht sicher, daß es wirklich ziemlich schwer fällt, zu glauben, daß Sie nicht wissen, wo Danni ist.«

Jetzt war es an Chevejon, die Achseln zu zucken. »Yeah, na schön, ich verstehe, was Sie meinen.« Es klang aufrichtig, und Luke blickte ihn erneut erstaunt an. Es gab nichts, nicht die Spur eines Flackerns im Auge, was darauf hindeutete, daß Chevejon log – aber Luke war überzeugt, daß er log. »Danni hat nie jemandem erzählt, wohin er fuhr, selbst wenn er geschäftlich unterwegs war, und hier geht's nicht um Geschäfte.«

»Es gibt doch sicher Leute, die Sie anrufen können.«

»Ich habe sie angerufen. Ich sage Ihnen, es geht hier nicht um Geschäfte, und außerhalb des Geschäfts war Nicole der einzige Mensch, der ihm wichtig war.«

Luke dachte kurz nach, und Müdigkeit überkam ihn. »Sie können mir also gar nichts darüber sagen, wo er ist. Was soll ich denn dann hier?«

Der andere antwortete ruhig: »Sie sollen tun, was Ihnen gesagt wird. Sonst bringe ich Sie um, so einfach ist das. Aber ich habe nicht gesagt, daß ich Ihnen nichts mitteilen kann. Ich kann Ihnen nicht sagen, wo er ist, aber ich kann Ihnen vielleicht helfen herauszufinden, wo Sie suchen müssen.«

»Wie denn? Was können Sie mir mitteilen, was Sie nicht ...«

Aber Chevejon unterbrach ihn. »Wir werden sehen, wie. Bis Ihnen der Bart gewachsen ist und wir Ihnen ein paar neue Sachen zum Anziehen und vielleicht irgend 'ne Brille besorgen können, bleiben Sie hier. Das ist doch gar nicht so schlecht: Sie müssen zugeben, es gibt üblere Orte, an denen man festsitzen kann. Außerdem, wenn Sie Frankreich verlassen haben, ohne der Polizei Bescheid zu geben, wären ein paar neue Papiere keine schlechte Idee. Und bei all dem kann ich Ihnen helfen.« Er hielt nun inne – Luke meinte, des Effekts wegen –, dann sagte er bedächtig: »Was das angeht, was ich Ihnen mitteilen kann, so hoffe ich, Sie sind sicher, daß Sie mir alles erzählt haben, was ich wissen sollte, ehe Sie erwarten, daß ich Ihnen mein verdammtes Herz öffne. Sonst, würde ich sagen, wäre es wirklich nicht fair, nicht wahr?«

Ob fair oder nicht, was Luke hätte mitteilen können, durfte er nicht mitteilen. Was sollte er sagen? Hören Sie zu, Chevejon: Nicole und ich haben uns ineinander verliebt. Und Danni hat Nicole umgebracht, als er nach Paris zurückkam; danach hat er versucht, mich zu töten, aber ich war schneller; und jetzt reist irgendein Betrüger in Europa herum, der Ihnen gefälschte Briefe zum Nachsenden schickt, und den muß ich finden. Oder: Ich habe den umgebracht, wer immer es auch war, der Nicole in Paris getötet hat, Chevejon, und wenn ich jetzt Danni nicht finde, werde ich mich selbst töten müssen. Luke fand keine dieser Versionen erfolgversprechend genug, um sie seinem Gastgeber zu erzählen, und außerdem erschien ihm Fairneß nicht als das Konzept, das man allzu bereitwillig im Umgang mit diesem gefährlichen Mann anwenden sollte. Dessen Gefangener er war. Und so behielt er sein Wissen für sich.

Er behielt sein Wissen für sich, und der Nachmittag verging ohne jede weitere Offenbarung, ebenso der Abend, und während die Stunden verrannen, beobachtete Luke den Partner seines Bruders mit taxierendem Blick. Schweigen, das wußte er, war nur eine Hinhaltetaktik; es brachte ihn nicht weiter und konnte nicht endlos andauern. Ohnehin neigte er eigentlich nicht dazu, zu schweigen. Was immer Chevejon war, er war alles, was Luke in der Hand hatte, und es war etwas an diesem Mann, was zu einer Welt gehörte, mit der Luke noch nie zu tun gehabt hatte. Hinter dem Charme, hinter dem Charisma, dem perfekten Heim steckte eine Selbstsicherheit, die man, wäre Chevejon kein Verbrecher, hätte Integrität nennen können. Luke wußte nicht nur, daß es für ihn immer schwieriger werden würde, sich dem Gespräch mit diesem Mann zu entziehen, sondern auch, daß es nicht unbedingt in seinem eigenen Interesse lag, dies zu tun.

Und als Luke ihm am nächsten Tag wieder am schmiedeeisernen Tisch im Garten gegenübersaß, während es immer heißer wurde und die Luft vibrierte, fragte er einfach: »Also, womit fangen wir an?«
Der andere antwortete prompt: »Damit, wer Nicole ermordet hat, würde ich meinen.«
»Dann wollen wir mal sehen. Ich weiß! Jemand tötet die Freundin eines Schmugglers, Diebes und Fälschers. Wie wär's mit einem Geschäftsfreund?«
»*No way* – ausgeschlossen.« Es erstaunte Chevejon, wie amerikanisiert seine Sprache geworden war, und das in so kurzer Zeit. An manche dieser Ausdrücke hatte er seit über zehn Jahren nicht mal mehr gedacht. Er korrigierte seinen Ton. »Ich leugne nicht, daß ein gewisses Maß an Gewalt zum Wesen unserer Arbeit gehört. Doch falls es außer uns noch einen Menschen auf der Welt gibt, der weiß, daß Maurizio Tueta und Daniel Benami ein und dieselbe Person sind, sage ich Ihnen, es ist einfach ausgeschlossen.«

»Sie sind alle so grundanständig, was?«

»*Oh, sure* – na klar.« Überrascht vergaß Chevejon seinen Entschluß, seinen Akzent zu mäßigen. »Na klar, wir sind so grundanständig.«

»Warum haben Sie dann zugelassen, daß Nicole ermordet wurde?«

»Genau das ist es, Luke. Genau das versuche ich ja rauszubekommen.«

Luke betrachtete den anderen eine Weile schweigend, während er versuchte, eine Antwort zu formulieren. Aber Chevejon sprach als erster.

»Warum haben Sie nie vorher nach Danni gesucht?«

»Soll uns das helfen, herauszukriegen, wer Nicole umgebracht hat?«

Der Sommernachmittag war in den Abend übergegangen, so makellos, wie ein Pfirsich reift. Satte goldene Sonnenstrahlen sickerten durch die Baumwipfel und badeten die beiden Männer an dem Eisentischchen in immer spitzwinkligerem Licht und sich streckenden Schatten.

»Ich denke, ja.«

Luke zündete sich wieder einen Zigarillo an, wobei die Flamme seines Streichholzes in dem heißen Licht fast unsichtbar war. Er dachte: Ich werde diesen Kerl noch um Haus und Hof rauchen. Aber wie soll ich mir selbst was kaufen, wenn ich nicht raus kann? Dann bemerkte er, daß dieser Gedanke nur den Sinn hatte, der gestellten Frage auszuweichen, und er antwortete. »Ich hatte keine Ahnung, daß er am Leben war. In meiner Familie taten alle so, als wäre er tot.«

»Ich nehme an ...« Auch Chevejon zündete sich einen Zigarillo an. »Ich nehme an, Ihr alter Herr war ... verletzt. Durch Danni.«

»Nein, eigentlich nicht mal beschämt. Es lag nicht in seinem ... Gefühlsvokabular. Stinksauer ist eher der Begriff, den ich verwenden würde.« Er überlegte einen Moment unschlüssig und fuhr dann fort: »Ich glaube, mein Vater hatte im Grunde die Erwartung aufgegeben, daß mein Bruder sich in irgendeiner Weise berechenbar verhielt. Für meinen Vater war es unvorstellbar, nicht für Israel sterben zu wollen. Wenn Sie bedenken, wovor ihn dieses Land bewahrt hatte, verstehen Sie, warum. Er hatte den Holocaust überlebt. Seine Frau hatte vier Jahre in den Lagern zugebracht. Und er konnte nicht begreifen, daß wir nicht unter derselben Bedrohung, unter derselben Notwendigkeit lebten. Er hielt es für einen Mangel an Vorstellungskraft oder für fehlende Moral unsererseits, und wenn er sie uns nur oft genug unter die Nase riebe, würden wir sie schon begreifen. Aber er hat's nicht kapiert. Er hat nie kapiert, daß wir sie *sehr wohl* begriffen, nur hatten wir sie nicht.«

Chevejon bemühte sich nachzukommen; er hatte von diesem halsstarrigen jungen Mann keine so wortreiche Antwort erwartet. Er fragte sich kurz, was ihn wohl veranlaßte, so offen zu reden; bestimmt war es nicht seine, Chevejons, Behandlung. Es war eine Entscheidung, die Luke selbst getroffen hatte, und Chevejon stellte fest, daß er neue Hochachtung für Dannis Bruder empfand. Er sagte: »Warum nicht?«

»Warum nicht? Jemals das Internierungslager Gaza Beach gesehen? Oder Ketsiot? Oder Far'ah? Jemals die Grenzwächter in Ost-Jerusalem gesehen? Oder die Fundamentalisten im Westjordanland – die Kahane-Chai-Typen? Dann kapiert man diesen Scheiß über Deutsche und Nazis, zum Teufel damit. Zeigt man in Jericho einen Davidstern und ein Hakenkreuz, bemerkt keiner einen Unterschied, und das ist doch Hohn, ein Hohn auf das, was der Holocaust bedeutet. Man braucht nicht in Auschwitz gewesen zu sein, um zu diesem Urteil zu kommen. Lesen Sie Camus. Verstehen Sie?«

Chevejon nickte. »Ich verstehe. Aber es gibt einen Unterschied.«

»Sicher, Sie wissen das, aber fragen Sie mal einen sechzehnjährigen Palästinenser, der sein ganzes Leben in einer Zeltstadt im Gazastreifen zugebracht hat, nach irgendeiner historischen Perspektive – warum sollte er eine haben? Warum? Ich war in Menachem Begins Armee im Einsatz, Herrgott noch mal. Wäre ich nicht versetzt worden, wäre ich nach Chatila gekommen. Und ich sage Ihnen was: Auch für mich ist der Unterschied mittlerweile ziemlich unklar.«

»Ich sehe auch, daß der Holocaust geschehen ist.«

»Der steht nicht zur Debatte. Zur Debatte steht die angemessene Reaktion darauf, jetzt, im Jahr 1989. Sehen Sie, ich werde mit Ihnen nicht über israelische Politik diskutieren. Israel existiert. Mich interessiert nicht, wie das geschehen ist; das ist alles Geschichte, schieben Sie's dem verdammten Sykes-Picot-Abkommen von 1916 in die Schuhe, mir ist es egal. Es existiert auf Kosten einer schrecklich unterdrückten Minderheit. Ob das auf Verteidigungskriege zurückzuführen war, macht keinen Unterschied. Und einen Polizeistaat wegen der Endlösung zu entschuldigen ist Quatsch; genau das Gegenteil sollte passieren. Aber wenn die Armee in Jericho das Haus eines Arabers platt macht, schieben sie's statt dessen auf Auschwitz, dann bauen sie einen Atomreaktor in Südafrika und entschuldigen den mit Majdanek.«

Schweigen. Dann Luke, ruhiger: »Sehen Sie. Ich sage nicht, daß es keine angemessene Reaktion auf den Holocaust gibt; die gibt es. Und sie sollte jede verdammte Minute unseres Lebens prägen. Jede Minute. Doch das ist ganz und gar nicht Selbstgerechtigkeit – nicht einmal Aufrichtigkeit. Nicht mehr. Israel hat sich verändert, die Welt hat sich verändert, und was für meinen Vater 1942 vielleicht noch einfach war, ist nicht mehr einfach – wenn es überhaupt jemals einfach war, was ich bezweifle. Sie mögen sagen, daß mir kein Urteil zusteht, und ich bin sicher, Sie haben recht. Meine Mutter ist in den Lagern gewesen. Meinen Sie, ich wünschte nicht, ich könnte jeden Deutschen umbringen – ja, umbringen –, der irgendwas damit zu tun hatte? Ich täte es jetzt auf der Stelle. Aber ich glaube einfach nicht, daß es beim Holocaust jemals um ›sie und uns‹ ging. Es ging immer um uns, um uns alle, und wenn's je einen Zweifel gegeben hat, dann hat es die israelische Besetzung verdammt noch mal sonnenklar gemacht.«

»Aber andere Israelis tun's. Sie verstehen Ihren Vater. Ich meine, junge.« Chevejon klang aufrichtig gespannt.

Luke, der sich ein wenig beruhigt hatte, nickte. »Nun ja, es gibt eine massive Holocaust-Schulung – von der ersten Klasse bis zur Armee, nationale Feiertage, Gedenkfeiern, Fernsehsendungen. Masada, Jad Vaschem, es ist doch alles verdammt noch mal dasselbe, und es hört nie auf. Dennoch gibt es viele Leute, die, wie sie es nennen, ›runtergehen‹. Nach New York, Südafrika, Australien. Viele. Es gab viele, die sich geweigert haben, im Libanon oder in den besetzten Gebieten Dienst zu tun. Gott, ich wollte, ich hätte es auch getan.«

Er verstummte und starrte rauchend in die Ferne. Dann sagte er: »Ich, ich bin in New York aufgewachsen, und Danni … ich habe nicht den Eindruck, daß er leicht zu beeinflussen war.«

Chevejon schloß halb die Lider gegen die untergehende Sonne. Es hatte etwas Verbotenes, dem zuzuhören, was Luke sagte, etwas Treuloses gegenüber Danni, wenn er mit dessen Bruder über seinen Charakter sprach.

Und dennoch war das geistige Bild, das sich vor Chevejons Augen formte, klar. Die Entscheidung, die die beiden Brüder fällen mußten. Ihre historische Doppeldeutigkeit, wichtiger aber noch das symbolisch Schiefe an ihr, wenn man sie vor die Vergangenheit ihres Vaters hielt. Vielleicht noch wichtiger: Er bemerkte, daß alles, was Luke sagte, eine Ansicht war, die sich diametral im Gegensatz zu dem gebildet hatte, was er als Israeli, als Jude gelernt hatte. Antiautoritäre Ansichten, das wußte Chevejon, tragen wie alle originellen Gedanken ihren eigenen Verschleiß in sich; sie sind schwer zu zügeln, verwirrend und bedrohlich. Schließlich sagte er: »Ich denke, es war nicht die Frage, für sein Land zu sterben, über die Danni gestolpert ist. Ich denke, es war eine Frage des Tötens.«
Er war überrascht, wie schnell Luke den Blick zu ihm hob, über die Ungeduld seiner Antwort.
»Ist es so? Ist es so?« Er überlegte kurz, dann fuhr er fort: »Ich nehme an, mein Alter hat von Danni erwartet, daß er Pioniergeist hätte. Nur war bereits alle Pionierarbeit getan. Er war ungerechter gegen meinen Bruder als gegen mich.«
»Wieso das?« Chevejon mußte diese Frage einfach stellen.
»Tja, zum einen war ich im Alter von zwölf Jahren bereits außer Landes. Meine Mutter war entschlossen, einen Amerikaner oder Europäer statt einen Israeli aus mir werden zu lassen. Gott, zu der Zeit, als wir weggingen, haßte sie Israel. Und so wuchs ich eigentlich in New York auf. Dort ging ich auf eine französische Schule, und wenn ich im Sommer meinen Vater besuchte, fand das eher in Paris oder in Oxford oder in Berkeley statt als irgendwo sonst. Ich glaube, mein Vater sah mich als eine Art Europroleten an, verstehen Sie, es war nicht viel von mir zu erwarten. Aber Danni, er war ein Sabre, wie man ihn sich nur wünschen kann. Ein echter Israeli der ersten Generation, voller Stolz auf das Land. Verstehen Sie, für meinen Vater war er eine

neue Gattung Jude. Die erste, die niemals diffamiert, niemals gedemütigt würde, die sich niemals übergangen fühlen würde. Die ganz und gar stolz sein würde. Verstehen Sie?«
Chevejon nickte. All das war ihm vertraut, nicht so sehr durch das, was ihm Danni erzählt hatte, sondern aus dem, was er gefolgert hatte. Und zwar so vertraut, daß ihm war, als hakte er in Lukes Version die Punkte einer Route ab, die er bereits vor Jahren mit Danni gereist war. »Deswegen hat Ihr Daddy ihn in die Armee eintreten lassen.«
»Richtig. Meine Mutter wollte, daß er Medizin studierte. Damit wäre er vom Militär zurückgestellt worden. Aber zum einen wollte Danni gar nicht Medizin studieren. Und zum anderen gab's bei meinem Vater keine Diskussionen. Israelis, Mann, ohne die Armee, das gibt's einfach nicht.«
Chevejon sah ihn an. »Aber Sie mußten nicht hin.«
»Nein. Ich bin Amerikaner Und inzwischen einziger Sohn – jedenfalls soweit es die Armee betraf. Kein Aas interessierte, was ich tat. Niemand erwartete aber auch, daß es einen regelrechten Krieg im Libanon geben würde.«
Chevejon bohrte nach, aber freundlich: »Es ist komisch, nicht? Daß Danni desertiert ist und Sie hingingen.«
»Ja, ich ging hin.« Es trat eine Stille ein, und Chevejon beschloß, sich das für später aufzuheben; in diesem Moment, fühlte er vage, war etwas ganz anderes wichtig.
»Danni behandelte man also so, als wäre er tot, und Sie stellten keine Fragen.«
Luke blickte auf. »Und?«
Chevejon zuckte mit den Schultern. »Und nichts.«
»Nein, Sie sagen, ich hätte was anderes tun sollen.«
»Ich sage überhaupt nichts.«
»Hat Danni nicht seine Familie verlassen? Sie sagen nicht, daß er mit meinen Eltern in Verbindung stehen wollte.«
»Nein, soweit ich weiß, nicht.« Es entstand eine Pause,

während der Chevejon sich vorwarf, feige zu sein. Schließlich sagte er: »Schauen Sie, es gibt einen Unterschied. Danni wurde so unwiderruflich verbannt, daß es fast biblisch war. Ich rede von Isaak und Ismael, Mann. Oder sehen Sie's so: Die *patria* wollte ihn nicht hineinlassen, und der *pater* wollte ihn nicht. Verstehen Sie, was ich meine?«

»Yeah, ein hübsches Wortspiel.«

»Nein, entschuldigen Sie, aber jetzt hat Ihr Alter aus Ihnen gesprochen – ich meine, Ihre Jugend. Wenn Sie es für einen Zufall halten, daß diese beiden Wörter so verwandt sind, dann sage ich Ihnen, daß Sie weit davon entfernt sind, Ihren Bruder in irgendeinem anderen als dem allerbanalsten Sinn zu finden.« Chevejon bereute sofort, was er gesagt hatte, nicht weil Luke möglicherweise gekränkt sein konnte, sondern weil es zu dicht an der Wahrheit war; er hatte nicht erwartet, daß er so reden würde. Aber die Ehrlichkeit des Jungen verlangte eine Antwort.

Doch Luke betrachtete ihn nur neugierig. »Okay. Na und?«

Das gefiel Chevejon. Auch er hätte nie was dagegen gehabt, einen Tadel einzustecken.

»Sie haben mir von der *patria* erzählt. Jetzt erzählen Sie mir von Ihrem Vater.«

Luke schloß die Augen, und auf einer trägen Welle, die ihn durchströmte, hallten genau diese Worte wider, Worte, die Nicole gesagt hatte. Die Antwort, die er vor Monaten gegeben hatte, klang in seinem Innern nach. Er schüttelte den Kopf, öffnete die Augen und erwiderte: »Gehen Sie doch verdammt noch mal nach oben. In Dannis Bibliothek stehen zwei Biographien und seine sämtlichen Werke.«

Chevejon zog die Brauen zusammen. »Nein. Ich möchte es von Ihnen hören.«

Und Luke, der das in die Sonne blinzelnde Gesicht des anderen beobachtete, fragte sich, warum er das verlangte.

»Wenn Sie ein bißchen Konversation machen wollen, kann's dann nicht über was anderes sein?«

»Es ist keine Konversation. Es ist wichtig. Jetzt hören Sie auf, meine Zeit zu verplempern, und reden Sie weiter.«

»Sonst töten Sie mich?«

Chevejon lachte. »Richtig. Sonst töte ich Sie.«

Und so erzählte Luke. Nicht die Geschichte des Mannes, den er kannte, dieses willensstarken und mächtigen Mannes, dessen Wesen sein ganzes Leben überschattet hatte, sondern die andere Geschichte. Die Geschichte aus den Biographien, aus den Zeitungen, die Mythologie. Eine Geschichte des Heldentums und der Rechtschaffenheit.

Er erzählte ihm von Reuben Neumann, dem Sohn eines Germanistikprofessors, der in Wien aufwuchs. Er war ein normaler Junge, der nur eine Eigenart besaß. In seiner durch und durch angepaßten Familie, die sich in einem der Epizentren europäischer Vorkriegskultur vollkommen heimisch fühlte, war er Zionist.

Es war gar nicht so schwer zu verstehen, warum – oberflächlich gesehen. Hitler war 1933 zum Reichskanzler ernannt worden, mehrere Jahre nach der erfolgreichen Veröffentlichung von *Mein Kampf*. Die sehr nahe Vergangenheit hatte eine ungebrochene europäische Tradition des Antisemitismus an den Tag gelegt, die bis in die Gegenwart hineinreichte. Und Wien war immer ein Zentrum antijüdischer Aktivitäten gewesen. Für den Jungen, wie für

viele Juden, war es leicht, Zugang zur zionistischen Bewegung zu finden, deren Verwaltung ebenfalls in Wien ansässig war. Dieses Büro bot Neumann das einzige Mittel gegen eine Verfolgung, die ihm unausweichlich erschien: Palästina, die einzige Möglichkeit, konkret zu handeln.
Und doch erklärt diese Art Logik niemals den Charakter eines Menschen; sie taugt für tendenziöse Biographien und für Propaganda, aber für nicht viel mehr. Menschen handeln nie aus rein politischen Motiven, ebensowenig aus rein moralischen, das wußte Luke. Im Gegensatz zur offiziellen Biographie haßte Neumann seinen Vater so sehr wie sein Vaterland. Luke konnte nur vermuten, was tief im Innern diesen Haß hervorrief, der sich bald auch gegen das assimilierte Judentum von Neumanns Vater richtete, gegen dessen Hinnahme der kleinen alltäglichen Demütigungen, denen ein Jude im Wien der dreißiger Jahre ausgesetzt war. Die Liebe seines Vaters zur Sprache und zum Werk Goethes und Schillers war für den jungen Mann ein wesentlicher Grund für dessen Abneigung, den Realitäten des Antisemitismus ins Auge zu sehen, ebenso für dessen tiefe Zuneigung zur Stadt Wien. Und im Kern seiner Entscheidung, von zu Hause wegzugehen, steckte vielleicht die Erkenntnis, daß er vollkommen außerstande war, die österreichischen Erziehungskonventionen zu ertragen: die Disziplin, die autoritäre Bevormundung, den steifen Gehorsam. Palästina mit seiner pionierhaften Gegenkultur, seiner Ablehnung von Konventionen bedeutete die Befreiung von einem faulenden, zum Sterben verurteilten Europa. Aber es war noch mehr. Als Neumann 1933 mit sechzehn nach Palästina durchbrannte und seinen Namen in Benami – »Sohn meines Volkes« – umänderte, verließ er seinen Vater weniger, als daß er ihn, in Gestalt des eben gegründeten Kibbuz in der Jesreelebene, gegen einen anderen eintauschte.

1938, zur Zeit des »Anschlusses«, war Benami einundzwanzig, Mitglied der Haganah, und er liebäugelte zaghaft mit einer noch radikaleren militärischen Organisation in Palästina, der Sterngruppe der Irgun. Durch den Briefwechsel mit seinem Vater verfolgte er genau die Chronologie der Unterdrückung in Wien: die Deportation von zionistischen Amtsträgern nach Dachau gleich nach dem Anschluß im März; die nutzlose Konferenz in Évian-les-Bains im Juli, die »Kristallnacht« im November. Ausreisegenehmigungen standen zur Verfügung, und er drängte seinen Vater, nach Palästina zu kommen; seine Mutter, zwei Schwestern – eine verheiratet, mit einer Tochter – und ein Bruder, das war die ganze Familie.
Sein Vater weigerte sich: Er weigerte sich entweder, den grellen Zeichen an der Wand zu glauben, oder er wollte seinen relativen Wohlstand nicht dazu benutzen, sich der jüdischen Gemeinde zu entziehen. Die Welt werde es nicht zulassen, schrieb er, daß die Nazis viel länger weitermachten; niemand solle sagen, daß er zu den Juden gehöre, die die Stadt verließen, die er aufrichtig und voll und ganz als seine Heimat betrachte. Wien. Wenige von uns werden jemals die Stärke der Zuneigung ermessen, die die Menschen vor dem Krieg zu dieser mythischen Stadt hegten.
Im Jahr 1939, als Benamis Vater aus seinem luxuriösen Haus in der Frederickstraße geworfen und mit seiner Familie ins »offene« jüdische Ghetto geschickt wurde, damit er sich dort, so gut es ging, Unterkunft suchte, operierte in Wien das von der Haganah geführte illegale Einwanderungsunternehmen, Ha-Mossad Le'Alijah Bet. Benami mit seinem »arischen« guten Aussehen, seinem ungewöhnlichen Mut, seinem unbestrittenen Engagement, seinem fließenden Deutsch und seiner Vertrautheit mit Wien wurde aufgefordert, sich dieser Organisation anzuschließen.

Und so reiste er im selben Jahr mit falschen Papieren nach Wien und begann seine Rettungsarbeit.
Die Arbeit war langsam und schwierig. Jüdische Flüchtlinge, die aus ganz Europa in Wien zusammengezogen wurden, sahen sich mit zwei Möglichkeiten konfrontiert: der Deportation oder der zunehmend schwieriger werdenden Auswanderung, die wiederum zu dem Alptraum eines Flüchtlingslebens in irgendeinem Land führte, das weder Verwendung für sie noch Verlangen nach ihnen hatte. Bis Ende 1941 lebte Benami als »Arier« in Wien, wo er Auswanderungsvisa, die wertvoller waren als Gold, auftrieb, erschmeichelte, mit Bestechung bezahlte und kaufte und von wo aus er mit allen denkbaren Mitteln Menschen die Donau hinab über Jugoslawien zu griechischen Schiffen transportierte, die auf die illegale Überfahrt nach Palästina warteten.
Seine Familie lebte, das wußte er, nur wenige Schritte entfernt im Ghetto, aber er wagte sich nicht zu ihr. Gelegentlich erfuhr er über andere Mossad-Agenten Neuigkeiten über sie. Es waren keine guten Neuigkeiten. Wenn sie bislang auch der Deportation entgangen war, so mußte sie doch stündlich damit rechnen. In Wien, wo jüdische Suppenküchen 85 Prozent der jüdischen Bevölkerung vor dem Verhungern bewahrten, stellte man sich ohnehin die Frage, ob die Deportation möglicherweise das kleinere Übel war. Im Laufe der zwei Jahre seines gefahrvollen Dienstes wurde Benami immer verzweifelter. Ausreisegenehmigungen waren unvorstellbar teuer, und für das Geld des amerikanischen Vereinten Spendenkomitees, des Londoner Rates für die Deutschen Juden und des amerikanischen Freundesdienst-Komitees war weniger und weniger zu bekommen. Er war verärgert, peinlich berührt davon, wie stark sich die Wiener Juden auf die Hilfe von anderswo in der Diaspora verließen. Die Juden aus dem Yishuv, aus

Palästina, hatten mehr beizusteuern, glaubte er; das Urteil der Geschichte würde hart ausfallen. Und die Deportation auch der letzten Wiener Juden rückte bedenklich näher. Da geschah etwas – wodurch Benami berühmt werden sollte.

Luke erzählte nun Chevejon, was passiert war, basierend, so wie die Biographien es berichteten, auf Benamis Aussage in Nürnberg. Denn abgesehen von seiner dortigen Aussage hatte sich Benami sein ganzes Leben lang geweigert, darüber zu sprechen; ebenso wie sein österreichischer Gegenspieler, ebenso wie Yerushalmi. Und andere Zeugen gab es nicht.

Benami sagte in Nürnberg aus, daß er gegen Ende 1941 in die Dienststelle eines Nazifunktionärs, eines Obersturmführers Hoestermann, zitiert worden sei. Der Herr Obersturmführer war bedrückt: über seine Rolle in der Nazipartei, über die immer düsterer werdenden Aussichten der Juden. Er wollte helfen. Auf seinem Schreibtisch lagen vierhundert kostbare Auswanderungsvisa. Dort, woher die kamen, gab es noch mehr. Hoestermann verlangte nur zu helfen.

Benami gab zu, daß er zögerte. Konnte es so einfach sein? War es eine Falle? Er sprach mit Hoestermann den ganzen Tag über und bis in die Nacht hinein, und am Ende zog er den Schluß, daß er diesem Österreicher vertrauen konnte. Und aus dem, was der Nazi über die Pläne zur Deportation der Wiener Juden sagte, schloß er, daß keine Zeit zu verlieren war. Man mußte einen neuen Fluchtweg finden. Hoestermann hatte gute Beziehungen: zur italienischen Armee, wo der Antisemitismus viel weniger verbreitet war als in Österreich und wo prominente Juden sich früh den Faschisten angeschlossen hatten; aber auch nach Athen, wo man den Antisemitismus fast so heftig verabscheute wie die deutsche Besetzung.

Benami sagte aus, er habe sodann mit Hoestermanns Hilfe

und in Zusammenarbeit mit einem anderen Mitglied der Haganah, Avishai Yerushalmi, den Fluchtweg festgelegt, für den er später so berühmt werden sollte, die Italienische Passage: über die Schweizer Grenze, durch Italien hinab bis Brindisi und über das Ionische und Adriatische Meer nach Griechenland. Hier hatte Hoestermann Verbindungen zum italienischen Konsulat in Saloniki, das Juden tatkräftig zur Flucht aus den von den Deutschen besetzten Gebieten verhalf. Und mit dessen Unterstützung er in der Lage war, Bootstransporte von einer winzigen griechischen Insel, die von den Deutschen mit unbedeutendem Truppenaufgebot nur nachlässig gehalten wurde, zu arrangieren.
Über die genaue Route und die Insel, auf der sie endete, Auskunft zu geben, weigerte sich Benami in Nürnberg – ebenso wie Hoestermann und Yerushalmi –, und keinem Biographen war es jemals gelungen, das herauszufinden. Zu viele Menschen hätten ihr Leben aufs Spiel gesetzt, sagte Benami. Leute hätten ihre Familien hintergangen, Gesetze gebrochen und seien entlang der Route sogar ums Leben gekommen, und nun, da der Krieg aus sei, schulde ihnen die Welt Verschwiegenheit. Es war ein Argument, das die Richter überzeugte.
Von dieser winzigen Insel aus brachten griechische Fischerboote die Juden, jeweils einige Dutzend, an die Strände von Tel Aviv und Haifa. Die Unternehmung lief fünf Monate lang, und nur zwanzig von den ersten vierhundert Menschen kamen nicht ans Ziel.
Vielleicht wäre die Aktion weitergelaufen. Doch es erfolgte die abschließende Deportation der Juden aus Wien, darunter diejenige »privilegierter«, in Wien geborener Juden nach Theresienstadt; unter diesen befand sich auch die Familie Neumann. Benami selbst wurde von der SS verhaftet und wäre deportiert worden, hätte Hoestermann nicht interveniert. Die letzten, die die Italienische Passage benutz-

ten, waren Benami und Yerushalmi selbst, die mit gefälschten SS-Dokumenten flohen. Hoestermann besorgte ihnen ein sicheres Versteck in Florenz, wo sie einige Monate zubrachten und auf die Überfahrt von Brindisi nach Griechenland warteten. Diese Zeit stellte für Benamis intellektuelles Verständnis seltsamerweise eine ganz wesentliche Phase dar, denn hier bildeten sich die Themen seines ersten, in die Zukunft weisenden Werkes, *Opfer und Symbolik,* heraus, in dieser Stadt, in die Benami sein ganzes Leben lang immer wieder zurückkehren sollte. Als die Nachricht kam, die Überfahrt sei geregelt, begaben sie sich von neuem auf die Flucht, gelangten auf die griechische Insel, deren Namen sie niemals preisgaben, und trafen ein paar Wochen später in Palästina ein.

Als er endete, hatte die Hitze etwas nachgelassen, war die Sonne zum Horizont hinabgesunken und hatte den Garten in sanfte Schatten gehüllt, während sie den Himmel noch in strahlendem Blau erhellte.

Chevejon, der den ins Leere starrenden Luke beobachtete, fragte sich, wieweit der Junge die Geschichte wohl glaubte, die er gerade erzählt hatte. Konnte das *alles* sein? Die Last, Sohn eines Helden zu sein, konnte sie alles an seiner bitteren Jugend erklären? Er glaubte es nicht, und eine Weile überlegte er, welche Frage den Zugang zu diesem wahren Grund freilegen könnte. Er stand auf, trug ihre Tassen durch die Terrassentür in die Küche und begann, für ihr Abendessen Tomaten zu schneiden. Als er nach einiger Zeit spürte, daß Luke rauchend an der offenen Tür lehnte, sagte er: »Was meinen Sie, warum der Fluchtweg ein so großes Geheimnis ist?«

Luke antwortete mit überraschendem Nachdruck. »Ich weiß es nicht. Ich hab mich das schon immer gefragt. Jemand hat mal in *Ma'ariv* geschrieben, es hätten Kontakte zwischen Ben Gurions Partei und den Nazis geschützt werden sollen, und, Mann, er wurde gekreuzigt. Oder vielleicht war dieser österreichische Typ doch nicht ganz so ein ... Idealist, wie mein Dad in Nürnberg behauptet hat. Vielleicht war Geld mit im Spiel. Oder, Himmelherrgott, vielleicht haben sie auf ihrem Weg nach Zypern Yassir Arafat und Shimon Peres draußen auf dem Meer Breitmaulbarsche fischen sehen, wer zum Teufel soll das wissen? Ich weiß es wirklich nicht.«

»Haben Sie Ihren Vater nie gefragt?«

»Doch, jeden Morgen um acht und um zehn. Nein, Menschenskind, meinen Vater fragte man nie nach etwas. Kein Mensch tat das.«

»Verstehe. Und sagen Sie mir: Warum haben Sie nie zuvor nach Danni gesucht? Ich meine, sind Sie nie auf die Idee gekommen, seine Fahnenflucht könnte auf eine bestimmte, sagen wir, Ihnen beiden gemeinsame Einstellung hindeuten?«

Luke antwortete prompt. »Ich weiß. Ich habe mir das alles schon überlegt. Aber ganz gleich, was Sie denken, ich bin alt genug, um meine Zeit nicht damit zu vergeuden, daß ich bereue ... daß ich bereue, nicht das getan zu haben, was ich gar nicht tun konnte, als ich jünger war.«

Chevejon sah von seiner Arbeit auf. »Das ist ein guter Grundsatz.«

Es entstand eine Pause; dann fuhr Luke fort, als sei es ihm unmöglich, innezuhalten: »Nach dem Militärdienst war ich lange Zeit ... nicht ganz bei vollem Verstand.«

»Das ist meine nächste Frage. Warum sind Sie zum Militär gegangen? Sie sind doch nicht gerade das, was ich einen Patrioten nennen würde.«

»Ich weiß nicht.« Es war irgendwie leicht, mit jemandem zu reden, der beim Kochen war. »Ich hatte in New York die High-School absolviert. Den Sommer sollte ich mit meinem Vater in der Schweiz verbringen, dann aufs College gehen. Ich wußte, mein Vater würde Tag für Tag versuchen, mich dazu zu überreden, daß ich mich freiwillig zum Militär meldete; Mann, wenn Sie wüßten, was für einen Druck er ausüben konnte. Ich weiß nicht. Einfach hinzugehen schien mir leichter.«

»Und wie war's?«

»Wie war was?«

»Der Militärdienst?«

Luke zuckte die Achseln; dann schlenderte er zu seinem Platz am Gartentischchen zurück. Nach einer Weile tauchte Chevejon mit zwei Gläsern Wein aus der Küche auf und setzte sich zu ihm an den Tisch. Sie zündeten sich Zigarillos an, und Luke redete ohne irgendwelchen Vorbedacht weiter.

»Am Ende der Grundausbildung brachte meine Mutter sich um. Alle wußten, daß sie's tun würde; jetzt ist mir klar, daß sie bloß so lange am Leben blieb, bis ich erwachsen war. Damals erschien der ... Kausalzusammenhang anders. Ich flog zurück nach New York; dann brach der Krieg aus. Ich stand unter Befehl und mußte entweder zurück oder desertieren.

Ich wurde nach Beirut geschickt. Mein Status war der eines Einzelkindes, folglich mußte ich mich für jeden aktiven Dienst freiwillig melden, dennoch steckte man mich nur in die hinteren Linien. Aber irgendwie landeten wir schließlich doch in einem Flüchtlingslager. Zu einer Säuberungsaktion: ein Raketenwerfer hatte aus dieser kleinen Zeltstadt zu feuern begonnen. Keiner hatte so was dort vermutet. Ich meine, wir rückten in Richtung Norden vor, und plötzlich kamen Geschosse von Osten her geflogen.«

Er hielt einen Moment inne, und sein Zigarillo verglimmte zwischen seinen Fingern. »Wir waren zur Bewachung von

Gefangenen eingeteilt, und die Hälfte von uns ging auf die Suche nach dem Raketenwerfer. Mein Sergeant machte einen Fehler und schickte mich mit. Als wir dort ankamen, war bereits eine Panzereinheit nach Süden zurückgekehrt, hatte den Raketenwerfer zum Schweigen gebracht und das Lager gesichert. Also machten wir uns auf den Rückweg zu unseren Gefangenen. Bloß kam plötzlich aus einem Haus mitten im Lager, das inzwischen zweimal eingenommen worden war, ein Junge mit einer Scheiß-Kalaschnikow gerannt.«

Luke verstummte. Schließlich sagte Chevejon: »Und Sie haben ihn erschossen.«

»Und ich habe ihn erschossen. Wissen Sie, wie viele Kugeln dafür nötig waren? Eine einzige. Ich war mit einer Galil mit diesen unförmigen Leuchtspurgeschossen bewaffnet. Ich traf ihn tief unten, im Becken, aber mit diesen Geschossen konnte man ein Pferd ins Bein schießen und es damit erledigen. Dieser Junge war so überrascht. Er muß gedacht haben, er wäre Sylvester Stallone. Haben Sie mal jemanden getötet?«

Es entstand eine Pause, in der Luke den anderen gespannt betrachtete. Dann nickte Chevejon einmal kaum merklich. Luke und vielleicht auch Chevejon merkten, daß ein Brückenschlag zustande gekommen war.

»Macht verdammt noch mal keinen Spaß, was?«

»Manche Leute macht's ganz geil.«

»Die umzulegen würde Spaß machen. Irgendwie ironisch, nicht?«

Luke erhob sich, machte ein, zwei Schritte in den Garten, kauerte sich auf den Rasen und betastete einen Löwenzahn; der Garten verschwamm in den weichen Schatten einer Sommerabenddämmerung.

»Und dann?«

»Und dann war der Krieg vorbei, und mit Hilfe meines Vaters kam ich in den Nachal, den landwirtschaftlichen Dienst, und verbrachte ein Jahr im Westjordanland mit der Beaufsichtigung von Kindern, die auf besetztem Land grüne Bohnen anbauten. Mein Gott, was für eine Scheißgegend. Als die Bohnen geerntet wurden, müssen sie einen Dollar pro Stück gekostet haben, und so gut waren sie nicht mal. Als ich da wegkam, ging ich nach Frankreich. Machte Examen, erhielt eine Ausbildung bei der UNO in Genf und wurde nach New York versetzt. Ende der Geschichte.« Er zog an dem Löwenzahn und riß ihn ohne Wurzeln aus.

Chevejon konnte Lukes Gesichtsausdruck jetzt kaum noch erkennen. Es herrschte Schweigen, eine vollkommene Stille, und er hatte das Gefühl, er müsse sie unterbrechen.

»Bis Ihr Vater starb.«

»Bis mein verdammter Vater starb.«

»Da fängt die Geschichte wieder an.«

Luke blickte zu ihm auf, dann sah er – so schien es Chevejon – in plötzlichem Abscheu weg. »Ja. So könnte man sagen.«

Und da wären wir nun.«

Chevejon beobachtete den jungen Mann über den langen Eßtisch hinweg. Sie hatten gegessen, praktisch schweigend, während man durch die offene Küchentür sah, wie langsam die Nacht hereinbrach.

Offenbar ungerührt von allem, was er erzählt hatte, starrte Luke mürrisch in die Nacht hinaus, und Chevejon ließ seinen Blick lange auf dem Gesicht des anderen verweilen.

Er sah nun, wie sehr Luke sich im Ausdruck von Danni unterschied, wenn auch die physische Ähnlichkeit geradezu unheimlich war. Diese Ähnlichkeit löste so etwas wie Zuneigung in ihm aus, und da es eine Zuneigung war, die

er noch nie für jemand anders als Danni empfunden hatte, kam sie ihm seltsam unangebracht vor. Der Vater war nach den Fotos, die er gesehen hatte, ein völlig anderer Typ gewesen: ein eindrucksvoller Mann mit dichtem weißem, in die Stirn fallendem Haar und einem hübschen, fast teutonischen Gesicht. Das Äußere der beiden Brüder, ihre asymmetrischen, dunklen Gesichter, ihre heftigen, weit auseinanderstehenden Augen, die schmale, scharfe Kinnlinie – das war sicher alles von ihrer Mutter vererbt. Einer vergrübelten, dunkelhaarigen Frau, das war der Eindruck, den er hatte, mit zwei zum Verwechseln ähnlichen Söhnen. Dannis Gesicht zeichnete sich jedoch durch die Fröhlichkeit aus, die seine Augen stets zum Strahlen brachte. Die kam sicherlich vom Vater her.
Luke hatte sich einen Zigarillo angezündet und ihn dann vergessen. Jetzt verbrannte er sich die Finger an der Glut und bewegte ihn rasch zum Aschenbecher neben sich, den Blick fest darauf gerichtet, als er ihn ausdrückte. Langsam sagte er: »Wir scheinen nicht sehr viel weiterzukommen mit der Frage, wer Nicole umgebracht hat.«
Chevejon schob die blaue Panters-Schachtel über den Tisch und antwortete: »Das kommt schon. Wie war sie eigentlich?«
»Nicole? Sind Sie ihr nie begegnet?«
»Nie. Wir haben bloß mehrmals miteinander telefoniert.«
»Tja, sie ist schwer zu beschreiben. Sie war sehr hübsch. Eine Frau …« Verlegen drehte er sich weg. »Sie liebte Danni. Sie dachte, er käme nie wieder. Sie dachte, sie hätte … ihn enttäuscht. Nein, mehr: sie dachte, sie hätte ihn im Stich gelassen.«
Chevejon verstand das nicht, aber er meinte, plötzlich etwas anderes zu begreifen: wie die beiden in die Liebe hineingeschlittert waren, Nicole und Dannis Bruder. Durch Dannis Abwesenheit vereint. Waren sie wirklich ineinan-

der verliebt gewesen? Das fragte er sich, und dann dachte er, daß Luke sich eines Tages dasselbe würde fragen müssen. Er sprach diesen Gedanken nicht aus. Statt dessen sagte er: »Im Stich gelassen? Inwiefern?«

»Ach ... das zu erklären würde lange dauern. Sie wußte, daß er sich veränderte, als er seinen Vater besuchte. Und sie veränderte sich nicht mit ihm. Das ist die einfache Fassung.«

»Und stimmt sie? Ich meine, hatte sie recht?«

Lukes Antwort kam langsam. »Ich weiß nicht. Ich glaube, ja.«

»Ist das der einzige Grund?«

»Grund wofür?«

»Daß ihr beide euch verliebt habt?«

Nun verstummte Luke, schockiert.

»Wie kommen Sie dazu, das zu sagen?«

Chevejon meinte nicht, es erklären zu müssen. »Lassen Sie's gut sein. Beantworten Sie meine Frage.«

Luke schwieg und starrte ihn an. Sein Gesicht war eingesunken, hart. Dann antwortete er wie automatisch, als hätte er keine andere Wahl. »Ich weiß es nicht. Sie nahm mich bei sich auf. Ich tat ihr leid.«

»Hm-hm.« Die Antwort war aufschlußreich für Chevejon. Nichts war tot in diesem jungen Mann, nichts von dem Leid und der Schuld, die er jemals empfunden hatte. Was war nötig, um wenigstens einiges davon endgültig zur Ruhe zu bringen? Er fragte: »Hatten Sie nie den Gedanken, daß Nicole sich selbst umgebracht haben könnte?«

»Nie. Abgesehen davon, daß sie so etwas niemals getan hätte, war das Ganze viel zu inszeniert. Der offene Safe. Und das einzige, was fehlte, war der Scheck.«

Mit ruhiger, nüchterner Stimme sagte Chevejon plötzlich: »Ihre Überlegungen sehen also etwa so aus: Danni kommt nach Hause. Findet Nicole vor, die sich in seinen kleinen

Bruder verliebt hat, der wie durch ein Wunder aus der Vergangenheit aufgetaucht ist. Erschießt sie. Nimmt den Scheck mit seinem Erbe an sich. Dann, was? Vermutlich setzt er seine Reisen fort und schreibt diese falschen Briefe, um mich und Sie davon zu überzeugen, daß er nie in Paris gewesen ist.«

Luke blickte zu ihm auf, als resignierte er vor dieser sonderbaren Allwissenheit; die Haltung eines Gefangenen vor dem Vernehmungsbeamten.

»Mehr oder weniger.«

Unbeirrt fuhr Chevejon fort: »Mir scheint, wenn er damit anfangen würde, Leute umzubringen, hätte er Sie auch rankriegen können.«

Luke blickte zur Seite und antwortete, ohne Chevejon anzusehen: »Vielleicht hatte er das vor.«

»Also, hören Sie zu. Sie haben mir gesagt, Sie wüßten, daß Nicole sich niemals selbst umgebracht haben würde. Was ist, wenn ich Ihnen sage, daß Danni nie auch nur den Gedanken gehabt hätte, sie umzubringen, ganz egal, was sie getan hätte?«

Luke antwortete langsam: »Ich müßte Ihnen wohl glauben.«

»Was bleibt uns dann noch?«

»Ich weiß nicht. Der israelische Geheimdienst?«

»Richtig. So wie der arbeitet ...«

Sie erhoben sich, räumten den Tisch gemeinsam ab und begaben sich durch das Wohnzimmer ins Arbeitszimmer. Chevejon holte diesmal eine Flasche Cognac hervor, eine halbvolle Flasche, deren Etikett nichts außer einer mit Bleistift geschriebenen Zahl enthielt. Er goß zwei Gläser ein und kostete von seinem, in der Hoffnung, Dannis Bruder werde zu schätzen wissen, was er gleich trin-

ken würde; für ihn selbst war die mächtige, süße Wärme, die ihm von der Zunge in die Kehle rann, nur mit der Sonne an diesem Nachmittag zu vergleichen.
Vor dem Fenster war nur noch ein ganz zarter Hauch Blau über der jetzt schattenlosen Erde wahrzunehmen. Luke, der mit seinem Sessel näher heranrückte, drehte sich Chevejon zu und sagte, als hätten sie ihre Unterhaltung keine Sekunde unterbrochen: »Ich glaube, die Theorie mit dem israelischen Geheimdienst ist doch nicht so überzeugend.«
Chevejon, der an die Männer dachte, die Natalie in Paris bedroht hatten, antwortete geistesabwesend: »Israelis vielleicht. Geheimdienst meiner Meinung nach nicht, gebe ich zu. Aber wer weiß über diese Dinge schon Bescheid?«
»Also sind wir wieder bei Danni angelangt.«
»Nein, nein, ich nicht. Wir sind wieder bei irgend jemandem angelangt, wir wissen bloß nicht, wer's ist. Noch nicht. Der Schlüssel, würde ich sagen, ist die Frage, was mit Dannis Briefen passiert ist. Sie sind sicher, daß es niemanden gab, von dem Sie mir nichts erzählt haben?«
Luke nickte. Ja, er war sicher. Dann fragte er, als treibe er die Schulden ein, die er dem anderen mit seinem jüngsten Geständnis aufgebürdet hatte: »Sie sagen, Sie wissen nicht, wo mein Bruder ist. Ist das dasselbe wie: Sie wissen nicht, wohin er gefahren ist?«
Chevejon antwortete vorsichtig: »Nicht ganz dasselbe.«
»Aha? Wissen Sie, wohin er gefahren ist?« Es lag viel Nachdruck in der Frage.
»So allmählich beginne ich vielleicht, es zu verstehen.«
»Und werden Sie es mir sagen?«
Der Junge, registrierte Chevejon überrascht, wurde langsam wieder ärgerlich. Dennoch antwortete er nicht sofort. Er blickte hinaus in die Nacht und bemerkte ihr Spiegelbild in den Fensterscheiben. Zwei Männer, einer jünger, einer älter, die in einem mit Büchern gefüllten Zimmer über Co-

gnacschwenkern saßen. Wie sollte er diesem Jungen klarmachen, daß er erst jetzt, da Luke offener geredet hatte, vollständig zu begreifen begann, warum Danni vor einem Jahr weggegangen war? Wie wollte er ihm das klarmachen, wenn der junge Mann nicht einmal seine eigenen Gründe begriff, warum er nach seinem Bruder suchte? Und wie konnte er ihm klarmachen, daß, wenn es überhaupt eine Bedeutung haben sollte, er es selbst herausfinden müßte? Plötzlich fragte er: »Haben Sie Ihren Vater geliebt?«
Luke antwortete rasch. »Natürlich nicht. Sind Sie verrückt?«
»Und Danni? Hat er ihn gemocht? Was glauben Sie?«
»Also, ich würde mal annehmen – verstehen Sie? –, daß er vielleicht nicht allzu warm mit ihm war. Ich meine, die Fahnenflucht, der Namenswechsel, das Leben im verborgenen ... Nennen Sie mich zu analytisch, aber ich sehe eine Tendenz in diese Richtung.«
»Es ist also schwer, einen Helden zum Vater zu haben.«
»Ach Quatsch, Scheiß-Held.« Luke wurde allmählich sehr betrunken, aber es war ihm egal. »Haben Sie denn nicht zugehört? Helden, die sind was für Jad Vaschem und ihre unechten Kitschdenkmäler. Ben Gurion, der Yishuv, sie haben null während des Krieges getan. Das Geld, die Zeit, die sie in die Rettung lebender Menschen gesteckt haben, war nichts. Sie wußten ganz genau, daß der Holocaust die endgültige und letzte moralische Balfour-Deklaration wäre und daß die Überlebenden das Land besiedeln würden, ob sie's liebten oder nicht, weil sie nirgendwo sonst hinkonnten. So ungefähr jede Gelegenheit, die sie hatten, um einen sinnvollen Rettungsversuch zu unternehmen, haben sie entweder vorübergehen lassen oder versaut.«
Chevejon hörte zu und dachte nach, dann fragte er: »Aber Ihr Vater hat's getan. Er hat Hunderte von Menschen gerettet.«

Luke schnaubte verächtlich. »Ja, ja, ganz recht. Warum schreiben Sie keine neue Biographie? Oder besser noch, lassen Sie den ganzen Scheiß beiseite und verfassen Sie eine Hagiographie. Es wundert mich, verdammt noch mal, daß ich offenbar der einzige bin, der es jemals bemerkt hat: Mein Vater hat Kanonenfutter für den Unabhängigkeitskrieg importiert. Über die Italienische Passage ist kein Mensch ins Land gekommen, der älter war als fünfundzwanzig, und keine einzige Frau. Wissen Sie, wie viele von den Soldaten, die im 48er Krieg gefallen sind, Überlebende aus den Lagern waren? Jeder dritte. Wissen Sie, warum? Sie konnten verdammt noch mal nicht Hebräisch; man konnte nichts anderes mit ihnen anfangen, als sie an die Front zu schicken.«

Es war, als nehme Chevejon sorgfältig jedes einzelne dieser Worte auf. Dann sagte er, aus der Tiefe seiner Gedanken: »Dann sagen Sie mir folgendes: Was meinen Sie, warum Ihr Bruder zurückgegangen ist und Ihren Vater besucht hat? Nach all den Jahren.«

Luke war noch immer wütend. »Wen interessiert's?«

»Ich verstehe.« Er trank einen kleinen Schluck von seinem Cognac, wobei er über den Rand des Glases blickte. »Na ja, denken Sie mal ein bißchen drüber nach, warum denn nicht?«

»Danke.« Luke stand abrupt auf. »Vielen Dank, Mann. Genau, was ich im Moment brauche: einen Zen-Meister, der mich führt. Haben Sie keinen Koan, über den ich im Mondlicht meditieren kann?« Er drückte seinen Zigarillo aus und trat ans Fenster.

Und während Chevejon den Rücken des jungen Mannes betrachtete, überlegte er.

Wo war Danni? Die Namen der realen Orte würden leicht zu finden sein. Aber darum ging es nicht. Er erkannte, daß bei dieser Reise von Danni für ihn kein Platz gewesen war;

dies war eine Reise durch die Zeit, eine Zeit, die ihrer Zusammenarbeit vorausging. Keiner von beiden hatte jemals gedacht, daß Danni die Reise antreten würde. Es machte ihm angst, als ihm klar wurde, daß es so eine Reise auch in seiner Zukunft geben könnte. In dieser Sommernacht wurde Peter Chevejon klar, daß ebenso wie sich vor Jahren, als er Danni begegnet war, alles radikal und plötzlich verändert hatte, nun dieses Auftauchen von Dannis Vergangenheit eine weitere Umwälzung ankündigte, die gleichermaßen unerwartet, gleichermaßen tiefgreifend sein würde. Und trotz seiner Fähigkeit, sich anzupassen, stieg in Chevejon eine tiefe Traurigkeit auf, denn etwas würde nun erbarmungslos zu Ende gehen. Er hatte nicht gedacht, daß er noch einmal vor eine solche Veränderung gestellt würde.
Er riß sich von diesen Gedanken los und konzentrierte sich wieder auf den anderen. Dieser junge Mann – auch für ihn würde sich alles ändern, und Chevejon sah noch deutlicher als zuvor, daß es nicht seine Aufgabe war, Luke zu sagen, wo sein Bruder war, selbst wenn er es könnte. Es war, als unternähme er mit einer der Studentinnen, mit denen er befreundet war, einen Rundgang durch Florenz: Man konnte ihnen den ganzen Tag lang Vorträge über Brunelleschi halten, doch erst wenn sie eines Nachts stinkbesoffen und torkelnd zum ersten Mal den berühmten Dom in seiner ganzen überwältigenden Schönheit erblickten, erst dann hörten sie auf, sich in einer fremden Stadt zu amüsieren, und begannen in Florenz wirklich zu Hause zu sein. Den meisten passierte das nie. Mit diesen Gedanken im Kopf hob er nach sehr langer Zeit wieder den Blick, sah Dannis Bruder an und sagte leise, wie entschuldigend: »Sie kapieren es nicht, oder? *Sie* sind derjenige, der *mir* erzählen wird, wo Danni hingegangen ist.«

Dritter Teil

Nur zu dem freien Menschen kann die Wahrheit kommen,
und um frei zu sein, darf die Erinnerung daran,
was Rechtschaffenheit ist, nicht geschönt werden.

Krishnamurti

Vierzehntes Kapitel

Zumindest war es eine Atempause.
Als seien sich beide über die Gewalt der Veränderung klargeworden, die in Kürze eintreten müßte, und als ziehe es in dieser Periode erzwungener Untätigkeit, während Lukes Bart wuchs, jeder vor, Zuflucht zu einer Zeit zu nehmen, die rasch zur Vergangenheit wurde. Alle Veränderungen sind schmerzlich, selbst die zum Besseren, und beide begrüßten die Gelegenheit, die bevorstehende Veränderung so lange wie möglich aufzuschieben.

Für Luke vergingen die Tage im Rhythmus der südlichen Sonne: eine Reihe strahlender Sommertage im sich ständig wandelnden Licht, gefolgt von milden südlichen Nächten. Nichts wurde vergessen. Ein ununterbrochener Zusammenhang bestand zwischen der Wintermorgendämmerung in New York und dem schwelgerischen italienischen Sommer. Aber in dieser beständigen Hitze erschien die Gegenwart geradezu belanglos, und Luke ließ seine Gedanken auf eine andere Ebene gleiten. Eine tiefere Ebene als das logische Grübeln darüber, wo Danni sein könnte. Eine intuitivere Ebene als das Nachdenken über Nicoles Tod. Eine Ebene, auf der er die Veränderungen eher fühlte als erkannte und für die es keine Bezeichnung gab.
Unterdessen lernte Luke, mit dem schweren Triumph-Motorrad herumzufahren, das er auf der anderen Seite des Gartens in den alten Ställen des Palazzos gefunden hatte. Er nahm an, daß dies Dannis altes Motorrad war, mit dem er, Nicole seine Ankünfte und Abreisen signalisierend, die Rue Gabrielle hinauf- und hinuntergedonnert war. Die Tat-

sache, daß das Motorrad in betriebsfähigem Zustand gehalten wurde, sagte einiges aus über Danni und seinen Partner. Das Fahrzeug stand zudem in der Nähe einer kleinen Pforte in der rückwärtigen Mauer des Stalles, die in die Grundstücksmauer überging und auf einen Weg in den Wald führte. Der Schlüssel zu der Pforte war in einer Schublade des Schreibtischs in Chevejons Arbeitszimmer versteckt.

Es bedeutete, daß diese Herren zwar selbstsicher waren, aber auch vorsichtig.

Vielleicht offenbarte es auch etwas über Luke: daß er Chevejons Schreibtisch sorgfältig genug durchsucht hatte, um den gut versteckten Schüssel zu finden. Und ihn sich ohne Zögern aneignete.

Und so verbrachte Luke seine Zeit mit dem Warten darauf, daß sein Bart wuchs, mit dem Warten auf eine Gelegenheit zur Flucht. Er saß tagelang in Dannis Zimmer und las. Und folgte einem Weg, der sich *à son insu,* wie die Franzosen sagen, in einem Teil seines Innern immer deutlicher abzeichnete.

Viel später sollte er Sehnsucht nach dieser Zeit der Untätigkeit empfinden, die sich schließlich als so kurz erwies.

Noch kürzer war für Chevejon die Phase innerer Ruhe. Für ihn sollte nur ein bittersüßes Gefühl die Erinnerung an diese Zeit kennzeichnen. Es stimmte, daß er in der Anwesenheit dieses seltsamen Doppelgängers seines Freundes eine merkwürdige Befriedigung fand. Als sähe er in Lukes Person natürlich nicht Danni, wohl aber dessen Grundstruktur. Während die Tage vergingen, stellte Chevejon fest, daß er sich durch diesen Menschen, der

nicht sein Freund war, vom Schmerz über die Abwesenheit seines Freundes sonderbar befreit fühlte. Und während die Tage vergingen, bemerkte er, daß er mehr und mehr an seine Schwester in Howell, Michigan, dachte.
Noch immer suchte er jeden Tag sein Büro in Santo Spirito auf und arbeitete an der Rekonstruktion einer Reihe von Gegenständen, die er von einer Grabungsstelle im Irak erworben hatte; diese Grabungsstelle war nur einer Gruppe von Kurden bekannt, die ihrerseits nur Danni bekannt war. Die Kurden, hatte ihm Danni mit gequälter Miene erzählt, waren mit israelischen Waffen ausgerüstet, Galils und erbeuteten Kalaschnikows, die sie von den Gewinnen gekauft hatten.
Doch das Sichversenken in diese Unendlichkeit der Konzentration, das ihm so vertraut war, war jetzt gestört. Die Geschäfte hatten praktisch geruht, seit Danni abgereist war; jetzt ignorierte er selbst die Angebote, die ihm gelegentlich von amerikanischen Händlern telefonisch gemacht wurden, die zu weit weg waren, um von der Unterbrechung seiner Tätigkeit zu wissen.
Aber Paolo war da, und Gianluca war da, sie standen noch auf der Lohnliste, ebenso wie ihm sein riesiges, über ganz Europa gespanntes Netz telefonischer Verbindungen weiter zur Verfügung stand. Und so waren, während er arbeitete oder kochte oder gärtnerte oder abends in seinem Arbeitszimmer am Fenster saß und mit Luke schweigend Cognac trank, die Maschinen seiner unterirdischen Verbindungen, wenn nicht die seines Scharfsinns, ständig in Betrieb und arbeiteten ohne Zweifel an den vor ihm liegenden Problemen.
Dazwischen gab es mich, Natalie, um die er sich zu kümmern hatte, eine Verpflichtung, die nun, da es nichts mehr gab, was ich ihm noch hätte sagen können, einfach angenehm war. Für beide von uns. Wichtig war, das wußte

Chevejon, daß ich wartete. Inzwischen fürchtete er, daß mein Koffer möglicherweise unter israelischer Bewachung lagerte. Wer wußte das schon? Ja, er fand es vernünftig, die Mächte, die damit zu tun haben konnten, lieber zu überschätzen und einen viel vorsichtigeren Abtransport des Koffers aus der Gare de l'Est zu inszenieren, als es jemand anders vielleicht als notwendig erachtet hätte.

Es erforderte volle zwei Wochen, meinen Koffer aus der Gepäckaufbewahrung in Paris herauszuholen. Chevejon war auf dem Flughafen, als er eines frühen Morgens endlich eintraf, herbeigeschafft von einem Freund von Paolo, der seinem Gelegenheitsarbeitgeber mit einem respektvollen Handschlag und einer Begrüßung auf romani entgegentrat. Chevejon spendierte dem Mann im kleinen Flughafencafé einen Cognac und einen Kaffee, während er diesen distanzierten Menschen neugierig musterte; auf Paolos Empfehlung hin hatte er im Laufe der Jahre für ihn in Paris ein paar einfache, aber möglicherweise gefährliche Transaktionen durchgeführt. Chevejon gefiel das Äußere des Mannes: dieses dunkle Zigeunergesicht, der schwarze Schnurrbart, seine rasche, ulkige Sprache; vielleicht, dachte er, könnte man diesem Philippe zukünftig auch kompliziertere Aufgaben anvertrauen. Dann entließ er den Mann zu seinem Rückflug und fuhr nach Santo Spirito.

Der Geruch von frischem Wasser erfüllte den leeren Platz mit seinen Wasserrinnen. In seinem Büro öffnete er den Koffer: Er enthielt einen Wollrock, eine Strickjacke, weich und abgetragen und nach meinem Parfum duftend, eine kleine gerahmte Fotografie von Nijinsky – du lieber Gott, muß er gedacht haben, sie hatte sich auf eine lange Reise eingestellt, diese Kleine. Unter einem Paar Wollsocken fand er, was er suchte: die goldene Menora, herrlich anzusehen, die Familienthora und einen Stapel alter Dokumente. Er legte alles auf den Couchtisch und hockte sich dahinter aufs Sofa.

Als erstes untersuchte er die Menora. Rotgold, sicherlich portugiesisch, ebenso die Ausführung: Elegant ziselierte hebräische Lettern überzogen den Fuß, rankendes Laub wand sich die einzelnen Arme hinauf. Er lehnte sich zurück und betrachtete sie von weitem: 17. Jahrhundert, da war er sich sicher, ein Museumsstück, ein exotisches sephardisches Objekt für ein Wiener Aschkenasim-Haus.

Er wandte sich der Thora zu, einem in dickes Leder mit Goldprägung gebundenen Buch aus feinem Papier, das modernem, hochsatiniertem, aber von Hand hergestelltem glich und die Farben der hebräischen Initialen leuchtend bewahrte. Zu leuchtend, dachte er plötzlich. Er stand auf, ging hinüber an den Schreibtisch, kehrte mit einer Lupe zurück und untersuchte eine aufgeschlagene Seite. Richtig, die Initialen waren, zumindest einmal, fachmännisch restauriert worden, allerdings war seit der Restaurierung auch schon ein gutes Jahrhundert vergangen.

Nun klappte er das Buch vorn auf und sah auf der ersten Seite, mit einem Füllfederhalter mit dicker Spitze geschrieben, eine Liste jiddischer Wörter. Hinter jedem stand eine Jahreszahl. Fraglos waren die Wörter Namen, die Zahlen Geburtsdaten; die Daten reichten bis 1750 zurück. Er ging wieder zum Anfang und zählte die Namen mit Daten seit 1880: fünfunddreißig. Er wußte, weil Danni es ihm gesagt hatte, daß nur Benami überlebt hatte. Vierunddreißig Menschen. Das letzte verzeichnete Datum lautete 1937. Einen nach dem anderen sprach er die hebräischen Buchstaben aus: Rachel. Er sprach den Namen für sich mit dem gutturalen hebräischen *ch:* Rachel. Eine Kusine von Benami? Sie wäre inzwischen wie alt? Zweiundfünfzig. Sie mußte bei ihrem Tod vier oder fünf gewesen sein.

Schließlich wandte er sich dem letzten Teil zu: einem schweren Stapel Papiere, die von einem gepichten Bindfaden, der inzwischen vor Alter brüchig war, fest zusammengehalten wurden. Er packte sie vorsichtig aus, warf einen Blick auf das oberste Blatt und war erneut geschockt: In einer Zeile, die mit »Name« überschrieben war, las er »Julius Michael Neumann«, einen Namen, der ihm bekannt vorkam; er verstand nur nicht gleich, warum. Aber sein Herz schlug schneller, als sein Blick zu einem aufgeprägten Foto wanderte, das ein älteres Gesicht zeigte: ihm wurde klar, daß dies nur Dannis Großvater sein konnte.

Er lehnte sich zurück und betrachtete die Seite als Ganzes. An ihrem Kopf stand in der Fraktur der Nazibürokratie: »Ein Auswanderungsvisum wird erteilt dem Inhaber«, dann die persönlichen Daten des Mannes. Beruf: Hochschullehrer; Geschlecht: männlich; Alter: 59; Anschrift: Wien, Frederickstraße 29; Rasse: jüdisch. Chevejon blätterte um und erblickte das Foto von Benamis Mutter, dann das seines Bruders und die Fotos seiner Schwestern. Die zweite Schwester hatte einen anderen Namen: Weissmann, aber in einer anderen Zeile stand ihr Mädchenname, Neumann. Wieder blätterte er um und fand David Weissmann, zweifellos ihr Mann, dann blätterte er weiter, und ihm stockte der Atem: Hier erblickte er Rachel Weissmann, geboren 1937, fünf Jahre alt. Einen Augenblick meinte er zu halluzinieren, so deutlich erkannte er Danni und Luke in dem Mädchengesicht wieder.

Es waren über vierhundert dieser Ausreiseerlaubnisse, durchnumeriert von 3576A bis 3978A: Dutzende von Familien, Großeltern, Kindern, jungen Paaren, Halbwüchsigen. Einigen waren die Kriegsjahre anzusehen – das Da-

tum war Frühjahrsanfang 1942 –, einige zeigten noch immer die Gesundheit des Wohlstands.
Alle waren in der rechten unteren Ecke datiert und unterschrieben mit: Nikolaus Hoestermann, Zentralstelle der jüdischen Auswanderungsbehörde.
Chevejon erhob sich. Er bemerkte, daß ihm die Hände zitterten – etwas, das ihm seiner Erinnerung nach seit Jahren nicht mehr passiert war. Er atmete tief ein und aus, aber der Wirbel von Vermutungen in seinem Kopf wollte sich nicht legen. Er trat an den Bücherschrank, goß sich einen Drink ein – einen großen – und zündete sich einen Zigarillo an. Dann blickte er aus dem Fenster auf den Platz hinunter, auf dem sich das gefleckte, von der Fassade von Santo Spirito reflektierte Nachmittagslicht in einem Würfelmuster spiegelte.
Schließlich drehte er sich zum Telefon um und wählte die Nummer meines Zimmers in der *pensione*. Als ich mich meldete, sprach er in einem Ton, den Luke als forciert lässig erkannt hätte.
»Natalie. Guten Tag. Sagen Sie, wie lautet Ihre Adresse in Wien?«
Als ich sprach, hielt er den Atem an.
»Frederickstraße 29.«
Er war vermutlich nicht sehr erstaunt.
»Danke, Schätzchen. Also, ich habe Ihren Koffer hier. Würden Sie wohl auf einen Sprung rüberkommen?«

Dies wußte Chevejon: daß Yossi Benami, nachdem er als Agent der Haganah nach Wien zurückgekehrt war, mit einem Obersturmführer Hoestermann eine berühmt gewordene Partnerschaft eingegangen war, um die Rettung von etwa vierhundert Wiener Juden in die

Wege zu leiten. Daß die jetzt in seinem Besitz befindlichen Auswanderungsvisa Hoestermanns A-Kopien waren, Dienstkopien der Genehmigungen. Und daß diese Partnerschaft am Beginn von Benamis Ruhm gestanden und Hoestermann vor einer Verurteilung als Kriegsverbrecher bewahrt hatte.

Und dies vermutete er: daß Obersturmführer Hoestermann das Haus von Yossi Benamis Vater – Julius Neumann – in Wien übernommen hatte, als die Familie Neumann vertrieben wurde. Daß, ehe sie das Haus verließen, jemand von der Familie ein Versteck im Dachgeschoß gebaut und die kostbarsten Besitztümer der Familie dort hineingelegt hatte. Daß Hoestermann nicht ahnte, daß diese Dinge dort waren. Daß aber Danni Benami es irgendwie erfahren hatte.

Doch die Schlußfolgerungen aus diesen Tatsachen – aus diesen Vermutungen – führten nur zu neuen Fragen.

Wie war es dazu gekommen, daß Benami ausgerechnet der Partner des Mannes geworden war, der seine Familie aus ihrem Haus geworfen hatte?

Warum waren alle Neumanns in Theresienstadt umgekommen, wenn er doch hier bei sich Kopien der Ausreisegenehmigungen für die ganze Familie hatte?

Wie hatte Danni Natalie von dem Versteck auf dem Dachboden der Frederickstraße 29 erzählen können?

All das mußte entschlüsselt werden, ehe er sich der letzten, wichtigsten Frage zuwenden konnte: Danni Benami, der in seinem Wandertrieb nach Süden Europa der Länge nach hinabfuhr – was in Gottes Namen suchte er?

Er hatte das unbestimmte Gefühl, als sei die Namensliste doch nicht vollständig Da gab es noch etwas. Am Fenster stehend, ging er in Gedanken alles durch, was ihm klargeworden war, seit er Natalies Koffer geöffnet hatte; bis er schließlich, sich seines ersten Schocks beim Betrachten der Auswanderungsvisa erinnernd, noch einmal Lukes verächtlich schnaubende Stimme zu hören vermeinte und es ihm wie ein elektrischer Schlag durch die Glieder fuhr.

> *Mein Vater hat Kanonenfutter für den Unabhängigkeitskrieg importiert. Über die Italienische Passage ist kein Mensch ins Land gekommen, der älter war als fünfundzwanzig, und keine einzige Frau.*

Chevejons Gedanken wirbelten durcheinander, bis sie nach einem langen Zeitraum der unbewußten Tätigkeit seines Hirns in einem langsamen Tanz an ihren Platz zu sinken begannen.
Wäre er ungestört geblieben, wo hätte dieser Vorgang geendet?
Aber er wurde durch beharrliches Läuten an seiner Tür unterbrochen und zuckte zusammen: Der Klang der Glocke kam ihm hysterisch vor.
Und furchterregend.

Als er an jenem Morgen angerufen und nach meiner Adresse in Wien gefragt hatte, wußte ich sofort, daß er den Koffer aus Paris bekommen hatte. Und ich wußte, daß er auf der Stelle verstanden hatte, was diese Gegenstände bedeuteten. Mein Herz setzte aus und krampfte sich zusammen; ich hatte ein zugleich vertrautes und unbekanntes Vorgefühl, das ich nach einer Sekunde identifizierte: Genauso hatte ich mich gefühlt, als ich unfreiwillig in den Zug von Paris nach Wien stieg, ohne zu wissen, ob es mir gelingen würde, irgendwo vor Wien zu entkommen. Ich nannte ihm meine Adresse langsam, und er schwieg zunächst. Dann sagte er mir, ich solle rüberkommen.

Genau in dem Moment, als ich mit dem hünenhaften Leibwächter an der Seite auf die Straße trat, erblickte ich die drei Männer aus Paris.
Ich blieb wie angewurzelt stehen, und Giorgio sah mich erstaunt an, dann folgte er meinem Blick. Ich mußte ihm nichts sagen: Er verstand, packte mich am Arm und eilte mit mir die Straße hinauf.
Jetzt lief plötzlich alles sehr schnell ab.
Als wir vor Chevejons Büro ankamen, schob mich Giorgio, hinter mir rückwärts gehend, die Treppe hinauf. An der Bürotür blieb er stehen und sah die Treppe hinunter, und ich, als wäre ich seine Partnerin und nicht seine Gefangene, klingelte Sturm, bis Chevejon die äußere Tür öffnete, indem er den Zahlencode ins Schloß tippte. Ohne ein Wort überblickte er die Szene, dann riß er die Tür auf und zog mich ins Vorzimmer. Giorgio warf einen weiteren Blick nach unten, dann drückte er sich gegen die Wand am oberen Ende der Treppe.
»Es sind drei Männer. Sie haben auf der Piazza auf sie gewartet. Ich wollte sie nicht hierher führen, aber ich wurde überrumpelt.«
Chevejon nickte. »*Va bene cosí.* Hast es richtig gemacht. Bleib, wo du bist. Sie werden nicht raufkommen.«

Drinnen führte er mich ans Fenster. Die drei hatten sich verteilt, zwei standen am Brunnen, einer in der Nähe des Cafes, sonst keine Menschen auf dem spätmorgendlichen Platz. Er sah mich mit hochgezogenen Augenbrauen an. Ich nickte. »Sie sind es.«
»Dieselben wie in Paris?«
Ich nickte wieder. Der eine am Brunnen, das war der mit der Brille, der mich in der Rue de Rennes abgefangen hatte. Jetzt nickte Chevejon. Er schwieg und überlegte. Dann ging er mit raschen und äußerlich ruhigen Bewegungen durch

das Zimmer und öffnete den Safe in seinem Schreibtisch unter dem Ölbild, das unmöglich ein Botticelli sein konnte. Er legte den Stapel Dokumente, die Menora und die Thora hinein, schlug die Tür zu und drehte das Schloß herum, dann trat er wieder ans Fenster. Ohne den Blick abzuwenden, griff er zum Telefon, tippte ein paar Zahlen, dann sprach er. »Cinzia. Chevejon. Probst du gerade? Gut, tu mir einen Gefallen, ja? Mach die Hintertür auf. *Grazie, bella,* bis gleich.«

Ich gab einen Laut von mir: Allmählich hatte ich das Gefühl, gar nicht zu existieren, und das Pochen in meiner Brust war nicht zu ertragen. Er blickte auf, und als er sah, wie groß meine Angst war, setzte er unvermittelt sein breites Lächeln auf. »Entschuldigung. Ich hätte es Ihnen sagen sollen: dies ist ganz einfach. Nicht wie im Kino, das verspreche ich Ihnen. Kommen Sie einfach mit.«

Er führte mich durch das Vestibül, machte an beiden Türen sorgfältig die Sicherungen und Schlösser scharf, dann hinaus ins Treppenhaus, wo der Leibwächter wartete. Er sagte etwas in raschem Italienisch – zu rasch, als daß ich es verstand –, und wir stiegen die Treppe hinunter, Giorgio als erster, dann Chevejon, dann ich, vor Angst wie benommen; die beiden Männer bewegten sich rasch und lautlos. Im Erdgeschoß blieb Giorgio vor der geschlossenen Tür stehen; dann trat Chevejon neben ihn und winkte mich hinter sich. Ich kam im Bogen um den Endpfosten der Treppe herum, und Chevejon schob mich einen Gang entlang, fort von der Haustür, und Giorgio folgte, rückwärts gehend. Es war jetzt finster, und Chevejon forderte mich auf, einfach weiterzulaufen. Ich stieg vielleicht sechs Stufen nach unten, dann schwang eine Tür auf, und

Licht fiel mir ins Gesicht, das mich blendete. Chevejon schob mich weiter, und ich trat hinaus in einen Raum, den ich nach und nach als die Bühne eines leeren Theaters erkannte.
Eine Frau stand hinter der Tür. Sie küßte Chevejon ohne ein Wort; dann gingen wir im Gänsemarsch an einer kostümierten Truppe vorbei, die schweigend dastand. Chevejon sprang als erster von der Rampe und hob mich herunter – er war überraschend stark –, und wir rannten den Gang hinauf und durch ein abgedunkeltes Foyer. Wir warteten jetzt, bis die Frau nachkam. Sie öffnete die Eingangstür, und ich wollte Chevejon nach draußen folgen, aber er drehte sich um und schloß die Tür, nachdem ich nur einen kurzen Blick auf die Straße hatte werfen können.
»Warten Sie.«
Wir warteten in dem Foyer ein paar Minuten, die mir wie eine halbe Stunde vorkamen. Giorgio, die Hand in seiner Lederjacke, preßte seinen breiten Rücken an mich. Dann hörte ich auf der Straße einen Wagen, Giorgio spähte hinaus und öffnete die Tür in den sonnenhellen Tag.
Chevejon saß am Steuer eines langen Kabrioletts mit laufendem Motor. Einen Moment lang hatte ich das grauenhafte Gefühl, Giorgio würde einsteigen und sie würden davonsausen und mich zurücklassen. Ein eiskaltes Gefühl der Verlassenheit; mein Vater und seine Vergangenheit schienen wie wehmütige Orchesterklänge in meinem Kopf herumzuwirbeln. Einen Moment lang war mir, als erstarrte ich zur Salzsäule. Dann wurde ich hochgehoben, und Giorgio trug mich, als ob ich nichts wöge; er setzte mich auf dem Beifahrersitz ab, und Chevejon sprach mit ihm, als wäre ich überhaupt nicht da.
»Hervorragende Arbeit, Giorgio. Ruf oben in Fiesole an und sag ihnen, sie sollen den Jungen wegschaffen. Dann kommst du mit deinem Motorrad rauf, okay? Ach, hol ihre

Sachen aus der *pensione*, bring alles rauf nach Fiesole. Hier«, er griff in die Tasche und warf dem Leibwächter sein Portemonnaie zu, »bezahl die Rechnung.«

Dann fuhren wir über die Brücke, durch das Zentrum von Florenz und bergauf, hinaus aufs offene Land. Ich schaute nach hinten: Die Straße war leer. Chevejon bog in einen Fahrweg ein, hielt, um ein hohes Tor zu öffnen, fuhr den Wagen hindurch, schloß das Tor wieder und fuhr zu einem Haus hinauf, das wie ein kleiner Palast aussah. Er brachte den Wagen auf Kies zum Halten und kam herum, um mir den Schlag zu öffnen. Seine Stimme wirkte in der plötzlichen Stille sehr laut.
»Alles okay? Keine Bange, wir sind hier sicher. Hier wohne ich. Kommen Sie.« Er half mir beim Aussteigen – unnötig, denn allmählich fühlte ich mich wieder normal – und machte Anstalten, mich den Kiesweg hinauf zur Haustür zu führen.
Da traten zwei hünenhafte Männer in makellosen, weit geschnittenen schwarzen Anzügen auf ihn zu. »Das sind Paolo und Gianluca. *Ciao, signori,* was ist los?« Ich hatte Zeit, die verschreckten Mienen der Männer vor Chevejon zu bemerken, der im Vergleich zu ihnen wie ein Zwerg wirkte. Dann fand einer von ihnen Worte.
»Chevejon. Der Junge. Er ist verschwunden.«

Wir standen vor der Haustür, und die beiden Männer redeten und entschuldigten sich noch immer, aber Chevejon dachte zu schnell, um zuzuhören oder auch nur wütend zu sein. Und dann sprach er.
»Okay, es reicht. Fahrt runter in die Stadt. Luke ist dort. Ich will, daß ihr ihn findet, mir ist scheißegal, wie. Seht im englischen Buchladen in der Via de Tornabuoni nach; haltet nach dem Motorrad Ausschau; kontrolliert den

Bahnhof und die Reisebüros. Bleibt auf dieser Seite des Flusses; der einzige Ort, wo er vermutlich nicht ist, ist Santo Spirito. Und sobald ihr ihn findet, ruft ihr mich in Santo Spirito an, dann bringt ihr ihn verflucht noch mal hier rauf und laßt ihn nicht mehr aus den Augen.«

Die beiden Leibwächter rannten zu ihrem Wagen, und Chevejon ging mit mir ins Haus. Drinnen fragte ich ihn ziemlich arglos, was los sei. Wer Luke sei. Warum diese Männer versuchen sollten, ihn herzubringen. Chevejon antwortete in schnellem Italienisch, als denke er laut: »Es ist der Typ, den Sie in Paris gesehen haben. Die Männer werden denken, es ist Danni. Hinter dem sind sie her; auf Sie hatten sie es eigentlich nie abgesehen.«

Ich fragte schuldbewußt: »Habe ich sie hierhergeführt?«

Jetzt schaltete er auf Deutsch um, als würde ihm gerade bewußt, daß er mit mir sprach. »Nein, nein, es ist mein Fehler, nicht Ihrer. Ein paar unserer sogenannten Freunde müssen geplaudert haben.«

»Was wollen sie von ihm?«

Seine Antwort war knapp: »Die Papiere, die Sie Ihrem Vater gestohlen haben.«

Draußen war ein Geräusch zu hören, Giorgio kam auf seinem Motorrad an, auf das hinten meine Reisetasche geschnallt war, und Chevejon fuhr fort: »Es ist jetzt keine Zeit für Erklärungen. Warten Sie.« Er lief die Marmortreppe hinauf und kam wenig später mit mehreren Schlüsseln in der Hand wieder herunter.

»Kommen Sie.« Er führte mich nach draußen, schnallte meine Reisetasche vom Gepäckträger des Motorrads los und warf sie in seinen Wagen. Dann gab er Giorgio die Schlüssel und sagte eilig: »Hast du meine Brieftasche?« Er nahm sie entgegen, zog alles Geld heraus und reichte Giorgio die Scheine und eine Scheckkarte. »Hör mir jetzt gut zu. Nimm meinen Wagen und bring das Mädchen nach Capri. Mach in Rom halt und zieh Geld aus einem Bankautomaten – viel Geld, alles, was du rausbekommen kannst. Du erinnerst dich, wie man zu meinem Haus kommt? Hier sind die Schlüssel; bleib dort, bis du von mir hörst. Wenn du mehr Geld brauchst, ruf an – sorge dafür, daß sie's gut hat.«

Dann zu mir: »Hören Sie, Schätzchen. Sie kennen mich inzwischen ein wenig, können Sie mir vertrauen? Sagen Sie mir die Wahrheit.«

Ich überlegte, auf meinen Lippen herumkauend, dann nickte ich.

»Sie sind ein liebes Mädchen. Gehen Sie jetzt mit Giorgio. Er bringt Sie in mein Haus auf Capri; es ist hübsch dort, und es ist sicher. Es wird Ihnen gefallen. Ich werde bald von mir hören lassen und Ihnen alles erklären. Wollen Sie das tun?«

Ich nickte wieder, und dann saß ich mit Giorgio im Wagen, und wir folgten Chevejon, der uns auf dem Motorrad vorausfuhr, durch das Tor. Auf der Hauptstraße trennten wir uns, und ich war allein mit Giorgio, der in Richtung Autobahn nach Süden davonbrauste.

Fünfzehntes Kapitel

Die Flucht war für Luke nicht schwierig gewesen. Während die Wochen vergingen und sein Bart wuchs, hatte er gespürt, wie das Verhältnis zu seinen Bewachern sich entspannte und angenehmer wurde. Zwischen den vier Männern – den Leibwächtern, Luke und Chevejon – herrschte so etwas wie Brüderlichkeit. Und so konnte Luke an dem Morgen, als Chevejon in Florenz mit Natalie und ihren drei Verfolgern beschäftigt war, aus dem Palazzo in Fiesole fliehen.

Die Gelegenheit war gut abgepaßt. Lukes Bart, kurz und dicht, verdeckte inzwischen den unteren Teil seines Gesichts. Ein Haarschnitt und eine Hornbrille, von Chevejon spendiert, ließen ihn nicht länger wie Dannis Bruder wirken. Das, meinte Luke, war alles, was er Chevejon für seine Mühen schuldete. Jetzt war es Zeit, daß er mit den Problemen, die vor ihm lagen, weiterkam.

Sie unterschieden sich sehr von denen, die Chevejon beschäftigten; sie stellten eine andere existentielle Bedrohung dar – jedenfalls war Luke dieser Meinung. Denn bei allem, was er Chevejon erzählt hatte, eines hatte er für sich behalten, und das war der Mord, den er in den Puces de Clignancourt begangen hatte. Und bevor Chevejon herausfinden würde, daß sein Partner tot war, hielt Luke es für klug, diesen sicheren Ort zu verlassen.

Tatsächlich hatte Luke, mehr oder weniger intensiv, von Anfang an seine Flucht geplant. Er wußte, wohin er gehen mußte, und er war so töricht anzunehmen, daß Chevejon ihn nicht dorthin bringen konnte.

Wenig später sollte er herausfinden, daß er, im Gegenteil, gar nicht allein dorthin gelangen konnte.

Es war ihm an jenem Morgen gelungen, sich der immer lässiger werdenden Aufmerksamkeit Paolos und Gianlucas zu entziehen und auf Dannis altem Motorrad durch die Gartenpforte der Villa zu entkommen. Es war ganz einfach gewesen. Nachdem Chevejon in die Stadt hinuntergefahren war und Paolo seinen Posten am vorderen Tor und Gianluca seinen an der Haustür bezogen hatte, kletterte Luke aus dem Fenster von Dannis Schlafzimmer, seilte sich ab und ließ sich auf den Rasen fallen. Er ging um das Haus herum zum Kiesweg und folgte diesem, an den sonnigen Rosenbeeten und hinter dem Komposthaufen vorbei, zu den Ställen. Nachdem er mit dem entwendeten Schlüssel die kleine Pforte geöffnet hatte, schob er die Triumph in den Wald hinaus. Auf dem schmalen Pfad stieg er auf das Motorrad, schaltete die Zündung ein, ohne den Motor anzulassen – obwohl er bezweifelte, daß man ihn hören konnte –, kuppelte und legte mit dem linken Fuß den Gang ein. Dann rollte er mit dem Motorrad, das Tempo aufnahm, fast geräuschlos bis zu der Stelle hinunter, wo der Weg auf die Hauptstraße stieß. Dort ließ er die Kupplung los, der Motor sprang an, und er knatterte in Richtung Stadt davon.

Die Liste dessen, was Luke wußte, was er vermutete und was er nicht verstand – die Liste, die ihn nun dazu veranlaßte, aus Chevejons liebenswürdigem Gewahrsam auszubrechen –, unterschied sich ganz erheblich von Chevejons Liste, und die Aktionen, die er plante, waren sehr viel weniger direkt.

Was er an Fakten besaß, war, gelinde gesagt, verschwindend wenig – viel zuwenig, dachte er, nach all den Monaten des Suchens. Was er hatte, waren nur Kritzeleien in der Handschrift seines Bruders, die über seine Bücher verteilt waren, Hinweise auf Gedankenprozesse – nahezu nichts.

Und dennoch war Luke der Meinung, daß es wenigstens etwas war. Dieser Prozeß, der sich um die Werke seines Vaters drehte, befand sich am Ursprung von Dannis Wandertrieb; er klammerte sich an die schwache Hoffnung, ihm folgen zu können. Vielleicht entstammte diese Hoffnung der Tatsache, daß diese Kritzeleien, diese Spuren eines Gedankenprozesses, alles waren, was er hatte.

Dannis sorgfältige Notizen an den Seitenrändern in den Büchern seines Vaters skizzierten einen Weg durch die Bibliothek, den Luke sonst nie gefunden hätte. Der Schlüssel hatte darin gelegen, beim ersten Buch seines Vaters zu beginnen. Von dort verzweigten sich mehrere Wege. Von *Opfer und Symbolik,* dem ersten Titel in der dicken, in Leinen gebundenen Oxforder Ausgabe der sämtlichen Werke, folgte Luke seinem Bruder über eine der Fährten zum Werk seiner Mutter, nicht zu *Lebender Tod,* sondern zu Aufsätzen in psychiatrischen und geisteswissenschaftlichen Zeitschriften. Von hier folgte er ihm durch Geschichten des Holocaust, durch Ka-Tzetnik und Tom Segev. Und inzwischen war Luke mit den Gedanken seines Bruders genügend vertraut, um zu bemerken, daß das, was Danni in dieser vielschichtigen Lektüre fand, eine subtile, überzeugende und tiefempfundene Widerlegung der bedeutendsten Darstellung jüdischer Philosophie seines Vaters war, von *Opfer und Symbolik.*

Welchen Fehler aber Danni im Schlüsselwerk seines Vaters gefunden hatte, das war Luke nicht klar. In einer, wie es schien, ideenbildenden Kurzschrift verwiesen Dannis

Notizen immer wieder auf Caravaggio, als wäre der Name des Malers ein Synonym für »Opfer«. Benami selbst jedoch spielte, soweit Luke erkennen konnte, nirgendwo in seinem Werk auf Caravaggio an, und so blieb dieser Schlüsselbegriff in Dannis Anmerkungen irgendwie schwer faßlich.

Und das quälte Luke. Denn obwohl er den Maler kaum kannte – er verwechselte ihn mit de la Tour –, erschien ihm die Ideenverbindung zutreffend. Eine vage Erinnerung sagte ihm, daß das Gemälde, das Danni im Kopf hatte, auf einer Taschenbuchausgabe von Benamis Buch abgebildet war. Diese Ausgabe befand sich nicht in Dannis Bibliothek, und da er in Fiesole festsaß, hatte Luke keine Möglichkeit, sich Gewißheit zu verschaffen.

Das war einer der Gründe, die zu dem Entschluß führten, an diesem Tag aus Peter Chevejons Haus zu verschwinden.

Nachdem er die Triumph abgestellt hatte und in den englischen Buchladen in der Via de Tornabuoni gegangen war, steuerte er auf das Regal mit den Penguin-Taschenbüchern zu. Balzac, Barthes, Beckett, Behan, Bell, Bellow, Benami. Der Name erschien im obersten Regalfach auf drei schwarzen Sachbuchrücken zwischen all den orangefarbenen Belletristikbänden. Auf Zehenspitzen zog er den ersten Band herunter. Es war *Eine kurze Geschichte Jerusalems* und zeigte auf der Titelseite das Jaffator, wie er es im letzten Winter vom Arbeitszimmer seines Vaters aus gesehen hatte. Der zweite war *Die Stadt und der König* und zeigte eine Luftaufnahme der Westmauer. Der dritte Band war *Opfer und Symbolik*, und auf ihm war in leuchtenden Farben ein Gemälde abgebildet.

Das Bild überwältigte ihn mit einem Gefühl der Vertrautheit, als habe er es einmal gut gekannt und dann vergessen. In lebhaften Farben und äußerst detailliert stellte es im Zentrum das schmerzverzerrte Gesicht eines Jungen dar, der vor Angst schrie. Seine Augen waren dunkel und trotzig und auf nichts gerichtet, als liege die Ursache seiner Qual außerhalb seines Blickfelds. Und nun, als sein Blick von dem Gesicht wegwanderte, sah Luke, daß eine kräftige, runzlige Hand den Jungen im Genick festhielt. Zu wem aber diese Hand gehörte, war auf der Reproduktion, offensichtlich ein Ausschnitt, nicht zu sehen. Alles am Aufbau deutete aber darauf hin, daß es sich um das Detail eines größeren Gemäldes handelte. Er blätterte das Buch durch, um nach dem Fotonachweis zu suchen, und fand ihn schließlich auf der Rückseite: Uffizi Gallery, Florence. Er warf erneut einen Blick auf seine Uhr: Es war gerade Mittag vorbei. Er hatte für den Nachmittag noch eine Besorgung vor. Dennoch, dachte er, war Zeit genug, wenn er sich beeilte, und nachdem er zwei der Bücher wieder zurückgestellt hatte, kaufte er das dritte. Er steckte es in seine Gesäßtasche und verließ rasch den Laden.

Er ließ das Motorrad dort, wo er es abgestellt hatte, und eilte die Via Porta Rossa hinunter. Die Menschen wirkten alle wie Touristen; es war Hochsaison, und, wie Chevejon gesagt hatte, jeder Florentiner, der nicht vom Touristengeschäft abhängig war, hatte die Stadt längst verlassen. Chevejon selbst, das wußte er, wäre inzwischen in sein Haus auf Capri gefahren, wäre Luke nicht dagewesen. In dem Gefühl, eingeschlossen zu sein, bahnte er sich langsam seinen Weg zur Piazza della Signoria, ging am Rivoire vorbei, überquerte den offenen Platz und betrat die Uffizien.

Es war ein hoffnungsloses Unterfangen, sich durch die Massen zu schieben und nach dem Bild zu suchen. Die Leute standen vor den Gemälden regelrecht in Schlangen. Stimmen aus aller Welt umschwirrten ihn; er drängte sich

voran und ließ den Blick über die Teile der Wände schweifen, die er erkennen konnte.
Und dann, im letzten Raum des Museums, fand er es.

Das verängstigte, leidende Gesicht, das sich zu einem trotzigen Schmerzensschrei verzogen hatte, gehörte zu einem nackten Jungen, der von der starken, schwieligen Hand eines Greises in waagerechter Lage festgehalten wurde. Die andere Hand des Mannes hielt ein Messer, dessen Abwärtsbewegung zum Hals des Jungen durch einen anderen Jungen aufgehalten wurde; dieser war schmächtig, mit goldenen Ringellocken, ein Engel, zweifellos. Die Aufmerksamkeit des Alten war von dem Engel in Anspruch genommen, der quer über das Bild hinweg auf einen gespannt blickenden Widder zeigte, der die Szene mit Neugier und Mitleid beobachtete. Hinter ihnen erstreckte sich eine etruskische Landschaft mit einer Burg auf einem Berg in der Ferne. Eine Gruppe mit ihrem Reiseleiter begann sich vor Luke zu schieben, aber der streckte die Hand aus, um den Reiseleiter aufzuhalten, und trat, ihn behutsam zur Seite schiebend, vor, um die Angaben über das Bild zu lesen. In dem Moment, als er das tat, rieselte es ihm eiskalt über den Rücken. Das Bild war von Caravaggio und trug den Titel *Opferung Isaaks*.

Jetzt stand die Reisegruppe zwischen ihm und dem Bild, und Luke, der sich blindlings weiterbewegte, wurde vom Strom der Menge hinaus auf die Loggia geschoben, auf der in einer kleinen Cafeteria an Tischchen im Schatten von Sonnenschirmen Speisen serviert wurden. Er bahnte sich einen Weg zur Steinbrüstung am Rand, blieb eine Zeitlang im Sonnenlicht über der wimmelnden

Piazza stehen und beobachtete die Schlange vor dem Eingang der Uffizien, die Massen um Michelangelos *David* und die gefüllte Terrasse des Rivoire.
Es war, als ob die Hitze, feucht und muffig, von den Menschen dort unten ausginge. Schwitzend wischte er mit der Hand über seine Stirn, dann über die Rückseite seiner Jeans, wo er das Penguin-Taschenbuch in seiner Gesäßtasche fühlte.
Er zog das Buch heraus und hielt es gegen die Steinbrüstung. Er zündete sich eine von Chevejons Panters an, dann schlug er die erste Seite auf. Zuerst konnte er in dem blendend hellen Licht kaum die Schrift erkennen. Er drehte sich um, schirmte das Buch gegen die Sonne ab und las die Widmung, die offenbar eigens für diese Ausgabe verfaßt worden war, denn in Dannis Oxford-Ausgabe hatte er sie nicht gesehen:

> *Dem Volk Italiens, ohne dessen heldenhaften Beistand Tausende Menschen wie ich in den Todeslagern des Dritten Reiches umgekommen wären.*

Und in der Einleitung:

> *Im Sommer des Jahres 1942 führte mich meine Flucht aus dem besetzten Wien durch Italien an die Gestade Palästinas – ein Land, das von dem planmäßigen Völkermord der Nazis noch weit entfernt war, wo Flüchtlinge wie ich erhebliche Hilfe nicht nur von italienischen Juden erhielten, sondern auch von der faschistischen Armee selbst – in die Stadt Florenz.*
> *In jenem Jahr fiel mein Vater der gewaltigen Todesmaschinerie zum Opfer, in der letztlich meine ganze Familie zugrunde gehen sollte. Doch ent-*

weder war es die natürliche Unbekümmertheit der Jugend oder die wohlige Ruhe des Florentiner Sommers, jedenfalls schien die Tatsache des »Krieges gegen die Juden« – eine Tatsache, mit der ich Tag und Nacht zwei Jahre im Untergrundkampf in Wien gelebt hatte – in den Hintergrund zu treten, während ich mich in dieser schönen Stadt versteckt hielt, um darauf zu warten, daß Vorkehrungen zu meiner Flucht getroffen würden. Bis ich eines Morgens in den Uffizien dem Gemälde gegenüberstand, das auf dem Umschlag dieses Buches abgebildet ist: Caravaggios Darstellung der Opferung Isaaks.

Vieles sollte noch geschehen zwischen diesem Tag und der Niederschrift dieses Buches: Ich entkam schließlich nach Palästina, der Zweite Weltkrieg wurde zu Ende gekämpft, der Unabhängigkeitskrieg lag noch vor mir, und die Gründung des Staates Israel sollte erst noch stattfinden. Aber jetzt, im Rückblick, sehe ich deutlich, daß es jener Tag war, als ich vor Caravaggios Darstellung meines Gottes stand, daß mir zum ersten Mal das Ausmaß der Katastrophe klar wurde, die nicht nur die Juden Europas, sondern die ganze abendländische Zivilisation bedrohte.

Denn was Caravaggio malte, war kein isolierter Augenblick in der jüdischen Geschichte, sondern ein Wendepunkt für die Menschheit. Er malte den Augenblick, da Gott Abraham einen Widder anstelle eines Menschen töten ließ – ein symbolisches Opfer statt eines Mordes – und so Abraham, und durch ihn die jüdisch-christliche Zukunft, die Macht der Symbole lehrte, deren Entstehungsmoment dies ist. Von diesem Augenblick an würde

diese Macht – die der Symbole – als der primitiven Macht des Opfers überlegen gelten, und diese Überlegenheit würde die schmale Brücke der Zivilisation bezeichnen, die unsere Gegenwart mit Abrahams Vergangenheit verbindet.
An diesem Tag mitten im Zweiten Weltkrieg erkannte ich, daß diese Überlegenheit der Symbole über das Opfer, der Versöhnung über die Aggression in einer Weise, wie sie in der Geschichte noch nie dagewesen war – wie weder Caravaggio noch auch Abraham sie sich je hätten vorstellen können –, von Hitlers Drittem Reich herausgefordert wurde. Und obwohl ich bereits zwei schwierige, gefährliche Jahre des Kampfes gegen die Nazibedrohung hinter mir hatte, geschah es erst in dem Augenblick, als ich in Florenz vor Caravaggios Gemälde stand, vor seiner Darstellung der folgenschwersten Umwälzung menschlicher Werte, die das Judentum ist: ein Vater und ein Sohn werden von ihrem Gott miteinander versöhnt – *an jenem Sommertag also in Florenz, als weit weg im Norden der Holocaust tobte und seine Todesfühler über ganz Europa ausstreckte, geschah es, daß mir, dem allmählich klar wurde, daß ich meinen Vater verloren hatte, die Bedeutung der Geschichte meines Volkes bewußt wurde.*
Mit diesem Bewußtsein stellte sich mein Verständnis für die Bedrohung ein, der die Juden ausgesetzt waren, sie und ihr eigentlicher Beitrag zur Menschheit.
Von dem Moment an war ich erwachsen.

Luke klappte das Buch unvermittelt zu, während ihm erneut kalte Schauer über den Rücken liefen.

Er hatte recht gehabt, dieses Bild aufzusuchen, das im Zentrum des Lebens seines Vaters, im Zentrum des Wandertriebes seines Bruders stand. Aber in der Hitze und dem hellen Licht zählte das nicht. Alles, was zählte, war seine plötzliche Erkenntnis: daß sein Vater nicht nur vor ihm in Florenz gewesen war, sondern hier – genau hier – vor dem Bild gestanden hatte, das er eben gesehen hatte. Vielleicht genau hier auf der Loggia der Uffizien, wo er jetzt stand. Und daß er, wenn er seinen seit langem verlorenen Bruder erst gefunden und dann wieder verloren hatte, auch seinen Vater wiedergefunden hatte.

An der Bar des Rivoire trank er einen Whisky und einen Kaffee, dann schaute er wieder auf die Uhr und eilte quer über die Piazza. Die Besorgung, die er am Nachmittag erledigen wollte, war jetzt noch wichtiger. In der Via Lamberti ging er in das Alitalia-Büro, dessen Adresse er zuvor aus Chevejons Telefonbuch herausgesucht hatte. Er bezahlte ein Ticket, das dort für ihn bereitlag. Er verließ das Büro und ging auf demselben Weg zur Via de Tornabuoni und dem Motorrad zurück. Doch jetzt verlangsamte er seinen Schritt: Vor seinem Flug am Spätnachmittag waren noch Stunden zu verbringen, und er hatte nicht die Absicht, nach Fiesole zurückzukehren.

Die Geschäfte schlossen für die Pause am Nachmittag. Luke durchquerte die Tornabuoni und das volle Stadtzentrum, dann spazierte er in Richtung Nordwesten, bis die Berge von Fiesole zwischen Häusern zu seiner Linken auftauchten; hier war viel weniger Betrieb, denn in dieser Gegend gab es für Touristen nichts zu sehen. In der dumpfen Hitze begann ihn das Laufen auf den harten Steinen zu schmerzen, er schwitzte. Eine Straße endete an einem kleinen Kinderspielplatz; er ging hinein und setzte sich ermüdet auf eine Bank. Der Spielplatz war menschenleer. Er schloß die Augen und drehte das Gesicht zum Himmel. Hinter seinen geschlossenen Lidern erschien die Sonne in einer Ferne aus verschwimmendem Rot. So ruhte er einen Moment lang aus.

Und da bemerkte er, als gehorche sein Verstand Regeln, die nur ihm bekannt waren, daß er in das Gesicht eines Jungen starrte, eines sterbenden Jungen. Zuerst erschien es ihm im Schwarzweiß seiner Erinnerung an den Krieg. Der palästinensische Junge, dessen Gesicht, als Lukes Kugel ihn ins Becken traf und gegen die Steinwand des kleinen Hauses schleuderte, aus dem er herausgesprungen war, einen fast komischen Ausdruck der Überraschung zeigte, dann Schreck. Und dann einen merkwürdigen Blick, der fast einfältig war, als er die Beherrschung über seinen Körper verlor und zu Boden sank.

Doch dann, als Luke der Schlaf übermannte, verengte sich die Szene, und das Gesicht des Jungen, jetzt in lebhaften Farben, füllte seinen Blick. Er sah, daß der Mund des Jungen sich zu einem bitteren Schmerzensschrei geöffnet hatte und seine Augen, dunkel und trotzig, auf nichts gerichtet waren, als liege die Ursache seiner Qual außerhalb seines Blickfelds. Er schrie gegen die Ungerechtigkeit an, die ihm von der kräftigen, runzligen Hand auf seinem Nacken zugefügt wurde. Die Ungerechtigkeit, daß er sich nicht bewegen, nicht atmen konnte, daß er sterben mußte, langsam und unausweichlich an Durst und Atemnot sterben mußte.

Die Intensität des Bildes weckte ihn beinahe aus seinem Abgleiten in den Schlaf, aber nur beinahe, obwohl sich sein Gesicht tief gerötet hatte und der Schweiß auf seiner Stirn Perlen bildete. Langsam verblaßte das Bild. Jetzt

träumte er, daß Raum und Zeit nichts bedeuteten, denn er zeigte seinem Vater die Wohnung in der Rue de Fleurus, führte ihn mit stolzen Kommentaren über die Sammlung der Objekte im Wohnzimmer durch Nicoles Schlafzimmer und in Dannis Arbeitszimmer. Zunächst empfand er ein ungeheures Vergnügen, ja ein Gefühl der Rache dadurch, daß er seinem Vater zeigte, daß Danni so angenehm lebte, mit einer Frau, die so schön und gut war wie Nicole. Dann kamen langsam Schuldgefühle in seinem Herzen auf, als er bemerkte, daß etwas falsch war an dem, was er ihm erzählte, falsch, weil Nicole keine Jüdin war, weil die Wohnung in Frankreich lag, weil unter diesen Umständen Dannis Glück in den Augen seines Vaters bedeutungslos war.
Er zuckte zusammen, benommen und schwitzend, und erschrak, als ein Kindermädchen mit einem Baby und einem Kleinkind den Spielplatz betrat. Die Kleine, vielleicht drei Jahre alt, rannte in kurzen Hüpfschritten auf die Schaukeln zu, wobei der dicke braune Pferdeschwanz wippte. Als sie Luke sah, blieb sie wie angewurzelt stehen und blickte ihn mit melancholischen dunklen Augen an. Das Kindermädchen, mit dem Baby auf den Armen beschäftigt, das in ihr Gesicht hochstarrte und gurrte, bemerkte es nicht. Aber als sie aufblickte, erst das Mädchen ansah und dann Luke, rief sie: »Leila. *Vieni qui. Siediti accanto a Jacopo.*« Doch das Mädchen rührte sich nicht, die fragenden Augen fest auf einen Punkt gerichtet, und Luke stand auf, schlenderte langsam über den Kies des Spielplatzes und schlug den Weg zurück zur Stadt ein.
Inzwischen waren die Straßen wieder von Passanten belebt, und jeder erzeugte eine Hitze, die Luke geradezu fühlen konnte; betäubt und verwirrt von seinem Halbschlaf, schien er innerlich vor einer Berührung mit dieser sonderbaren Stadt zurückzuweichen. Er eilte an der Piazza della Signoria vorbei zu seiner Triumph, denn vage war ihm be-

wußt, daß er ein Flugzeug erwischen mußte. Aber im Näherkommen wurde sein Schritt immer langsamer.
Paolo, der im Damensitz auf dem Motorrad hockte, wartete da und blickte sich aufgeregt um.
Luke blieb einen Moment wie erstarrt stehen, dann trat er in einen Hauseingang. Herrgott, wie hatte Paolo bloß das Motorrad gefunden? In der Hitze wartete er einen Augenblick, dann machte er kehrt und trat zurück auf den Bürgersteig, um in der entgegengesetzten Richtung den Rückzug anzutreten.
Aber plötzlich sah er sich der weißen Hemdbrust von Gianlucas Oberhemd gegenüber, an deren Stelle langsam Gianlucas breites Gesicht trat, als Luke hochgehoben und auf den Armen zu Paolo und dem Motorrad getragen wurde. Leise fragte Gianluca: »Was ist denn in Sie gefahren? Wollen Sie, daß wir verdammt noch mal alle umgelegt werden?«
Zwischen den beiden, die ihn nach florentinischer Sitte unterhakten, wurde er zu einer Telefonzelle eskortiert, von der aus Paolo ein kurzes Telefongespräch mit Chevejon führte, dann zu einem Wagen, in dem Gianluca ihn zurück nach Fiesole fuhr, während Paolo zum Motorrad zurückging.
Es war eine kurze Flucht gewesen.

Chevejon hatte viel Zeit zum Nachdenken gehabt, bis Paolo ihm am Nachmittag mitteilte, daß sie Luke gefunden hatten.
Nachdem er durch das Theater in sein Büro zurückgekehrt war, hatte er sich an einem der großen Fenster postiert und ununterbrochen den Platz unten beobachtet. Die drei Israelis – Larry, Curly und Moe: Er hatte ihnen bereits ihre Na-

men verpaßt, erstaunt über die Reminiszenz an seine amerikanische Kindheit, als sie ihm einfielen – hatten eine offenbar professionelle Überwachung durchgeführt, bei der jeder etwa zwanzig Minuten an einer Stelle blieb, dann beiläufig den Standort wechselte, eine Sonnenbrille aufsetzte oder abnahm, im Wechsel die Piazza verließ und in das Gebäude hineinging, um unten im Innern des kleinen Hauseingangs zu warten. Chevejon hielt es nicht für wahrscheinlich, daß Luke nach Santo Spirito kommen würde: Chevejon aus dem Weg zu gehen lag zweifellos in der Absicht des Jungen. Trotzdem hatte er, bloß für alle Fälle, nicht vom Fenster weichen wollen, und während er dort stand, hatte er viel Zeit zum Denken gehabt.
Was er dachte, war nicht erfreulich.

Zunächst ein Gefühlsausbruch: Was war er für ein Dummkopf, daß er Luke hatte entwischen lassen. Eine Weile tadelte er sich heftig. Erst als die Selbstbeschuldigungen nachließen, dämmerte ihm, daß an der Tiefe seiner Empfindungen etwas merkwürdig war. Daß seine normale, bewußt kontrollierende Art, in der er mit den Leuten um sich herum verfuhr – mit allen außer Danni –, ihm nicht weiterhalf, weder in seinem Verhältnis zu Luke noch in dem zu Natalie; allein schon die Tatsache, daß er nicht mit ihr geschlafen hatte, bewies das. Himmelherrgott, dachte er, demnächst werde ich für Gianlucas Familie noch Weihnachtsgeschenke kaufen. Der Gedanke brachte ihn unerwartet zum Lachen, und als sich seine Heiterkeit legte, bemerkte er, daß er in den letzten Wochen glücklich war.
Und nun nahmen seine Gedanken einen stetigen Rhythmus an und flossen ruhig dahin, während er aus dem Fenster blickte und der Platz sich mit Schatten füllte.
Er erkannte, daß Luke für ihn alles verändert hatte, nicht nur den Trott seines täglichen Lebens, nicht nur die Art,

wie er seine Geschäfte betrieb, sondern auch seine Gefühle. Alles, was er für Danni empfand, war in das übergegangen, was er nach und nach auch für Luke empfand, für seine Leiden, seine Irrfahrt durchs Leben, die von derselben Vergangenheit geprägt war, die Danni auf eine so ganz andere Reise gedrängt hatte. Gegen seinen Willen hatte er allmählich ein tiefes Mitgefühl für den Jungen. Gegen seinen Willen hatte er sich, wie vor so langer Zeit in Danni, verliebt.

Er wußte, er hatte recht daran getan, Luke in Fiesole praktisch unter Hausarrest zu stellen und zu versuchen, eine Zone der Sicherheit um ihn zu schaffen, um Danni und um sich selbst. Aber Hausarrest mußte man es nennen; Lukes Flucht bewies es. Nun dachte er, wenn er den Jungen nur wiederfinden könnte – und wenn er die drei Scheißkerle da unten aus dem Weg bekäme –, wäre es an der Zeit, ihn gehen zu lassen.

Wenn er gehen wollte.

Was immer das für sie alle bedeuten mochte.

Was die drei Spitzel betraf, so wußte er zunächst nicht weiter. Es würde sehr spezieller Umstände bedürfen, damit er sich mit ihnen befaßte, und der gewandte Professionalismus, mit dem die Israelis die Überwachung betrieben, ließ ihn bezweifeln, daß er, Paolo und Gianluca, selbst mit ihrer weitreichenden Praxis, der Aufgabe gewachsen waren; es war ein großer Unterschied, ob man es mit Aktionen in einer kriminellen Umwelt zu tun hatte, in der solche Fähigkeiten eine Frage der Anpassung waren, oder aber mit der staatlich trainierten Gewandtheit dieser Männer. Sicher, auf dem offenen Platz, der sich am frühen Abend mit Menschen gefüllt hatte, konnte er nichts tun, außer sie zu ermorden, und ermorden wollte er sie nicht. Dies ängstigte ihn und schickte seine Gedanken auf eine

unwillkommene Reise durch die möglichen Gefahren, die ihm, Luke und Natalie drohten. Ganz zu schweigen von Danni. Und als das Telefon klingelte, hatte er ernsthaft Sorge, daß Luke so töricht sein könnte, tatsächlich nach Santo Spirito zu kommen. Er griff zum Hörer, lauschte und sprach dann mit sichtlicher Erleichterung.
»*Bene,* bring ihn rauf nach Fiesole und leg ihn an die Leine, bis ich da bin. Okay ... Gut, Paolo, bis gleich.«

Chevejon zwang seine Gedanken in die Gegenwart zurück. Ein Problem war gelöst. Nun lag ein zweites vor ihm. Es wäre ganz leicht, Santo Spirito einfach so zu verlassen; diese Männer dort dachten sicher immer noch, Natalie sei oben im Büro, und es war völlig ausgeschlossen, daß sie Chevejon erkannten. Dennoch hatte er das dunkle Gefühl, daß ihm diese drei etwas mitteilen konnten, wenn er vorsichtig genug war. Nun ging er, zum ersten Mal, vom Fenster zur Hausbar hinüber, goß sich einen Drink ein und zündete sich einen Zigarillo an. Eine Weile stand er da und überlegte. Dann stürzte er den Schnaps hinunter und verließ mit raschen Schritten das Büro.
So war für Angst keine Zeit.

Als er auf dem Platz in die späte, tiefstehende Sonne blinzelte, stellte Chevejon fest, daß er recht gehabt hatte: Die Männer schenkten ihm nicht die geringste Beachtung. Das verschaffte ihm Überlegenheit, und er ging mit langsamen Schritten zu dem hinüber, den er Moe genannt hatte. Ein hochgewachsener Mann mit Brille und dem Aussehen eines jüdischen Intellektuellen, aber Chevejon spürte, daß unter dem billigen Anzug ein kräftiger Körper steckte, und er erkannte in dem absolut humorlosen Gesicht wahre Entschlossenheit. Zwanglos schlendernd verhielt er nun, ein paar Schritte von dem Mann entfernt.

Tat er das Richtige? Er war sich nicht sicher, und es war keine Zeit mehr, sich Fragen zu stellen, denn der Mann sah ihn bereits an. Er zwang sich, zu lächeln und im Plauderton zu reden.
»Sie vergeuden Ihre Zeit, das wissen Sie. Natalie ist schon seit Stunden fort. Was denn, denken Sie, ich bin so ein Vollidiot, daß ich da oben mit ihr warte?«
Der Mann griff automatisch mit einer Hand in sein Jackett, und Chevejon drehte seine Handflächen nach oben, um zu zeigen, daß er unbewaffnet war. In der Peripherie seines Blickfeldes sah er die beiden anderen mit raschen Schritten näher kommen.
»Du meine Güte, das würde ich nicht tun.« Er trat näher und senkte die Stimme. »Einen italienischen Bürger vor seinem Büro erschießen? Großer Gott, ich sehe es direkt vor mir: ›Israelischer Mordanschlag in Florenz‹. Und dann sind Sie derjenige, der dem Staatsminister alles erklären muß, der zufällig ein enger persönlicher Freund von mir ist. Erzählen Sie mal, was Sie ihm sagen würden.«
Schweigen. Die anderen waren jetzt herangekommen, und Chevejon, in der Mitte ihres lockeren Dreiecks, bemühte sich, seinen Atem unter Kontrolle zu bekommen. Er ließ eine geschickte Pause zu, dann fuhr er mit leiserer und ernsterer Stimme fort: »Ich habe das, wonach Sie suchen, gleich dort oben in meinem Safe – nein, machen Sie sich keine falschen Hoffnungen; Sie würden Dynamit brauchen, um es da rauszubekommen. Wenn Sie's haben wollen, müssen Sie darüber verhandeln. Sonst müßten wir uns vielleicht gegenseitig umbringen, und das wollen wir doch nicht, oder?«
Das war alles, was er zu sagen hatte. In dem Schweigen überlegte er mühsam: Er hatte nichts weiter zu sagen, und es schien nicht gewirkt zu haben.
Aber war es alles? Ohne nachzudenken, redete er weiter,

ruhig, beiläufig, als gäbe es auf der Welt keine Eile. »Und wissen Sie was? Wissen Sie das Komischste von allem? Danni Benami ist nicht mal in Florenz. Sein Bruder ja, aber was soll's? Großer Gott, stellen Sie sich die Schlagzeile vor: ›Israelischer Tourist von Shin-Bet-Agenten in Florenz ermordet‹. Untertitel: ›Hielten ihn irrtümlich für seinen Bruder‹. Wie würde das Ihren Bossen gefallen?«

Das funktionierte. Endlich. Auf Moes Gesicht lag jetzt ein sichtbares Zögern. Er zog seine Hand aus dem Innern seines Jacketts und blickte auf Chevejon herunter. Dann fragte er schließlich: »Wer zum Teufel sind Sie?«

Chevejon antwortete prompt: »Ich bin alles, was Sie haben, meine Herren. Natalie ist weg, Danni ist weg, und sein Bruder ist in einem sicheren Versteck, genau wie Ihre kleinen Nazidokumente. Warum also gehen wir nicht rüber in dieses Café dort und trinken was Hübsches miteinander?«

In dem Café saßen sie im dämmerigen Abendlicht um einen Tisch herum, die Israelis schweigend, während Chevejon leise englisch redete. »Hören Sie. Ich weiß, wer Sie sind; ich weiß, was Sie wollen. Entweder Sie arbeiten auf eigene Faust oder für die Regierung eines kleinen Mittelmeerlandes, in dem hebräisch gesprochen wird. Das spielt eigentlich keine Rolle, oder?« Er hielt inne, und Moe gab ein kurzes Nicken von sich, das keine Zustimmung, sondern Aufmerksamkeit signalisierte.

»Gut. Also, hören Sie zu. Zuallererst einmal, Danni Benami werden Sie nicht finden. Weil niemand weiß, wo er ist. Der General hat's nicht gewußt, Luke weiß es nicht, und Ihr österreichischer Freund Hoestermann weiß es ganz bestimmt nicht. Nicht einmal ich weiß es.« Er verstummte und wartete. Diesmal kam kein Nicken, aber er war ziemlich sicher, daß ihr Schweigen die Bestätigung dafür war, daß Hoestermann ihnen gesagt hatte, sie sollten in Paris nach seiner Tochter suchen. Das ergab für ihn einen Sinn. Er fuhr fort.

»Aber das ist in jedem Fall egal: Danni hat die Dinge nicht, nach denen Sie suchen. Ich habe sie. Natalie hat sie mir – nennen wir's so? – anvertraut. Und es spielt trotzdem keine Rolle, denn Natalie hatte nur die A-Kopien. Ohne die B-Kopien sind sie wertlos, stimmt's? Eine Kopie fürs Reich, eine für die Auswanderer persönlich; nur beide zusammen sind der Beweis. Richtig?«

Kein Nicken mehr von Moe, der sich jedoch jetzt vernehmen ließ. »Wo sind die B-Kopien?«

Nun lachte Chevejon, er liebte es zu bluffen. »Tja, meine Freunde, ausgehend von der Annahme, daß der Grund, warum Sie hier sind, der ist, daß Danni sie seinem Vater in Jerusalem gestohlen hat – warten Sie mal, Ende letzten Sommers muß es gewesen sein –, kann ich Ihnen folgendes sagen: Sie sind absolut unauffindbar, in einem Tresor in einem anderen Land. Und dieser Tresor: Es gibt keine einzige verdammte Seele auf der ganzen weiten Welt«, er sagte es sehr langsam: ganzen … weiten … Welt …, »die weiß, wo der ist, außer mir. Und es ist absolut ausgeschlossen, daß ich es Ihnen erzähle. Also, was wollen Sie tun, *chaverim?*«

Ein langes Schweigen. Dann sagte Moe mit tiefem Abscheu: »Sie sprechen also Hebräisch? *Lech tizdayen,* Sie Dreckskerl, der Teufel soll Sie holen. Was wollen *Sie* denn tun?«

Chevejons Lächeln schwand, und Moe war sichtlich überrascht von dem Gesichtsausdruck, den er jetzt sah. Aber der Ton war noch immer beiläufig.

»Dies jedenfalls werden *Sie* tun: Sie fahren zum Teufel noch mal nach Hause. Und sagen Ihren … Auftraggebern, daß das, was sie wollen, auch ich haben will. Sagen Sie ihnen, wir könnten eine nette kleine Zusammenkunft veranstalten, vielleicht Tee dabei trinken und alles überdenken. Ich werde sie wissen lassen, welches meine Bedingungen für einen Austausch der Dokumente sind, aber sie könnten vielleicht darüber nachdenken wollen, welche Garantien sie mir für eine Begnadigung von Danni Benami bieten könnten. *Beseder?*«

Eine lange Pause. Dann sagte Moe: »Ich sag's ihnen.«

Chevejon nickte. »Gut, dann hauen Sie ab. Um zwei geht ein Nachtzug nach Paris. Meine Leute werden nachsehen, ob Sie drin sind.«

Die drei erhoben sich und entfernten sich vom Tisch, aber Chevejon rief sie noch einmal zurück.

»Noch eines. Sagen Sie Ihrem kleinen Nazifreund«, und plötzlich durchfuhr ihn ein Adrenalinstoß, »daß Luke und Danni entweder das Besitzrecht auf die Frederickstraße 29 erhalten oder einen fairen Marktwert. Was immer Sie wollen. Sonst findet verdammt noch mal kein Handel statt.«

Eine Weile beobachtete er die Verwirrung in Moes Gesicht und fragte sich, was der andere überhaupt wußte. Dann ergriff er zum letzten Mal das Wort.

»Keine Sorge.« Er sprach langsam und hob den Namen in deutscher Aussprache hervor. »Hoestermann wird schon verstehen.«

Sie gingen, er blieb. Trank noch einen Whisky, einen großen. Dann fiel ihm ein, daß er Paolo den Auftrag geben mußte, den Bahnhof zu beobachten, und er stand auf und ging zu seinem Wagen.

Luke hatte oben in Fiesole den Rest des Nachmittags in Dannis Räumen verbracht. Paolo hatte an der Tür zum Treppenhaus, Gianluca im Garten unter dem Fenster Posten bezogen. Auf der Fahrt hinauf hatte Paolo den Beleidigten gespielt; keiner war offenbar geneigt, Luke etwas zu essen zu geben, und ein immer heftigerer Hunger knurrte ihm im Magen, abgesehen von seinem wachsenden Unbehagen darüber, was Chevejon bei seiner Ankunft mit ihm vorhaben könnte. Gegen sieben hörte er Chevejons Wagen auf dem mit Kies bestreuten Parkplatz halten; eine Stunde verging; dann öffnete Paolo die Tür und beorderte ihn mit einer Kopfbewegung nach unten.

Zu viert nahmen sie an dem hölzernen Küchentisch eilig ein Abendessen ein, bestehend aus Nudeln und Brot. Dann erhob sich Chevejon und forderte Luke mit einer Handbewegung auf, mitzukommen. Gianluca folgte ihnen durchs Wohnzimmer, und erst als Luke in einem Sessel Platz genommen hatte, gab Chevejon dem Leibwächter mit einem Nicken zu verstehen, daß er gehen könne. Der warf die Tür deutlich knallend ins Schloß. Luke blickte sich nervös um, während sich Chevejon einen Drink eingoß. Nach dem Lärm in der heißen Stadt kam es Luke in dem niedrigen Raum über dem Garten gefährlich ruhig vor. Er hatte Angst, dennoch schlenderte er nach einer Weile zu der Hausbar neben dem Sekretär hinüber und goß sich einen Scotch ein.

Das lange Schweigen erschien Luke bedrohlicher als jede Strafe, die Chevejon für ihn bereithalten mochte. Aber die folgende Unterhaltung unterschied sich völlig von der, die er ängstlich erwartet hatte. Als Chevejon, mit dem Glas in der Hand, endlich sprach, geschah es in ganz neutralem Ton.

»So. Sie hatten also genug von meiner Gastfreundschaft. Undankbar von Ihnen, wegzugehen, ohne mir Ihre Pläne mitzuteilen. Vielleicht sind Sie so freundlich und lassen mich jetzt wissen, was Sie vorhaben?«

Luke stand auf, füllte sein Glas neu und ging hinüber ans Fenster.

»Ich fliege nach Paris. Heute nachmittag habe ich meinen Flug verpaßt, aber morgen gibt's ja wieder einen. Und den beabsichtige ich zu kriegen.«

Chevejon nickte gedankenvoll, und Luke fuhr fort: »Wenn Sie und Ihre Schläger mich aufhalten wollen, dann stellen Sie sich am besten aufs Äußerste ein.«

Mit einem leisen Lächeln hob Chevejon eine Augenbraue. »Ach, Sie halten die Jungs für Schläger?«

»Ja.«

»Na ja, das geht Ihnen nicht allein so. Aber Sie tun ihnen unrecht.« Er überlegte einen Moment, aber sein Lächeln war verschwunden. »Paris. Sie denken, Danni ist dort.«

»Nein.« Luke war erstaunt. »Warum sagen Sie das?«

»Nun ...« Er wechselte seine Position im Sessel, zündete sich eine Panters an und blies eine Rauchwolke zum offenen Fenster hin. »Ich habe gestern mit einem Kollegen gesprochen. Einem Franzosen, der die letzten paar Wochen in Fort Worth, Texas, war.« Er sprach den Namen der Stadt aus, wie ein Europäer es täte, mit übertriebenem amerikanischem Akzent. »Sie würden gar nicht glauben, was es alles an Geschäften zu tätigen gibt in Fort Worth,Texas. Na, jedenfalls ist er gerade nach Paris zurückgekehrt und hat mir erzählt, er habe Anfang des Sommers Danni dort gesehen. Im Cygane, oben im Norden von Paris.« Er stand auf und goß sich noch einen Drink ein, dann drehte er sich mit plötzlich ausdruckslosem Gesicht um und sagte in ganz anderem Ton: »Oder waren Sie es, den er gesehen hat?«

Luke antwortete zögernd. »Ich war es.«

»Woher wußten Sie vom Cygane?«

»Ich wußte gar nichts. Das heißt, Nicole hat mir davon erzählt. Danni hatte sie mal dorthin mitgenommen, als sie sich kennenlernten. Aber ich war rein zufällig dort.«

»Wann?«

»Ich weiß nicht mehr. Eines Nachts.«

»Vor Nicoles Tod?«

»Danach.«

»In derselben Nacht, als der Mord in den Puces de Clignancourt geschah?«

Luke kam vom Fenster quer durchs Zimmer und setzte sich. Das war nicht die Unterhaltung, die er erwartet hatte, ganz und gar nicht. Und wohl wissend, daß es nur Zeitverschwendung war, antwortete er automatisch: »Was für ein Mord?«

Chevejons Gesicht entspannte sich leicht. »Kommen Sie, Luke. Es gibt Orte, dahin kann man nicht einfach gehen und so tun, als wäre man Danni Benami, und eine Pistole bei sich tragen, ohne daß viele Leute es bemerken. Das Cygane steht da verflucht weit oben – vielleicht sogar an der Spitze der Liste.«

Luke antwortete nach kurzem Überlegen: »Hat Ihr Freund Ihnen auch erzählt, wer mich da oben umzulegen versucht hat?«

»Wer *was* hat?« Chevejon, wiederum einen neuen Ton anschlagend, erstarrte.

»Mich umzulegen versucht hat. Mir ins Bein geschossen hat, um's direkt zu sagen.« Er schob sein Hosenbein nach oben und zeigte Chevejon die Narbe.

Chevejon erhob sich und untersuchte schweigend die Narbe, dann kehrte er zu seinem Sessel zurück und sagte in einem Ton, der geradezu bedrückt klang: »Warum haben Sie mir nichts davon erzählt?«

Luke zuckte ohne jede Reue die Achseln.
Nach einer langen Pause sagte Chevejon nachdenklich: »Es hat also jemand auf Sie geschossen. Sie hatten eine Pistole? Haben Sie zurückgeschossen?«
»In Dannis Wohnung gab's eine Pistole. Die, mit der Nicole getötet wurde. Es ist ein Trick, wenn man in einen Hinterhalt gerät: Man hält eine Taschenlampe von seinem Körper weg – wenn sie auf die Lampe schießen, zeigt einem das Aufblitzen des Schusses das Ziel an.«
»Quatsch. Selbst ich würde nicht drauf reinfallen.«
»Nein.« Luke fuhr ernst fort: »Sie würden einen halben Meter weiter nach rechts zielen, dann einen halben Meter nach links, ehe Sie auf die Lampe schießen. Aber wenn ich die Lampe erst vor meine Brust hielte und dann einen Schritt nach links machte, würden Sie sie nicht vor dem dritten Schuß treffen.«
Chevejon zögerte und starrte Luke an.
»Sie haben ihn erwischt?«
»Ja.« In Gedanken: fünfmal.
»Haben Sie gesehen, wer's war?«
»Nein.« Schweigen. »Ich wußte, wer's war.«
Wieder Schweigen. Dann sagte Chevejon mit ausdrucksloser Stimme: »Und dann?«
Luke stand auf, ging ans Fenster und kam wieder zurück, während er sich geistesabwesend über die bärtige Wange strich. Ihm war nun klar, daß es keinen Zweck hatte, länger zu lügen. »Nach der Verwundung war ich eine Zeitlang krank. Ich glaube, es war eine Infektion im Bein. Und als es mir besserging, kam ein Brief für Nicole. Von Danni. Klar, ich hatte bloß Ihren Poststempel. Ich wußte nicht, wann er ursprünglich aufgegeben worden war. Aber wenn Danni in Europa war, wie Sie sagen, mußte der Brief trotzdem geschrieben worden sein, nachdem ich … nach der Nacht in den Puces.«

Schweigen. Dann sagte Chevejon: »Sie sind ein Dummkopf. Sie hätten es mir erzählen sollen.«
Luke setzte zu einer Erwiderung an, dann hielt er inne. »Entschuldigung.«
Chevejon nickte und sprach in einem Ton weiter, der ein wenig mehr dem glich, an den sich Luke gewöhnt hatte. »Also wußten Sie, daß es nicht Danni war?«
»Nein, überhaupt nicht. Jeder hätte den Brief schreiben können.« Lukes Stimme wurde am Ende des Satzes lauter. »Haben Sie ihn? Dann kann ich's Ihnen sagen.«
»Nein, nein. Natürlich nicht. Ich habe ihn verbrannt.«
Der andere machte ein enttäuschtes Gesicht, und in der Stille, die folgte, überlegte Luke, daß Chevejons Ausdruck immer mehr Gefühl erkennen ließ. Oder lernte er nur allmählich, das Gesicht besser zu lesen? Er sagte zerknirscht: »Ich wollte nicht, daß die Polizei den Brief fand.«
Chevejon nickte, den Blick nach innen gerichtet. »Das war vermutlich Anfang Juni. Der letzte Brief, der von ihm kam.«
»Wo war er abgestempelt?«
Chevejon zögerte, dann blickte er auf. »Athen.« Und als teile er Lukes Gedanken, fügte er hinzu: »Ich bitte ebenfalls um Entschuldigung.«
Luke redete schnell. »Ah, da haben Sie's, Athen. Die zweite Heimat jedes Geheimagenten auf der Welt. In Athen kann verdammt noch mal alles geschehen. Erzählen Sie mir nicht, ob es Dannis Handschrift war, es ist mir völlig schnuppe.«
Chevejons Antwort war kühl. »Na schön, vermutlich haben Sie schon alles gelöst.« Er überlegte einen Moment, und sein Gesicht wurde wieder ausdruckslos, dann fragte er: »Und was ist mit Paris?«
»Ich möchte wissen, warum keiner von Dannis Briefen angekommen ist, bloß der letzte.«

Er erwartete Einsprüche, aber Chevejon nickte verständnisvoll und sprach, als wäre Lukes Abreise bereits abgemachte Sache. »Ich würde an Ihrer Stelle keinen Kontakt mit der Polizei aufnehmen.«

»Warum?«

»Wenn man dort der Meinung ist, daß Danni es war, der in den Puces umgebracht wurde, hat man zweifellos nach Ihnen gesucht und festgestellt, daß Sie verschwunden sind. Ich bezweifle, daß man Ihnen noch mal solche ... Freiheit ließe.«

Luke sank der Mut. »Sie haben ihn identifiziert?«

»Ich weiß es noch nicht. Aber sie haben in der Nacht alle Leute im Cygane verhört, und der Untersuchungsbeamte war Ihr alter Freund Jean-Baptiste.«

»Woher wissen Sie das?«

Chevejon antwortete ungeduldig. »Ich hab's Ihnen doch gesagt. Ich habe mit einem Freund gesprochen.«

Luke drehte die Handflächen zur Decke, und Chevejon lächelte. »Es war nicht Danni, den Sie umgebracht haben.«

»Wer dann? Wer?« Selbst mit dieser neuen Einzelheit kehrte das Gespräch, wie Luke bemerkte, in ausgetretene Pfade zurück.

»Ich weiß es nicht, Luke.«

»Das ist doch total absurd.« Luke stand auf. »Sagen wir, sagen wir mal einfach, es besteht kein Zweifel, daß Danni nach Paris zurückkommt, mich und Nicole dort vorfindet, Nicole erschießt und dann mich umzubringen versucht. Sie sagen, es ist unmöglich, schön, dann ist es unmöglich. Aber sagen Sie mir einfach, was falsch an dieser Geschichte ist: ein israelischer Deserteur, der kreuz und quer in der arabischen Welt herumreist – und Sie sagen, er kann mit nichts Illegalerem zu tun gehabt haben als mit Grabräuberei. Irgendwelche Leute bringen seine Freundin um, versuchen dann, ihn umzubringen – zumindest glaubt man, daß sie ihn zu töten versuchen –, als er erstmals nach dem Tod seines Vaters in Paris aufkreuzt, nach dem Tod seines mächtigen Vaters aus dem Polit-Establishment, des einzigen, der ihn seit Jahren beschützt hat.«

»Absolut nicht absurd.«

»Chevejon, trotz allem, was Sie wissen, Sie sind Teil seiner Tarnung.«

»Absolut nicht.«

Luke sprach jetzt lauter: »Kennen Sie ihn wirklich so gut? Meinen Sie wirklich, man kann jemanden so gut kennen?«

Chevejon nickte: »Absolut.«

Schweigen. Dann sagte Luke: »Und wohin führt uns das?«

»Zu jemand anders.«

»Tja.« Luke seufzte, langte nach einer von Chevejons Panters und zündete sie an. »Tja, dann ist wohl die einzige Frage, auf die ich vielleicht eine Antwort finden kann: Was ist mit Dannis Briefen geschehen?«

Der andere nickte. »Gut. Wie sieht Ihr Plan aus?«

»Nach Paris fahren und mit der Concierge in der Rue de Fleurus reden.«

»Ja, ja. Nur würde ich beim Postamt anfangen.«

»Warum?« Luke war verblüfft.

»Nachfragen, ob dort eine Adressenänderung gemeldet wurde. In Nicoles Namen. So würde ich an die Sache rangehen.«

Luke rauchte und dachte nach. »Dann hätte sie überhaupt nie Post bekommen.«

»Falsch. Wer immer es tat, konnte die Briefe, die er haben wollte, aussortieren und die anderen am nächsten Morgen abliefern. Oder noch am Abend. Sie sagten, die Concierge hätte sie einfach unter der Tür durchgeschoben. Mehr brauchte er auch nicht zu tun.«

»Stimmt.« Luke blickte auf seine Füße und überlegte, nach einiger Zeit schaute er wieder hoch. »Sie werden mich also nicht hindern?«

»An der Reise nach Paris?« Nun stand Chevejon auf, schlenderte ans Fenster und blickte eine Weile hinaus. Zog er wirklich alles in Betracht, was er wußte? Oder was er fühlte? Er kam zurück und sagte langsam: »Nein. Nur könnte ich die Sache von jemandem an Ihrer Stelle erledigen lassen. Dann müßten Sie nicht fahren.« Luke schüttelte entschlossen den Kopf, und Chevejon nickte. »Nein, ich werde Sie nicht hindern.«

»Und warum nicht?«

Er antwortete in geduldigem, freundlichem Ton. »Weil Sie dann nicht finden würden, wonach Sie suchen.«

Es entstand eine lange Pause, während deren Chevejon in kleinen Schlucken aus seinem Glas trank. Schließlich brach Luke das Schweigen. »Sicher ist Ihnen der Gedanke gekommen, ich hätte Nicole getötet.«

»Aber Sie haben es nicht getan.«

Luke wandte sich Chevejons Rücken zu.

»Aber es ist doch vollkommen überzeugend, daß ich's gewesen sein könnte.«

»Aber Sie waren es nicht. Folglich ist es für gar nichts überzeugend.« Luke, der Chevejon beobachtete, sah mit Erstaunen, daß dessen hübsches Gesicht plötzlich müde wirkte. »Ich weiß es, Luke. Beweise sind für die Polizei da, und sehen Sie doch, wie weit die damit kommen. Ich bin älter als Sie und kenne Sie. Lassen Sie uns also keine Zeit verlieren. Fliegen Sie da rauf. Einer meiner ›Schläger‹«, er streifte Luke mit einem vorwurfsvollen Blick, »wird Sie zum Bahnhof bringen und ein paar Paßfotos von Ihnen machen lassen; dort gibt es eine Fotokabine. Beeilen wir uns;

jemand muß noch damit nach Rom und bis morgen zurück sein. Sie machen eine Menge Arbeit.«
Luke unterbrach. »Warum das?«
»Nun, mit welchem Paß wollen Sie denn reisen? Mit Ihrem eigenen? Jetzt aber los; Sie können am Morgen packen, und wenn der neue Paß aus Rom da ist, besorge ich Ihnen einen Platz für den Nachmittagsflug nach Paris.« Er verstummte plötzlich und starrte Luke mit geistesabwesendem Blick an. Dann sagte er langsam: »Ich weiß nicht, ob es Ihnen gelingen wird, Ihren Bruder zu finden, Luke. Es liegt ganz bei Ihnen. Aber ich sage Ihnen etwas: Ehe Sie damit beginnen, machen Sie sich vielleicht besser ein paar ernsthafte Gedanken. Denn sonst wird Danni, wenn Sie ihn finden und er erkennt, welch krausen Blödsinn Sie im Kopf haben, Sie so sicher, wie morgen die Sonne aufgeht, töten.«

Sechzehntes Kapitel

Am Nachmittag des nächsten Tages blickte Luke sich noch einmal in den Räumen seines Bruders um. Chevejon hatte seine Reise als kurze Abwesenheit bezeichnet, als einen kurzen Flug nach Paris und wieder zurück. Doch Luke glaubte nicht, daß er zurückkommen würde. *En passage.* Der Ausdruck ließ an einen kurzen Aufenthalt denken. Aber auf ihn angewandt, dachte er, bezeichnete er eine Seinsweise, die ihm wohlbekannt und die möglicherweise von Dauer war.

Eine Treppe tiefer stand Chevejon in seinem Arbeitszimmer und wog ein dickes Notizbuch in den Händen, das er aus seinem Safe im Büro mitgebracht hatte. Er hätte es Luke längst geben sollen. Vor dem Fenster warf die späte Sonne ihre langen Strahlen über den Garten und ließ Formen und Farbnuancen in äußerster Klarheit erscheinen.
Er war nicht sicher, was in dem Notizbuch stand, aber er wußte, daß es Danni zu seiner Reise veranlaßt hatte. Und er zweifelte nicht, daß es Luke zeigen würde, wohin sein Bruder verschwunden war. Was würde Luke mit diesem Wissen tun – diese Frage war es, die ihn abwägen ließ, ob es klug war, ihm das Notizbuch zu geben.
Und dann gestand er sich mit einem Seufzer ein, daß die Entscheidung, die vor ihm lag, nicht auf Fakten, sondern auf Glauben beruhte – und daß sie schon getroffen war.

Während sie unter dem matten Florentiner Himmel zum Flughafen fuhren und ruhig miteinander sprachen, bemerkte Luke, daß auch Chevejon einer von den Menschen war, für die Grenzübertritte nichts bedeuteten. Er ließ sich schweigend tiefer in seinen Sitz sinken.

Chevejon parkte den Wagen im Halteverbot vor der kleinen Abfertigungshalle und begleitete Luke hinein. Luke gab seinen Koffer mit einem Gefühl der Unwirklichkeit auf; dann gingen sie zur Espressobar hinüber. Während sie am Tresen ihren Kaffee tranken, nahm Chevejon einen dicken Umschlag aus seiner Brusttasche und gab ihn Luke. Als er zu sprechen begann, schien seine Stimme im Lärm des Flughafens von weit her zu kommen.

»Da drin ist ein alter französischer Führerschein von Danni; Sie werden ihn auf dem Postamt brauchen. Er lautet auf Maurizio Tueta. Machen die Leute dort irgendwelche Schwierigkeiten, sagen Sie, Sie hätten Ihren Ausweis verloren und einfach den Führerschein zu Ihrer Legitimierung mitgebracht; es geht ja bloß um das gottverdammte Postamt. Aber benutzen Sie ihn nicht, wenn's nicht sein muß; die Polizei wird den Namen spitzgekriegt haben. Außerdem ist meine Telefonnummer da drin; lernen Sie sie auswendig und vernichten Sie den Zettel. Sollte ich nicht dasein, sitzen Paolo oder Gianluca am Telefon. Und endlich der Paß. Er ist britisch, können Sie den Akzent nachmachen? Mal sehen, London SW1, ein bißchen etepetete.«

»Klar.« Luke veränderte seine Stimme und zwang sich zu einem Lächeln: »Ich kann Akzente gut imitieren.«

»Bestens.« Auch Chevejon lächelte. »Prägen Sie sich im Flugzeug den Namen und die Daten ein. Benutzen Sie nicht den Paß von Danni, den Sie an sich genommen haben. Kapiert?«

»Ja.« Die Unterhaltung im Neonlicht des kleinen Flughafens und in dem anschwellenden Lärm eines Triebwerks draußen kam ihm irreal vor.

»Okay.« Chevejon trank seinen Kaffee aus, wobei er vor dem letzten Schluck die Tasse zwischen den Fingern drehte,

und trat von der Bar zurück. Einen Schritt von Luke entfernt, griff er in seine Manteltasche und zog ein Päckchen heraus. Leise sagte er: »Passen Sie gut auf das hier auf, versprechen Sie mir das? Ich denke, es ist wertvoll.«
Luke nahm es. »Was ist das?«
»Ich weiß es nicht genau, Luke.« Chevejon zögerte, dann fuhr er fort: »Ich selbst kann's nicht lesen, es ist auf jiddisch. Danni hat es dagelassen, damit ich es im Safe aufbewahre, solange er weg ist. Ich denke, es wird Ihnen vielleicht behilflich sein.«
Im Bewußtsein, daß gerade etwas Bedeutungsvolles geschehen war, steckte Luke das Päckchen in die Innentasche seines Jacketts.
»Nun noch ein letztes.« Luke blickte auf, und Chevejon hielt ihm einen Schlüssel hin. »Stecken Sie den einfach ein, okay?«
»Okay«, war Lukes prompte Antwort. »Was ist das für ein Schlüssel?«
»Zu einem Tresor. Vielleicht brauchen Sie ihn nicht, aber behalten Sie ihn bei sich. Okay?«
Luke wollte gerade antworten, aber Chevejon war auf ihn zugetreten. »Ich erwarte, spätestens morgen abend von Ihnen zu hören.« Er beugte sich vor und küßte Luke auf beide Wangen, lächelte und machte kehrt, um durch die Halle davonzugehen.
»Chevejon.« Luke sagte es über das Dröhnen eines landenden Flugzeugs hinweg, und der andere blieb stehen und drehte sich um. »Woher weiß ich, daß nicht Sie hinter alldem stecken?«
Er antwortete ruhig und ohne Zögern, als bringe er in einer langen abstrakten Diskussion ein logisches Argument vor. »Ich werde nicht versuchen, Sie zu überzeugen, Luke. Sie werden einfach abwarten müssen, bis Sie alles wissen. Sie werden alles erfahren. Ich verspreche Ihnen, Sie werden

alles erfahren. Beeilen Sie sich, Ihr Flugzeug steht bereit.« Und nun stand er winkend da und blickte Luke nach.

Andrew Klavan, geboren am 16. Dezember 1958. Einsachtundsiebzig, 75 Kilo, schwarzes Haar, schwarze Augen, dichter schwarzer Bart. Luke lernte die Angaben zur Person im Paß auswendig. Prägte sich Chevejons Telefonnummer ein. Verbrannte den Papierschnipsel im Aschenbecher. Lehnte die Stirn gegen das Plastikfenster und fühlte, wie der Steigflug der Maschine aus den Lichtern von Florenz sich im abendlichen Dunkel stabilisierte, und Einsamkeit packte ihn wie eine Krankheit. Er fragte sich, wie er, ein so erfahrener Reisender, eine solche Gefühlsbewegung empfinden konnte. Er fragte es sich und sah Chevejons Haus als einen Ort vor Augen, an dem er sich zu Hause gefühlt hatte.
Schließlich seufzte er, lehnte sich zurück und zündete sich eine Panters an. Die Innenbeleuchtung ging an; das Flugzeug pendelte sich auf seine Strecke ein. Luke tastete in der Sitztasche vor sich nach etwas zum Lesen und erinnerte sich, ein wenig bestürzt zusammenfahrend, des Päckchens, das Chevejon ihm gegeben hatte.
Nun wartete er eine bestimmte Zeit, ehe er es aus seiner Jackentasche nahm. Er hielt es ungeöffnet eine Weile in der Hand, dann riß er das Papier auf und zog eine ihm vage bekannt vorkommende Schulkladde heraus, deren dünner Pappdeckel fast samten abgescheuert war. Auf dem Einband waren die Zeilen, die für den Namen und die Adresse des Eigentümers vorgesehen waren, leer, bis auf die Zahl Eins. Er hob es an seine Nase und atmete einen trockenen, staubigen Geruch ein. Schließlich klappte er es auf, ein Bündel Fotos fiel heraus, und er konnte auf der ersten Seite ein Datum lesen: 12. April 1940, und darunter

einen eng geschriebenen jiddischen Text. Da wurde ihm klar, daß er den ersten, einen der fehlenden Bände des Tagebuchs seines Vaters in den Händen hielt.
Und plötzlich erschien es ihm als das Allernatürlichste auf der Welt. Weit weg sah er vor seinem inneren Auge den Raum für die beiden fehlenden Bände im Schreibtisch seines Vaters in Jerusalem. Und weit weg hörte er in seinem Innern Nicole über das Päckchen sprechen, das nach Dannis Jerusalemreise von seinem Vater für ihn angekommen war.
Dies hier war also der erste Band. Aber wo war der zweite? Behutsam blätterte Luke Seite für Seite der alten Schulkladde durch, die mit der winzig kleinen jiddischen Schrift seines Vaters vollgeschrieben war. Die Vertrautheit mit dieser Schrift ließ ein Gefühl des Schmerzes in ihm aufsteigen. Dann schlug er die erste Seite auf und begann zu lesen.

Die Maschine setzte unerwartet schnell zum Sinkflug an, als sei sie dem Umriß eines hohen, ebenen Berges gefolgt und fliege jetzt an der Nordseite abrupt nach unten.
Den Zoll durchlief er mit dem britischen Paß, seinen Koffer in der einen Hand und die aufgeschlagene Kladde in der anderen, fand ein Taxi und las unter der Innenbeleuchtung des Wagens während der Fahrt vom Flughafen Charles de Gaulle bis nach Paris hinein weiter.
In der Nähe des Hotels, das Paolo für ihn gebucht hatte, las er bei einem späten Imbiß in einem Café und nahm kaum den Rhythmus des verschliffenen, leisen Französisch um sich herum wahr, als spräche nach dem zungenfertigen Italien das ganze Land in Rätseln.
Als er im Hotel ankam – dem Lutetia, bemerkte er später

schmerzlich –, ließ er seinen Koffer ungeöffnet auf dem Bett, legte sich daneben und las bis spät in die Nacht. Als er am nächsten Morgen vollkommen angezogen auf dem Bett erwachte, die Kladde neben sich, begann er wieder zu lesen.

Als könnte er die große, muskulöse Hand sehen – glatt, unbehaart und jung –, die die Buchstaben auf diese Seite geschrieben hatte. Ihre Wärme auf dem Blatt spüren, das er in seinen eigenen mageren Händen hielt.

Als wäre die Zeit nichts, Reisen noch weniger.

Als läge in dieser Kladde der Schlüssel zum Rätsel seiner Existenz. Mystische Instruktionen, wie alles, was er in Dannis Arbeitszimmer über die Dinge gelesen hatte, die zu erledigen er in diese Stadt gekommen war.

Die Geschichte, die in dem Tagebuch erzählt wurde, war ihm vertraut. Benami hatte sie nach seiner Reise aus Palästina nach Wien begonnen. Die Jahre zwischen 1940 und 1942 wurden auf einem Dutzend Seiten behandelt: winzige, offenbar verschlüsselte Notizen, von denen zwei oder drei manchmal die Spanne von Monaten umfaßten; Beschreibungen von Wiener Straßen waren eingestreut, als habe sein Vater eine detaillierte geistige Landkarte der Stadt entwerfen wollen.

Erst am Ende der Zeit in Wien wurden die Einträge länger: als Benami seine eigene Flucht aus der Stadt in die Wege zu leiten begann. Vielleicht hatte sein Vater gewußt, daß es ganz gleich war, was für Belastungsmaterial er bei sich trug, wenn er jetzt geschnappt würde. Und sein Tagebuch war jetzt auch sein Testament. In vielen Einzelheiten berichtete er von seinen Reisevorbereitungen, dem Überschreiten von Grenzen und, wie Luke mit wachsendem Schrecken las, von seiner Ankunft in Paris.

Und dann erfuhr Luke, daß sein Vater in entgegengesetzter Richtung die Strecke zurückgelegt hatte, die er in einem zweistrahligen Alitalia-Jet gerade in einer Stunde geflogen war. Einst hatte sein Vater dafür Monate gebraucht.

Siebenundvierzig Jahre bevor Luke dort eintraf, war Joseph Benami hiergewesen. In Paris. Bereit, nach Florenz aufzubrechen, auf der Flucht, zu Fuß. Und nun las Luke, auf seinem Bett im Lutetia liegend, mit wachsender Verblüffung die Geschichte dieser Reise. In Ventimiglia hatte er mit Hilfe eines mitleidigen Wachbeamten die Grenze überschritten; dann war er weiter nach Süden vorangekommen: Genua, La Spezia – die Haltestellen des Zuges, mit dem Luke rund ein halbes Jahrhundert später gefahren war –, Pisa, Florenz, unter der ständig heißer werdenden italienischen Sonne.

Benami, dem Yerushalmi folgte, verbrachte ein paar Monate in Florenz, ernährt und unterstützt von einem Kloster, das auch als Station in der Italienischen Passage gedient hatte. Er wartete darauf, daß die Route nach Süden – Hoestermanns Vorgesetzte hatten Verdacht geschöpft – wieder einigermaßen sicher war. Dann setzte er seine Wanderung nach Rom und Neapel fort, indem er sich vorsichtig in Richtung Meer bewegte, während der Sommer sich entfaltete.

Merkwürdigerweise wirkte die Schilderung des Sommers 1942 wie eine Ferienreisebeschreibung; Benami, von seinem Untergrundleben in Wien befreit, schrieb eher als Tourist denn als Flüchtling. Kräftig und gesund wanderte er von Stadt zu Stadt unter der Hitze einer Sonne, wie er sie sich nie auch nur erträumt hatte. Er lernte Italienisch mit der Leichtigkeit des Linguisten und fand in fast jedem Dorf Nahrung und Hilfe. Dann begab er sich hinüber nach Brindisi und fand auf einem griechischen Fischereischiff einen Platz zur Überfahrt nach Athen.

Dort wurden Benami und Yerushalmi von der Polizei mit

falschen türkischen Pässen versehen, denn die Türken hießen alle willkommen, die mit irgendwelchen Staatszugehörigkeitswünschen an sie herantraten, und Ende Juli sollten die beiden – so war der Plan – von einem Fischer zum nächsten weitergereicht werden, um so von einer Insel zur anderen in die Türkei überzusetzen.
Und hier endete das Tagebuch. In der Frühe einer Pariser Morgendämmerung klappte Luke die Kladde zu und wandte das Gesicht der nieselregennassen Straße zu.
Aus den Biographien wußte Luke, daß entsprechend den türkischen Flüchtlingsverzeichnissen die Überfahrt in die Türkei nie stattgefunden hatte. Ein prominenter Geheimagent behauptete in einem anonymen Interview, daß Benami und Yerushalmi im August 1942 von einer der Kykladen in einem kleinen Boot aufgebrochen seien, das von einem Fischer im Dienst des Mossad Le'Alijah Bet gesteuert wurde. Von dort, vermuteten die Biographen, waren sie der türkischen Küste nach Osten gefolgt und im Meer nördlich von Zypern herumgekreuzt, bis sie von einem Alijah-Bet-Flüchtlingsschiff aufgenommen und an der Küste vor Tel Aviv an Land gesetzt wurden.
Vielleicht. Kein Mensch war je bereit zu sagen, wie ihr weiterer Weg verlaufen war.
Der einzige, der es sagen konnte, das wußte Luke, war derjenige, der den zweiten Band des Tagebuchs besaß: Danni.

Luke trat aus dem Lutetia in den Sommermorgen hinaus und spazierte in den sonnendurchfluteten Straßen, die von Touristen völlig verwandelt erschienen, in Richtung Norden der Seine zu. In der Rue de Rivoli kaufte er sich die Vintage-Taschenbuchausgabe der Biographie seines Vaters und nahm sie mit ins Café de la Paix,

wo er unter einem Sonnenschirm den ersten Fototeil in dem dicken Band aufschlug.
Da waren seine Großeltern, ein gealtertes Paar in altmodischem europäischem Schwarz, sein Großvater mit einem breiten Schnauzbart. Da war sein Vater als Kind, eine Fotoatelieraufnahme mit handkolorierten Farbtupfern, ein lächelnder dicklicher Junge im Matrosenanzug. Dann noch einmal, als Schulkind auf einer Wiener Straße, mit einem Lederranzen auf dem Rücken. Und noch einmal, im zweiten Fototeil, in der Khakiuniform eines Soldaten, ein kräftiger junger Mann mit offenem, lächelndem Gesicht unter dem Barett der britischen Armee.
Seine Mutter mit Zwanzig. Ihr dunkler Teint; ihr kurzes schwarzes Haar umrahmte ein aufmerksames Gesicht; in ihrem Blick lag tiefe Sprachlosigkeit. Gesicht und Körper noch immer Haut und Knochen von der Zeit in den Lagern.
Die ganze Familie auf den Stufen des Israel-Museums. Seine Mutter inzwischen eine hübsche, elegante Frau Ende Dreißig, deren Gesicht unter der breiten Krempe ihres Huts im Schatten lag. Sein Bruder, linkisch mit elf, die dunklen Augen tief in seinem langen Gesicht. Er selbst, wie er beziehungslos, mit einer Zahnlücke in seinem glatten Gesicht, in die Kamera lächelte, rund vor Babyspeck.
Und sein Vater, sie alle überragend; sein dichtes weißes Haar wurde von der sonnengebräunten Stirn nach hinten geweht, eine kurze filterlose Zigarette baumelte im Winkel seines lächelnden Mundes.
Doch von seinem Vater, dem im Krieg in Europa verlassenen Jungen, fand er nichts.
Er ging ins Lutetia zurück, um sich ein bißchen hinzulegen, und träumte zum ersten Mal seit seinem Umzug aus dem Hotel Excelsior in Chevejons Haus. In seinem Traum ging er auf der Place Pigalle spazieren, wo eine verwelkte arabische Hure ihm in den Weg trat und ihn mit einem be-

sorgten Blick in die Augen fragte: »*Toi, où en es-tu avec ton père?*«

Als er aufwachte – die Sommersonne vibrierte auf den Jalousien des Hotelzimmers –, suchte er automatisch nach einer befriedigenden Übersetzung dieses Satzes. »Wie weit bist du mit deinem Vater gekommen? Wohin bist du mit deinem Vater gelangt? An welchem Punkt stehst du mit deinem Vater?«
Er dachte: Warum hat wohl der Traum die Frage durcheinandergebracht und *père* eingesetzt, wo die Frage doch lauten müßte: *Où en es-tu avec ton frère?*
Er erhob sich, steckte sich eine Panters an und blieb eine Weile nackt am Fenster stehen.
Dann zog er sich an und verließ das Hotel, trank einen Marc de Champagne zu seinem Kaffee, spazierte eine Zeitlang ziellos in den schon heißen, von Touristen wimmelnden Straßen herum, zu nervös, um etwas zu essen. Schließlich fand er sich kurz vor Mittag an einem Schalter des Postamts in Saint-Germain ein und fragte höflich, ob der Nachsendeantrag, den er für sich und seine Frau gestellt hätte, abgelaufen sei. Die Beamtin, der er Maurizio Tuetas Führerschein vorgelegt hatte, verschwand in einem Hinterzimmer und kam eine gute Viertelstunde später mit einem Computerausdruck wieder. Mit der nichtssagenden Geschwätzigkeit französischer Büroangestellter erklärte sie ihm, daß er Mitte Juli versäumt habe, den Antrag zu verlängern, und daß die Post wohl wieder an seine frühere Anschrift gegangen sei. Während sie redete, las Luke die Nachsendeadresse auf dem Ausdruck. Er bedankte sich und nahm ein neues Nachsendeformular entgegen. Als er im Hinausgehen den Führerschein einsteckte, klopfte ihm das Herz heftig in der Brust.
So simpel war das also.

Quinze, Rue de l'Abbé Grégoire, sixième étage, numéro douze.
Nicht weit von der Rue de Fleurus.
In der Stille der Mittagszeit fand sich Luke vor einem nichtssagenden Vorkriegsgebäude wieder, dessen Toreinfahrt für das bißchen Wind geöffnet war, das der heiße Nachmittag bieten mochte. Die Concierge aß wohl gerade irgendwo hinter ihrem offenen Fenster; Tellergeklapper und Bratenduft wehten schwach zu ihm heraus. Die Straße war leer. Er schlich geduckt unter dem Fenster vorbei in den Hof, dann ging er durch mehrere Glastüren zu einem kleinen Aufzug, um den sich eine schmutzige Holztreppe schlängelte. Er stieg geräuschlos in dem finsteren Treppenhaus bis zur obersten Etage mit den *chambres de bonne* hinauf, von denen jeweils eine Tür auf den engen Flur ging.
Oben angelangt, wartete er, um Atem zu schöpfen. Der Treppenabsatz war leer, die Tür zu Nummer 12 verschlossen. Neben dieser Tür befand sich ein Gemeinschaftsbad. Er wartete ein paar Minuten, als sei er nicht bereit, zuzugeben, daß er wußte, was er gleich tun würde.
Doch er wußte es. Es war, als hätte ihn jede Studentin in jeder *chambre de bonne,* die er je besucht hatte, auf diesen Augenblick vorbereitet. Es war, als hätte ihn jemand am Arm ergriffen und ihm genau gesagt, was zu tun sei. Er versuchte sich zu erinnern, wann er sich schon einmal so gefühlt hatte. Und da fiel ihm die Nacht in den Puces de Clignancourt ein.
Er holte tief Luft und betrat das Bad, wobei er in einem Bogen um das Bidet und das fleckige Waschbecken herumging. Er öffnete einen schmutzigen Fensterflügel und blickte hinaus. Das Bad ragte, wie auch die Zimmer, aus dem steilen Dach vor bis über eine breite Regenrinne aus Blech.

Irgendwo unten hörte er eine Frauenstimme eine Arie aus der *Zauberflöte* singen. Seine Gedanken waren flink, losgelöst, fern, wie die von jemand anderem. Mit einem raschen Keuchen stemmte er sich aufs Fensterbrett, ging in die Hocke und streckte vorsichtig einen Fuß zur Dachrinne aus. Sie hielt, er stieg seitwärts aus dem Badezimmerfenster nach draußen und tastete sich, gegen das Dach gelehnt, die Dachrinne entlang zum Nachbarzimmer, ohne in die schwindelnde Tiefe zu seinen Füßen zu blicken.
Das Fenster war nicht verriegelt. Er stieß es auf, fiel ins Zimmer und bremste den Sturz mit einem heftigen Schlag seiner Hand gegen den Fußboden ab. Er stand schnell auf, schloß das Fenster und setzte sich schwer atmend auf den Boden.

Ein winziges Zimmer mit einem schmalen Bett, einem Schreibtisch, einem winzig kleinen geschlossenen Schrank. Der Fußboden war mit fleckigem Linoleum ausgelegt, das Bett nicht gemacht. Auf dem Schreibtisch standen eine Kochplatte, eine schmutzige Bratpfanne und ein Teller, der die Reste eines Eis und eines Baguettes enthielt. Während er hinsah, kroch eine dicke Schabe über den Teller. Luke erhob sich, trat an den Schrank und öffnete ihn. Zwei dunkle Anzüge hingen darin, keiner von gutem Schnitt, beide neu.
Am Boden des Schranks lagen ein paar schmutzige, an den Unterarmen fleckige Hemden, die nach altem Schweiß rochen. Ein kleiner Koffer enthielt Unterwäsche und ein Paar Turnschuhe. Auf dem Bett lagen zerknüllte Laken und eine dünne Decke. Ein winziger Kühlschrank am Boden neben dem Bett enthielt einen angebrochenen Karton mit längst verdorbener Milch, noch ein paar Eier, Butter und den Rest des Baguettes, steinhart. Außerdem eine Dose Pulverkaffee.

In der Schreibtischschublade: ein Kugelschreiber, ein leeres französisches Notizheft, ein paar gelbe Metro-Fahrscheine. Und Briefumschläge, die in einer Handschrift, die er als Peter Chevejons erkannte, an Nicole Japrisot adressiert waren.

War etwas darin?«

»Nichts. Nur Ihre Nachsendekuverts. Leer.«

Unruhe war für Chevejon ein neues Gefühl. Er spürte sie nun schon zwei Tage lang, seit Luke nach Paris abgereist war. Sie legte sich nicht, als Luke endlich nach seinem Besuch in der Behausung in der Rue de l'Abbé Grégoire wie angewiesen von einer Telefonzelle aus anrief. Sie legte sich auch nicht, als Chevejon nach Florenz fuhr, um Luke von einem öffentlichen Telefon in einem Café aus zurückzurufen. Er wußte, daß alles, was jetzt geschah, sein Fehler sein würde, und er fragte sich zerknirscht, ob er denn alles falsch gemacht hatte.

Ein feiner Regen fiel in diesem Sommer 1989 auf ganz Europa nieder, als der Juli sich seinem Höhepunkt zuwandte und ein Sommersturm reifende Felder zwischen Aberdeen und Barcelona platt walzte. Ein feiner Regen fiel auf die menschenleere Piazza Santo Spirito vor dem Café, in dem am Ende der Zinktheke Chevejon am Telefon stand, ein leeres Glas neben sich. Er empfand Furcht. Furcht vor der Entfernung zu Dannis Bruder in einer Telefonzelle am Boulevard Saint-Germain. Furcht vor den Ereignissen, die zu kontrollieren er sich nicht mehr imstande sah. Er wünschte, der Junge käme nach Hause. Er sagte: »Scheiße. Und dann?«

»Bin ich wieder gegangen.« Lukes leise Stimme klang über die Leitung kaum vertraut. »Offenbar ist dort lange niemand mehr gewesen, und ... zumindest in dem Moment schien es mir so ... daß derjenige, der dort gewohnt hat – Danni oder wer auch immer –, schon lange gestorben war.«
»In den Puces, meinen Sie?«
»Hm-hm.« Luke wartete vielleicht auf eine Reaktion, dachte Chevejon, aber er sagte nichts, und nach einer Weile sprach der andere weiter.
»Chevejon, da ist noch etwas. Was Sie mir gegeben haben, ist das Tagebuch meines Vaters. Haben Sie das gewußt?«
Pause. Dann zögernd: »Ich habe es nicht *gewußt*. Aber vermutet.«
»Also, Ihre Vermutung ist richtig. Und wissen Sie was? Darin wird die Route der verdammten Italienischen Passage mitgeteilt – jedenfalls zum Teil. Meine Meinung ist: Er startete in Wien, ging dann nach Paris, dann in den Süden Frankreichs, und dann ist er durch Italien ziemlich viel zu Fuß gelaufen. Da fiel mir wieder ein, was Sie über die Poststempel auf Dannis Briefen gesagt haben. Und da kam es mir so vor ...«
Die Stimme brach ab. Und Chevejon, den Hörer zwischen Schulter und Ohr geklemmt, sprach Lukes Gedanken deutlich aus, als hätte Luke nicht den Mut dazu.
»Sie stellen sich vor, Dannis Briefe wären von derselben Route gekommen.«
»Richtig.« Die Stimme am anderen Ende der Leitung stieg jetzt in der Tonlage an. »Verstehen Sie? Ergibt keinen Sinn. Was meinte Danni, wohin er ging? Wer hätte denn Nicole die Post wegnehmen wollen?«
Einen Moment antwortete Chevejon nicht. Was die erste Frage anging, so überlegte er kurz, ob Luke nicht bemerkt hatte, daß es ihm bereits gelungen war, Danni bis nach Florenz zu folgen; ganz gleich, wohin Danni in den vergange-

nen zwölf Monaten, in den vergangenen zwölf Jahren gekommen war. Aber das war ein Punkt, den er beiseite ließ, denn als er zur zweiten Frage weitereilte, durchzuckten ihn plötzlich kleine Erkenntnisblitze. Er sprach, ohne zu überlegen. »Vielleicht war es nicht Nicoles Post, die sie wollten. Vielleicht war's seine. Vielleicht wollten sie den Scheck.«

»Hä? Sie meinen Dannis Scheck? Warum? Einen persönlichen Scheck kann man nicht stehlen. Und er ist sowieso nicht mit der Post gekommen. Sondern per Kurier.«

»Ich weiß. Sie haben es erwähnt. Und das erklärt eine Menge.«

Draußen auf dem schwarzen, nahezu menschenleeren Boulevard Saint-Germain schlug der Regen heftiger gegen die Telefonzelle. Irgendwie, stellte Luke fest, verleitete ihn die Intimität der Zelle im strömenden Regen, verleiteten ihn die auf der breiten Straße platschend vorbeifahrenden Autos, deren Lichter vom glänzenden Asphalt zurückgeworfen wurden, dazu, Chevejon allzusehr zu vertrauen. Und trotzdem redete er weiter.

»Erklärt was?«

Der andere begann zu sprechen, verstummte dann, und Luke spürte Chevejons Abneigung zu antworten – kein unvertrautes Gefühl bei Chevejon. »Sehen wir mal. Sehen wir mal zu, was ich rausfinden kann. Wie steht's mit dem Tagebuch. Wie weit begleitet es Ihren Vater?«

»Es endet in Griechenland. Der Rest muß im zweiten Band stehen. Daß Danni in Athen war, scheint doch darauf hinzudeuten, daß ihn das Tagebuch als nächstes dorthin führte – wenn es einen Grund zu der Annahme gibt, daß Danni überhaupt der Fluchtroute meines Vaters folgt. Was denn.

Denkt er vielleicht, es gibt irgendeinen vergrabenen Schatz zu finden, den mein Vater unterwegs versteckt hat? Während er vor den verfluchten Nazis davonlief?«
Pause. Dann fuhr Luke fort: »In den Biographien steht, daß sie über Griechenland geflohen sind. Aber das ist nicht belegt. Der einzige Mensch, der das weiß, ist Yerushalmi.«
»Wer?«
»Yerushalmi, der Anwalt meines Vaters. Aber ich fresse einen Besen quer, wenn irgend jemand aus dem was herausbringt.«
Es knisterte in der Leitung. Dann war Chevejons Stimme wieder zu hören. »Also, was nun?«
»Ich weiß nicht.« Einen Augenblick horchte Luke auf das Knistern in der Leitung.
Dann sagte Chevejon: »Überlegen Sie mal, könnte denn irgend jemand sonst eine Idee haben, von wo aus sie weitergereist sind?«
Luke antwortete langsam: »Dov könnte vielleicht eine Ahnung haben. Wenn ich den verdammt noch mal erreichen könnte.«
»Dov?«
»Sayada. David Sayada. Ein Doktorand meines Vaters, der das Examen mit Auszeichnung machte. Dann wurde er sein Assistent. Ich kenne ihn schon mein ganzes Leben. Ja natürlich, es war überhaupt Dov, der mir Dannis Adresse gegeben hat.«

Chevejons Herz begann plötzlich heftig zu schlagen. »Ich meinte, Sie hätten gesagt, es war der Anwalt. Yerushalmi. Der Ihnen die Adresse gegeben hat.«
»Habe ich das gesagt?« Es war eine Lüge, die Luke schon vergessen hatte. »Nein, es war Dov. Was ändert das?«
Chevejon brauchte eine Sekunde, um sich zu beruhigen,

dann fuhr er in einem Ton fort, der, wie er hoffte, gelassen klang. »Dieser Dov, könnte er das Tagebuch Ihres Vaters zu Gesicht bekommen haben?«

»Vielleicht. Aber nur vielleicht.« Luke zögerte. »Ich weiß nicht, wieweit er wirklich das Vertrauen meines Vaters besaß. Man kann nicht sagen, daß er von ihm gut behandelt wurde. Mein Vater war ein schrecklicher Mensch, verstehen Sie. Er ließ Dov total aus seinem Testament heraus. Nicht nur, was Geld anging, meine ich. Vor allem, was seine Papiere anging. Seine Forschung. Wir hatten einfach angenommen, das alles werde Dov zufallen. Dov hatte sich seit Jahren darauf eingestellt, die Arbeit meines Vaters fortzuführen. Aber es stand kein Wort darüber drin.«

Luke verstummte, während sich tief in seiner Erinnerung Helas Stimme vernehmen ließ: *»Dov war deinem Vater mehr ein Sohn, als es Danni je war.«* Dann fuhr er nachdenklich fort: »Ich habe Dov im Frühsommer von hier aus angerufen, aber da sagte mir seine Frau, er wäre zu Forschungsarbeiten in Warschau. Dann habe ich wieder angerufen, und da hat sich überhaupt niemand gemeldet. Keine Ahnung, ob er jetzt dort ist.«

»Ja, na ja, das ist doch einfach rauszukriegen. Rufen Sie ihn an.« Chevejon wartete, dann sprach er bemüht beiläufig weiter; seine Begabung, sich zu verstellen, schien ihn zum allerersten Mal zu verlassen, und nach dem, was er eben erfahren hatte, wünschte er Luke nahe bei sich, unter Paolos und Gianlucas Schutz. Aber es gab noch etwas in Paris zu erledigen, etwas, das er lieber umgangen hätte, aber in Sekundenschnelle hatte er beschlossen, in dieser Sache sein Vertrauen auf Luke zu setzen. »Hören Sie, Luke, ich sage Ihnen, was Sie jetzt tun müssen.«

»Schießen Sie los.«

Zögernd fuhr Chevejon fort, als sei er sich nicht sicher, was er sagen wollte.

»Hören Sie, an der Place du Châtelet, am Brunnen, ist eine Filiale des Crédit Lyonnais. Ich möchte, daß Sie hingehen und sich mit Dannis Führerschein Zutritt zum Tresorraum verschaffen. Schließfach fünf-neun-acht. Kontonummer vier-zwei-eins-eins-sieben-null-null. Hören Sie jetzt gut zu, Luke. In diesem Tresor müßten Sie einen Stapel Dokumente finden. Es sind Auswanderungsvisa des Dritten Reiches, und es müßten etwa vierhundert sein. Es wird sicher einen Kopierer in der Bank geben. Kopieren Sie, sagen wir mal, die ersten sieben Blätter; sie müßten die Nummern drei-fünf-sieben-sechs B bis drei-fünf-acht-zwei B tragen. Stellen Sie sicher, daß die Nummern genau übereinstimmen. Dann legen Sie die Blätter zurück, schließen ab und rufen mich vom Hotel aus an.«

Luke unterbrach ihn: »Chevejon? Wovon zum Teufel reden Sie, Mann?«

Chevejon seufzte. »Ich weiß, es hört sich merkwürdig an. Tun Sie's einfach, okay?«

Luke zuckte die Achseln. »Wenn Sie's wollen.«

»Und, Luke? Wenn Sie aus der Bank kommen, vergewissern Sie sich bitte, daß niemand Sie beobachtet. Sie wissen, wie man das macht? Suchen Sie sich eine große freie Fläche, überqueren Sie sie und blicken Sie hinter sich. Und wenn Sie sicher sind, todsicher, daß Ihnen niemand folgt, werfen Sie den Tresorschlüssel in die Seine.«

Ein grauer Pariser Morgen, vom Himmel tröpfelte Sommerregen, der auf den heißen Bürgersteigen verdunstete. Die Geschäfte waren zu den großen Ferien geschlossen, und Touristen hatten die Straßen mit Beschlag belegt wie einst die 68er Revoluzzer. Nach einer schlaflosen Nacht fand Luke sich nervös und mit verquollenen

Augen im Crédit Lyonnais an der Place du Châtelet ein und wurde zu dem Schließfach geführt.
Darin fand er eine italienische Geburtsurkunde auf den Namen Maurizio Tueta, einen abgelaufenen libanesischen Paß, ausgestellt 1973, und ein paar kleine Stapel Krügerrands. Darunter lag ein dicker Stoß vergilbender Papiere, zweifellos das, wonach Chevejon suchte. Er hob sie heraus und hatte gerade begonnen, den dicken Bindfaden aufzuknoten, der sie zusammenhielt, als eine Stimme an der Tür ihn ablenkte.
»Monsieur Tueta?«
Lukes Herz machte einen Satz, als er aufblickte und eine Gestalt im Anzug dastehen sah.
»*Je vous en prie, monsieur,* der Direktor läßt fragen, ob Sie in seinem Büro vorbeischauen könnten, wenn Sie gehen.«
Jetzt atmete Luke aus. »*Je suis desolé, monsieur,* würden Sie dem Direktor bestellen, daß ich in furchtbarer Eile bin, und er möchte mich doch bitte anrufen.«
»Er versucht schon seit Wochen, Sie anzurufen: Ihre Steuern sind längst fällig, und wir haben nichts von Madame Japrisot gehört.«
»Ach, natürlich. Bei uns wird gebaut. Wir wohnen im Hotel.«
»In welchem Hotel?« Das Verlangen des Mannes hatte etwas merkwürdig Insistierendes, und mit Dannis offenem Schließfach vor sich antwortete Luke unruhig, ohne zu überlegen.
»Im Lutetia. Er möchte bitte heute nachmittag anrufen.«
Der Mann ging, und Luke, der jetzt für jeden Gedanken zu zerstreut war, verglich rasch, ohne sich anzusehen, was er kopierte, die Nummern, die Chevejon ihm genannt hatte, dann legte er die Originale zurück und eilte aus der Bank.

Am Abend fragte Chevejon, der vom Münztelefon in dem Café in Florenz mit einer Telefonzelle in Paris telefonierte, sofort nach der Bank, und Luke bemerkte, daß er die Fotokopien völlig vergessen hatte. Er ließ den Hörer baumeln, klopfte eilig seine Taschen ab und fand sie zusammengefaltet in einer Gesäßtasche seiner Jeans. Während er sie auffaltete, fragte Chevejon: »Was haben Sie mit dem Schlüssel gemacht?«

Luke antwortete geistesabwesend: »Per Einschreiben mit Eilboten an Thomas Hoving geschickt.«

»Luke.«

Die Papiere waren jetzt aufgeklappt. »Ich habe ihn in einen Gully geworfen. Erst bin ich über den Trocadéro gegangen. Niemand ist mir gefolgt.«

»Gut.« Chevejon klang zufrieden. »Erzählen Sie mir, was Sie haben.«

»Sehen wir mal, hier ...« Luke strich die Blätter glatt und sah auf das erste. »Dies scheint ein Auswanderungsvisum zu sein ... für die Ausreise aus Wien, datiert 1942. ›Ein Auswanderungsvisum wird erteilt dem Inhaber, Julius Neumann ...‹ Warten Sie mal.« Er verstummte für einen Moment. Dann: »Herrgott, Chevejon, das ist ja für meinen Großvater.«

»Lesen Sie mir die Nummer vor.«

»Drei-fünf-sieben-sechs B.«

Eine Pause. Dann sagte Chevejon: »Scheiße, Luke, tut mir leid. Es war alles für die Katz.«

Aber Luke hörte nicht zu. »Das ist ja verrückt.«

»Ich weiß, ich versteh's nicht. Ich dachte, ich würde es verstehen. Aber ich verstehe es nicht.«

Doch Luke redete noch immer. »Das ist ja irre. Dieser Typ hier ist neunzehn Jahre alt. Im Jahr 1942? Da muß mein Großvater sechzig gewesen sein.«

Beide schwiegen lange, während Chevejon sich langsam über den Schädel strich. Schließlich gelang es ihm zu sprechen.
»Wer ist der nächste?«
Lukes weit entfernte Stimme antwortete verwundert: »Noch mal Neumann, Moses. Männlich, zweiundzwanzig Jahre alt.«
An der Bar im Café zählte Chevejon an seinen Fingern: Malke, Moses, fünf Buchstaben. »Nächster?«
»Neumann, Shalom, männlich, zwanzig. Neumann, Yudel, männlich, achtzehn. Jetzt Weissmann, Samuel, männlich, siebzehn.«
Chevejon unterbrach. »Übergehen Sie den nächsten. Was kommt dann?«
Eine Pause. Dann: »Noch mal Weissmann, Moishe, männlich, fünfundzwanzig.«
Chevejon bekam ein flaues Gefühl im Magen. Moishe, Rachel: sechs Buchstaben. Rachel war fünf gewesen; um eine Fünfundzwanzig zu erhalten, setzt man eine zwei davor. Fälschungen. Über seine rasenden Gedanken hinweg hörte er Luke sprechen.
»Chevejon? Das sind Scheiß-Nazi-Ausreisegenehmigungen. Was zum Teufel ist damit?«
Doch Chevejon überkam ein entsetzlicher Brechreiz, so daß er nichts machen konnte, als sich zum Schlucken zu zwingen. Schließlich konnte er wieder sprechen.
»Luke.« Seine Stimme war heiser. »Hören Sie zu. Verbrennen Sie jetzt diese verdammten Dinger. Ich möchte, daß Sie nach Florenz zurückkommen. Noch heute abend.«
»Nein.« Chevejon war erstaunt, wie schnell die Antwort des Jungen kam. »Erklären Sie's mir sofort, verdammt noch mal, Chevejon, oder Sie sehen mich nicht wieder.«
Ein langes Schweigen.
Dann sagte Chevejon: »Erinnern Sie sich, was Sie mir er-

zählt haben? Dies sind die Auswanderungsvisa, die Ihr Vater für die Italienische Passage benutzt hat. Die Papiere, die Sie dort haben, sind die Inhaberkopien. Sie sind allesamt umgeändert worden. Fälschungen. Die Originale habe ich hier; ich erzähle Ihnen ein andermal, wie ich an sie gekommen bin. Luke. Die ersten sechs waren für die Familie Ihres Vaters bestimmt.«
Stille. Während Luke langsam die Wahrheit dämmerte.

»O mein Gott. Kanonenfutter.«
Chevejon sagte sehr eindringlich: »Ich möchte nicht, daß Sie irgend etwas unternehmen. Haben Sie mich verstanden?«
Er sah geradezu vor sich, wie der Junge die Achseln zuckte. »Nein.«
»Hören Sie, wann können Sie wieder runter nach Florenz kommen? Wie wär's mit dem Nachtzug über Marseille?«
»Unter gar keinen Umständen nehme ich noch mal diesen Zug. Morgen gibt's doch sicher Flüge. Warum?«
»Es wird Zeit, in die Gänge zu kommen, schnell. Ich gehe nach Capri. Ich habe dort ein Haus. Ich fahre jedes Jahr um diese Zeit dorthin. Und Sie kommen mit. Florenz ist nichts als ein beschissener Zoo im August, und wenn Danni zurückkommt, sucht er zuerst auf Capri nach mir. Also, fahren wir? Morgen?«
»Warum diese Eile?«
»Es besteht keine Eile. Aber Sie haben so ungefähr alles getan, was Sie in Paris tun können, und ...« Er zögerte, aber da ihm keine vernünftige Lüge einfiel, warum Luke zurückkommen sollte, gab er die Wahrheit zu. »Hören Sie, ich möchte nicht, daß Sie dort sind. Sie sind in zwei Morduntersuchungen verwickelt, Himmelherrgott. Und früher oder später wird die Polizei kommen und in Florenz nach einem Maurizio Tueta suchen. Sie sollten nicht in Paris

sein. Und Sie sollten auch nicht in Florenz sein. Wir sollten beide auf Capri sein.«
Luke reagierte nicht, und Chevejon wurde klar, daß es ihm nicht gelungen war, den Jungen zu überzeugen. Dann hörte er Luke langsam sagen: »Ich werde mich morgen früh nach den Flügen erkundigen. Und dann rufe ich Sie an.«
»Sie werden mich auf Capri anrufen müssen. Ich fahre heute nacht runter. Sie sollten mit mir kommen.«
»Mit mir ist alles okay, ich schwöre es. Ich rufe morgen an.«
»Sie müssen von einem öffentlichen Telefon aus anrufen.«
»Klar doch.«
»Also ...« Chevejon wußte, daß Luke nicht anrufen würde. Er könnte, überlegte er, den Jungen observieren lassen, und er würde das direkt mit Paolo besprechen, aber wozu? War er bereit, ihn über eine internationale Grenze entführen zu lassen? Einen Menschen zu rauben war vermutlich nicht viel schwieriger, als dasselbe mit einem Gegenstand zu tun. Aber es war eine andere Klasse von Verbrechen, mit der er nicht vertraut war. Schweren Herzens sagte er: »Na, okay. Morgen, auf Capri. Haben Sie einen Kugelschreiber? Schreiben Sie sich die Nummer auf, Luke, lernen Sie sie auswendig, und verbrennen Sie sie dann. Okay?«

Es gab ein Klicken; dann tönte ein langes, leises Summen in Lukes Ohr. Die Nacht, schwarz im Regen, schien sich um die gläserne Zelle zu schließen.

Siebzehntes Kapitel

In Florenz verließ Chevejon das Café und schlug gegen den Regen den Kragen seines Mantels hoch, als er auf die stille Straße hinaustrat. Er überquerte den Platz zu seinem Büro, stieg langsam, noch immer mit dem brennenden Zigarillo im Mundwinkel, die Treppe hinauf, schleuste sich durch das Sicherheitssystem und ließ sich endlich müde an seinem Schreibtisch nieder.
Er fühlte, daß er es halbwegs geschafft hatte.
Bloß hatte er nicht erwartet, daß er den Moment so fürchten würde.

Von draußen erhellten Straßenlaternen matt den dunklen Raum, und ab und an warf ein vorbeifahrendes Auto in einem schemenhaften Bogen einen langsam dahingleitenden gelben Lichtschein über die Decke. Chevejon knipste eine Schreibtischlampe an, zog seinen Mantel aus, den er über die Stuhllehne warf, und öffnete, in die Hocke gehend, den Safe, dem er ein kleines, in Leder gebundenes Notizbuch entnahm. Er ging zum Telefon neben dem Le-Corbusier-Sofa hinüber, setzte sich und wählte eine lange Zahlenfolge, die er dem Buch entnommen hatte. Er wartete, den Blick ins Leere gerichtet, und als er sprach, geschah es in einem völlig gedämpften, absolut ausdruckslosen Ton.
»Armand. Chevejon. Tut mir leid, daß ich dich wecke.« Pause. Dann: »Nein, Maurizio ist noch unterwegs. Ich rufe an wegen eines … eines Jobs ganz anderer Art … Okay.« Er wartete ein paar Sekunden – vielleicht ging Armand an einen anderen Apparat –, dann sprach er wieder. »Okay? Ich möchte, daß du jemanden in Jerusalem ausfindig

machst. Der Name ist David Sayada. Ein Professor an der Hebräischen Universität. Ich glaube, er wohnt in General Benamis ehemaligem Haus ... Findest du das? ... Gut. Ich brauche eine Beschreibung ... eine genaue Beschreibung. Und wann er das letzte Mal in Jerusalem gesehen wurde. Wann genau. Und niemand darf wissen, daß du etwas auskundschaften willst.«

Es trat eine Pause ein, dann sagte er: »Nein, das kann ich nicht machen. Ich spreche mit Maurizio, wenn er wieder da ist. Aber ich kann dir fünftausend dafür geben. Dollar.«

Er lauschte. »Okay. Ich werde auf Capri sein. So bald wie möglich, bitte.«

Er legte auf und blickte starr vor sich hin, sein linker Arm lag flach auf der Lehne des Sofas, der rechte in seinem Schoß, und sein Gesicht war vollkommen ausdruckslos. Dann beugte er sich vor und wählte auswendig eine kurze Nummer.

»Paolo. *Mi dispiace svegliarti così.* Tut mir leid, daß ich dich einfach so wecke. Dein Mann in Paris, Philippe ... kannst du ihn bitten, auf Luke aufzupassen?« Er lauschte. Dann sagte er: »Gut. Setz ihn drauf an, ja? Er wohnt im Lutetia. Hör zu, keinen Kontakt ... klar? Und ruf uns jedesmal an, wenn er sich den Arsch wischt. Paolo? Erledige es noch heute nacht.«

Luke war noch betrunken, als er vor der Morgendämmerung aus dem offenen Fenster seines im obersten Stockwerk gelegenen Zimmers im Lutetia blickte. Neben ihm auf dem Fußboden eine Flasche Cognac, eine Schachtel Zigarillos und sein Exemplar von *Opfer und Symbolik.* Er hatte die ganze Nacht hindurch gelesen.

Die ganze Nacht vor dem offenen Fenster, während die

Straße unten menschenleer dalag und die Bäume in Schwarzschattierungen im Wind raschelten. Luke, betrunken wie er war, wußte einen Moment lang nicht, ob es Nacht oder Tag war. Dann zog eine schmutzige Wolke vorüber, der Mond erschien tief über der Stadt, eine schwangere, fette Kugel, die eine zweifarbige Klarheit gegen die tiefschwarze Ferne des bewölkten Himmels verströmte, und er wußte, es war noch Nacht.

Luke war nicht wie Chevejon daran gewöhnt, seine Überlegungen wie bei einem Puzzle zusammenzusetzen. Sonst hätte er bemerkt, daß er eben ein entscheidendes Teil in die Hand bekommen hatte und daß er, mit den zuvor erlangten Teilen, jetzt in der Lage war, eine Vielzahl von Details auszufüllen.

Eine Vielzahl von Details, die dem Bild hinzuzufügen waren, das sich aus Dannis Notizen in den Büchern seines Vaters ergeben hatte. Die dem hinzuzufügen waren, was er durch die Entdeckung des Bildes von Caravaggio und aus Benamis Einleitung zur Taschenbuchausgabe seines Buches erfahren hatte.

Ohne in diesem Bild zu denken, war sich Luke dennoch bewußt, daß er nun sehr viel mehr darüber wußte, wo sein Bruder war. Und diese Erkenntnis zeigte sich ihm in dem Moment, als er plötzlich Verachtung für den hochgestochenen, selbstsicheren Intellektualismus seines Vaters empfand.

Man mußte die Ausreisegenehmigungen haben, um dorthin zu kommen, wohin Danni gelangt war – und wohin er Luke geführt hatte. Man mußte Beweise haben. Mit den Beweisen änderte sich alles.

Dieser Mann mit seiner beeindruckenden Eloquenz, dieser Mann, der seinen eigenen Vater der historischen Notwendigkeit geopfert hatte, stellte sich dem schrecklichen Bild-

nis Abrahams gegenüber – Abraham, der gegen seinen Willen vor Gott gezögert hatte, mit dem Messer zuzustechen – und begriff nicht.
Ein Mißverständnis, das nach dem, was Luke jetzt wußte, alles erklärte.

Auf Capri kam Chevejon – der in Puzzles dachte – in einer ganz anderen Richtung voran, aber mit gleichen Ergebnissen. Spät am vergangenen Abend, während Luke seine nächtliche Lektüre begann, saß er mit Natalie und sechs Gästen nach dem Abendessen bei Kaffee und Obst. Als das Telefon klingelte, war er nach oben in sein Schlafzimmer gelaufen, aber als er eintrat, hatte sich der Anrufbeantworter schon eingeschaltet. In der Tür des dunklen Zimmers lauschte er der Stimme mit dem fremden Akzent.
»Chevejon. Armand in Jerusalem. Ihr Mann ist gut einsachtzig groß, schwarzes Haar, schwarze Augen, mittlere Statur. Haar lockig, keine besonderen Kennzeichen, jüdisches Äußeres. Er ist ungefähr seit April im Ausland. Komisch, weil im letzten Monat sein Sohn geboren wurde; er ist trotzdem nicht zurückgekommen. Wissen Sie, daß er so was wie ein Kriegsheld ist? Militärischer Geheimdienst, ein Offizier. Niemand weiß offenbar, wo er sich befindet; wenn Sie dahinterkommen sollten, würde ich sagen, halten Sie sich um Gottes willen raus. Lassen Sie mich wissen, ob Maurizio an meinen Mosaiken interessiert ist. Zahlung bitte über Genf, wie üblich.«
Der Apparat schaltete sich ab, und Chevejon schloß nachdenklich die Schlafzimmertür, ehe er die Löschtaste drückte. Dann griff er zum Telefon und wählte aus dem Gedächtnis eine Nummer in Paris. Er wartete eine Zeitlang, dann meldete er sich auf französisch.

»Jean-Michel, Chevejon. *Comment va ton pote à* Fort Worth, Texas?« Er horchte, dann stieß er einen Pfiff aus. »*Épatant. Superbe.* Herzlichen Glückwunsch. Jetzt hör mal zu, ich habe eine schwierige Sache für dich. Kannst du die übernehmen? Dieser Mann in den Puces de Clignancourt, kannst du über den was rauskriegen? Ich brauche eine Beschreibung, und vor allem muß ich wissen, was für Papiere er bei sich hatte. *Eh oui,* den Paß besonders.« Er lauschte. Dann sagte er: »Ich weiß, daß das teuer ist. Gib dafür aus, was nötig ist. Du weißt, ich steh dafür ein.«

Pause. »Jean-Michel, tu es für mich, ja?«

Pause. Dann kühl: *»Comme tu veux, hein?«*

Er legte auf und blickte stehend quer durchs Zimmer zum Fenster hinüber, in dem er sein eigenes Spiegelbild sah. Sein Ärger legte sich schnell, als ihm mit pochendem Herzen bewußt wurde, wie nahe dran er war. Und einen Augenblick lang fühlte er eine ihm vertraute Genugtuung.

Es war so erstaunlich, als ob man eine Reihe von Bruchstücken zusammensetzte. Teilchen für Teilchen begann sich eine Form zu zeigen und offenbarte Erkenntnisse. Und erstaunlich war auch, daß, wie bei seiner archäologischen Arbeit, das Glück eine ungeheure Rolle gespielt hatte; das entscheidende Bruchstück hatte nicht, wie man annehmen sollte, in der Nähe im Boden gelegen, sondern unsinnig weit entfernt von der Stelle, an der er grub; er hatte es nur durch Zufall ans Licht befördert. Doch kaum hatte man es an seine richtige Stelle gelegt, gab es dem Ganzen einen Sinn.

Nur empfand er daran, wie er allmählich merkte, anders als bei seiner Arbeit kein Vergnügen. An dessen Stelle trat tiefe, wachsende Angst.

Und in diesem Augenblick spürte Luke am Fenster seines unbeleuchteten Hotelzimmers ebenfalls Angst.

Er betrachtete diesen riesigen Mond, dessen Licht nun aus einem praktisch wolkenlosen Himmel in die schwarze Straße fiel. Ein Spätsommermond.

In diesem gleichmütigen Licht, das über ganz Europa schien, bekam Luke ein Gefühl für die Entfernungen um sich herum, von Wien nach Paris, von Paris nach Athen.

Das Ausmaß der Herrschaft des Dritten Reiches.

Und hier in dieser Straße, in der sein Vater und sein Bruder ihre Reise nach Süden begonnen hatten, stand nun auch er am Beginn seiner Reise, da er das Opfer seines Vaters verstand.

Im vom Krieg zerrissenen Wien war es vielleicht nicht als Opfer erschienen. Vielleicht hatte sein Vater sich eher als jemand gesehen, der die Rettung verweigerte, denn als jemand, der sich zum Mord entschloß.

Mord war überall. Er hatte die allgegenwärtige Effizienz von Arbeit im Rhythmus ihres Lebens; er war Teil des gegenwärtigen Zustands. Er war überall. In den jungen Braunhemden, die auf Patrouille vorbeikamen; im unzweideutigen Tritt der überall anwesenden Wehrmachtsoldaten; im unaufhörlichen Fluß von Kriegsmaterial an die tobende Front im Osten.

Osten – ihr Osten war so anders als der Benamis, die Richtung, aus der die leeren Viehwaggons in den Bahnhof einrollten, bezeugt nicht nur in Wien, sondern auch in Paris, London, Moskau und Washington. Bezeugt und ignoriert.

Und Lukes Vater, ein junger Mann, der aus Palästina nach Wien gekommen war, in diese Stadt, die er schon gehaßt hatte, als sie noch seine Heimat war.

Irgendwie hatte er sich die Macht über vierhundert Leben

verschafft, Leben, die von der ganzen Welt längst aufgegeben worden waren.
Nur waren es die falschen Leben.

Diese gebrochenen Menschen – wo war der Ort für sie in Palästina, diesem dürren, schwierigen, sich mühenden Land? Der Bund der Yishuv hatte den deutschen Juden im Ha-Avara-Abkommen 1933 offengestanden, und, klar, nicht alle im Land waren Kibbuznikim. Ein merkantiles, kosmopolitisches jüdisches Leben war aus Jerusalem nie ganz verschwunden. Aber die deutschen Juden vom Ha-Avara hatten Geld gehabt, das sie mitbrachten und ins neue Leben investierten. In Wien dagegen war kein Geld mehr vorhanden; die Steuern, die Beschlagnahmungen hatten alles aufgezehrt, und es gab in Palästina niemanden, der diese mittellosen, halbverhungerten Städter vielleicht hätte aufnehmen können, es sei denn die Leute in den Kibbuzim.
Konnten diese Menschen denn lernen, in Palästina zu leben? Ein paar Jahre früher vielleicht. Ein paar Jahre früher waren sie eine völlig andere Gemeinschaft würdevoller, stolzer Menschen, die im Vorkriegs-Wien scheinbar ein Leben in Gleichberechtigung geführt hatten. Aber inzwischen waren die Überreste dieser Gemeinschaft fast zu Skeletten abgemagert, nicht mehr erkennbar als die Menschen, die früher zu dieser Stadt, zu diesem Kontinent gehört hatten. Und wenn einige der wenigen, die er bei seinen seltenen Besuchen im Ghetto wiedererkannte, immer noch würdevoll, freundlich und, sehr selten, heldenhaft waren, so waren die meisten doch verbittert, egoistisch, zutiefst verängstigt; manche waren verlogen, andere waren verrückt geworden. Alle waren krank, und daß sie überhaupt noch am Leben waren, zeugte für die Tatsache, daß die Gesamtheit der unteren Schichten bereits deportiert worden war.

Die Privilegierten, die jetzt das inoffizielle Ghetto einnahmen, waren noch nicht in den Lagern gewesen, und trotzdem wären Monate nötig gewesen, und Geld, um sie bloß wieder so weit aufzupäppeln, daß sie Menschen ähnlich sahen. Viele würden das Weite suchen, und noch viel mehr wären nichts als eine nutzlose Bürde in einem neuen Land, das all seine Mittel für den eigenen kommenden Krieg zurückhielt.
Niemand sollte jemals eine solche Entscheidung treffen müssen. Niemand sollte jemals für die Fälschung gerichtet werden, die Benami nun beging. In einer Welt des Wahnsinns traf Lukes Vater eine wahnsinnige Entscheidung. Es war die einzig mögliche Entscheidung.

Jetzt blätterte Luke vorwärts, wie bei den Familienfotos, die er in der Biographie seines Vaters gefunden hatte, und da stellte er fest, daß erst Jahre später, in dem relativen Frieden in Palästina, sich überhaupt jemand für das Schicksal solcher Juden interessierte. Erst Jahre später, als Benami in der sich vergrößernden israelischen Verwaltung die Früchte seines Dienstes für das Land zu ernten und im Auge der Öffentlichkeit zu wachsen begann, während des Krieges und danach, da kam es überhaupt erst jemandem in den Sinn, über das zu schreiben, was Benami in Wien vollbracht hatte.
Und erst Jahre später, als die Wiedergutmachungsgelder aus Bonn nach Jerusalem flossen, als die lächerliche Entnazifizierung abgeschlossen war und alle, bis auf die prominentesten SS-Offiziere, von Washington bis Paris wieder mit offenen Armen aufgenommen wurden, da war Benami klargeworden, wie wenige es noch waren, die die Entscheidung begreifen konnten. Als Kastner der Prozeß gemacht wurde und mit stark ausgeprägtem Sinn für Selbstbezichtigung in Israel darüber geklagt wurde, wie

wenig dieses Gemeinwesen – das noch kein Land war – während des Krieges für die Juden getan hatte, die es zu repräsentieren behauptete, war Benami entsetzt. Aber vollkommen überrascht war er nicht – zu begreifen, wie wenig Leute es waren, die verstanden. Die verstanden, wie wenig hatte getan werden können an einem Ort, den Ka-Tzetnik »den anderen Planeten« nannte. Wie wenige von diesen Leuten, erkannte er mit dem Instinkt eines Politikers, es vor allem unter denen gab, die augenblicklich an der Macht waren.

Nur diejenigen, die dort auf jenem anderen Planeten gewesen waren, konnten begreifen, daß – wenn es eine Opferentscheidung gewesen war – nichts schmerzlindernder sein konnte in diesem täglichen Theater des Todes. Selbst die österreichische Mittel- und Unterschicht, die Leute, die die Wehrmacht mit Kanonenfutter versorgten, wußten mehr von Verlust und Leid als die Welt auf der anderen Seite des Ozeans. Selbst sie wußten mehr darüber, was es hieß, hilflos zu sein.

Für Luke war es reine Ironie, soweit er imstande war, die Ironie isoliert zu sehen. Diese anderen, diejenigen, die die Entscheidung nicht verstehen würden, die Benami treffen mußte, waren Israelis der ersten Generation. Selbst Ben Gurion, Mosche Dajan, Shimon Peres, treue Mapai-Parteigänger wie er selbst, waren nie auf diesem anderen Planeten gewesen, auf den ihn der Zufall versetzt hatte.

Was den Rest der Welt anging, eine Welt, die den General Joseph Benami Jahr für Jahr besser und besser kannte, so würde sie die Entscheidung niemals begreifen können, die er zu treffen hatte – wen es zu opfern galt und wem die Chance zum Überleben zu gewähren war –, und es bestand die Möglichkeit, daß sie nie davon erfuhr. Er, Benami, hatte dafür Sorge zu tragen.

Der Rest der Welt. Dazu zählten auch seine eigenen Kinder.
Obwohl für sie das Opfer nie geendet hatte.
Danni hatte das verstanden. Nun verstand es auch Luke. Wenn auch auf eine Weise, dachte Luke, die nicht neu für ihn war.

Er hockte jetzt vor dem Fenster und kniff fest die Augen zu, als könnte er allein durch seinen Willen dem entgehen, was nun kam. Aber die logische Vorwärtsbewegung seiner Gedanken überschwemmte den Deich seiner Furcht wie eine steigende Flut, und klar und deutlich hörte Luke die Stimme seiner Mutter sagen: *»Dein Sohn ist verschwunden. Dein Sohn ist verschwunden. Wo ist die verdammte Symbolik?«*
Nur diesmal – hatte er zuviel getrunken? – kam es ihm so vor, als sei »Dein Sohn ist verschwunden« ein Übersetzungsfehler. Oder ein Erinnerungsfehler. Diesmal kam es ihm so vor, daß sie in der Hysterie nach der Nachricht, daß Danni vermißt werde, geschrien hatte: »Du hast deinen Sohn getötet.«

Als erster wurde Benamis Vater geopfert, dann, einer nach dem anderen, seine Mutter und seine Brüder. Sie alle wurden nicht, wie es Benami in Caravaggios Isaak sah, einem Gott geopfert, der Engel aussandte, sondern schlimmer: einer Idee, einem Land, einem Soldatenland.
Luke duckte sich tiefer, den Kopf zwischen den Armen, die Augen fest geschlossen, während plötzlich eine Erkenntnis wie eine Antwort von einem anderen Menschen von ihm Besitz ergriff – als habe ihn jemand am Arm genommen und ihm ins Ohr geflüstert: Auch Danni hat es immer verstanden.
Schon als Kind hatte Danni, ehe er irgend etwas von sei-

nem Vater wußte, das Gewicht der Hand seines Vaters im Nacken gespürt. Schon als Kind hatte Danni sich immer bei den Opfern wohler gefühlt als bei den Mächtigen. Benami hatte gern gestichelt, Danni sei glücklicher beim Personal als bei der Herrschaft, so wenig Zeit verbrachte er in der Neustadt und so gut kannte er sich in der Altstadt aus. Warum auch nicht? Er war in den Straßen der Altstadt aufgewachsen, sprach arabisch mit Händlern und spielte mit arabischen Kindern bei seinen Erkundungen der Mauer.
Diese vornehmen, oft gebildeten Menschen, die zur Passivität verurteilt waren durch die vielen Regierungen um sie herum, von Jerusalem bis Damaskus, von Riad bis Moskau und Washington – sie lehrten ihn alles.
Denn die Menschen, zu denen Danni eigentlich gehörte, waren gleichfalls, bis 1948, von Moskau bis Washington vergessen worden. Und nun hatten auch sie sich in Henker verwandelt. Und sie setzten die palästinensischen Araber, die Danni so gut kannte, unter genau denselben Druck, den Benami immer auf seinen Sohn ausgeübt hatte. Diese Menschen um ihn herum, diese Araber, sie erschienen ihm nicht wie Feinde. Es war, als seien sie wie er.

Eine kurze Hoffnung flackerte auf, als seine Mutter ihm die Armee zu ersparen versuchte. Sein Vater aber setzte sich durch.
Es war, als hätte Danni sein ganzes Leben mit der Hand seines Vaters im Genick zugebracht, die ihn kniff und ihn schob. Was war richtig, was falsch? Auf der einen Seite waren Freunde, Leidensgefährten, auf der anderen das Kneifen und Schieben.
Dann kam der Krieg, und sein Einberufungscode kam knackend durchs Funkgerät im Haus seines Vaters. Von der Treppe aus sah sein kleiner Bruder zu. Ein Streit tobte, und Danni wurde klar, daß er an die Front geschickt

wurde. Er betrachtete seine Eltern mit einer merkwürdig distanzierten Gleichgültigkeit. Er hatte keine Angst vor dem, was ihm geschehen würde. Er hatte Angst vor dem, was sie ihm zu tun befahlen.
Was sie ihm zu tun befahlen, tat er. Vielleicht, dachte Luke, war auch er entsetzt gewesen, wie einfach das war. Danni tat es, und dann lief er fort. Und nur Wochen später, als das erste Schiff seines Lebens aus Beirut hinaus aufs schimmernde Blau des Mittelmeers glitt, fühlte er sich zum ersten Mal frei.
Wie sich sein Vater einst als sechzehnjähriger Junge frei gefühlt hatte, als er nach Palästina durchgebrannt war.
Wie Luke sich nun allmählich frei fühlte.
Er hatte nicht gewußt, daß es so grausam sein könnte, sich frei zu fühlen.

Ganz allmählich kehrte Luke zu sich selbst zurück. Er hockte am Fenster und starrte auf den riesigen Mond, der durch die Nacht wanderte. Und sein Herz, flüssig und schwer wie eine mit Blut gefüllte Blase, schien sich nach seinem Bruder zu sehnen.
Zehn Jahre vergingen für Danni, die zehn Jahre, von denen Nicole ihm erzählt hatte und die Luke plötzlich intensiv verstand. Zehn Jahre, in denen es Danni gelang, eine gefährliche, schwierige Welt zu beherrschen – vielleicht eine Welt, die weniger kompliziert war als das Wien seines Vaters, die aber bestimmt genauso gefährlich war. Zehn Jahre, in denen Nicole seinem Leben einen Mittelpunkt, eine Rechtfertigung gab. Und zehn Jahre, in denen sein Verstand lebendig und empfänglich war und wuchs.
Am Ende waren die Denkkategorien der Ideologie seines Vaters für Danni nicht mehr so erschreckend. Vielleicht er-

kannte er da, daß sie für sein Alter, für seine Zeit in der Geschichte unvermeidlich waren, etwas, das sein Vater hatte überstehen müssen.

Es war egal: Nach zehn Jahren Leben, Lesen, Wachsen und vor allem nach zehn Jahren mit Nicole, hatte Danni keine Angst mehr. Und mit diesem Lesen, diesem Wachsen stellte sich die grundlegendste Neugier eines Erwachsenen ein: das Bedürfnis zurückzugehen.

Er hatte das Glück, diesen Punkt zu erreichen, ehe sein Vater starb. Und dennoch stellte Danni bei seiner Rückkehr nach Israel fest, daß sein Vater keineswegs mehr zu bieten hatte als all die Jahre zuvor. Nur daß ihm das Produkt jetzt, je näher er es betrachtete, immer suspekter erschien. Ganz so, wie er mit dem Wissen, das er sich in diesen vielen vergangenen Jahren angeeignet hatte, den wundervollen Derwatt im Wohnzimmer seines Vaters als Fälschung erkannte. Vielleicht war es kein Zufall, daß er sich diesen Beruf gewählt hatte; vielleicht hatte sein Auge, das so unbestechlich die Echtheit eines Gegenstandes feststellen konnte, sich als erstes, als er noch ein kleiner Junge in Jerusalem war, an seinem Vater geübt.

Und Luke sah, daß Danni mit seinem unbestechlichen Blick die Verwerfungslinien in der Geschichte seines Vaters erkannt und mit der ihm zur Verfügung stehenden Apparatur – sei es seiner eigenen Fertigkeit, eine Fälschung zu erkennen, seien es seine weitgespannten Kontakte in der Unterwelt, die sich über ganz Europa erstreckten – herauszufinden versucht hatte, was sie so unvollkommen verbarg. Wie er auf die gefälschten Auswanderungsvisa gestoßen war, die er erworben und im Tresorraum des Crédit Lyonnais eingeschlossen hatte? Es war doch gleich. Vielleicht hatte er sie seinem Vater gestohlen; vielleicht war er auf irgendeine andere Weise an sie herangekommen. Auf jeden Fall waren sie nur die Hälfte des Beweises.

Die andere Hälfte konnte auf drei Wegen beschafft werden, und Luke zählte sie jetzt auf, als könnte er Dannis Gedanken hören: Er benötigte die Originalvisa oder, wenn das nicht gelang, ein Provinzregister oder, wenn auch das nicht gelang, einen Zeugen. Offensichtlich hatte Danni die Originale nicht gefunden; offensichtlich hatte er seine Aufmerksamkeit auf die anderen beiden Möglichkeiten konzentriert, und um sie zu verfolgen, mußte er auf Reisen gehen. Gut, das Reisen, die Jagd nach versteckten Gegenständen war ihm vertraut. Und dies war eine einfachere Reise als die meisten, denn das Tagebuch seines Vaters zeigte ihm den Weg.

Vielleicht hoffte er denjenigen zu finden, der die Fälschungen durchgeführt hatte; vielleicht hoffte er, Beweise zu finden, die beim Rückzug der Deutschen zurückgelassen worden waren, oder griechische Polizeiakten oder sogar Zeugen auf der Insel, von der aus man sich eingeschifft hatte. Beweise, die die andere Hälfte dessen bestätigen würden, was er bereits wußte.

Diese Beweise aber waren im Dschungel dieser verrückten Unterwelt schließlich Chevejon zum Erwerb überlassen worden. Wo hatte er sie gefunden? Luke schüttelte den Kopf: das würde er nie herausbekommen. Und es war auch unwichtig.

Denn auch ohne diese Beweise wußte Danni bereits alles. Luke war sich dessen sicher, und er begriff, daß bei allem, was ihm klargeworden war, Chevejon ihn geleitet hatte: Chevejon hatte ihn zu seinem Bruder geführt, direkt und entschieden und im einzigen Sinn, der zählte. Denn Chevejon hatte Lukes Interesse an der Vergangenheit geweckt und ihn in Dannis Bibliothek gebracht, und dort hatten die Bücher in den Regalen, mit Unterstreichungen und Anmerkungen versehen, ihm die ganze Geschichte erzählt.

Nicht nur Benamis Sämtliche Werke und die ganze Bibliographie des Holocaust, sondern auch die agitatorischen Werke. Hannah Arendt, die den Eichmann-Prozeß kritisch untersuchte; Ka-Tzetnik, der jenseits des jüdischen Opfers nach der menschlichen Schuld fragte; Segev, der kraft seiner skeptischen Erkenntnisse über Benamis Führergeneration Anklage gegen die israelische Rechtschaffenheit erhob. Die *Israel Annals of Psychiatry* und schließlich die Bücher von Judi Benami. Und dann Freud.
Die alle zu Caravaggio hinführten.

Der Caravaggio hatte Danni alles bewiesen – und Danni hatte es Luke gezeigt. Vor diesem Bild war Danni die Lüge bewußt geworden – zuerst intuitiv, schlagartig, dann rational, kühl und zielsicher, mit der riesigen Referenzbibliothek neben sich, die seinem Vater zur Verfügung gestanden hatte –, auf der sein Vater sein Leben aufgebaut hatte. Niemand konnte Benami jemals wegen der Entscheidung verurteilen, die er im Winter 1941/42 in Wien getroffen hatte – Luke war das augenblicklich klar. Durfte ihn irgend jemand wegen des Fehlers verurteilen, den er Monate später beging, im Frühling in Florenz, vor Caravaggios *Opferung Isaaks* in den Uffizien?
Seine Söhne durften es. Denn Benami hatte sich geirrt. Nichts von seinem tiefempfundenen, von der Welt gefeierten geistigen Werk, seinem Lebenswerk, hatte in dem Caravaggio gelegen, wie er ihn in Florenz sah, als er nach der Opferung seines Vaters den Nazis entkommen war. Wo Benami ein Symbol der Juden erblickte, hatte Caravaggio beseeltes Fleisch gemalt, unmittelbar in eine zeitlose, nicht existente Landschaft gestellt. Wo Benami Pflicht sah, hatte Caravaggio Leidenschaft gemalt, einen Vater, der entschlossen war, seinen Sohn zu schlachten. In dem Caravaggio ging es nicht um Opfer, es ging um Mord und um

die Bedeutung des Mordes, den er gerade begangen hatte – nicht die eigentliche Bedeutung, die in seiner öffentlichen Laufbahn so schablonenhaft vertuscht wurde, sondern die psychische Bedeutung, die durch das Gewicht seines Werkes zum Schweigen gebracht wurde –, diese Bedeutung hatte er sein Leben lang zu verbergen versucht.

Es war nur möglich, sich davor zu verstecken, wenn man Gott auf dem Gemälde sah. Aber Caravaggio hatte in dem Bild nur zwei Menschen, einen Engel und ein Tier dargestellt, und Gott war nicht da.

Ohne Gott lag in Abrahams unbedingter Entschlossenheit nicht Gehorsam, sondern Leidenschaft. Ohne Gott war Abraham nicht dazu verurteilt, seinen Sohn zu opfern, sondern dazu entschlossen. Ohne Gott war das, was der Engel brachte, nicht die Befreiung, sondern eine Täuschung.

Aus der Tiefe seiner Erinnerung trat Luke nun eine von Dannis hingekritzelten Bemerkungen in dem Buch seines Vaters vor Augen: »Wer stellt wen auf die Probe?« Und er erkannte jetzt, was Caravaggio erkannt und was Danni erkannt und was sein Vater fanatisch sein ganzes Leben lang nicht zur Kenntnis zu nehmen versucht hatte: Gott stellte nicht Abraham auf die Probe, sondern Abraham Gott. Niemand wurde geopfert, und niemand sollte geopfert werden. Gott war in Caravaggios *Opferung Isaaks* nicht anwesend: Der Engel war eine idealisierte Renaissance-Kunstfigur, Reverenz des Malers an seine Auftraggeber.

Gott konnte gar nicht anwesend sein. Denn er war weder bei Benami in Wien noch bei Danni auf dem Golan gewesen – er war auch nicht bei Luke in Beirut oder in den Puces de Clignancourt gewesen. Keiner der drei hatte Gehorsam empfunden, aber alle drei, das wußte Luke, hatten Leidenschaft gefühlt.

Gott hatte keinem von ihnen den Befehl zum Töten gegeben, denn Gott glaubte an sie nicht mehr.

Zwei letzte Tatsachen wurden Luke in aller Klarheit bewußt, gerade als die Morgendämmerung anbrach, kurz bevor er ohnmächtig umsank.
Chevejon hatte recht: Danni wußte nicht, daß sein Vater tot war.
Er konnte es nicht wissen. Nicht nur weil nach dem Tod seines Vaters zuviel von Danni erwartet wurde, als daß er hätte fernbleiben können. Es wurde erwartet, daß er sich um das Erbe kümmerte: phantastische Kunstgegenstände, für deren Schutz sich Danni zutiefst verantwortlich gefühlt hätte. Er konnte es nicht wissen, denn hätte er es gewußt, wäre seine Reise sinnlos geworden.
Weil der Vater, nach dem Danni suchte, tot war. Tot der Mann, der ihn unterdrückt, ihn gequält hatte, tot. Um nie mehr zu hassen, nie mehr zu verletzen. Und nie mehr teilzunehmen an dem realen Drama, dem Seelendrama, das Caravaggio gemalt hatte, in dem Gott den Widder herbeischafft und der Haß in einem kosmischen, ungeheuren, blitzartigen seelischen Wachstum endlich seine eigenen Kategorien überwindet.
Als Luke in der blinden, trunkenen Wirklichkeit des frühen Morgens langsam die Besinnung verlor, empfand er den von Danni erlittenen Verlust mit einer Intensität, die unmöglich zu ertragen war, als einen unvorstellbaren Verlust: den des Vaters, den er um ein Haar gefunden hätte.
Und als er mit dem Gesicht voran in eine Scheibe des hohen Fensters taumelte, das ihm die Wange zerschnitt, als es in Scherben ging, dann zuknallte, so daß er im Fallen gegen den Holzrahmen schlug, da wußte Luke, wie er seinen Bruder finden konnte.

Am Morgen erwachte Chevejon in ernster Sorge. Tage waren vergangen, ohne daß er von Luke etwas gehört hatte. Er wußte, wo er war – Paolos Freunde behielten ihn aufmerksam im Auge –, aber er konnte sich nicht mehr denken, was Luke dort eigentlich tat, allein im öden Paris auf dem Höhepunkt der Touristensaison.

Auf der Terrasse seines Hauses über dem Meer, wo er es sich in Shorts und offenem Hemd behaglich gemacht hatte, fragte er sich noch einmal, ob er wirklich das Richtige getan hatte.

Er fürchtete, daß er sich zu sehr auf die Intelligenz des Jungen verlassen hatte, auf seine Entwicklungsfähigkeit. Die meisten Menschen waren nach Ansicht Chevejons nicht interessiert oder unfähig, sich weiterzuentwickeln.

Er überlegte, ob er nach Paris fahren sollte – ohne Rücksicht aufs Risiko –, um direkt herauszufinden, was vor sich ging. Dann entschloß er sich, es doch mit einem Anruf zu versuchen.

Durch eine Reihe breiter Schiebetüren betrat er das schattige Innere des Hauses, blieb stehen, um zu einem Zigarillo und einem Feuerzeug zu greifen, nahm dann am Telefon Platz und wählte, die Gefahr dessen, was er tat, ignorierend, die Nummer des Lutetia.

Luke meldete sich mit einem schläfrigen »*Oui?*«. Als Chevejon antwortete, sah er auf seine Uhr; es war fast elf. Chevejon fragte, ob Luke Kaffee bestellen und dann zurückrufen wolle. Aber Luke antwortete, sich räuspernd, nein. Chevejon hörte, wie er ein Zündholz anstrich und Rauch inhalierte; als er meinte, Lukes Zigarillo müsse brennen, sagte er: »Also, was ist los, *habibi?*«

Eine Pause. Dann antwortete Luke mit sehr kratziger Stimme: »Ich bin mir nicht sicher, Chevejon. Ich bin mir nicht sicher.«

»Ich hoffe nur, daß Sie wissen, was von Ihrer Entscheidung abhängt.«
Eine Pause. »Ich bin mir nicht sicher, ob ich überhaupt etwas tue.«
Chevejon wunderte sich über die Rauheit der Stimme, die Ehrlichkeit. Um Zeit zu gewinnen, sagte er: »Haben Sie schon in Israel angerufen?«
»Nein.« Und wie zur Entschuldigung setzte Luke hinzu: »Ich fürchte, ich bin ziemlich betrunken gewesen.«
»Mistkerl. Und ich warte auf Ihren Anruf.« Er hörte Luke nicht lachen, aber er ahnte, daß er lächelte.
»Na klar. Und mit wem warten Sie? Wie alt ist sie?«
Chevejons Lachen, leiser. Dann sagte Luke: »Danke, Chevejon. Für alles.«
Chevejon stand auf, das Telefon am Ohr, und drehte sich zu den Türen um. Draußen, jenseits der Terrasse, erstreckte sich das strahlend blaue Meer unter einem wolkenlosen Himmel. Er sagte leise: »Sie wissen, wohin Sie gehen?«
Luke antwortete langsam: »Noch nicht. Noch nicht, Peter. Aber fast.«
Erstaunt darüber, beim Vornamen genannt zu werden, fragte er sich: Was ist dem Jungen klargeworden? Er dachte: Es gibt nichts mehr, was ich tun kann. Und er sagte, ehe Luke die Chance hatte, noch etwas zu äußern: »Du weißt, wo du mich immer finden kannst, Luke. Egal, worum es geht. Jederzeit.«
Es gab nichts mehr zu sagen. Und es gab nichts mehr zu tun, als zu hoffen. Für Luke, für Danni und für sich selbst.

Achtzehntes Kapitel

Luke legte auf und fühlte, daß ihm Tränen in die Augen traten. Er schüttelte sich und stand vom Bett auf, auf dem er während des Telefonats mit Chevejon gesessen hatte. Irgend etwas stimmte nicht: Das Bett war vollkommen unberührt. Einen Augenblick hielt er verwirrt inne. Eine Hupe erklang durchs offene Fenster, und er sah hinüber. Dort lag ein Sessel umgestürzt am Boden, daneben eine fast leere Cognacflasche, ein umgekippter Aschenbecher, ein Buch. Eine Scheibe in dem hohen Fenster war eingeschlagen, und ein getrockneter Blutfleck war auf dem Teppich zu sehen. Es begann sich ihm im Kopf zu drehen; er langte mit der Hand nach oben und fühlte an seiner linken Wange eine klaffende Wunde, die sich mit Schorf überzogen hatte. Er ging rasch in die Hocke und übergab sich.

Nach einer Weile erhob er sich, zog sich rückwärts von der hingeplatschten dünnen Flüssigkeit zurück und torkelte spuckend ins Bad. Im Spiegel sah er sein blutleeres Gesicht und den tiefen Schnitt am Wangenknochen. Er zog sich aus und stieg in die Dusche, während ihm langsam bewußt wurde, wie betrunken er gewesen war – betrunken genug, um umzukippen, ein Fenster einzuschlagen und den Sessel mitzureißen.

Es war nichts als Glück, dachte er, daß er nach hinten ins Zimmer gefallen war statt nach vorn aus dem Fenster.

Und es war nichts als Glück, daß er sich an das erinnerte, was er während der Nacht erkannt hatte.

Als er aus der Dusche stieg, fühlte er einen Schmerz im

Knie und humpelte ins Zimmer zurück; offenbar hatte er sich bei dem Sturz auch am Knie verletzt.
Er untersuchte seine Taschen und fand alles an Ort und Stelle: den Paß, den Chevejon ihm gegeben hatte, das Bargeld in seiner Brieftasche. Er ruhte sich einen Moment aus. Verkatert, wie er war, erinnerte er sich dennoch vollkommen klar an jeden Gedankenschritt der vergangenen Nacht, und seine Entscheidung stand fest.
Er hatte genug Zeit. Er mußte packen. Er mußte die Fotokopien aus der Bank verbrennen. Dann mußte er Yerushalmi anrufen, und dann mußte er sich ein Ticket nach Athen besorgen. Er hatte jetzt keinen Zweifel mehr, daß Yerushalmi ihm sagen würde, wohin er fahren mußte. Luke konnte ihn dazu bringen.
Aber irgend etwas stimmte schon wieder nicht, und er stand mit seinem Brummschädel mitten im Zimmer und versuchte herauszufinden, was es war. Schließlich ging er ans Fenster und verstand, und ein Schwall Adrenalin schoß durch seinen Körper: Sechs blau-weiße Polizeiwagen hielten mit heulenden Sirenen in der Straße. Und jemand hämmerte unentwegt gegen seine Tür.

Auf Capri saß Chevejon nackt in seinem Wohnzimmer und las, und Vormittagslicht ergoß sich durch die breiten, aufs Meer hinausgehenden Türen. Das Telefon klingelte; er hob rasch ab und sprach, nachdem er sich auf italienisch gemeldet hatte, französisch weiter.
»*Oui. Oui. Ainsi, celui qu'on a trouvé* – der Mann, der gefunden wurde, war ein Israeli? Wie hieß er?« Er hörte eine Weile zu, dann nickte er. »Wer zum Teufel soll das sein?« Eine Pause und dann: »Wenn der Führerschein französisch ist, woher wissen Sie, daß er Israeli war?« Pause.

»Ah *oui,* ich nehme an, ich habe den Namen schon mal gehört.« Schweigen. Dann: »Ja, ich glaube, ich weiß, wer es ist. Ich vermute, die Polizei hat die Sache falsch verstanden. Nein«, er lachte, »leider kein Rückkaufswert. *Merci a toi,* Jean-Michel. Dafür sind wir dir eine Menge schuldig.« Lächelnd legte er auf. Dann verschwand sein Lächeln langsam aus seinem hübschen Gesicht, das plötzlich sehr müde aussah. Die französische Polizei hatte in den Puces de Clignancourt eine Leiche gefunden und bei ihr Maurizio Tuetas Führerschein. Von Luke hatten sie erfahren, wer Tueta wirklich war, und den Toten als Danni identifiziert.

Denkbar, überlegte Chevejon, doch falsch. Jetzt wußte er alles. Jetzt kannte er die ganze dumme, stümperhafte Tragödie.

Er hoffte, daß auch Luke sie kannte.

Einige Sekunden stand Luke wie erstarrt da. Dann trat er rasch an das kleine Hotelzimmer-Schreibpult, zerknüllte die Fotokopien und hielt ein Streichholz daran, während das Gehämmere weiterging. Erst als die Papiere in hellen Flammen standen, ging er schicksalergeben an die Tür.

Aber statt der Polizei stand ein Mann keuchend und schwitzend davor. Er war groß und hatte einen schwarzen Schnurrbart und schwarze Augen in einem dunklen Gesicht. Ohne ein Wort packte er Luke am Handgelenk und zog ihn aus dem Zimmer, dann den Flur entlang, weg von den Fahrstühlen, zu einer roten Lampe, die die Feuertreppe markierte. Erst als sie im Treppenhaus waren und nach unten rannten, redete der Mann.

»*J'suis* Philippe, ich arbeite für Paolo Cavalari. Er hat mir aufgetragen, Sie aus Schwierigkeiten rauszuhalten. *Salope,* die Sache hier habe ich wohl versaut.«

Immer zwei Stufen auf einmal nehmend, sprangen sie die Treppen hinunter, und Luke mußte fast schreien, um sich verständlich zu machen.

»Sie haben mich beobachtet?«

»Jeden Schritt, *mon petit lapin.*«

Endlich waren sie unten. Philippe zwängte sich durch eine metallene Schwingtür, und sie befanden sich in einer riesigen Chromstahlküche. Lukes Handgelenk erneut umklammernd, rannte Philippe hindurch, vorbei an der verdutzten Mannschaft, dann durch einen Wäscheraum und auf eine Tür zu, hinter der Luke die Sonne sich auf orangefarbenen Plastikmüllkübeln spiegeln sah. Ein Küchenmädchen wartete dort; als sie die beiden sah, trat sie auf die Straße hinaus, kam zurück und hielt eine Hand in die Höhe: Halt.

Schwer atmend blickte Luke zu seinem Retter auf. »Wie haben Sie denn das alles geschafft?«

»Roma-Hauspersonal. Ich hatte das Zimmer neben Ihnen. Ich höre die Bullen und denke: Jesus. Gott sei Dank, daß mir Paolo gesagt hat, ich sollte auf so was vorbereitet sein. Himmel, dafür kann man gar nicht hoch genug bezahlt werden. Wie konnten die Sie denn finden?«

Luke überlegte. »Ich weiß nicht. Niemand weiß, wo ich bin. So sicher wie's Amen in der Kirche habe ich niemandem ... o Gott.« Er blickte wieder hoch, und das schlechte Gewissen stand ihm ins Gesicht geschrieben. »Der Bankdirektor. O Gott, ich habe die Sache vermasselt.«

Doch jetzt winkte ihnen das Küchenmädchen, und Philippe schob ihn in Richtung Tür.

»Passiert ist passiert. Gehen Sie weiter.«

Sie drängten sich nach draußen und gingen hinter den faulig stinkenden Müllkübeln in die Hocke. Philippe trat hinaus auf die Straße, zögerte einen Moment, griff in seine Gesäßtasche und verschwand. Luke hörte einen Schrei, Philippe kam zurück und gab ihm mit einer Handbewegung zu verstehen, er solle ihm folgen. Er schob sich hinaus auf den Bürgersteig, vorbei an einem uniformierten Polizisten, der mit dem Gesicht nach unten auf dem Gehweg lag, als ein Renault-Lieferwagen herankam und hielt und der Fahrer nach hinten griff, um die rückwärtige Tür aufzustoßen. Philippe quetschte sich neben Luke, und der Wagen fuhr langsam davon, bog um eine Ecke, dann um eine weitere und beschleunigte schließlich auf dem Boulevard Raspail.

Jetzt fing Philippe an zu reden, erst mit dem Fahrer in einer Sprache, die Luke nicht verstand, dann auf französisch mit Luke. »Okay?«

Luke nickte. *»Merci à toi.«*

»*Pas de quoi.* Paolo hat gesagt, ich soll Sie in eine Maschine nach Rom setzen und Ihnen ausrichten, daß Sie von dort nach Capri weiterfahren sollen. Geht das für Sie in Ordnung?«

Luke überlegte. Er hatte alles bis auf seine Brieftasche und die Pässe im Lutetia zurückgelassen. Seine Kreditkarten konnte er im Augenblick auf keinen Fall benutzen, und mit einem Schrecken wurde ihm klar, daß die Polizei auch Chevejons Anruf nachgehen konnte, wenn sie ihn im Lutetia gefunden hatte. Er konnte nicht zu seiner Bank, er konnte Chevejon nicht anrufen, und er konnte nicht nach Capri. Aber er hatte etwas Bargeld. Er sagte: »Haben Sie irgendwelches Geld bei sich, das Sie mir geben könnten?«

»Ähm ...« Philippe langte in seine Tasche und zählte. »Ich habe hier ungefähr viertausend, aber das Hotel ist noch nicht bezahlt. Steht Paolo dafür gerade?«

Luke nickte. »Dann auf zum Flughafen.«

Luke kam gegen Mittag in Rom an. Er hatte etwas geschlafen, aber der Kater wollte nicht weichen. Auf dem Flughafen wechselte er Philippes Francs, kaufte sich einen Stadtplan, trank einen Kaffee und einen Cognac, dann nahm er ein Taxi und fragte nach einem Hotel. Der Fahrer brachte ihn in die Nähe des Campo dei Fiori. Hier fand er, ehe die Läden schlossen, eine Drogerie und kaufte sich einen Rasierapparat und Rasiercreme. Auf dem Weg zum Hotel kam er an einem Postamt vorbei und merkte sich, wo es war.

Am Nachmittag erwachte er, hoch über einer schmalen Straße, von Glockengeläut. Er duschte, zog seine schmutzigen Kleider wieder an und steckte den Rasierapparat und die Tube Rasiercreme in die Tasche. Und als er zum Fenster hinausgesehen und festgestellt hatte, daß die Straße wieder zum Leben erwacht war, ging er hinunter ins Foyer, beglich die Rechnung und verließ das Hotel.

Geradezu schwach vor Hunger aß Luke in einem Café eine Kleinigkeit. Dann machte er sich zu dem Postamt auf. Ein Beamter wies ihn zu einer Zelle; er setzte sich, sah auf der Liste der Vorwahlnummern nach, die dort ausgehängt war, und wählte. Es gab eine kleine Verzögerung, er hörte ein paar Klingeltöne und dann eine Frauenstimme: *»Ken?«* Er antwortete, und die hebräischen Worte, die ihm früher so eindringlich erschienen waren, füllten sein Ohr, ohne jede Empfindung auszulösen. Er wartete erneut, tief atmend. Als Yerushalmi an den Apparat kam, redete er, ohne zu überlegen.

»Avi«, sagte Luke, »hier ist Jules.«

»Jules, *baruch ha shem,* wo sind Sie? Ich habe mich zu Tode um Sie geängstigt, wirklich zu Tode.«

Luke versuchte einen unbekümmerten Ton anzuschlagen. »Warum sollten Sie sich denn um mich ängstigen?«

»Warum? Ich habe Anrufe von der französischen Polizei erhalten, von der amerikanischen Polizei. Sie verschwinden einfach vom Erdboden, ich habe bis auf einen Anruf seit Monaten nichts mehr von Ihnen gehört, und Sie fragen, warum ich mich ängstige? Wissen Sie über Ihren Bruder Bescheid?«
»Was ist mit ihm?«
»Jules, um Gottes willen, die französische Polizei sagt, er wurde in Paris ermordet. Wissen Sie das nicht?«
Luke zögerte. Dann sagte er: »Ist man sicher, daß er es ist?«
»Sie scheinen sicher zu sein. Sie haben Papiere bei ihm gefunden.«
»Auf welchen Namen?«
»Seinen Namen. Nein, ein Pseudonym.« Der alte Mann schrie beinahe, aber Luke unterbrach ihn.
»Welche Nationalität?«
»Französisch. Um Gottes willen, Jules, wo sind Sie? Was tun Sie? Ist Dov Sayada bei Ihnen?«
»Dov?« Vor Überraschung wurde Lukes Stimme lauter. »Warum sollte Dov denn bei mir sein?«
»Ich kann Ihnen das jetzt nicht erklären. Hela ist vollkommen außer sich. Er ist im April nach Warschau gefahren, und seither hat ihn niemand mehr gesehen.«
»Aber sicher weiß … die Regierung doch etwas?«
Es entstand eine Pause, dann sprach der alte Mann in ruhigerem Ton weiter. »Hela meint, er ist bei Ihnen. Wo sind Sie, Jules? Was geht hier vor?«
Auch Luke sprach wieder leiser. »Avi, ich habe Ihnen viel zu erzählen. Aber zuerst müssen Sie mir etwas erzählen.«
»Ihnen erzählen? Was denn?«
»Sie müssen mir versprechen, es mir zu sagen.«
»Ich mache keine Versprechungen.«
»Von wo aus sind Sie nach Palästina aufgebrochen? Mit meinem Vater?«

Schweigen. Und als wäre der alte Mann nicht einmal erstaunt über die Frage: »Im Jahr zweiundvierzig? Von Griechenland.«
»Nein, das reicht mir nicht. Von welcher Insel?«
Jetzt blieb Yerushalmi lange stumm. »Jules? Fragen Sie mich nicht danach. Ich kann nicht antworten.« Für einen Moment lag in der Stimme so etwas wie Aufrichtigkeit.
Jetzt zögerte Luke, holte tief Luft und sagte dann: »Avi, ich habe die Auswanderungsvisa. Das erste Visum ist für meinen Großvater. Aber es wurde gefälscht; der Junge darauf ist neunzehn Jahre alt. Und entweder sagen Sie mir, von welcher Insel aus Sie aufgebrochen sind, oder ich bringe die ganze Chose noch in dieser Sekunde zum nächsten *New York Times*-Büro.«
»Jules? Ich warne Sie, Jules, gehen Sie nicht diesen Weg. Es wird Ihnen nicht gefallen, was Sie finden.«
»Ich hab's schon gefunden, Avi.«
Ein langes Schweigen. Dann: »Sie lassen mir keine Wahl. Aber Sie müssen mir etwas versprechen. Sie müssen mir versprechen, daß Sie hierher zurückkommen. Auf direktem Weg. Mit dem nächsten Flug. Wo auch immer Sie sind.«
Luke antwortete sofort. »Ich verspreche es.«
»Schwören Sie es beim Namen Ihres Vaters. Nein, bei dem Ihrer Mutter.«
»Ich schwöre es beim Namen meiner Mutter.«
Schweigen. Dann sagte er mit einer Stimme, die sehr alt klang: »Astypaläa. Eine der Kykladen.«
Luke stieß einen langen Seufzer aus.
Und legte auf.
Dann trat er auf die Straße und winkte ein Taxi herbei. Zum Bahnhof.

Spät in dieser Nacht klingelte das Telefon, vier zweifache Klingeltöne, nach denen sich der Anrufbeantworter in Chevejons Schlafzimmer einschaltete. In dem leeren Haus klang Paolos Stimme ruhig.
»Chevejon. Der Junge ist abgehauen. Philippe ruft heute morgen an und sagt, die Polizei hat rausgekriegt, daß er im Lutetia wohnt – keine Sorge, Philippe ist mit ihm getürmt. Sagt, er hätte Luke in ein Flugzeug nach Rom gesetzt. Ich schieß da runter, erwische ihn im Flughafen und fahr ihm in einem Taxi zum Campo hinterher. Er geht in ein Hotel, macht 'n Nickerchen, geht zur Post, dann fährt er zum Bahnhof. Kauft sich 'ne Fahrkarte, Himmelherrgott, nach Ancona.
Ancona! Ich hab ihn abfahren sehen, bin dann rauf nach Florenz, um das Haus dichtzumachen und meinen Wagen zu holen. Wenn ich nicht morgen von dir höre, fahr ich nach Ancona. Also ruf mich an. Ciao.«

Sehr früh am Morgen kehrte Chevejon mit einer Frau im Abendkleid nach Hause zurück. In der Tür umarmte er sie langsam, während seine Hände leichthin von ihrem Hals über den nackten Rücken abwärts wanderten. Schließlich gingen beide nach oben, und er führte sie zum Badezimmer.
Während sie im Bad war, sah Chevejon nach Natalie, die in einem Gästezimmer schlief. In seinem Schlafzimmer blinkte der Anrufbeantworter. Er schloß die Tür und hörte sich Paolos Nachricht an. Ancona. Nach einem Piepton eine zweite Nachricht. Er zuckte zusammen, als Lukes Stimme im Lautsprecher des Apparats ertönte. Lukes Stimme? Langsam wurde ihm bewußt, daß nur ein Mensch auf der Welt ihn Pete nannte. Diese rauhe, verbrauchte

Stimme, ihm so ungeheuer vertraut und jetzt in Sorge angespannt, war absolut nicht Lukes Stimme.

»Hey, Pete, Mann, sorry, daß ich die Sicherheitsvorkehrungen außer acht lasse, aber ich brauche ziemlich dringend irgendeine Hilfe. Erstens, kannst du jemanden nach Paris schicken, der nach Nicole sieht? Hab seit Monaten keinen Brief mehr bekommen; ich hab in der Rue de Fleurus angerufen, nie ist jemand da. Wenn du sie findest, verabrede mit ihr, daß sie hier runterkommt, und wenn sie Einwände hat, sieh zu, ob du sie dazu überreden kannst, ja? Ich bin in Griechenland, auf einer Insel, die Astypaläa heißt. Ich würde ja selbst nach Paris fahren, aber ich habe Angst, wegzugehen, für den Fall, daß Nicole schon unterwegs ist, und ich darf sie nicht verfehlen.

Zweitens, ich hab einen Typen hier, der dich besuchen kommt, Petros Martinides – wir schulden ihm fünfzehn Riesen in amerikanischen Dollars. Er hat einige Dokumente und ein paar Fotokopien – ich erklär's dir später –, aber sie sind wichtig: sie belegen eine Fälschung, hinter die ich zu kommen versucht habe, und wenn davon irgendwas durchsickert, ist es 'ne Bombe. Könntest du sie alle in ein Schließfach tun, irgendwo an einem neuen Ort unter einem sauberen Namen? Mach am besten auch Kopien, und leg sie unter einem anderen Namen in ein anderes Schließfach. Okay? Pete? In dieser Sache kannst du gar nicht vorsichtig genug sein.

Mann, ich kann's gar nicht erwarten, hier wegzukommen. Meine Leber ist groß wie die von 'ner Scheiß-Kuh, ohne Witz ... Es kommen ein Flugzeug und zwei Schiffe die Woche in dieses Kaff, und während man auf sie wartet, kann man nichts weiter tun als saufen. Sobald Nicole kommt, bin ich hier weg. Wenn's recht bald passiert, kommen wir direkt nach Capri. Dann erzähl ich dir eine verrückte Geschichte. Bis dann, Mann.«

Der Apparat klickte und Chevejons Schrecken legte sich. Er löschte die Mitteilungen. Luke auf dem Weg nach Ancona. Danni in Griechenland. Vage vermerkte er, daß Danni offenbar wirklich ziemlich nervös war, wenn er zweimal die Sicherheitsvorkehrungen außer acht ließ: einmal, um Nicole anzurufen, und dann ein zweites Mal, um direkt in Capri anzurufen. Und Luke unterwegs nach Ancona. Natürlich, dort gingen die Fähren nach Osten ab, nicht nur hinüber nach Jugoslawien, nach Pula, Zadar, Split und Dubrovnik, sondern auch nach Korfu, Patras, Piräus sowie in die Türkei.

Vielleicht war es irrational, aber ein langanhaltendes Gefühl der Erleichterung, ein ungeheures körperliches Wohlbehagen durchströmte ihn. Vielleicht war er betrunken; seine Augen füllten sich plötzlich mit Tränen. Er griff zum Telefon und wählte, sein Anruf war nur kurz.

»Paolo. *Va bene.* Hast es gut gemacht. Finde raus, welche Fähre er nimmt, und stelle die Ankunftszeit in Piräus fest. Dann kannst du ihn gehen lassen.«

Er stieg die Treppe nach oben und ging der Frau entgegen, die über den Flur kam.

Tagesanbruch. Der Morgen war heiß; in der Nacht hatte es gestürmt, und dicker Nebel hing über der Hafenseite der Stadt. Luke erwachte in seinem schäbigen Einzelzimmer im Grand Hotel Palace. Noch vor dem Frühstück schlenderte er zum Hafen; der war grau von der schmutzigweißen Brandung, die Schaum über den Betonkai schleuderte. Vertäute jugoslawische Containerschiffe, ein Öltanker, griechische Fähren auf ihren Liegeplätzen. Scharen von Fischerbooten, miteinander vertäut in der leise schwappenden See.

Es fuhren keine Fähren. Luke aß in einem Fischrestaurant,

spazierte durch die nasse Stadt, kaufte sich drei Schachteln Panters, dann ging er zum Hotel zurück. Jemand hatte einen *Blauen Führer Schottland* in einer Schublade liegenlassen, die englische Ausgabe, und er las geistesabwesend die historische Einleitung, indem er ganze Sätze übersprang und Absätze mehrmals las.

Er ließ das Abendessen aus, schaltete den Fernseher ein und sah sich die synchronisierte Fassung eines amerikanischen Films an, dann eine Spielshow, deren Regeln er nicht begriff; jedenfalls mußten die Verlierer – alles Frauen – einen Striptease machen, bei dem sie ihre durchweg gewaltigen Brüste zu den Klängen brasilianischer Musik entblößten. Ein ungeheures, müdes Verlangen durchströmte ihn, unerwünscht, schwer zu beherrschen.

Er erhob sich, ging in das kleine Bad und nahm sich, vor dem zersprungenen Spiegel stehend, den Bart mit dem Rasierapparat ab, den er sich in Rom gekauft hatte; vorsichtig um die Wunde auf seiner Wange herum. Sein Gesicht kam blaß und mager unter seinen tiefliegenden dunklen Augen zum Vorschein.

Am Morgen war das Meer ruhig. Der Hafen lag unter einer dumpfen, schmutzigweißen Nebeldecke, dick wie die Wolkenfläche unter einem Flugzeug. Luke, nun glattrasiert, stieg leicht hinkend die Gangway zu der griechischen Fähre hinauf und kaufte sich eine Fahrkarte. Ihm blieb gerade noch genug Geld für die zweite Fähre, nach Astypaläa. Die Passagiere durften in einer Stunde an Bord gehen, wenn das Wetter es zuließ.

In einem Hafencafé trank er Kaffee. Als er an dem Tischchen saß, stieg wieder Angst in ihm hoch: als wollte sie gegen seinen Mut von der vergangenen Nacht ankämpfen.

Er sagte sich: Es gibt keine Beweise; es hat keine Antworten gegeben. Trotzdem wußte er nicht, wer Nicole ermor-

det hatte; trotzdem wußte er nicht, wen er in den Puces de Clignancourt erschossen hatte.
Aber er hatte nicht länger das Gefühl, nichts zu wissen. Denn dort, wo er die ganze Zeit nach Beweisen gesucht hatte, hatte er etwas anderes gefunden, etwas, das *Glauben* ähnlich sah. Dem Glauben, daß, wohin er auch kam, sein Bruder vor ihm dort gewesen war; dem Glauben, daß sie zur selben Gegenwart gelangt waren, vereint durch eine gemeinsame Vergangenheit.
Doch was ist Glauben? Seine Entschlossenheit gab nach, während die Minuten verrannen; die kunstvolle Konstruktion seiner Gedanken zitterte, dann stürzte sie ein. Und als sich der Staub lichtete, war nichts da als undeutliche Intuition, ein dünner Faden der Überzeugung, und er wußte, ganz gleich, was er am anderen Ende finden würde, er mußte den Mut haben, ihm zu folgen.
Oder vielleicht war es nicht Mut; vielleicht wußte er, daß es einfach zu spät war, etwas anderes zu tun.
Was auch eine Art Mut ist.

Chevejon war in seinem Wohnzimmer. Die Frau war vor Morgengrauen gegangen, und Natalie schlief noch. Er stand nackt an den Fenstern und blickte auf die Terrasse. Ein wolkenloser Himmel erhob sich über dem Meer. Auf dem Couchtisch hinter ihm standen ein Laptop und ein kleiner Drucker. Auf dem Bildschirm war Text zu sehen, und Papier lag über den Tisch verstreut.
Rauchend gab er eine Weile einem Gefühl ungeheurer Zufriedenheit nach. Und dann ließ er sich dieses ganze Doppelrätsel noch einmal durch den Kopf gehen.
Die eine Hälfte hatte er Danni zu erzählen; diese Hälfte hatte er bereits auf dem Laptop in einem langen Brief niedergeschrieben, der noch ausgedruckt werden mußte.

Was die zweite Hälfte betraf, so würde er Natalie hinschicken. Sie würde besser erzählen als er, wenn auch weniger direkt. Sie würde die beiden, Danni und auch Luke, denselben Weg der Entdeckungen entlangführen, den er so mühselig gegangen war. Und Luke wiederum würde ihr, während er nach und nach alles begriff, berichten. Bis die beiden bei Danni ankämen, würden sie fast alles verstehen, und Danni würde ihnen das übrige erzählen.
Jetzt setzte sein Herz fast aus bei dem Gedanken, daß Luke ein doppelter Todesbote sein sollte. Er würde Danni vom Tod seines Vaters und dem Nicoles berichten müssen. Wieder überlegte er: Wessen Aufgabe war das? Wieder entschied er: Lukes.
Es war eine Angelegenheit zwischen Brüdern.

Nun wandte er sich um, öffnete die Schiebetüren und trat auf die Terrasse in das junge Licht der Morgendämmerung hinaus. Er fragte sich, was Natalie Luke erzählen würde. Und was Luke verstehen würde.
Aber es mußte sein. Es war unvermeidlich. Er hatte seine beiden Schützlinge so lange voneinander getrennt gehalten. Jetzt wurde es Zeit, daß sie einander begegneten. Sie würde ihm eine Geschichte über sich selbst erzählen, und Luke würde, wie Chevejon, eine Geschichte über Danni hören. Luke würde ihr eine Geschichte über sich selbst erzählen, und sie würde eine Geschichte über ihren Vater vernehmen.
Gemeinsam würden sie die Wahrheit finden.

Und diese Wahrheit? Chevejon versuchte, sich in ihre Lage zu versetzen. Vielleicht waren die Einzelheiten, die er sich vorstellte, falsch. Im wesentlichen aber, das wußte er, lagen sie nahe bei der Wahrheit. Vielleicht sehr nahe.
Im sonnendurchfluteten Wohnzimmer in seinem Haus auf

Capri stellte er sich die Szene vor, wie sie sich vor fast fünfzig Jahren in Nazi-Wien abgespielt haben mußte, als ein Mann sich im Büro des Obersturmführers Hoestermann in der Zentralstelle für jüdische Auswanderung einfand. Langsam würde Hoestermann erkannt haben, daß dieser Mann, ganz gleich, wie gut er deutsch sprach, kein Wiener war, sondern aus der jüdischen Verwaltung Palästinas kam.
Chevejon konnte sich die schreckliche Geschichte vorstellen, die Benami Hoestermann erzählt hatte. Die Geschichte einer gewaltigen Kriegsanstrengung, eines wahnsinnigen Völkermordprogramms. War Hoestermann nun, nach Amerikas Kriegseintritt, noch bereit, sein Schicksal auf Gedeih und Verderb mit dem des Tausendjährigen Reiches zu verknüpfen?
Der Mann – Benami – deutete an, daß er ihm Sicherheiten anzubieten habe.

Er kannte seinen Mann. Aus den Biographien wußte Chevejon, daß ihre Väter miteinander bekannt gewesen waren. Benamis Onkel hatte Anteile an Hoestermanns Familienunternehmen besessen, ehe die Nürnberger Gesetze ihn zwangen, sie abzugeben. Benami und Hoestermann hatten vor vielen Jahren kurz das gleiche Gymnasium besucht. Sie hatten Tennis gespielt. Chevejon überlegte: Was hätte *er* wohl dem Nazi erzählt – oder besser noch, was hätte Danni gesagt?
Die Antwort fiel ihm ohne weiteres ein. Er hätte gesagt, daß er wisse, unter welchem moralischen Druck Hoestermann stehe. Daß er angesichts dieses Verfalls jeder Vernunft in seinem Land seine Selbstschutzmaßnahmen verstehe und ihn dafür nicht kritisiere. Sie beide könnten aber miteinander reden.
Aber auch Hoestermann müsse begreifen. Was heute ge-

schehe, würde sehr wahrscheinlich in der Zukunft nicht im selben Licht betrachtet werden. Allein Hoestermanns Adresse – der frühere Wohnsitz der Familie Julius Neumann, vertriebener Juden. Ein Register über alle diese Dinge werde, darüber müsse er den Herrn Obersturmführer informieren, in Jerusalem geführt, und sehr wahrscheinlich würde in der Zukunft Jerusalem Hauptstadt eines souveränen Staates sein. Wenn das noch nicht reiche, so sollte der Herr Obersturmführer wissen, daß andere Beweise verfügbar seien, Beweise, von denen nur er wisse.
Benami nannte die Beweise nicht, zweifellos weil er nicht wollte, daß er später erklären mußte, woher er davon wußte. Er wollte nicht erklären müssen, daß er seinen Vater in Wien getroffen hatte und daß ihm sein Vater von dem Versteck auf dem Dachboden der Frederickstraße 29 und von den Familienerbstücken erzählt hatte, die er darin untergebracht hatte. Aber es war ihm gelungen, Hoestermann davon zu überzeugen, daß es Beweise gab. Und eine spätere Zeit werde vielleicht, sagte er zu Hoestermann, die Gegenwart anders sehen, sollte er diese Beweise vorlegen. Alles könne geschehen. Hoestermann sollte das wissen; auch er habe zugesehen, als die Welt wahnsinnig wurde.
Vielleicht hatte Hoestermann geantwortet, während er sich in der schwarzen Uniform an seinem Schreibtisch zurücklehnte: Ein Anruf von mir würde genügen, um Sie deportieren zu lassen.
Und vielleicht hatte Benami geantwortet: Das könnten Sie. Oder Sie könnten mir jedes Blanko-Auswanderungsvisum beschaffen, dessen Sie habhaft werden, und alles tun, damit ich den Krieg überlebe, dann garantiere ich Ihnen, daß die Adresse Frederickstraße 29 aus jedem Archiv und jedem Gedächtnis getilgt wird.
Vielleicht hatte Hoestermann verstanden, daß dies nicht der erste Fall war, in dem Nazis und Juden in Palästina

über das Leben von Juden in Europa verhandelten. Er hatte vielleicht über die Anzahl der Visa gestritten. Vielleicht hatte er auf dem Versprechen bestanden, daß Benami für ihn als Zeuge aussagte, falls es denn jemals zu einer Anklage kommen sollte. Oder vielleicht hatte er auch erst nach dem Krieg die volle Wahrheit darüber erfahren, welchen Gebrauch Benami von den Ausreisegenehmigungen gemacht hatte. Und dann darauf bestanden, daß Benami nach Nürnberg kam. Auf jeden Fall hatte er wohl die Gefahr der Entlarvung begriffen, mit der er den jungen Juden bedrohte.

Was zählte, war, daß der Handel abgeschlossen wurde.

Es war die Art Handel, die Chevejon verstand.

Was war falsch gelaufen? Vielleicht stellte Benami, als er die ersten Visa erhielt, zu seinem Schrecken fest, daß es nicht nur keine Blankoformulare waren, sondern daß sie auch noch für seine eigene Familie ausgestellt waren, eine kleine Geste guten Willens von seiten des Obersturmführers. Aufgebracht hatte er neue verlangt. Aber was bedeutet das denn schon? hatte Hoestermann gefragt. Jude ist doch Jude. Sie werden alle auf die gleiche Weise sterben. Und außerdem, so geht das nicht: Ein Blanko-Ausreisevisum ist mehr, als für Geld erhältlich ist; das Reich behält ein genaues Doppel jedes Visums, und nur die B-Kopie kann sein Büro verlassen.

Also nahm Benami sie an.

Fälschung war eine Fähigkeit, die bei den illegalen Auswanderungsaktivitäten schon seit langem beherrscht wurde. Diese Fähigkeit war jetzt gefragt. Weil Palästina die Menschen nicht brauchte, für die Hoestermann Visa beschafft hatte.

Und so sorgte Benami für die Fälschungen, die vierhundert andere Wiener Juden retteten. Junge, starke Männer,

die für den kommenden Unabhängigkeitskrieg benötigt wurden.
Dafür ließ er vierhundert andere Menschen in den Tod gehen.

Wie lange, fragte sich Chevejon, hatte Benami gebraucht, um zu verstehen, daß in dieser zwingenden Lage für ihn keine Ausnahme gemacht werden konnte? Wie lange hatte er sich gegen diese Einsicht gewehrt? Hatte er erkannt, daß die Grausamkeit der Tat in den Augen der Welt verdoppelt, sein Verbrechen verschlimmert würde, wenn er den eigenen Vater von denen ausnähme, die er zu opfern bereit war?
Er schloß also seine Familie mit ein. Unbelastet von all dem Ballast – moralisch und historisch –, den Luke und Danni dieser Frage beimaßen, sah Chevejon, daß Benami angesichts der wahnsinnigen Prämissen recht hatte, seine Familie mit einzuschließen. Sollte er, Chevejon, diese Prämissen anzweifeln? War er dazu berechtigt, den Richter zu spielen?
Vielleicht durfte das niemand: wahnsinnige Prämissen in einer wahnsinnigen Welt.
Ein Gefühl der Menschlichkeit war nicht immer angemessen; sicher war es selten profitabel. In Benamis Fall war es keines von beidem gewesen – auch wenn der Profit in dieser schrecklichen Entscheidung in Menschenleben statt in Geld gemessen worden war. Seine eigene Menschlichkeit zu opfern war für Benami vielleicht sogar das einzig Angemessene, was er in dieser wahnsinnigen Welt des Bösen tun konnte.
Wichtig waren die Konsequenzen aus Benamis Opfer, Konsequenzen, die sich über die Zeit erstreckten und diesen Jungen und dieses Mädchen dazu verdammten, die unvorstellbaren Entscheidungen ihrer Väter noch einmal zu

durchleben, sie dazu verdammten, ihre Väter zu verlassen und, allein in der Welt, etwas zu verstehen, das niemals, von niemandem verstanden werden konnte.

Chevejon wußte, falls Rechnungen jemals fällig wurden – und nach seinem verbrecherischen, unmoralischen, oft raubgierigen Zug durch Europa war er dessen keineswegs sicher –, dann waren es nicht Benami und Hoestermann, die zahlen müßten, sondern ihre Kinder. Die schon zahlten und bereits seit langem gezahlt hatten.

Doch Benami hatte damit nicht gerechnet, als er seine Familie opferte. Er meinte, daß nur drei Menschen jemals wissen würden, was er getan hatte: er selbst, Hoestermann und Yerushalmi. Alle anderen, die vielleicht etwas begriffen hatten, waren tot. Und die drei waren für ein Leben in Schweigen aneinandergebunden.

Bis eines Tages, fast fünfzig Jahre danach, Hoestermann aus der Frederickstraße in der Hamevasserstraße in Jerusalem angerufen hatte, um General Benami zu erzählen, daß sein Sohn bei ihm gewesen sei und die A-Kopien der Auswanderungsvisa zu sehen verlangt hatte. Chevejon stellte sich die Szene lebhaft vor. Um Gottes willen, Hoestermann, Sie haben sie aufgehoben? – Sie haben mir die Versicherung verkauft, General, warum sollte ich da nicht die Police aufheben? Nein, Hoestermann hatte keinen definitiven Beweis, daß es Benamis Sohn war; der Mann hatte ein Pseudonym benutzt. Aber er hatte recht. – Hat mein Sohn die Visa zu Gesicht bekommen? – Nicht bei mir, General, nicht bei mir.

Hoestermann hatte dichtgehalten, gut; Benami wartete. Er dachte, er würde von seinem Sohn hören. Sicher, er hatte seinem Sohn eines seiner Tagebücher gegeben, und daraus hatte Danni von den auf dem Dachboden der Frederickstraße 29 versteckten Familienerbstücken erfahren. Doch

das allein bewies nichts. Dennoch begann Benami, als er nichts von seinem Sohn hörte, zu überlegen, welche Alternativen ihm offenstanden. Vielleicht war das der Moment, als er seinen älteren Sohn wieder in das Testament einsetzte. Vielleicht war das der Moment, als er zu planen begann.
Und dann rief Hoestermann noch einmal an und teilte ihm einen Umstand mit, der die Sache weiter komplizierte – einen gefährlichen Umstand diesmal. Die Visa waren verschwunden, desgleichen seine Tochter; der Sohn des Generals mußte mit ihr in Kontakt getreten sein. Sie ist jung, für Eindrücke empfänglich, dickköpfig; nein, er weiß nicht, wo sie ist. Ja, sie hat die Adresse seines Sohnes. Sein Pseudonym auch.

Jetzt lachte Chevejon, er lachte geradezu übermütig. Wohin sollte Benami sich wenden? An wen? Warum nicht an seinen treuen Assistenten, einen Reservisten des militärischen Geheimdienstes? Er wollte seinen offiziellen Apparat nicht einschalten, dies war eine Privatangelegenheit; trotzdem handelte es sich um eine Angelegenheit von schwerwiegender Bedeutung für den Staat. Dov Sayada war ein Insider; er würde die Bedeutung dieser Sache in ihren moralischen wie in ihren politischen Dimensionen erfassen. Und Dov mit seiner ein Leben lang währenden Verehrung für den großen Benami konnte sich nichts Schöneres vorstellen, als daß man sich auf seine Hilfe verließ.
Er suchte sich ein Team aus drei Kollegen zusammen, von denen einer Kontakte zu Dannis geheimer Geschäftswelt hatte. Dann hatte Benami ihm eingeschärft, seinem Sohn keinen Schaden zuzufügen und ihm mitzuteilen, wenn sie ihn gefunden hatten, daß er ins Testament wiedereingesetzt würde und die Hälfte der riesigen Sammlung an Bildern, Kunstgegenständen und Dokumenten mit ihrem un-

geheuren Wert erhielte. Chevejon, der sein eigenes ideales Publikum war, schüttelte nun verwundert den Kopf. Daß Benami gedacht hatte, Danni könne, weil er so gut im Verkaufen sei, auch gekauft werden.

Sie hatten Danni nicht gefunden. Drei von ihnen hatten Natalie gefunden, sie aber nicht festhalten können. Einer von ihnen hatte Nicole gefunden. Und dieser eine war es, der, nachdem er Nicole getötet hatte, von Luke getötet worden war.

Doch nun gelangte Chevejon zu dem, was er in der Nacht in seinen Laptop getippt hatte. Natalie würde dies alles Luke erzählen, und Luke und Natalie würden es Danni erzählen. Gemeinsam, jeder mit seinem eigenen mißverstandenen Teil der Geschichte. Und Danni würde, wie Chevejon, alles verstehen.

Chevejon erhob sich, stieg die Treppe hinauf, kleidete sich in seinem abgedunkelten Schlafzimmer an und ging dann in Natalies Zimmer. Ein offenes Fenster ließ den Wind vom Meer herein. Sie schlief sehr friedlich, das Bettuch hatte sie in dem sonnenhellen Zimmer abgeworfen, so daß ihr schlanker, nur mit Unterwäsche bekleideter Körper zu sehen war. Chevejon deckte sie mit dem Laken zu, ehe er sie weckte.

»Schätzchen. Nun mal schnell, ziehen Sie sich an und packen Sie. Es ist Zeit, daß Sie gehen.«

Sie – ich – wachte augenblicklich auf und verstand sofort die Situation.

»Ich hab's Ihnen ja gesagt. Ich habe Ihnen gesagt, Sie würden mich rausschmeißen.«

»Sie rausschmeißen? Nein.« Chevejon lachte freundlich. »Ich dachte, Sie wollen Danni Benami finden? Es wird hier ein paar Tage lang ziemlich hektisch zugehen, und ich glaube, auch ich werde für eine Zeitlang verschwinden müssen. Nein, ich werfe Sie nicht hinaus. Ich bringe Sie in Sicherheit.«

Während ich mich anzog und packte, ging er zurück ins Wohnzimmer, setzte sich vor seinen Computer und starrte auf den Bildschirm.

Er sagte sich wahrscheinlich, daß es nur so gehen konnte. Wenn diese Geschichte, dieses elende Zwischenspiel, mehr sein sollte als nur ein Rätsel, dann mußten diese drei Menschen dieser Geschichte bis zum Ende folgen, von sich aus. Sie müßten die Wahrheit selbst herausfinden. Dann wäre es nicht bloß eine Lösung, sondern eine Aussöhnung. Dann würde es sie nicht nur zu Antworten führen, sondern zu so etwas wie Frieden. Und dann würden alle diese Tode, von Judi Benamis bis zu Nicoles, vielleicht sogar bis zu Rachel Weissmanns Tod, ein winziges bißchen von ihrer schrecklichen Sinnlosigkeit verlieren.

Auch wenn dies ein ungewöhnlicher, nicht ganz ehrlicher Gedanke von Chevejon war, der sich normalerweise nichts vormachte.

Als ich, noch warm vom Schlaf, in das strahlende morgendliche Sonnenlicht hinunterkam, blickte Chevejon von seinem Computer auf und sagte: »Hören Sie, Schätzchen. Die Polizei wird bald hiersein, und es wird Zeit, daß Sie verschwinden. Gianluca fährt Sie zum Flughafen.«

Ich fragte: »Und sagen Sie mir, wohin ich fliege?«

Er antwortete, während er seine Aufmerksamkeit wieder dem Bildschirm zuwandte: »Nach Griechenland. Gehen Sie jetzt rasch frühstücken.«

Was er während der Nacht geschrieben hatte, war eine Rekonstruktion, die sowohl Gedankenspiele als auch Fakten enthielt. Aber die Gedankenspiele waren nicht so wichtig, und die Fakten waren klar.
Er hatte sich einen Mann vorgestellt, der sich – ein Jahr war es nun her – von Danni verdrängt gefühlt hatte. Einen Mann, dessen Jahre an Arbeit, Bewunderung, Treue und Hingabe für Joseph Benami von Danni beiseite geschoben wurden. Danni, der plötzlich aus jahrelangem Exil zurückgekehrt war, um auf seinen Platz als Benamis Sohn Anspruch zu erheben. Aber in David Sayadas – Dovs – Augen hatte Danni diesen Anspruch, den Zufall seiner Geburt, seit langem verwirkt. Durch Feigheit, durch Dummheit, durch Unaufrichtigkeit, durch Furcht.
Denn Dov hatte erfahren, und zwar von Benami persönlich – so wie es Chevejon aus Lukes Erzählung erfahren hatte –, daß für Benami die Macht dieses seit langem verwirkten Anspruchs stärker war als Dovs Jahre der Treue. Er, Dov Sayada, ein hochrangiger Offizier im militärischen Geheimdienst, der für das Land, das Benami über alles achtete, gekämpft, gemordet und seine elementarste Menschlichkeit geopfert hatte, er sollte von diesem Verräter verdrängt werden.
Ja, Dov würde Danni für Benami finden. Ja, er würde verhindern, daß Danni sich in Benamis Vergangenheit drängte. Aber als Danni nach Jerusalem kam und wieder abreiste, und als Dov eines Tages sah, wie Benami das Original des begehrten Tagebuchs einpackte – des Tagebuchs, das seit Jahren stillschweigend Dov versprochen worden war – und an eine Adresse in Paris schickte, da hatte sich tief in seinem Innern etwas verändert. Er würde Danni suchen. Aber wenn er ihn fände, würde er ihn töten.
Für dieses Vorhaben war es gleichgültig, ob Benami lebte oder nicht. Doch jetzt, nach Benamis Tod, hielt Dov die

Fäden in seiner Hand. Was um so wichtiger war, als der Mann, der geschützt werden sollte, sich nicht mehr wehren konnte. Der Plan fiel ihm komplett, in sich geschlossen in einem einzigen Augenblick ein.
Der Plan war perfekt: Hatte Hoestermann erst einmal seine Dokumente wieder, würde niemand je erneut nach Danni fragen; je weniger sie von ihm hörten, desto besser. Vielleicht würde sogar Dov die Dokumente behalten; dann wären alle Beweise, die die Erinnerung an Benami beeinträchtigen könnten, für immer dem Zugriff entzogen.
Oder es ging ihm vielleicht auch der Gedanke durch den Kopf, daß er, im Besitz der Visa, den toten Benami an den Pranger stellen, ihn vernichten konnte.
Der Nachlaß hätte ganz an Dov fallen sollen: nicht das Geld, sondern die Tagebücher, die Briefe, die lebenslange Arbeit, die fortzuführen er so lange ausersehen gewesen war. Gut, die Dinge konnte er nicht bekommen. Nein. Aber das Geld, und er konnte die letzte Entscheidung darüber erhalten, welchen Platz in der Geschichte sein ränkevoller Mentor einnehmen würde.
Es war nur das, was ihm von Rechts wegen zustand.

Vorsichtig und gründlich, ohne daß Danni oder Chevejon von seiner Existenz auch nur etwas ahnten, hatte dieser Mann geplant, ihr Leben zu vernichten, die sie so fanatisch vorsichtig waren. Vielleicht hatte er an Benamis Tür gehorcht, als Danni bei ihm war; vielleicht hatte er das Herz des alten Mannes durchschaut, nachdem Danni wieder abgereist war.
Was auch immer es war, Dov hatte begriffen, daß Danni in den letzten Lebensmonaten seines Vaters mit seiner Reise nach Wien zu Hoestermann erneut einen Hochverrat, einen Vatermord begangen hatte.
Es war einfach gewesen, ihn ausfindig zu machen: Benami

hatte ihm die Pariser Adresse und den falschen Namen genannt, und ein simpler Plan hatte es Dov ermöglicht, Dannis Reisen zu verfolgen. Noch vor Benamis Tod, bevor Luke auch nur aus New York abgereist war, flog Dov nach Paris und mietete das Hausmädchenzimmer. Dann stellte er den Nachsendeantrag, wobei er einen gefälschten Ausweis, möglicherweise einen Führerschein vorlegte, diesmal auf den Namen Maurizio Tueta.
Vielleicht spielte es sich nicht in allen Einzelheiten so ab, aber Chevejon wußte, daß das vollkommen belanglos war. Und dann war Benami gestorben, und Dovs Plan nahm ein Eigenleben an. Am Tag nach Benamis Tod flog er schnell von Jerusalem nach Paris, vielleicht unter dem Vorwand seiner wissenschaftlichen Forschungsarbeit. Er wußte, daß Yerushalmi Danni telegrafiert hatte. Und er telegrafierte in Dannis Namen zurück und verlangte die Hälfte des Erbes in bar. Das Glück stand ihm auf eine Weise zur Seite, die ihm gar nicht bewußt werden konnte: Chevejon erholte sich in Fiesole und hatte Nicoles Anruf nicht erhalten, in dem sie ihm von Yerushalmis Telegramm erzählen wollte. Es war sein Fehler, aber für Reue war keine Zeit.

Vielleicht wurde Dov einen Moment lang unsicher, als Luke ihm Benamis wissenschaftlichen Nachlaß anbot. Oder vielleicht war es inzwischen zu spät. Es war schon alles in Bewegung. Als er Luke Dannis Adresse genannt hatte und zu erkennen meinte, daß der Junge gar nicht die Absicht hatte, seinen Bruder zu finden, war eine größere Hürde beseitigt. Er redete dem Jungen sogar zu, nach Paris zu fahren. Aber Luke war zu apathisch, zu desinteressiert. Zu lustlos, um auch nur auf die Idee zu kommen, gegen die – gefälschte – Anweisung, das Erbe zu Geld zu machen, anzugehen. Gut, sehr gut. Und als er erfuhr, wie weit Danni reiste und warum er so weit reiste, war das ein Geschenk des Himmels. Denn nun brauchte Dov nichts weiter zu tun, als die Ankunft des Schecks abzuwarten. Im vollen Vertrauen darauf, daß Danni, ein Exilant, ein Verräter und ein Verbrecher obendrein, keine Rechtsmittel gegen seinen Plan einlegen konnte.

Chevejons Gesicht veränderte sich jetzt fast unmerklich. Dov hatte nicht erwartet, daß der Scheck per Kurier kommen würde. Und er hatte nicht erwartet, daß Danni nach Paris zurückkehren würde.

Zuerst erschien ihm das nur als eine Schlappe. Doch dann sah Dov, daß etwas nicht stimmte. Langsam, während er Nicole und Danni aus der Ferne folgte, wurde ihm klar, daß nicht Danni, sondern Luke nach Paris gekommen war. Dannis Briefe trafen weiter aus immer südlicheren Gegenden Europas ein, und Dov erkannte, daß Luke ihn mit seiner Absicht, nach New York zurückzukehren, belogen hatte. Wann war ihm der Gedanke gekommen? Wann war ihm bewußt geworden, wie perfekt die Ereignisse zusammentrafen? Er mußte in die Wohnung, um sich Dannis Scheck zu holen, und dazu mußte er warten, bis Luke sie einmal verließ. Nicole zu ermorden stellte überhaupt kein Problem für ihn dar – in einem Teil des Gehirns dieses staatlich ausgebildeten Mannes wurden Morde vollkommen getrennt abgelegt, ohne daß sie sein übriges Leben wirklich berührten. Und wenn Nicole starb, war Luke der einzige Verdächtige – der einzig denkbare. Die französische Polizei würde sich um Luke kümmern, und Dov mußte lediglich in den Süden fahren, um Danni zu finden. War Danni erst einmal tot, war seine sowieso schon schattenhafte Identität für jeden zu haben, und alles, was Dov wollte, und was er auch verdiente, gehörte ihm. Er mußte nur an Dannis Scheck herankommen.

Welche Ironie, daß er, ein Held, die Identität eines Deser-

teurs annehmen mußte, um das zu bekommen, was ihm rechtmäßig zustand.
Auf jeden Fall bestand inzwischen noch eine zwingende Notwendigkeit. Nun, da Luke mit Nicole das Bett teilte, wer wußte da schon, was der Junge alles aufdecken würde?
Er brachte Nicole um.
Im Vertrauen darauf, daß die Dunkelheit ihn Luke genügend ähnlich machen würde, um verwechselt zu werden, hatte er gewartet, bis Luke das Haus verließ, und war in der Rue de Fleurus Nummer 6 die Treppe hinaufgestiegen. Und den Scheck nahm er gleich mit.

An dieser Stelle unterbrach sich Chevejon beim nochmaligen Lesen dessen, was er geschrieben hatte. Zum ersten Mal ging ihm das ganze Ausmaß der Tragödie auf. Nicole ermordet von diesem dummen, stümperhaften Dieb, nachdem Danni und er, Chevejon, sie so viele Jahre lang vor der leisesten Andeutung einer Gefahr beschützt hatten. Und Luke hätte er ebenfalls getötet. Nun dankte Chevejon Gott für Lukes Unbedarftheit, die er Jahre zuvor an den Tag gelegt hatte, als er beschloß, nach Israel zurückzugehen, um seinen Militärdienst zu leisten. Denn Dov hätte Luke getötet, wenn Luke nicht bereits selbst das Töten erlernt hätte.

Was geschah weiter? Allmählich war Dov, aus der Ferne beobachtend, dahintergekommen, daß die Pariser Polizei Luke nicht für schuldig hielt.
Höchst ärgerlich: Der Barmann hätte einen dunkelhaarigen Juden sehen und annehmen sollen, es wäre Luke.
Chevejon hatte nicht damit gerechnet, daß Luke – überzeugt, Danni sei Nicoles Mörder – so klug gewesen war, auf die Möglichkeit einer Verwechslung hinzuweisen, und daß das Videoband im Drugstore am Boulevard Saint-Ger-

main sein Alibi bestätigt hatte. Grund genug für die Polizei, nach einem anderen Täter zu suchen, den niemand spätnachts hatte das Haus betreten sehen.
Und nun bemerkte Dov auch noch, daß das Außenministerium und die israelische Botschaft eingeschaltet waren. Er hatte nicht nur Lukes Fähigkeit, sich zu schützen, falsch eingeschätzt, sondern auch die interessierten Gruppen, die ins Spiel kamen, um die Sicherheit des Jungen zu gewährleisten.
Nun würde er Luke töten müssen. Ironie des Schicksals: In Unkenntnis der beteiligten Mächte beschützte die israelische Botschaft Luke, und Dov würde gegen die Interessen seiner eigenen Regierung handeln müssen, um das zu tun, was getan werden mußte.
Tagelang folgte er ihm durch ganz Paris. Einmal dachte er, der Junge habe ihn erkannt, und war in den Tuilerien vor ihm weggelaufen. Dann hatte er in Les Halles die Sache erledigen wollen, aber im Gewühl hatte er Luke aus den Augen verloren. Als er Luke schließlich in die Puces de Clignancourt folgte, meinte er, seine Chance liege dort. Vielleicht schoß er dem Jungen absichtlich ins Bein, um ihn am Fliehen zu hindern und ihn zum Töten woandershin zu bringen. Egal. Denn nach dem ersten Schuß war der Junge in einen Türeingang gekrochen, und während Dov sich darauf einzustellen versuchte, hatte plötzlich ein gewaltiges weißes Licht die Straße erhellt. Er schoß gezielt darauf wie nach dem Lehrbuch – links, rechts und Mitte –, aber er traf nichts weiter als die Lampe, und das mit dem dritten Schuß, und dann bohrten sich fünf Bleikugeln in seinen Körper und stoppten alles Denken, und er sank wie ein zerplatzter Sandsack auf die Straße.

Bei aller Anspannung mußte Chevejon lächeln. Über die Zufallsperfektion der ganzen Sache. Über Lukes Glück –

auch wenn er nichts begriff. Vielleicht, so dachte er, ist dieser Junge auf viel tiefgründigere Art und Weise Dannis Bruder, als nur seinem Aussehen nach: Danni war immer ein Mensch mit enormem Glück gewesen. Während Chevejon sich von der grausigen Geschichte erholte, die er sich gerade erzählt hatte, kam er zu der Überzeugung, daß dieser Junge eine Zukunft hatte.
Es war klug von Luke gewesen, nach Florenz zu kommen. Und ebenso von Natalie, dachte er. Weniger erfreulich war, daß Dovs Partner, die inzwischen wahrscheinlich von Hoestermann ihre Anweisungen bekamen, die Suche fortsetzten. An seiner Stelle, dachte Chevejon, hätte er in Ruhe abgewartet. Weil sich jetzt, nach Benamis Tod, die Interessen gewandelt hatten und die Wahrheit einen anderen Stellenwert erhielt. Und weil jetzt jeder kompromittiert war: Luke durch Mord, Natalie durch Diebstahl.
Was Danni anging, so war er schon immer kompromittiert gewesen. Allein schon durch seine Existenz.

Das war es, was Chevejon durch den Kopf ging, als er sich vom Bildschirm zurücklehnte und den Drucker einschaltete. Für einen Moment fragte er sich, wie Luke herausgefunden haben mochte, wohin er sich wenden mußte. Chevejon hätte an seiner Stelle Yerushalmi angerufen, die Visa erwähnt und ihn zum Reden gezwungen. Vielleicht hatte Luke genau das getan.
Als der Drucker anfing zu summen, begann Chevejon durch die offene Küchentür ein Gespräch mit mir.
Ich solle, sagte er, mit Gianluca zum Flughafen fahren, nach Athen fliegen und mir dort ein Taxi nach Piräus nehmen. Ich solle herausfinden, wo die Fähre aus Ancona anlege, und dort warten.
Der Mann, nach dem ich suchte, würde mit diesem Schiff ankommen. Nur sei es nicht der Mann, den ich in Wien,

sondern der, den ich in Paris gesehen hätte, und sein Name sei Luke Benami. Ja, er sei der Bruder. Ich solle trotzdem gut aufpassen. Er könnte einen Bart und eine Brille tragen; den Bart würde er sich wahrscheinlich abgenommen haben. Ich solle ihm dieses Geld bringen und mit ihm gehen, ganz gleich, wohin. Dort würde ich Danni Benami finden. Und dann solle ich Danni diesen Umschlag geben.

Er gab mir Geld, viel Geld in italienischen und amerikanischen Scheinen. Dann trug er mir einige Botschaften auf, die er nicht hatte aufschreiben wollen.
Ich sollte Danni sagen, daß er, Chevejon, aller Wahrscheinlichkeit nach verhaftet worden sei, daß er aber bald wieder herauskäme. Daß er, wenn er wieder draußen sei, Danni auf die übliche Art und Weise via Kleinanzeige in der *Herald Tribune* Bescheid geben würde. Daß Danni bis dahin weder anrufen noch schreiben solle, und auf gar keinen Fall solle er nach Italien oder Frankreich zurückkommen. Daß der einzige Mensch, der wüßte, wo sie wären, Yerushalmi sei, und Yerushalmi würde nicht reden; dafür werde er Sorge tragen. Dann fragte er mich besorgt: »Haben Sie genug zu essen bekommen? Sie haben einen langen Tag vor sich.«
Während wir auf Gianluca warteten, wandte sich Chevejon wieder dem Bildschirm zu. Darauf sah man den Text eines Briefes, adressiert an: Monsieur l'Inspecteur Jean-Baptiste Lecéreur, Préfecture de Police, Paris – Kopie an: Avishai Yerushalmi, Bank Leumi, Jerusalem. Er mußte unbedingt Gianluca anweisen, die beiden Briefe abzuschicken:

Verehrter Herr,
die Person, nach der Sie im Zusammenhang mit dem Mord an Mademoiselle Nicole Japrisot fahn-

den, heißt David Sayada. Er selbst war das Opfer der Schießerei, die sich in diesem Sommer in der Nähe des Flohmarkts Clignancourt zugetragen hat. Seine Frau ist wohnhaft in der Hamevasserstraße in Jerusalem: Sie werden sie mit Leichtigkeit ausfindig machen, wenn Sie sich an einen Herrn Yerushalmi wenden, mit dem Sie zweifellos bereits bekannt sind.

Er las zu Ende, überlegte einen Augenblick, dann schrieb er weiter:

Ich hoffe sehr, Gelegenheit zu bekommen, Ihnen die Hintergründe dieser beiden Morde zu erklären, was ich augenblicklich tun werde, sobald Sie mir zuverlässige Garantien der Straffreiheit und Sicherheit für meinen Kollegen geben können – dessen Namen ich wohl nicht zu nennen brauche –, und zwar sowohl von Ihrem Ministerium in Frankreich als auch von der Regierung Israels. Monsieur Yerushalmi sollte sich mit David Sayadas Büro im Amt für militärische Abwehr in Verbindung setzen, um die genauen Bedingungen der Garantie zu erfahren, die ich benötige. Und Sie können mit mir Verbindung aufnehmen, indem Sie mit der italienischen Polizei in Kontakt treten, die mich ohne Zweifel bereits festgenommen hat, wenn Sie diese Zeilen lesen.

Chevejon las den Text noch einmal durch. Er zögerte. Dann bewegte er den Cursor zu dem Satz »Straffreiheit und Sicherheit für meinen Kollegen« und verbesserte in »meine beiden Kollegen«. Dann gab er den Druckbefehl ein.

Nun war es Zeit, sich auf die Polizei vorzubereiten; seine Adresse in Capri war kein Geheimnis, und es konnte nicht lange dauern, bis die französische Polizei, die seinen Anrufen in Lukes Zimmer im Lutetia auf die Spur gekommen war, ihm ihre italienischen Kollegen auf den Hals schickte. Interessanterweise war er in seinem Leben noch nie verhaftet worden. Und er war überzeugt, daß er nicht sehr lange im Gefängnis zubringen müßte. Trotzdem fragte er sich plötzlich, als Gianluca seinen Schlüssel in der Haustür herumdrehte, ob er doch alles falsch gemacht haben könnte. Waren Mächte im Spiel, die er einfach nicht erkannt hatte?

Schließlich schüttelte er den Kopf und stand auf.

Die Wahrheit – Luke würde sie am Ende seiner Reise auf der griechischen Insel finden. Er würde sie finden, und er würde berichten. Es würden schreckliche Neuigkeiten sein, aber er war der Richtige, um sie zu überbringen, der einzige Mensch, dem es möglich war. Chevejon war sich plötzlich sicher, daß sie dies alles unbeschadet überstehen würden. Alle vier.

In Ancona ertönte ein Nebelhorn, und Luke fuhr an seinem Cafétischchen aus seinen Träumen hoch. Er war ganz ruhig.

Er schlenderte hinüber an den Kai und ging an Bord der Fähre. Er suchte sich einen Platz auf dem Zwischendeck und rauchte. Nach einer Weile setzte sich das Schiff schüttelnd und schlingernd unter dem tiefen Gedröhn des Nebelhorns in Bewegung. Er blickte zurück und sah Italien hinter sich verschwinden, als das Schiff sich stetig in die dicke weiße Wolkenwand hineinschob.

Epilog

In der blendenden Hitze eines Spätsommernachmittags stand ich mit meiner Reisetasche in der Hand am Kai in Piräus und sah zu, wie die Passagiere der Fähre aus Ancona von Bord gingen.

Um mich herum sammelten sich erhitzte Gruppen junger Reisender, Familien bewachten ihre Taschen und andere Frachtgüter – einen Jansport-Rucksack neben einem uralten Fernsehapparat und einem von Stricken zusammengehaltenen Lederkoffer, der wohl noch aus dem letzten Krieg stammte. Die Menge mußte sich teilen, um Lastwagen Platz zu machen, die sich in einem Nebel aus Abgasen heranschoben. Das laute Motorengeräusch mischte sich mit den Stimmen, die zur gleichen Zeit in einem Dutzend Sprachen redeten. Über die Gangway der Fähre rollten weitere Lastwagen nach draußen, und neben ihnen strömten Gruppen von Passagieren an Land, die denen um mich herum glichen, als würde die eine Gruppe sinnloserweise die andere ersetzen.

In dem Augenblick sah ich ihn. Leicht hinkend kam er im Strom der Passagiere die Gangway herab, durch einen hellroten Schnitt in seinem blassen Gesicht deutlich gekennzeichnet.

Ich folgte ihm zum Fahrkartenbüro, dann zu einem Kai, wo er an Bord einer weiteren Fähre ging. Auch ich stieg ein, ohne Ticket; im Büro des Zahlmeisters erstand ich die Fahrkarte bis zum letzten Anlaufhafen.

Als ich das erledigt hatte, spürte ich die Schiffsmaschinen, die im Rückwärtsgang stampften. Dann schalteten die Ma-

schinen um, gerade als ich auf Deck an der Bugreling anlangte: Wir begannen den langen, langsamen Schwenk hinaus ins Ägäische Meer.
In dem Moment sah ich ihn wieder: seine gebogene Nase im Profil, die untere Gesichtshälfte bleich, als hätte er sich gerade erst den Bart abgenommen, doch darüber sonnengebräunt. Und auf einer Wange einen langen roten Schnitt.

Nach einer Weile drehte er sich gedankenverloren um und sah mir ins Gesicht. Er starrte mich ungemütlich lange an, wobei sein Blick über meine Brüste wanderte, die plötzlich unter dem dünnen weißen Hemd so deutlich sichtbar waren, über die Mulde meines Bauches, die Rundung meiner Hüften und meine sonnengebräunten Beine im kurzen Rock. Dann schaute er wieder weg.
Während er aufs Meer hinausblickte, betrachtete ich sein Profil. Dann griff ich in meine Tasche und zog Chevejons Geld heraus. Mit einer Stimme, die mir zwischen Meer und Himmel leise erschien, sprach ich ihn auf französisch an; die Sprache, in der ich mit seinem Bruder geredet hatte.
»Das hier ist von Chevejon. Ich soll es Ihnen geben und mit Ihnen gehen, ganz gleich, wohin.«
Er drehte sich abrupt herum und sah das Geld lange an, ohne es zu nehmen. Dann schaute er mich an, aber offensichtlich hatte mich mein Akzent im Französischen verraten, denn er fragte auf deutsch: »Woher wußte er, daß ich nach Griechenland fahren würde?«
»Ich weiß nicht.«
»Kommen Sie jetzt aus Florenz?«
»Ja. Nein. Aus Capri. Ich war aber in Florenz.« Ich sah ihm in die Augen und suchte nach Worten. Und schließlich

sagte ich einfach: »Ich heiße Natalie Hoestermann.« Er nickte langsam, während sich sein Blick nach innen kehrte und sich dann wieder auf mich konzentrierte. »Hoestermann. Dann betrifft es meinen Bruder.«
»Nicht genau.« Wir beobachteten uns gegenseitig. Dann versuchte ich es erneut. »Ja, in gewisser Weise schon. Ich bin ihm einmal begegnet, in Wien. Vor einem Jahr.« Ich überlegte, wie ich ihm meine Auffassung von unserer Beziehung klarmachen sollte, und kam nur auf Fakten, die ich selbst nicht verstand. »Er war auf der Suche nach Dokumenten, die mein Vater besaß.« Ich konnte die Dokumente nicht benennen, ich brachte die Worte nicht heraus. Aber das war gleich. Während ich sprach, hatte sich sein Blick wieder nach innen gekehrt, und als er sich erneut auf mich richtete, war die Verbindung geschlossen.
»Natürlich. Aber Sie haben sie ihm nicht gegeben.«
»Zunächst nicht.« Einen Moment betrachtete ich ihn beunruhigt. »Aber dann versuchte ich sie ihm zu bringen.«
Jetzt lächelte er. »Lassen Sie mich raten. Sie fanden Chevejon.«
Ich nickte, ohne zu lächeln.
»Und Chevejon nahm Sie bei sich auf. Und schickte Sie dann hierher.«
»Ja.«
Er wandte sich zum Meer und lachte; ein langanhaltendes leises Lachen, das ihm Tränen in die Augenwinkel trieb. Dann zündete er sich einen Zigarillo an und wischte sich mit dem Handrücken über die Augen.
»Chevejon hat gesagt, Sie wüßten, wo Ihr Bruder ist.«
»Ach ja?« Er schien gleich wieder in Gelächter ausbrechen zu wollen, aber dann wurde sein Gesicht ernst. »Dann werden wir beide, nehme ich an, immer noch von Chevejons Allwissenheit geleitet. Wollen wir hoffen, daß er recht hat.«

»Ja? Vertrauen Sie ihm?«
Jetzt war Luke an der Reihe zu antworten, er wisse es nicht. Er dachte eine Weile nach, dann fragte er: »Hat Chevejon Ihnen verraten, was mein Bruder tut, wo immer er ist?«
»Darüber hat er nichts gesagt.« Ich zögerte, dann fuhr ich fort: »Aber ich wußte es schon. Er suchte nach Beweisen. Für das, was mein Vater getan hat. Stimmt das nicht?«
Eine Pause. »Nein, nicht genau. Die Beweise dafür, was Ihr Vater getan hat, besitzt er schon. Das, wonach er jetzt sucht, sind Beweise dafür, was *mein* Vater getan hat.«

Von Chevejons Geld kaufte Luke uns beiden ein paar Flaschen eisgekühlten Retsina und für sich etwas zu essen. Wir kehrten an unseren Platz an der Reling zurück, und er aß hungrig. Seine Kleider waren sehr schmutzig, und ich bot ihm ein T-Shirt an, das mir ein paar Nummern zu groß war und in dem ich die Nacht davor geschlafen hatte.
Und dann, als hätte keiner von uns beiden irgendwelche Zweifel an der Notwendigkeit dessen, was wir taten, begannen wir zu reden.
Dies alles hat Luke mir erzählt.
Er erzählte mir, wie er im bitterkalten Regen eines Jerusalemer Wintertages seinen Vater verlor und seinen Bruder in der Blütenpracht eines Pariser Frühlingstages fand.
Wie er, auf den Spuren des Bruders, den er ermordet hatte, durch einen strahlenden Frühling von Paris nach Süden ins heiße Italien reiste – und dort den verlorenen Vater fand.
Und wie er, geleitet von einem toten Vater auf der Suche nach seinem ermordeten Sohn, über die Adria ins Ionische

Meer und in die immer unbarmherzigere Sonne reiste, immer weiter nach Süden, immer tiefer in den Sommer hinein, und sich dabei immer verlorener vorkam.
Es war, als würden unsere Geschichten genau die Zeit in Anspruch nehmen, die das Schiff für die Passage brauchte, als wäre die Zeit zugeteilt, nicht mehr und nicht weniger. Es war, als verstünden wir genau, jeder auf seine Weise, worauf die Geschichten hinausliefen. Der Tag verging und dann die Nacht und dann der Morgen. Naxos, dann Amorgos kamen näher. Und dann zogen sie vorüber, Kolosse, die in der Sonne auf der gekräuselten Fläche aus Blau schliefen, während das Schiff dem Endhafen zusteuerte.
Es war, als wäre keiner von uns während des langen Sommers in die Irre gegangen, als hätte es keinen von uns beiden blind durch Europa getrieben unter der Last der Schuld unserer Väter, sondern als wären wir ganz selbstverständlich zu diesem Punkt gelangt, an dem wir, erzählend und zuhörend, einander verstehen konnten.

Spät am nächsten Morgen standen wir an der Bugreling – die Sonne fast senkrecht über uns –, während die Passagiere sich unten versammelten, um am letzten Halt dieser langen Reise von Bord zu gehen, dem Hafen der Insel Astypaläa mit ihren weißen Häusern und roten Dächern an dem blendend hellen Meer. In meiner Hand war der Brief von Chevejon an Danni. Ich gab ihn Luke, und er wog ihn in seinen Händen.
»Und Sie glauben, wir werden ihn ihm geben können?«
Ich sah ihn nur an und gab keine Antwort. Ich wußte die Antwort, aber statt dessen fragte ich, ohne nachzudenken: »Luke. Warum haben Sie mir vertraut?« Erstaunt schaute er mir ins Gesicht, und sein Blick war genau wie der seines

Bruders vor einem Jahr im Arbeitszimmer meines Vaters in Wien. Einen Moment lang haßte ich ihn beinahe, weil er so sicher war in seiner Rechtschaffenheit, so gerecht in seinem Leid. Ich sagte bitter: »Ihr Bruder hat es auch nicht verstanden.«

Aber ich irrte mich. Er schaute in meine Richtung, wandte dann den Blick wieder dem Hafen zu, in dem sich die Umrisse vertäuter Boote neben dem Pier abzuzeichnen begannen, und antwortete, wobei er zum ersten Mal das vertrauliche Du benutzte: »Ich war mir sicher, du würdest mich dorthin bringen.«

»Ich? Warum denn ich?«

Und er antwortete mit leiser Stimme, als spräche er nur zu sich: »Ist das nicht offensichtlich? Du bist die einzige, die verstehen konnte.« Lange standen wir da und sahen den Hafen näher kommen. Dann sprach er weiter.

»Chevejon hatte recht: Es ist alles von Bedeutung. Wer Nicole ermordet hat, was dein Vater getan hat, was mein Vater getan hat. Aber es ist nur im allerbanalsten Sinn von Bedeutung. Ich habe kein Interesse, meinen Vater zu richten. Noch weniger deinen. Ich habe meine Schiwa gesessen. Verstehst du? Für Verbrechen am Leben ist keine Reparation zahlbar. Wem sollten wir sie zahlen? Woraus sollte sie bestehen?«

Eher im Ton einer Frage als einer Feststellung fuhr er fort: »Nein. Wir sind beide sehr weit gereist, um uns von unseren Vätern zu befreien. Meiner ist tot; auch deiner wird bald sterben. Ich habe meine Trauerzeit beendet.« Er sah mich kurz an, und in diesem kurzen Blick lag eine ganze neue Welt für mich. »Und du auch.«

Während die Fähre durch den kleinen Hafen steuerte und sich mit rückwärts laufenden Maschinen ihrem Anlegeplatz näherte, betrachtete ich wieder sein Profil vor dem

blendend blauen Himmel. Eine Adlernase über einer hageren Wange mit dem Bartwuchs von einer Nacht, tiefliegende Augen, die durch eine dunkle Brille zum Ufer sahen.
Ich folgte seinem Blick und sah am Kai einen Mann mit dunkler Brille unter einem pechschwarzen Haarschopf. In einem weißen Anzug. Er schien ganz auf das Schiff konzentriert, das, wie er meinte, wie er betete, ihm seine Geliebte brachte. Vielleicht wartete er immer auf dieses Schiff. Vielleicht hatte er schon wochenlang gewartet.
Wir waren immer noch zu weit weg, um zu sehen, ob er es war. Und es gab keinen Beweis. Es gab nur Lukes Annahme, einen schütteren Glauben, daß der Weg, den er gereist war, nicht seiner allein sein könne, sondern daß es auch meiner und der seines Bruders war. Und wenn er es wäre, dachte ich mit einem Schrecken, dann gäbe es keinen Abschluß, wenn das Schiff anlegte, sondern für diesen armen Mann den Beginn einer ganzen neuen Welt voller Schmerzen.
Und ich dachte: Was für einen langen, langen Weg hat Luke gemacht, um seine zweifache Todesnachricht zu überbringen.
Der Mann auf dem Kai stand inzwischen mitten in einer Menschenmenge, und obwohl er den Hals nach dem herannahenden Schiff reckte, war er unseren Blicken fast entschwunden. Um mich über das sich steigernde Dröhnen der Maschinen, über die Schreie der kreisenden Möwen und die Rufe der Mannschaft hinweg verständlich machen zu können, mußte ich fast schreien.
»Und du? Der Mann, der dort steht, weißt du, wer das ist?«
»Ja«, antwortete Luke, der ebenfalls schreien mußte, um den Lärm zu übertönen, und blickte starr geradeaus ins Licht, das Gesicht blaß und entschlossen, als wäre auch er innerlich nicht mit dem Ende seiner langen Reise beschäftigt, sondern mit der schrecklichen Aufgabe, die nun vor

ihm lag. Dennoch klang aus seiner Stimme nicht nur Traurigkeit, sondern auch Jubel, der sich mit den Ächzlauten des Schiffes mischte, das an seinem Ankerplatz zur Ruhe kam, mit dem Lärm der Gangways, die sich in Bewegung setzen, um die Passagiere in den Hafen hinuntersteigen zu lassen. »Ja. Das ist mein Bruder.«

Danksagung

Bei der Niederschrift und der Veröffentlichung dieses Romans erhielt ich besondere und großzügige Hilfe von David Sobel, Andrew Klavan, Ellen Klavan und Michael Drinkard; von Sheila Gordon und Harley Gordon, Roy Rappaport und Ann Rappaport; von Richard Burbridge, Michael Greenberg, Daniel Goldin, Henry Schlesinger, Stephanie Smith und Ingeborg von Zitzewitz. Mein Agent und Freund Eric Simonoff ließ mir viele, viele Entwürfe hindurch seine unschätzbare Kritik zuteil werden; mein Lektor, Jonathan Karp, erwies sich als ein wahrer Magister der schönsten Künste in der Schriftstellerei. Vor allem aber bin ich Esin Ili Göknar dankbar, meiner Frau.
Ich hätte dieses Buch nicht schreiben können, wenn ich nicht das große Glück gehabt hätte, fast zehn Jahre lang bei der hervorragenden und nonkonformistischen Professorin Shoshana Felman zu studieren, unter deren Leitung ich die einmalige Gelegenheit hatte, Professor Miri Kubovis großartige Vorlesung über Bibelstudien zu besuchen. Bei meinen Recherchen habe ich mich in erster Linie auf folgende Quellen gestützt: Tom Segev: *Die siebte Million. Der Holocaust und Israels Politik der Erinnerung* (vor allem auf die Abschnitte über den Kastner-Prozeß); Dina Porat: *Trapped Leadership;* Peter Sichrovsky: *Schuldig geboren. Kinder aus Nazifamilien;* Shoshana Felman/Dori Laub: *Testimony: Crises of Witnessing in Literature, Psychoanalysis, and History* (vor allem auf Felmans Essays über *Die Pest* und *Der Fall* von Albert Camus); Claude Lanzmann: *Shoah* und schließlich auf das Meisterwerk von Axel Corti über die Wiener Juden während und nach dem Zweiten Welt-

krieg: *Where To and Back* (das aus drei Filmen besteht: *God Does Not Believe in Us Anymore, Santa Fe* und *Welcome to Vienna*). Die Untersuchungen zu Caravaggios *Opferung Isaaks* sind, sehr vereinfacht, Seminaren entlehnt, an denen ich vor fast zwanzig Jahren bei Professor David Noel Freedman teilgenommen habe und die mir immer lebhaft in Erinnerung geblieben sind.

Schließlich danke ich meinen Arbeitgebern und Kollegen bei *The New York Review of Books* und *The Reader's Catalog*.